MW00987191

Mit dem Satz »Schlimmer als die Deutschen können sie eigentlich auch nicht sein« beginnt der Roman und gleichzeitig auch die Odyssee der Polin Anna. Der Zweite Weltkrieg ist kaum zu Ende, da wird sie von zu Hause abgeholt. Erst allmählich merkt sie, wohin die Reise geht: ins Lager nach Sibirien. Die Mitglieder der Heimatarmee, einer antikommunistischen Untergrundorganisation, die im Krieg gegen die Deutschen gekämpft hatte, wurden nach Kriegsende auf Befehl Stalins verfolgt, verbannt, umgebracht. Anna überlebt, doch nach einer brutalen Vergewaltigung im Lager schwanger geworden, kehrt sie aus der Verbannung mit einem Kind zurück.
Der Roman spielt in den achtziger Jahren. Die Schrecken des Krieges und der Nachkriegszeit gehören der Vergangenheit an. Anna ist eine beliebte Schauspielerin und gefragte Übersetzerin. Ihre Tochter Ewa, die nichts von ihrer Herkunft weiß, hat mittlerweile selbst ein Kind. Wie in einer Wiederholung des Schicksals ihrer Mutter entwickelt Ewa keine emotionale Bindung an ihren kleinen Sohn. Dagegen holt Anna in der Beziehung zu ihrem Enkel nach, was sie der Tochter an Zuneigung und Nähe vorenthalten hat. Das komplizierte Verhältnis zwischen Mutter und Tochter, die eine zerstörerische Haßliebe aneinander fesselt, ist denn auch das zentrale Thema des Buches.
Ein kunstvoll komponierter Roman, frei von Pathos und Sentimentalität, psychologisch stimmig und von großer Glaubwürdigkeit.

Maria Nurowska lebt als freie Schriftstellerin in Warschau. Seit Mitte der siebziger Jahre veröffentlichte sie zahlreiche Romane und einen Band mit Erzählungen. Im Fischer Taschenbuch Verlag erschienen ihre Bücher ›Briefe der Liebe‹ (Band 12500) und ›Postscriptum für Anna und Miriam‹ (Band 10309). Im S. Fischer Verlag wurden außerdem die Romane ›Ein anderes Leben gibt es nicht‹ und ›Ehespiele‹ veröffentlicht. Maria Nurowska gilt als wichtigste Schriftstellerin der polnischen Gegenwartsliteratur.

Maria Nurowska

Spanische Augen

Roman

Aus dem Polnischen von
Albrecht Lempp

Fischer Taschenbuch Verlag

Die Frau in der Gesellschaft
Herausgegeben von Ingeborg Mues

Veröffentlicht im Fischer Taschenbuch Verlag GmbH,
Frankfurt am Main, Juni 1996

Lizenzausgabe mit freundlicher Genehmigung des
S. Fischer Verlages GmbH, Frankfurt am Main
Die polnische Originalausgabe erschien 1990
unter dem Titel ›Hizpańskie oczy‹ im Verlag
Wydawnictwa ›Alfa‹, Warszawa

Druck und Bindung: Clausen & Bosse, Leck
Printed in Germany
ISBN 3-596-13194-4

Gedruckt auf chlor- und säurefreiem Papier

SPANISCHE AUGEN

»Schlimmer als die Deutschen können sie eigentlich auch nicht sein«, sagte das Mädchen, und alle Köpfe wandten sich ihr zu.

Der Zug stand auf einem Nebengleis, ein gutes Stück außerhalb des Bahnhofs, aber noch in Warschau. Was sie da sagte, war deshalb irgendwie unverständlich.

»Wer?« fragte jemand.

Das Mädchen lächelte ironisch und wandte sich ab.

An diesem Tag waren in der Frühe »zwei verdächtige Zivilisten«, wie eines von uns Mädchen scherzhaft gesagt hatte, in die Wohnung meiner Tante in der Krucza-Straße gekommen. Alle hatten wir uns hier auf mehr oder weniger die gleiche Weise eingefunden: Ein Militärfahrzeug hatte uns hergeschafft. Auf dieselbe Weise waren die Männer gekommen, doch hatte man sie in getrennten Waggons untergebracht. Die Tante hatte gefragt, worum es gehe. Die Zivilisten antworteten, ich müsse mitkommen, weil einige Fragen zu klären seien. Ich war in Lemberg gemeldet, und folglich dachten wir, das sei der Grund. Ich hatte keine Sachen mitgenommen und war gleich hierher gebracht worden. Ich traf viele Bekannte, alle aus dem Aufstand. Es war eigentlich absurd, aber ich freute mich, daß so viele von uns überlebt hatten. Die Stimmung in meinem Waggon war gut, wir witzelten herum und teilten uns den Proviant, den die etwas Vorausschauenderen mitgenommen hatten. Das Wetter war schön, wie meist zu Beginn des Herbstes. Auf dem Bahndamm standen in einer Reihe hohe Pappeln, durch deren sich bereits gelb färbende Blätter die matten Strahlen der Sonne leuchteten. Wir drängten uns in den weit geöffneten Türen des Güterwagens und streckten unsere Gesichter in die anämische Sonne. Einige der Mädchen schäkerten mit ihren Nachbarn im »Männerwaggon«. Auch dort sah man lauter junge Gesichter. Die Stimmung eines herbstlichen Ausflugs wurde von diesem Mädchen verdorben. Sie als einzige beteiligte sich nicht an dem allgemeinen Geschnatter.

»Wer?« fragte jemand.

Niemand antwortete. Bei einbrechender Dunkelheit wurden die Türen der Waggons verschlossen und plombiert. Das besorgten Eisenbahner, allerdings wurden sie von Männern mit Karabinern begleitet. Nach dem, was ich hörte, waren es Leute vom Bahnschutz. Wer also schickte uns auf diese Reise, die Polnische Staatsbahn?

Oft kehre ich in Gedanken zu diesem Tag zurück. Eigentlich hatte uns niemand so richtig bewacht. Warum hatten wir dann so brav den lieben langen Tag in der offenen Falle gehockt? Vorher waren wir Soldaten gewesen, hatten wir die Hölle des Aufstands durchgemacht und danach die meisten von uns das Lager in Pruszków* und den Transport nach Westen. Schon einmal war ich von einem fahrenden Zug gesprungen und nach Warschau zurückgekommen. Und wozu? Nur um mich jetzt ein zweites Mal zum Bahnhof bringen zu lassen? Man hatte mir etwas ganz anderes gesagt, und trotzdem war ich gehorsam in einen Viehwaggon geklettert. Ich kann das nicht erklären. Tat ich es, weil ich da bekannte Gesichter sah? Und wenn ich herausgesprungen und quer über die Schienen gerannt wäre? Hätte jemand auf mich geschossen? Ich werde es nie erfahren. Der Gespensterzug setzte sich in Bewegung und trug mich und die anderen fort ins Ungewisse ...

* *Pruszków:* Deutsches Durchgangslager für die Warschauer Bevölkerung während des Warschauer Aufstands. A.d.Ü

Meine private Gewissenserforschung beginnt gewöhnlich mit dem Bild dieser Fahrt nach Osten. Mit ihr begann ein neues Kapitel in meinem Leben, denn obwohl ich mich mit meinen fünfzehn Jahren erwachsen fühlte, war ich es nicht. Daß ich Menschen hatte sterben sehen und dann den langsamen Tod meiner Stadt, hatte mich innerlich nicht verändert. Ich war von dem Alptraum nur gestreift worden, der dann im Verlauf dieser Reise durch halb Europa und Asien langsam von mir Besitz ergriff. Es war eine Reise mit Unterbrechungen, die wie Stationen auf einem Kreuzweg waren. Viele von uns blieben schon unterwegs zurück. Der Zug hielt immer nur an kleinen Bahnhöfen, aus denen man vorher die Menschen vertrieben hatte. Wir wurden aus den Waggons gescheucht, unsere Kleidung mußten wir zur Desinfektion geben, während wir selbst ins Badehaus geschickt wurden. Anfangs war das eine Wohltat, doch je tiefer wir in das Land des ewigen Frosts fuhren, desto gefährlicher wurde es. Das Bad wurde für uns zum Schlimmsten. Wir bekamen eisiges Wasser über den Kopf geschüttet und mußten anschließend die feuchten Kleider anziehen, die oft zu Panzern gefroren. In den Waggons wurde es zunehmend leerer. Die Leichen warf man einfach aus dem Zug. Auf diese makabre Art vervollständigte ich meine Wintergarderobe. Ich war in einem Sommerkleid von zu Haus fortgegangen, es war ein warmer Septembertag gewesen.

Dieser Arzt ist gekommen. Meinem Gefühl nach ist er entschieden zu jung, um mein Problem zu verstehen. Oder eher, das Problem meiner Tochter. Ich fragte ihn, ob er wisse, worum es sich handle.

»Um einen Fall von schwerer Depression.«

»Depression?« Ich konnte meine Verwunderung nicht verbergen. »Es ist eher eine Art grundloser Selbstzerstörung.«

»Es gibt immer einen Grund.«

War das Kind der Grund? Mit dem Kind waren auch die Schwierigkeiten mit Ewa gekommen. Ich hatte nicht rechtzeitig etwas dagegen unternommen oder war dazu gar nicht fähig gewesen. Ein kranker Baum bringt wilde Früchte hervor. Deshalb ist der Liebreiz meines Enkels vielleicht genauso unbeschreiblich wie sein Trotz. Ein kleines, grimmiges Tierchen, das einen Menschen zur Verzweiflung treiben kann. Dieser Mensch bin meistens ich. Der Kleine ist erst drei Jahre alt, aber er spürt genau, wo meine Schwäche liegt. Einmal brachte er es so weit, daß ich weinte. Da sah ich zum ersten Mal Angst in seinen Augen. Er schaute sich um, als suchte er Hilfe, danach warf er sich auf den Boden und kroch unter das Bett. Ich mußte lachen, aber mein Lachen klang unsicher. Wir sind einander sehr ähnlich, es gibt niemanden, dem es nicht auffallen würde, daß wir eng verwandt sind. Meistens hält man mich für seine Mutter. Er hat dieselbe Haarfarbe wie ich, hell, leicht ins Aschblonde gehend, und meine blauen Augen, sogar deren etwas mandelförmige Gestalt. Doch es ist so viel Fremdes in ihm. Oft glaube ich, Ewa ist mir viel näher, aber ich bin mir nicht sicher, ob ich fähig bin, sie zu lieben. Auch das Kind liebe ich auf eine ungesunde, überspannte Art. Manchmal denke ich, das Kind würde mich mit anderen Augen ansehen, wenn neben mir ein Mann wäre. Ich kann das nicht genauer erklären. Natürlich ist mein Enkel zu klein, als daß er meine Situation beurteilen könnte. Er beurteilt allein mich und mißt sich mit mir. Und er gewinnt. Er gewinnt bereits jetzt. Vor ein paar Tagen hat er mir meine künstlichen Wimpern kaputtgemacht, die mir jemand aus Paris mitgebracht hatte. Ich war dabei, ich sah, wie er sie eine nach der anderen ausriß. Ich sagte: »Laß das, hörst du!« Aber ich ging nicht hin und nahm sie ihm nicht weg. Ich dachte nur, daß meine Einsamkeit eine Katastrophe sei. Und darin lag ein Vorwurf gegen jemanden, der nicht existierte. Diesen Jemand gibt es nicht, weil ich alles getan habe, damit es ihn nicht gibt. In den Armen der Männer habe ich die körperliche Erfüllung gesucht und mir vorgestellt, es gebe keine andere. Den Frauen, die hier noch Illusionen hatten, fühlte ich mich in gewisser Weise sogar überlegen. Jemand hat mir einmal erklärt, daß das Auge eines Insekts anders gebaut sei als das eines Menschen. Ein Insekt sieht uns als Schatten oder als Umriß. Bei meinen Kontakten mit Männern habe ich immer daran gedacht, daß sie mich anders sehen. Für die einen bin ich ein Schatten, für die anderen ein Umriß, und sie erkennen mich nur in dieser Gestalt. Es ist unwichtig, wie ich wirklich bin, wichtig ist, daß ich das vertraute Kleid mit den Punkten anhabe, denn das hat sich ihnen auf der Netzhaut eingeprägt.

»Ich glaube, sie kommt nicht mehr«, sage ich zu dem Arzt. »Entschuldigung. Vielleicht rufe ich Sie an ...«

»Ich kann noch etwas warten«, antwortet er.

»Aber ...«

»Ich hab so eine Ahnung, daß sie doch noch kommt.«

Interessant, dieser Arzt läßt sich von Ahnungen leiten. In seinem Fachgebiet ist das vielleicht ganz normal.

Jede Andeutung einer Zukunft stürzte mich in Panik. Eine Zukunft hatte es für mich nie gegeben, immer war es nur der flüchtige Augenblick. Ich versuchte mir einzureden, daß Freiheit jede Bindung ausschließt, aber gerade dadurch war ich gefesselt. Ewa und Antek bestimmen nicht nur über mein Leben, sondern auch über meine Gemütsverfassung. Ob es Momente der Entspannung gibt, ist von der Situation in der Reymont-Allee abhängig, und die Lage dort ist dafür verantwortlich, wie es in der Odyniec-Straße geht. Nichts zählt mehr, keine Premiere, keine gute Besprechung. Ich zähle auch nicht mehr, nicht einmal für mich selbst.

Ewa kommt.

»Entschuldigung, ich hab mich verspätet«, sagt sie.

Immer diese leichte Verwunderung, daß so meine Tochter aussieht. Sie ist weder mir noch irgend jemandem aus meiner Familie ähnlich. Das dreieckige Gesicht, dessen Mittelpunkt die Augen sind, zu groß und zu intensiv. Die Augenfarbe meiner Tochter erinnert an Granatäpfel. Als ein amerikanischer Bekannter uns einmal zusammen sah, rief er:

»Mit wem haben Sie denn da gesündigt?«

Also wirklich, ein typisch amerikanischer Witz. Jetzt sage ich:

»Immer kommst du zu spät.«

Und sie antwortet:

»Und immer entschuldige ich mich.«

Meine Worte, ihre Worte, ihre Fragen, meine Antworten. Und ein Zuhörer. In letzter Zeit leistet uns immer eine dritte Person Gesellschaft. Das soll etwas lösen, soll ihr helfen, soll meiner Tochter helfen. Doch ich habe immer weniger Hoffnung. Sie wohl auch, denn ich höre, wie sie sagt:

»Bestimmt sind Sie Arzt. Zu uns kommt sonst niemand. Soweit ich zurückdenken kann, wurde zu Hause über Krankheiten, Ärzte und den Verdacht auf Krankheiten gesprochen. Dasselbe ist jetzt mit meinem Sohn, nun wird er von meiner Mutter genaustens beobachtet.«

Na bitte, jetzt bietet er ihr eine Zigarette an, und sie

wird natürlich rauchen, mir zum Trotz. Ich weiß, ich sollte meinen Mund halten, aber ich sage:

»Meine Tochter raucht nicht.«

Ewa nimmt sich eine Zigarette aus der Packung und wirft mir einen Blick zu.

»Warum sagst du das, du weißt doch genau, daß ich rauche.«

Der Arzt gibt ihr Feuer. Er steht dazu auf, und ich sehe, daß ihr das gefällt. Für einen Moment bin ich ungehalten. Mir hat er auch eine angeboten, aber ich habe abgelehnt. Ich kann nicht sagen, daß ich überhaupt nicht rauche. Manchmal brauche ich sogar eine Zigarette, aber immer nur dann, wenn ich allein bin. Das Inhalieren des Rauchs hat etwas, mit dem man sich vor Fremden nicht bloßstellen sollte. Genausowenig könnte ich es ertragen, wenn jemand meinen Orgasmus beobachten würde. Das Licht muß gelöscht sein. Und darin liegt keine Scham meines Körpers, viel eher meines Innern. Ein schamhaftes Inneres. Das ist es. Ich habe mich früher sogar geschämt, ein Kind zu sein, und ein kniefreies Kleid war für mich ein Drama. Leider konnte meine Mutter das nie verstehen.

»Diese Treffen sind doch dazu da, daß wir uns mit den Fäusten auf die Köpfe trommeln«, sagt Ewa. »Mamas Zimmer ist der Ring, und Sie sollen den Sekundanten spielen.«

»Aber trotzdem sind Sie gekommen.«

»Weil ich keine andere Wahl hatte. Sie erpreßt mich damit, daß sie mir sonst kein Geld gibt. Ihr blödes Geld kommt mir schon zu den Ohren heraus. Bisweilen denke ich daran, das Studium hinzuwerfen und arbeiten zu gehen ...«

»Als was?« frage ich mit einer Stimme, die ich selbst nicht mag. Sie ist um einen Ton höher als normal.

»Ist mir egal«, antwortet Ewa.

»Du wirst nicht genug zum Leben verdienen. Nicht für das Leben, an das du gewöhnt bist. Das ist mein Fehler, du hast keine Ahnung, was in der Welt los ist, weil du in Watte gepackt aufgewachsen bist.«

Und plötzlich wird mir klar, was ich da rede. Ihre frühe Kindheit war doch ..., aber daran erinnert sie sich nicht. Wenn ich sie manchmal gefragt habe, konnte sie sich an nichts erinnern. Nur an diese Reise. Sie erinnert sich, daß wir unendlich lange gefahren sind, aber sie kann sich nicht erklären, woher oder wohin ...

»In Glaswolle!«

Ging es ihr schlecht in ihrem bequemen Leben? Fühlte sie sich tatsächlich so? Jetzt, wo sie so weit ist, allem zu widersprechen, hat sie angefangen, von mir in der dritten Person zu sprechen.

»Du hast immer geglaubt, weil du mir Geld gibst, sei alles in Ordnung.«

Ich will sagen: Verdiene es dir, dann verstehst du, was das heißt. Aber ich sage:

»Ich hab mir nichts vorzuwerfen.«

»Aber gestern hast du etwas anderes gesagt. Da hast du mich für alles um Verzeihung gebeten, sogar um Vergebung hast du gefleht.«

Ich sage:

»Ich erinnere mich nicht.«

Dabei erinnere ich mich gut an diese Szene. Dieses »einen Moment« von ihr durch die Tür. Sie kann mir nicht öffnen, weil sie natürlich im Badezimmer ist. Und schon gehe ich nicht, sondern stürze ich hinein und sehe mich suchend nach Tabletten oder leeren Medikamentenschachteln um.

»Dein Gedächtnis läßt dich immer im Stich, wenn du

etwas nicht zugeben willst.« Ewas Stimme wird schrill, fast wie die eines Kindes. »Muß ich dir nachhelfen, dich zu erinnern?«

»Ein andermal vielleicht, Pani Ewa«, mischt sich der Arzt ein.

Und schon unterhalten sie sich gemütlich: sie, daß sie überhaupt keine *Pani* sei, und er, daß er in dem Fall kein *Pan* sei.

»Lassen wir jetzt besser das Private, sonst frißt Sie meine Tochter noch mit Haut und Haar«, sage ich ein wenig zu scharf. Aber ich hab ihn nicht geholt, damit er sich jetzt auf Schäkereien mit dieser Göre einläßt.

»Auf welche der Damen soll ich also hören?«

Mit einem Ohr bekomme ich mit, was sie erzählt, aber vor meinen Augen läuft das Bild des gestrigen Abends ab. In den Händen halte ich eine Packung kleiner gelber Tabletten, ich klaube sie heraus und werfe sie ins Klo. Doch Ewa versucht, mich daran zu hindern. Einen Moment lang ringen wir miteinander, ich bin größer, Ewa reckt sich auf die Zehenspitzen, fast erreicht sie meine Hand. Da stoße ich ihr mein Knie in den Bauch. Sie krümmt sich zusammen, ihr Gesicht ist schmerzverzerrt. Ich werfe die restlichen Tabletten weg und ziehe die Spülung. Jetzt beugt sich Ewa über die Muschel, würgend erbricht sie und schüttelt sich. Ich stehe daneben und fange an zu zittern. Meinen Kopf reißt es hin und her wie bei einem epileptischen Anfall. Ewa sieht das, und kalt sagt sie:

»Ich gehe gleich in die Apotheke.«

Und jetzt sagt sie:

»Meinetwegen, wie Mama sagt. Ich bin in dieser Familie das schwarze Schaf und mache meiner tollen Mutter immer nur Schwierigkeiten. Ich bin das Ungeheuer, ich bin es, die sie kaputtmacht.«

»Du machst dich selbst kaputt!« schreie ich. »Dich und dein Kind. An mich denke ich überhaupt nicht.«

»Du denkst nicht an dich! Jammerst du deshalb ständig, daß dich das Schicksal mit so einer Tochter gestraft hat?«

»Es hat mich ja auch gestraft! Ich kann den Tag schon nicht mehr normal beginnen. Mein erster Gedanke gilt immer dir beziehungsweise deinen Eingeweiden!«

»Ich weiß, ich weiß, ich bin schwach und vergifte mich mit den Tabletten.«

Seit langem schon habe ich bemerkt, daß Ewa eine ganz charakteristische Art hat, den Kopf zu halten, wenn sie mit jemandem spricht. Sie hält ihn dann leicht zur Seite geneigt und schaut einen unter gesenkten Wimpern schräg an, so daß man ihren Blick nicht auffangen kann. Ob er das auch bemerkt hat?

»Wieviel nehmen Sie?« fragt er sie jetzt.

»Ein paar hundert Bisacodyl die Woche!« antworte ich an ihrer Stelle.

»Und wer stellt Ihnen die Rezepte aus?«

Diesmal antwortet sie:

»Manchmal ein Arzt. Aber meist fahre ich von Apotheke zu Apotheke und bettle. Ich sage, es sei für eine Nachbarin, eine alte Frau, die nicht mehr aus dem Haus geht.«

»Sehr geschickt. Die Arznei wird Personen verschrieben, deren Organismus insuffizient ist. Wer hat Ihnen das gesagt?«

»Ich bin selbst darauf gekommen, meine Intuition hat es mir gesagt.«

»Aber daß Sie sich damit kaputtmachen, hat sie Ihnen nicht gesagt?«

»Ich weiß, daß ich das nicht lange überleben werde«, sagt meine Tochter. »Damit hab ich mich abgefunden.«

»Und was wird aus Ihrem Kind?«

»Mama wird sich darum kümmern. Sie träumt doch davon, Antek ganz für sich allein zu haben. Sie gönnt ihn mir nicht. Ich bin ihr doch nur im Weg.«

Idiotin! Ich habe die Wohnung gegen zwei kleinere getauscht, damit sie sich endlich wie eine Mutter fühlen kann. Sie hatte angefangen, Antek wie einen Bruder zu behandeln. Wie oft hat sie sich bei mir beklagt, daß er ihr etwas kaputtgemacht, ihr ein Heft verschmiert hat.

»Antek ist dein Sohn!« sage ich scharf.

»Ich weiß, daß er mein Sohn ist, also laß uns in Ruhe. Laß uns leben!«

»Du bist es doch, die mich anruft.«

»Weil ich kein Telefon habe, und würde ich nicht anrufen, stündest du doch gleich vor unserer Tür.«

Der Mund meiner Tochter verzieht sich, als würde sie gleich weinen.

»Pani Ewa, der wievielte ist heute?« fragt der Arzt völlig unvermittelt, aber ich verstehe, worum es ihm geht. Er hat recht, er läßt es nicht zu, daß wir in sinnlose Streitereien verfallen. Das war ein riesiger Fehler seines Vorgängers. Der hatte gemeint, wir sollten spontan sein, und das endete gewöhnlich damit, daß wir Krach bekamen und irgendwelche alten Geschichten wieder aufwärmten. Ewa begann dann immer zu weinen. Schließlich kündigten wir den »Kontrakt«. So nannte der Arzt unsere Treffen, und er hatte auch festgelegt, daß wir diese Treffen jederzeit abbrechen könnten, denn sie mußten ja spontan sein. Dieses Wort mochte er sehr. Der jetzige mag es wohl weniger, ganz deutlich beginnt er, unser Gespräch zu steuern. Vielleicht ist er tatsächlich so gut, wie es von ihm heißt.

»Wissen Sie es denn nicht?« wundert sich meine Tochter.

»Ich weiß es, aber ich will es von Ihnen hören.«

»Vielleicht ist das gar keine so dumme Idee«, versuche ich ihm zu helfen, »immerhin lebst du ohne Kalender.«

Er ist sichtlich ungehalten und gibt mir zu verstehen, daß ich den Spielablauf ihm überlassen soll.

»Der wievielte also?« wiederholt er.

»Soll Mama es doch sagen.«

»Aber ich frage Sie.«

»Wo ich es doch nicht weiß.«

»Muß ich es Ihnen sagen?« fragt er.

»Nicht nötig. Der 5. Oktober 1969. Dienstag.«

»Wieviel haben Sie heute genommen?«

»Noch gar nichts.«

»Also wieviel werden Sie nehmen?«

»Anderthalb Schachteln.«

»Wieviel ist das in Tabletten?«

»Fünfunddreißig.«

Darauf ich, obwohl ich weiß, daß ich ihm das nicht verderben sollte:

»Einmal wollte ich sehen, wie sie wirken, und hab sechs genommen. Ich war eine Woche lang krank.«

»Weil du nicht daran gewöhnt bist«, bemerkt Ewa. »Das ist ein ganz normales Abführmittel.«

»Sie auch nicht, und schon gar nicht daran gewöhnt ist Ihr Dickdarm, der von Natur aus sehr empfindlich ist. Niemand gibt Ihnen dafür einen anderen, zumindest nicht beim jetzigen Stand der Medizin.«

Ewa lächelt traurig.

»Ich weiß. Ich hab ständig Bauchschmerzen.«

»Bauchschmerzen hat sie!« errege ich mich. »Einmal hat sie sich die Leber so vergiftet, daß sie ganz gelb war. Ich rief den Notarzt. Sie hat es damals mit der Angst zu tun bekommen, aber danach war es dann wieder das gleiche.«

Ich weiß nicht, was ich tun soll. Man will sie in der Klinik nicht aufnehmen, es heißt, das sei ein Fall für den Psychiater. Man hat sie geröntgt, und ein Chirurg hat sie untersucht, das war alles. Sie fanden nichts. Mit viel Mühe ist es mir gelungen, einen Termin bei einem bekannten Gastroenterologen zu bekommen. Wir waren gleich morgens einbestellt. Ewa kam nicht zum Krankenhaus. Sie war zu Hause, in so einem Zustand völliger Erschöpfung. Fast mit Gewalt brachte ich sie zum Taxi. Mit über einer Stunde Verspätung kamen wir ins Arztzimmer. Und das ging nur dank meines Gesichts, das die Arzthelferin sofort erkannte. Sie ließ den Patienten, der gerade an der Reihe war, warten, und wir schlüpften schnell ins Zimmer des Professors. Der untersuchte Ewa und sagte dann das, was auch die anderen schon gesagt hatten. Wir gingen wieder. Ich sah, wie sie sich beim Gehen an der Wand abstützte und wie sie dann im Freien unsicher ihre Schritte setzte, fast ohne die Beine vom Boden zu heben. Sie sah aus wie eine Schwerkranke. Ich wollte sie unter den Arm fassen, doch sie wich mir aus. Für einen Moment trafen sich unsere Augen. Ihre Augen, in denen immer zuviel war, egal was, Glück oder Verzweiflung.

»Dann lassen Sie uns ausmachen, daß Sie ab heute jeden Tag eine Tablette weniger nehmen. Und das schreiben Sie dann immer in ein speziell dafür bestimmtes Heft.«

»Das bringt nichts«, sagt Ewa, »ich muß die Dosis erhöhen. Ich hab mit nur ein paar Tabletten angefangen.«

»Und dabei geht es ihr hauptsächlich darum, hohle Wangen zu haben«, werfe ich ein. »Nur keine Pausbacken!«

Es dürfen nur ja keine runden Formen entstehen, die Welt könnte sonst untergehen. Das erste Alarmsignal war die Waage, eine ganz gewöhnliche Badezimmerwaage. Ewa fing an, sie überallhin mitzunehmen, selbst wenn wir an den Wochenenden vor die Stadt fuhren.

»Du warst es doch, die gesagt hat, ich hätte die reinsten Elefantenschenkel. Deinetwegen hab ich angefangen abzunehmen!«

»Wann hab ich das gesagt?«

»Noch als ich in der Grundschule war. Dauernd hast du dich darüber lustig gemacht, daß der Fußboden wackelt, wenn ich darübergehe.«

»Und deshalb hast du die Waage mitgeschleppt? Ich dachte, das sei so eine Marotte.«

In den Augen meiner Tochter stehen Tränen.

»Weil es dir so bequemer war!«

»Ich hatte keine Ahnung.«

»Weil du eben damals aufgehört hast, dich um mich zu kümmern.« Die Tränen fließen über ihr Gesicht. »Du warst der Meinung, ich müsse jetzt allein zurechtkommen, weil ich fünfzehn Jahre alt sei! Du hast mich ausgesetzt!«

Ich muß aufstehen und ihr eine Serviette geben. Wenn sie weint, krampft sich in mir immer etwas zusammen. Ich würde mich dann am liebsten wie mein Enkel unter dem Bett verstecken. Diesmal schweigt der Arzt, dabei müßte er sich einschalten, wo er doch angeblich nach einer Methode vorgeht.

»Als ich so alt war ... war ich auch allein«, sage ich, denn er schweigt noch immer.

»Um so eher solltest du mich verstehen. Du konntest dich an deiner Oma freuen, ich dagegen weiß kaum, was das Wort ›Familie‹ bedeutet.«

»Weil du es nicht verstehen wolltest«, erwidere ich schroff, »wir hätten eine haben können.«

Nicht Ewa hatte diese Verbindung zerstört. Ich war es gewesen. Trotzdem sage ich, was ich sage. Denn auf einmal habe ich den Eindruck, dieser Fremde, der uns zum ersten Mal im Leben sieht, bildet sich schon eine Meinung über mich. Er beurteilt mich bereits, und seine Beurteilung fällt zusehends schlechter aus.

»Du meinst deinen Kerl?«

Die bösen Augen meiner Tochter. Meine bösen Augen.

»›Witek‹ kommt dir wohl nicht über die Lippen?«

»Statt dir meinetwegen den Kopf zu zerbrechen, solltest du lieber heiraten.«

Sie putzt sich die Nase, die Serviette ist schon ganz naß. Ich gebe ihr eine neue und habe das Gefühl, dadurch aus der Rolle zu fallen. Ich empfinde schon nichts mehr, ich bin nur darauf eingestellt, mich zu verteidigen. Ich glaube, daß die beiden gegen mich sind.

»Und du bist, um mich daran zu hindern, ein Jahr vor dem Abitur schwanger geworden!« sage ich mit fremder Stimme und betone jedes Wort.

»Ich war genauso alt wie du, als du mich zur Welt gebracht hast. Nur daß ich nicht einmal weiß, wer mein Vater war. Ein großes Geheimnis hast du daraus gemacht. Wenn ich dich gefragt habe, bist du ausgewichen, immer war ich zu klein. Zu klein wofür? Wofür denn? Jetzt hab ich schon selbst ein Kind und bin immer noch zu klein.«

»Reden wir lieber wieder über deine Gesundheit«, sage ich und bebe innerlich. Ich habe Angst, daß mir gleich mein Kopf hin- und herzuckt, davor habe ich vor der Kamera immer Angst. Jetzt bin ich auch vor einer Kamera, vor den Augen dieses Fremden nämlich. Das Bild, das sich in ihnen spiegelt, wird keinen Einfluß auf meine sowieso schon zweifelhafte Karriere haben, aber es kann mir in den Augen von jemand anderem schaden, in den Augen meiner Tochter.

»Als ich ihr sagte, ich sei schwanger, hat sie mich ins Gesicht geschlagen.«

»Hör auf!«

»Das ist das einzige, was du kannst«, giftet Ewa weiter. »Schreien. Schreien und Ohrfeigen austeilen.«

»Hör auf!«

»Es ist wahr!«

»Ich war keine strenge Mutter« – es fällt mir schwer, die richtigen Worte zu finden – »ich wollte dir bestimmte Dinge erklären, aber du hast verkündet, du hättest nicht die Absicht, vor dem Abitur mit deinem Sexualleben zu beginnen.«

»Und was hätte ich dir sagen sollen. Ich schämte mich doch vor dir.«

»Und deshalb wußtest du nicht, was du sagen solltest, als der Arzt dich fragte, wann deine letzte Periode war.«

»Sag das nicht hier, vor ihm.«

»Bitte, sagen Sie alles.«

Endlich hat er seine Stimme wiedergefunden. Ich werde ihn heute abend anrufen und mich für seine Mitarbeit bedanken. Als hätte sie meine Gedanken erraten, sagt Ewa:

»Sie sind der zweihundertfünfundzwanzigste Arzt, der hierherkommt, und immer reden wir das gleiche.«

»Und zwar was?«

»Na eben, daß ich die Tabletten nehme.«

»Also warum nehmen Sie Tabletten?«

»Weil sie abmagern muß«, mische ich mich ein. »Die Wohnung hab ich gewechselt, um nicht dauernd die leeren Bisacodyl-Schachteln finden zu müssen, überall, hinter dem Büfett, dem Kühlschrank. Aus einer Dreizimmerwohnung bin ich in ein Loch gezogen.«

»Ich auch.«

»Wir haben einfach einen größeren Käfig gegen zwei kleinere vertauscht.«

»Aber ich wohne mit einem Kind.«

»Ich wohne mit ihm!« In meiner Herzgegend spüre ich einen Druck. »Es ist doch dauernd bei mir. Ich kann nicht arbeiten, soll aber zwei Familien ernähren.«

»In welchem Semester sind Sie?«

Derselbe Trick, ich habe ihn schon durchschaut. Ihm fällt zu uns nichts ein. Da hat er etwas gelesen und wendet es jetzt mechanisch an. Vorhin: »Der wievielte?«, jetzt: »In welchem Semester sind Sie?«

»Zum ersten Mal im ersten«, antwortet Ewa.

»Und was studieren Sie?«

»Gute Frage«, sage ich ironisch.

»Sonderpädagogik.«

»Sie wird sich um Krüppel kümmern, sie rehabilitieren, wie die das nennen. Ewa! Begreifen Sie!«

»Genau. Ich. Nur ein Behinderter kann einen anderen Behinderten verstehen.«

»Ein Behinderter«, greife ich den Ausdruck auf. »Eine interessante Bezeichnung. Und deiner Meinung nach bist du so einer?«

»Ja, das bin ich, Mama. Jetzt stell die nächste Frage: Wem hab ich das zu verdanken?«

»Dir selbst, mein Töchterchen«, antworte ich mit derselben süßlich-falschen Stimme. »Dir selbst verdankst du dieses Schicksal.«

Sie ruft von den Nachbarn aus an, ich solle kommen und das Kind abholen, weil sie nicht imstande sei, es in den Kindergarten zu bringen. Es ist doch nicht zum Aushalten. Ich kann nicht mehr!

Kaum daß sich die Tür hinter ihr schließt, fange ich an, auf das Telefon zu horchen. Wann ruft sie an und schickt mich auf die Reise durch die ganze Stadt. Diese Reisen …

Im letzten Jahr habe ich viele davon gemacht, und immer hatte ich dabei einen Kloß im Hals. Vor dem Besuch in der Reymont-Allee und nach dem Besuch. Wenn ich in die Wohnung kam, fand ich Ewa meist im Badezimmer. »Einen Moment.« Nie machte sie die Tür sofort auf. Nur manchmal konnte sie, bevor sie wieder darin verschwand, ein paar Worte mit mir wechseln. »So kann man doch nicht leben«, dachte ich verzweifelt und wußte nicht, was ich noch hätte tun können. Vorher, wenn Ewa gesagt hatte: »Rette mich, ich sterbe. Ich spüre, ich muß ins Krankenhaus«, hatte ich zumindest versucht, eine Einweisung für sie zu bekommen. Jetzt weiß ich, daß eine Einweisung nichts geändert hätte. Ewa hätte eine Infusion bekommen, die Anzahl der Elektrolyten in ihrem Blut wäre gestiegen, danach wäre sie wieder nach Hause gegangen und hätte die Elektrolyten langsam wieder verloren.

»Ich weiß, daß ich euch beiden das Leben zerstöre«, gab sie zu. »Ich bin eben ein schwacher Mensch.«

Und weil sie ein schwacher Mensch ist, muß ich mit der Trambahn durch die Gegend fahren oder an Bushaltestellen herumstehen. Ein Auto habe ich nicht, habe ich nie gehabt. Als sozialistischer Filmstar habe ich es irgendwie nie dazu gebracht. Selbst als ich noch häufiger im Film spielte. Filmstar wurde ich durch Zufall. Das war Anfang neunzehnhundertsiebenundfünfzig, als mir jemand ein Päckchen meiner Tante aus England bringen wollte. Dieser Jemand war, wie sich herausstellte, Filmregisseur. Wir unterhielten uns eine Weile. Zuerst behauptete er, in Eile zu sein, doch dann sagte er, einen Tee würde er trinken. Na ja, und bei dem Tee bot er mir dann eine Rolle oder eher eine kleine Nebenrolle in seinem Film an. Ich sollte auf einer Terrasse sitzen, in einem altmodischen Kleid, mit einem Sonnenschirm, und melancholisch dreinschauen. Anfangs sträubte ich mich, aber dann, nachdem er mir versichert hatte, daß er seit langem so ein Gesicht wie das meine suche, willigte ich ein.

»Mit Frauen«, sagte er, »sieht es in unserem Kino schlecht aus. Wir haben sogar ein paar hübsche, aber der Typ der Vorkriegsfrau, wissen Sie, so einer rassigen aus gutem Hause, der ist verschwunden.«

»Weil die, mein Lieber, ermordet wurden«, dachte ich, aber ich sagte es nicht laut.

»Ich gebe Ihnen mein Wort, daß Sie sich Ihr Brot verdienen können, wenn Sie all die Komtessen und Hofdamen spielen.«

»Und später dann gealterte Gräfinnen?« lachte ich.

»Sie werden sehen!«

Mein Part sollte eine Episode sein, doch er wurde zum Leitmotiv des Films. Eine geheimnisvolle, auf der Terrasse sitzende Frau. Immer wieder tauchte sie auf und verschwand dann. Niemand wußte so recht, warum. Aber trotzdem wurde ich bemerkt. Ich erhielt eine Einladung zu Probeaufnahmen. Ich ging hin, obwohl ich mich nicht zur Schauspielerei berufen fühlte. Vielleicht ging ich hin, weil ich mich zu nichts berufen fühlte. Und was das Komischste war: Meine erste größere Rolle war tatsächlich die einer Komtesse. Ein Roman von Żeromski wurde verfilmt. Die Rolle vergaß ich nicht so schnell, schon allein deshalb, weil ich reiten lernen mußte. Das endete mit einem Sturz, bei dem ich mir den Fuß verstauchte. Die Dreharbeiten mußten unterbrochen werden, der Regisseur war ungehalten. Fast hätte ich aufgegeben. Aber das gestattete man mir nicht, weil ein Teil der Szenen schon abgedreht war. Der Film wurde ein Erfolg, er machte Kasse, wie man so sagt. In den Kritiken wurde mein Name erwähnt, vor allem aber wurde meine Schönheit gerühmt. Ich machte schnell Karriere, doch die Leute vom Film akzeptierten mich nicht. Für sie war ich eine Amateurin, und als ich mich dann entschloß, in dem, was für sie das Allerheiligste ist, im Theater, aufzutreten, wurde ich bestraft. Noch heute denke ich daran, wie ich auf der Bühne stehe, vor mir die verächtlichen Gesichter der Kollegen, der Techniker, des Souffleurs, und immer schlechter spiele, mich verspreche und sogar anfange zu lispeln ... Mein Gesicht auf den Titelseiten der Illustrierten und auf den Plakaten war mir fremd. In meinem Privatleben sehe ich bei weitem nicht so beeindruckend aus. Einmal sagte der Notarzt, als er meinen Namen notierte:

»Sie heißen wie diese Schauspielerin ...«

Ich ließ ihn in dem Glauben, denn tatsächlich hieß ich nur so. Nur nach außen war ich dieser Mensch, obschon ich über Nacht berühmt geworden war. Ständig wurde über meine außergewöhnliche Schönheit, über meine edlen Gesichtszüge und den ungewöhnlichen Glanz meiner Augen geschrieben. Die jungen Mädchen fingen an, sich so zu frisieren wie ich, eine richtige Mode entstand. Ich erhielt eine Einladung zu Probeaufnahmen nach Paris. Der Regisseur war sehr bekannt, und das machte die Sache doppelt interessant. Ich bekam die Rolle nicht. Das war das erste Signal, meinem Schicksal, das mir flüchtig zugelächelt hatte, nicht einfach zu vertrauen. Hatte es mir in der Vergangenheit doch oft zu verstehen gegeben, daß nirgends geschrieben steht, daß gerade ich glücklich sein soll. Ich erlebte kurze Momente des Glücks. Als Frau und als Schauspielerin, aber immer waren sie so kurz, daß ich nie sicher sein konnte, ob sie auch wirklich mir galten ... Es war immer nur dieser flüchtige Augenblick. Einer der Therapeuten hatte gesagt, ich hätte ein übertrieben stark ausgeprägtes Freiheitsgefühl, das es mir nicht erlaube, mich in das Korsett einer Verbindung mit einem Mann oder einer festen Arbeit zu zwängen. Warum aber fühle ich mich dann zu schwach, um darauf verzichten zu können? Jetzt war es in jeder Hinsicht zu spät. Ich kenne mich und weiß, daß ich keinen einzigen Nadelstich ertragen könnte. Wem also mache ich jetzt Vorwürfe, einem Menschen ohne Gesicht? Daß er nicht gekommen ist und für mich die Entscheidung getroffen hat? Aber hätte dieser Mensch auch nur irgend etwas an meinem Schicksal ändern können? Hätte er Ewa etwa dazu gebracht, ein normales Leben zu führen? Sich um ihr Kind zu kümmern? Die Antwort lautet: nein. Hätte ich die Kraft, einfach aus dem Haus zu gehen oder wenigstens das Telefon auszustöpseln, dann würde ich vielleicht für einen Augenblick wieder ich selbst sein und nicht Mutter und Großmutter. Ich habe mich so in meine neue Rolle hineingesteigert, daß ich fürchte, die Männer werden jetzt unwiederbringlich aus meinem Leben verschwinden. In letzter Zeit habe ich nicht einmal einen Liebhaber. Dieser aufmerksam prüfende Blick, der für mich immer eine Herausforderung war, irritiert mich jetzt. Dabei bin ich neununddreißig und habe nur noch ein Jahr meiner Jugend. Und ich weiß bereits, wie ich es verbringen werde. Auf Reisen zwischen den Stadtteilen Mokotów und Żoliborz. Ende. Punkt. Vielleicht ist es so, weil ich einmal eine ganz andere Reise gemacht habe ...

Das Telefon läutet. Bevor ich abhebe, muß ich erst eine innere Sperre überwinden. Wenn sie das ist oder ihre Nachbarin, weil ich sofort kommen soll ... Dabei muß ich in zwei Stunden im Fernsehstudio sein. Ich spiele eine Nebenrolle in einem Stück von Zapolska. Vielleicht lasse ich es einfach läuten ...

»Tag, Mama«, höre ich ihre Stimme, die diesmal ganz natürlich klingt, ohne das geringste Anzeichen von Hysterie oder diesem grenzenlosen Überdruß, was noch schlimmer wäre, denn das bedeutete, daß Ewa weder imstande ist, zu ihrem Unterricht zu gehen, noch Antek von der Vorschule abzuholen – sofern sie ihn überhaupt dorthin gebracht hat. »Ich hab kein Geld.«

»Aber du hast doch erst vor kurzem tausend Złoty bekommen.«

»Ich hatte Ausgaben.«

»Hast du für die Mittagessen bezahlt?«

»Wozu? Ich hab mir die Stunden so gelegt, daß ich kein Loch dazwischen habe. Andernfalls würde ich es mit Antek nicht schaffen.«

»Da hast du dir aber ein Studium ausgesucht. Ich hab noch nie erlebt, daß ein Student so viele Stunden hat.«

Ich weiß, daß ich mich wiederhole. Und sie weiß es, aber geduldig erklärt sie mir:

»Weil das ein Sonderstudium ist, Mama.«

»Ich hab dir gesagt, du sollst die Prüfung für die Universität machen.«

»Aber ich hab es doch versucht. Ich bin zu unbegabt. Die Universität ist für mich zu hoch. Ich eigne mich nur für die Fachschule für Sonderpädagogik.«

»Wieviel brauchst du?« frage ich resigniert.

»Na ja ... zweihundert Złoty.«

»Und wofür?«

»Ich hab zwei Blusen zum Färben gegeben, für den Kindergarten hab ich noch nicht bezahlt ...«

»Aber ich bezahle doch den Kindergarten. Was erzählst du da für Geschichten. Wozu brauchst du das Geld?«

»Ich möchte Privatstunden in Englisch nehmen, ich möchte Sprachen können.«

Mich packt die kalte Wut, weil sie so unreif ist. Die ganze Last der Verantwortung für sich und das Kind wälzt sie auf mich ab. Was soll man von jemandem halten, der in so einer Situation plötzlich Privatstunden nehmen will? Sie ist im ersten Studienjahr, sie hat ein kleines Kind, und es fehlt ihr die Zeit zum Mittagessen. »Sie müssen regelmäßig und immer um die gleiche Zeit zu Mittag essen«, hatte der Gastrologe gesagt. »Sie brauchen viel Ballaststoffe. Suppen sind sehr wichtig.« Suppen! Was der sich nur denkt! Suppen sind der Feind Nummer eins, denn die machen dick.

»Wir können uns einen solchen Unterricht nicht leisten«, erwidere ich matt. »Jedenfalls nicht jetzt. Und außerdem hast du auch so einen vollen Tag.«

»Ich kann lernen, wenn Antek schläft. Jemand kann zu mir kommen.«

»Und was ist mit deinem Studium?«

»Englisch nützt mir beim Studium.«

»Ewa, um Gottes willen!«

»Na, dann tschüs.« Bevor ich noch etwas sagen konnte, hängte sie auf.

Als ich so alt war wie sie ... habe ich sie zum ersten Mal gesehen. Und nicht einmal ganz freiwillig. Davor hatte ich sie nicht sehen wollen, auch gleich nach der Geburt nicht ...

Sie hatten mich mit meinem Entlassungsschein in der Hand an der Bahnstation abgesetzt und gesagt, ich müßte mir eine Wohnung und Arbeit suchen. In diesem Städtchen oder in der Umgebung, aber nur innerhalb eines Radius von fünfzig Kilometern. Weiter dürfte ich nicht gehen. Meine Schutzengel waren wieder in ihr Dienstabteil gestiegen. Der Zug fuhr los, und ich stand da und schaute ihm nach, noch ohne ganz zu verstehen, in was für einer Situation ich mich befand. Was bedeutete dieses: »Sie müssen sich eine Wohnung und Arbeit suchen«? Es war Anfang Februar neunzehnhundertundfünfzig. Ich trug meine Zivilkleider, also einen wattierten Mantel mit einem Pelzkragen, darunter einen nicht besonders dicken Rock und einen Pullover. Zum Glück hatte mir Wera warme Unterwäsche gegeben. Ich stand auf einer fremden Bahnstation und zitterte vor Kälte. Die Leute um mich her trugen alle Pelze oder wattierte Joppen, und an den Füßen hatten sie dicke Filzstiefel. Mich beachtete niemand. Als ich mich an den Gedanken gewöhnt hatte, daß mich niemand bewachte, trat ich vor das Bahnhofsgebäude. Ich sah Dächer von kleinen, niedrigen Holzhäusern mit Veranden und eine von Schlitten zerfurchte Straße. Ich zog los, passierte einige grell bemalte Häuser und blieb vor einem grün gestrichenen stehen, vielleicht, weil Grün die Farbe der Hoffnung sein soll. Ich wollte das Gartentor öffnen, aber zwei kläffende Hunde stürzten herbei. Der größere erinnerte an einen Wolf und hatte etwas Böses in den Augen. Ein Vorhang im Fenster wurde beiseite geschoben, und ich sah ein Gesicht. Ich winkte. Nach einer Weile erschien eine dicke Frau im Eingang, über die Schultern hatte sie sich einen Umhang aus grober Wolle geworfen, an den Füßen trug sie Filzstiefel ohne Galoschen.

»Was gibt's?« fragte sie unfreundlich.

»Ich suche Arbeit«, antwortete ich und versuchte, meinen fremden Akzent zu verbergen. Aber sie hatte ihn bemerkt.

»Es gibt keine Arbeit«, sagte sie feindselig und verschwand in der Tür.

Ich zog weiter. Ich klopfte noch bei ein paar Häusern an, aber die Antwort war immer dieselbe. So gelangte ich zu einem kleinen Marktplatz, an dem sich ein Laden, ein Lagerhaus, eine Kneipe und die Parteizentrale befanden. Zuerst ging ich in den Laden und fragte, ob sie nicht jemanden bräuchten, dann bedrängte ich den Lagerverwalter und versuchte es im Restaurant. Es blieb mir nur die Parteizentrale. Sie befand sich in einem flachen Gebäude, das wie eine Baracke aussah. Ins Innere kam man über zwei steinerne Treppenstufen ohne Geländer. Sie waren sehr rutschig. Im Warteraum befanden sich bereits ein paar Menschen, die Pelze aufgeknöpft, die Mützen aus Schaffell unter dem Arm. Sie qualmten ihre Machorkas. Ich stellte mich bei der Wand an meinen Platz in der Schlange. Ich sagte nichts, und sie sagten nichts. Wir warteten schweigend. Nach ungefähr einer Stunde war nur noch ich im Warteraum, ich dachte, man würde mich rufen wie vorher die anderen, aber die Tür öffnete sich nicht. Nach einiger Zeit klopfte ich und trat ein. Hinter den Schreibtischen saßen zwei Männer. Ein älterer mit einem grauen Struwwelkopf und ein jüngerer mit fuchsroten Haaren und schlauen Äuglein. Ich ging zu dem älteren.

»In welcher Angelegenheit?« fragte er.

»Man hat mir gesagt, ich solle mir eine Arbeit suchen, aber es gibt keine Arbeit. Und keine Wohnung. Ich weiß nicht, was ich anfangen soll. Ich hab kein Geld, und für so eine Kälte bin ich viel zu dünn angezogen.«

Die Männer schauten einander an, der jüngere lachte lauthals.

»Woher kommen Sie denn?«

»Ich bin ... Polin.«

»Das wissen wir, daß du keine Russin bist«, warf der Ältere ungeduldig ein. »Was machst du hier?«

Ich reichte ihm meinen Entlassungsschein, er warf kaum einen Blick darauf.

»Eine Entlassene«, sagte er tadelnd. »Dann sucht euch nur eine Arbeit, such nur. Wir wollen nichts von dir.«

»Aber ... es gibt keine Arbeit. Und ich weiß nicht, wohin ich gehen soll.«

»Das ist nicht unsere Sache. Damit haben wir nichts zu tun.«

Der Jüngere nickte zustimmend mit seinem roten Schopf, während der Ältere die Sache für erledigt ansah und sich irgendwelchen Papieren zuwandte. Aber ich blieb mitten im Büro des Kreisparteikomitees stehen, denn draußen waren es minus vierzig Grad. Die beiden benahmen sich so, als wäre außer ihnen niemand im Raum. Schließlich brachte meine Anwesenheit den Älteren aber doch in Wut.

»Raus hier!« schrie er und wies dabei auf die Tür.

Diesmal machte ich mich davon, ich stand im Flur, und für einen Moment hatte ich Lust, einfach dort stehenzubleiben, aber dann dachte ich, daß das den beiden nicht gefallen würde. Ich ging ins Freie. Eiseskälte sprang mich an, so daß mir im ersten Moment die Luft wegblieb. Meine Augen tränten. Reif legte sich über die Wimpern und trübte meinen Blick. Die eingefrorene Welt verschwamm wie im Nebel. Ich stand vor dem Parteikomitee und wußte nicht weiter. Und plötzlich stieg Haß in mir auf. Und er richtete sich weder gegen die Aufpasser, die mich hier abgesetzt hatten, noch gegen die Frau im grünen Haus, die keine Arbeit für mich hatte, noch gegen den älteren Mann, der mich gerade vor die Tür gesetzt hatte. Dieser Haß galt einzig und allein dem Kind. Seinetwegen war ich hier. Der Lagerkommandant hatte mir feierlich erklärt, daß meine »Zwangsansiedlung bis auf Widerruf« in einem Umkreis von höchstens fünfzig Kilometern von der Stelle erfolgen müßte, an der sich das Kinderheim befand. Und dieses

Kinderheim lag so nahe am Lager ... Sonst hätten sie mich irgendwo weiter weg absetzen können, solche Fälle gab es schließlich. Man wurde dort abgesetzt, wo nicht das ganze Jahr über Frost war. Das Sowjetland erstreckte sich doch endlos hin. Sogar Orangen und Zitrusfrüchte reiften dort. Aber diese Orangenhaine waren für mich unwiederbringlich verloren, weil ich vielleicht das Kind würde besuchen wollen. Als Freigelassene hatte ich ein Recht darauf. Niemand hatte mich gefragt, ob ich davon Gebrauch machen wollte. Wieder einmal war für mich entschieden worden.

Ich stand auf dem Marktplatz einer fremden sibirischen Kleinstadt, und mir kam der Gedanke, einfach geradeaus irgendwohin weit weg zu gehen. Vielleicht hatten die Bauern eher ein Herz für jemanden wie mich. Aber das war ein zu riskanter Gedanke, weil sich das Irgendwo ohne eine Hütte am Weg kilometerweit ziehen und ich schlichtweg erfrieren konnte. Das Gefühl, das mich beim Gedanken an etwas Warmes für meinen Magen erfüllte, konnte mich leider nicht wärmen. Meine Zähne klapperten bereits, und meine Zehen und Füße brannten vor Kälte. Ich ging los, einfach meiner Nase nach, und schaute dabei hoffnungsvoll in die Fenster der Häuser, an denen ich vorbeikam, aber ich klopfte bei keinem mehr an. So wanderte ich ziellos einige Stunden umher, langsam wurde es dunkel und die Eiseskälte noch unerträglicher. Eigentlich spürte ich meinen Körper gar nicht mehr, aber jeder Atemzug war wie ein Stich. Vor meinen Augen erschienen rote Kreise. Ganze Scharen, die in die Lüfte entschwebten. Ich meinte mich an Fälle von Augenerfrierungen zu erinnern; das bedeutete, daß ich erblinden würde. Das machte mir solche Angst, daß ich an ein Haus klopfte, das heißt an eine Lehmhütte, in der ein Fensterchen schwach erleuchtet war. Drinnen brannte wahrscheinlich eine Kerze. Mein Klopfen bewirkte gar nichts, deshalb trommelte ich mit den Fäusten gegen die Tür. Die Anstrengung entkräftete mich vollends, fiebriger Schweiß lief mir über den Rücken und ließ meine Kleidung steif werden. Die Tür ging auf. Ich erblickte eine uralte Frau. Ihr Gesicht war so zerfurcht, daß man statt der Augen nur die verlängerten Falten sah. Sie hörte sich meine Bitte an.

»Du bist arm dran, Töchterchen«, kam es undeutlich aus ihrem zahnlosen Mund. »Aber wenn ich dich aufnehme, hab ich hier kein Leben mehr. Hier wollen sie solche wie dich nicht, sie verjagen sie ...«

»Nur eine Nacht«, flehte ich und war bereit, vor ihr auf die Knie zu fallen. »Morgen früh gehe ich wieder.«

Vielleicht hätte sie zugestimmt, aber in diesem Augenblick ertönten die Glöckchen eines Schlittens. Die Frau erschrak und schloß die Tür. Ich rannte auf den Weg hinaus direkt vor die Hufe eines Pferdes. Das Pferd bäumte sich auf, der Schlitten bremste scharf ab.

»Wer ist da seines Lebens nicht mehr froh?« hörte ich eine singende Stimme fragen.

»Bitte, helfen Sie mir!«

»Wer ruft?«

»Eine Freigelassene.«

Da machte der Schlitten einen großen Bogen um mich, und ich begriff, daß mir niemand helfen würde. Ich schleppte mich weiter durch die Dunkelheit. Die Stadt hatte ich bereits hinter mir gelassen. Ein gutes Stück weiter sah ich die Umrisse eines fensterlosen Gebäudes. An der Tür hing ein Schloß. Der Krampen hielt kaum noch, also stieß ich die Tür auf und stolperte ins Innere. Es war fast genauso kalt wie draußen, aber ich hatte keine Kraft mehr weiterzugehen. Ich kroch unter einen Bretterstapel, rollte mich zusammen und war fast augenblicklich eingeschlafen. Am Morgen war ich völlig steif, aber ich lebte. Im Schnee suchte ich nach dem Krampen, steckte ihn an seinen alten Platz zurück und machte mich auf den Weg in die Stadt. Wenn es mir heute nicht gelänge, etwas zu finden, wäre das mein Tod, das wußte ich. Noch eine solche Nacht mit leerem Magen würde ich nicht überstehen. Kurz dachte ich sogar daran, ins Lager zurückzugehen. Aber das hätte keinen Zweck gehabt, man hätte mich am Tor aufgehalten. Angeblich hatte es solche Fälle tatsächlich gegeben, und einer, der trotz allem nicht hatte weggehen wollen, war von den Hunden zerfleischt worden, die man auf ihn gehetzt hatte. Auf einmal fiel mir ein, daß ich einen Freifahrschein für die Bahn in der Tasche hatte. Er berechtigte mich zu zwei Fahrten monatlich, hin und zurück. Jetzt wollte ich »hin«fahren, und »hin«, das war das Städtchen, in dem sich das Kinderheim befand. Ich fuhr nicht länger als eine halbe Stunde, aber im Zug war es ziemlich warm, auf jeden Fall viel wärmer als draußen. Jemand wies mir den Weg zu dem Gebäude. Es war grau und traurig, und es hatte etwas von einem Gefängnis, so wenigstens kam es mir vor. Und so war es ja auch, denn es wohnten doch Gefängniskinder darin ... Ich ging die Stufen hoch und klingelte an der Tür. Nach einer Weile wurde ein Fensterchen geöffnet, und ich schaute in das breite Gesicht einer Frau. Um den Kopf hatte sie ein graues Tuch gebunden, unter dem ihre Haare versteckt waren.

»Zum Kind«, sagte ich und zeigte ihr meinen Entlassungsschein.

Die Frau studierte ihn aufmerksam, dann öffnete sie die Tür. Wärme schlug mir entgegen. Das ist das letzte, woran ich mich erinnere. In einem Raum auf einem schmalen Sofa kam ich wieder zu mir. Meinen Mantel hatte ich nicht an. Ich wollte mich aufsetzen, aber dafür reichten meine Kräfte nicht. Ich war allein. Leere Wände, die Decke. Ich stellte mir vor, ich sei wieder verhaftet worden, und dieser Gedanke beruhigte mich. Das bedeutete, daß sich wieder jemand um mich kümmerte, daß mir jemand eine Schale mit Suppe und warme Kleider zuteilen würde. Eine dicke Frau in einer grauen Schürze kam ins Zimmer, in der Hand trug sie einen Teller. Die Suppe war viel besser als die im Lager, es war die köstlichste Suppe meines Lebens.

»Geht es dir schon besser?« fragte die Frau. Und ich fing an zu weinen. Sie schaute mich voll Mitgefühl an, versuchte aber nicht, mich aufzuheitern. Sie sagte nur:

»Ich geh und hol dein Töchterchen.«

Daß ich gleich mein Kind sehen sollte, war in meiner neuen Situation das Schlimmste. Vielleicht hatte ich schon keine klare Erinnerung mehr an den vorigen Tag. Wenn ein Alptraum vorbei ist, kann man ihn sich nicht mehr vorstellen. Ich dachte plötzlich daran wegzulaufen, aber ich hatte hier weder Mantel noch Schuhe. Die Tür ging auf, und die Frau von vorhin brachte das Kind herein. Es hatte einen großen, fast quadratischen, total glattrasierten Kopf. Die Haut darauf war blau, und genauso blau waren die Oberlippe und die Mundwinkel. In dem dreieckigen Gesicht mit dem spitzen Kinn saßen riesig große, wie vom Fieber ausgezehrte Augen. »Spanische Augen«, dachte ich verwundert. Und ich dachte auch, daß das alles eine Verwechslung sein müsse.

Das Kind hielt krampfhaft die Hand der Frau fest, und es war klar, daß es sie nicht loslassen wollte. Die Frau kniete neben ihm hin. Sanft sprach sie auf es ein:

»Aber Mama ist doch zu dir gekommen ... geh, gib Mama einen Kuß.«

Das Kind rührte sich nicht vom Fleck. Die Frau führte es näher, befreite sich aus seinem Griff und sagte:

»Am besten, ihr bleibt allein ...«

Die Tür schloß sich hinter ihr, aber das Kind blieb auf der Stelle stehen, an der sie es zurückgelassen hatte. Mit seinen riesigen Augen schaute es mich an.

»Was sind Sie so verfroren?« frage ich, denn der Doktor bläst sich in die Hände.

»Es ist kalt. Kalt und naß.«

»Ein Tief kommt. Mein Knie sagt mir das.«

»Na hören Sie mal, dafür ist es ein bißchen früh. Dafür haben Sie noch nicht das Alter.«

»Aber die Vergangenheit ...«

Er lächelt. Sein Gesicht verändert sich dann, und es verschwinden dieser etwas künstliche Ernst und die betonte Hinwendung zu dem Gesprächspartner.

»Wer hat die nicht«, sagt er. »Die Vergangenheit!«

»Meine Tochter. Ich wollte sie beschützen. Und das war wohl ein Fehler.«

»Wir werden ihn korrigieren.«

Unwillkürlich beuge ich mich zu ihm hinüber, als wollte ich ihn berühren.

»Aber ich weiß nicht ... Ich hab solche Angst ...«

Ernst schaut er mich jetzt an.

»Als Sie mich angerufen haben, sagten Sie, ich müsse Ihre Tochter retten, aber ich glaube, ich muß Sie beide retten.«

»Mich ..., das ist unwichtig.«

»Falsch, Pani Anna. Grundverkehrt. Das ist der Anfang der Krankheit Ihrer Tochter.«

Er irrt sich. Er irrt sich gewaltig. Witek hatte dasselbe gesagt. Daß ich sie sich selbst überlassen müsse. Und solange es dazu nicht komme, werde sich ihre Krankheit nur verschlimmern. Aber ich konnte es nicht ... Er hatte gemeint, wenn ich sie allein ließe, in eine andere Stadt zöge, ohne ihr meine Adresse zu geben, dann würde sie erwachsen werden oder kaputtgehen. Bei mir würde sie in jedem Fall kaputtgehen. Aber in diese andere Stadt wollte er mit mir gehen. Schließlich fuhr er allein, um sich von mir zu heilen. So ist das bei mir immer. Alle meine Bindungen haben etwas mit Krankheiten zu tun ... Das Schlimmste war, daß sich nach seiner Abreise überhaupt nichts änderte. Sie und ich, wir zanken uns genauso weiter, nur daß ich noch einsamer bin.

»Irgend jemand hat mir das schon mal gesagt ...«

»Und er hatte recht. Sie müssen die Kraft finden, Ihre Tochter von sich zu stoßen. Ich weiß, daß es Ihnen schwerfallen wird, daß Sie darunter leiden werden, aber Sie tun es doch für sie.«

»Sie kommt nicht«, ich schaue auf die Uhr. »Sehen Sie, sie hat sich schon um eine halbe Stunde verspätet.«

»Nur ruhig, Pani Anna. Rauchen Sie eine?«

»Nein, ich rauche nicht«, antworte ich, aber gleich füge ich hinzu: »Vielleicht doch.«

Er bietet mir eine Zigarette an und gibt mir Feuer. Dabei ist er ein wenig zu höflich, und das ärgert mich. Genauso wie mich Witeks Gewandtheit geärgert hat.

»Vielleicht ist es noch zu früh für eine vollständige Diagnose«, sagt er, »aber ich denke, daß ihre Selbstzerstörung etwas mit Ihnen zu tun hat.«

»Sie irren sich. Ihre Krankheit hat schließlich einen Namen. *Anorexia nervosa.* Also abmagern bis auf die Knochen. Einer der Ärzte hat mir gesagt, daß die Krankheit so mit fünfundzwanzig von selbst vorbeigeht, daß aber nur fünfzehn Prozent der Patienten so alt werden. Die anderen sterben an Entkräftung.«

»Das ist es nicht, sondern Ihre Tochter wiederholt Ihr Leben.«

»Aber sie weiß doch gar nichts über mich. Sie hat von meiner Hölle nicht die geringste Ahnung.«

»Sie macht das unbewußt. Es gibt so eine Theorie, daß das Schicksal häufig eine Matrize vom Leben der Mutter, der Großmutter, eben von jemandem mit demselben Kode ist. In eurem Fall lautet dieser Kode: ›Leide! Du mußt leiden!‹ Das ist die chiffrierte Nachricht, die Sie an Ihre Tochter weitergegeben haben.«

»Meine Großmutter, zum Beispiel, war eine glückliche Person. Geliebt von allen, umsorgt und geachtet. Als sie starb, hatte sie alle ihre Kinder um sich versammelt. Und wissen Sie, welcher Tag das war? Der 31. August 1939!«

»Sie haben genau ein Glied übersprungen. Warum? Wollten Sie nicht über Ihre Mutter sprechen?«

»Ich weiß wenig über sie«, sage ich ein wenig ungeduldig, »sprechen wir lieber wieder von meiner Tochter. Es ist doch wirklich absurd, daß ein Abführmittel das Leben dreier Menschen kaputtmachen soll.«

»Die Tabletten sind nur die Folge. Der Grund wird sich noch finden, und dann wird man über die Heilung nachdenken müssen. Jetzt läßt sich noch nicht sagen, welches Heilmittel wir brauchen.«

Er schnippt seine Asche in den Aschenbecher, er beugt sich nach vorn, weil der Aschenbecher näher bei mir steht. Ich sehe seinen Arm, der sich aus der Manschette des Hemdes schiebt, er ist muskulös und schwarz behaart. Ich mag solche Arme bei Männern.

»Aber ich hab Ihnen doch schon gesagt, daß ihre Krankheit in den Fachbüchern bestimmt und beschrieben ist.«

»Darum geht es nicht«, beharrt er. »Noch mal: Ihre Tochter identifiziert sich mit Ihnen in einem Grade, daß ihre Persönlichkeit gestört ist. Im selben Alter wie Sie hat sie das Kind bekommen. Sie hat sich von dem Vater des Kindes getrennt, weil Sie sie allein aufgezogen haben.«

»Das ist doch absurd!« platze ich heraus. »Außerdem hat sie einen Sohn.«

»Deshalb kann sie ihn nicht lieben.«

»Und ein Mädchen könnte sie lieben?«

»Gut möglich.«

»Wissen Sie, was ich denke?«

Er lächelt.

»Daß ich albern bin?«

»So etwa.«

Er wird ernst.

»Sie macht sich kaputt, weil sie den Unterschied zwischen sich und Ihnen ausgleichen will. Die achtzehn Jahre. Sie will alt werden, Sie körperlich einholen.«

Sie will schöner werden – nach ihrer krankhaften Vorstellung. Sie bringt es fertig, um fünf Uhr früh aufzustehen, um sich sorgfältig zu schminken. Wenn sie das wenigstens noch für jemanden Bestimmtes tun würde. Ich sehe keinen Jungen bei ihr. Obwohl, vor etwa einem halben Jahr hat es da so einen sommersprossigen mit einer Gitarre gegeben. Durch Zufall fand ich auf irgendwelchen Zetteln ihre Gedichte. Da stand etwas von beharrlich auf eine Nasenspitze klettern und sanft in eine Wiese aus Sommersprossen sinken. Das Gedicht hieß: »Landkarte eines Gesichts.«

»Sie schreibt Gedichte, wissen Sie. Ich zeige sie Ihnen. Nur, sobald Sie hören, daß sie kommt ... Sie darf nicht wissen, daß ich sie gefunden habe.«

»Warum?«

»Weil ..., sie hat mir die Gedichte nicht gezeigt.«

»Aber vielleicht hat Ihre Tochter sie Ihnen hingelegt? Wo lagen sie denn?«

»Ganz unten in ihrer Schublade. Ich weiß, es ist furchtbar, aber ich kann es nicht lassen, sie so zu kontrollieren. Jetzt, wo wir getrennt leben ...«

Aus der Schublade hole ich einige von Hand beschriebene Zettel und lese:

»Gespräch mit einem Dämon«
Geliebter Dämon
Mach, daß ich etwas Gutes tue
Schlaf ein, für einen Augenblick
Auch so hast du es gut bei mir
Ich werde dich wecken
Ich verspreche es dir, wenn du gebraucht wirst.

»Was halten Sie davon?« frage ich.

Eine Weile sagt er gar nichts, und mir ist es irgendwie peinlich, weil ich ihn danach gefragt habe. Das hat doch, das kann doch keine Bedeutung haben.

»Ihre Tochter hat Talent«, antwortet er schließlich.

»Schwer zu sagen, alle jungen Mädchen schreiben Gedichte. Auch ich hab welche geschrieben.«

»Aha, dann haben Sie also welche geschrieben!«

Ich lächle.

»Sie vergleichen immer noch? Das hat wirklich keinen Sinn. Am schönsten finde ich das da, ›Kirchenfenster‹:

Das Wichtigste sind Kleinigkeiten
Krümel, Scherben, Stücke
Aus ihnen bau ich meine Lebensfenster
Grau-braun-falbe Kirchenfenster ...

Sehen Sie, so sind die Lebensfenster meiner Tochter ...«

»Was beunruhigt Sie an diesen Gedichten, Pani Anna? Sie scheinen sich fast davor zu ängstigen.«

»Ja, ich fürchte mich«, antworte ich. »Denn wenn ich lese, was sie geschrieben hat, wird mir bewußt, wie wenig ich im Grunde über meine Tochter weiß ...«

Nachdem ich das Kinderheim verlassen hatte, wußte ich nicht so recht, was weiter. Wohin sollte ich gehen? Auf den Bahnhof? Wozu? Es hatte keinen Sinn, in das Städtchen zurückzufahren, in dem ich den schlimmsten Tag, den man sich vorstellen kann, hinter mich gebracht hatte. Der allerschlimmste erste Tag der Freiheit, müßte ich sagen. Hier enthält alles ein Element der Lüge, hier ist selbst die Freiheit keine Freiheit, sondern nur eine andere Art der Gefangenschaft. Nicht im Lager und auch nicht in der Ljubjanka*, wo ich in Einzelhaft gewesen war, hatte ich mich so verloren und unglücklich gefühlt. Der Name des Städtchens stand in den Papieren, die ich bei mir trug. Das war der sogenannte Zielort. In ihm konnte ich bleiben oder mir einen anderen Ort suchen – in einem Radius von fünfzig Kilometern, versteht sich. Ich schleppte mich durch die Straßen, ohne daß mir eine vernünftige Idee gekommen wäre. Nur einmal hielt ich einen Passanten an und fragte ihn nach Arbeit. Er gab mir nicht einmal eine Antwort. Wieder war ich durchgefroren und hungrig, obwohl die Temperatur sich bei minus zwanzig Grad hielt. Als ich an einem Gebäude vorbeikam, in dem sich ein Restaurant befand, nahm ich den Geruch von Erbsensuppe wahr. Mir wurde ganz schwach. Die Leere in meinem Magen trieb mich dazu, etwas zu unternehmen. Ich ging um das Haus herum und schaute durch ein Fenster ins Innere. Ich sah

* *Ljubjanka:* Umgangssprachliche Bezeichnung für ein berüchtigtes KGB-Gefängnis in Moskau. A.d.Ü

einen altmodischen gekachelten Herd, auf dem riesige Töpfe standen. Neben ihnen machten sich zwei Männer in weißen Schürzen und rechteckigen hohen Mützen zu schaffen. Auf einem Hocker an der Seite saß eine alte Frau und schälte Kartoffeln. Aus meiner Erinnerung tauchte schemenhaft ein ähnliches Bild auf, das ich einmal in irgendeinem Kinderbuch gesehen hatte, aber das war lange her. Ich zog mich zurück, weil ich nicht wollte, daß mich jemand sah. Ich wählte einen Augenblick, als die Frau allein war, und schlich mich in die Küche. Einen Moment lang schaute sie mich wortlos an, auch ich sagte nichts.

»Hungrig?« fragte sie schließlich.

Ich nickte.

»Warte draußen.«

Sofort zog ich mich zurück. Ich kauerte mich eng an die Stufen und bildete mir ein, so würde ich weniger auffallen. Nach einer Viertelstunde brachte die Frau mir einen Teller Suppe. Sie gab mir auch ein Stück Brot und einen Löffel. Die Suppe war sehr heiß, und ich verbrannte mir beim Essen den Mund, aber ich achtete überhaupt nicht darauf. Ich mußte mich beeilen. Die Frau nahm mir den Teller ab und sagte:

»Aber komm hier nicht mehr her.«

Der Tag ging langsam zu Ende, und ich hatte keine Ahnung, wo ich in dieser Nacht schlafen sollte. Ich ging durch die langsam leerer werdenden Straßen. In den Fenstern gingen schon die Lichter an. Dort waren Menschen. Das Gefühl, allein zu sein, quälte mich wahrscheinlich noch mehr als die Kälte. Wieder kam mir der Gedanke, ins Lager zurückzugehen. Dort war Wera. Doch selbst sie könnte mir nicht helfen. Die Wächter würden mich nicht zu ihr lassen.

Vor einem Haus blieb ich stehen und beschloß, mein

Glück zu versuchen. Ich öffnete das Gartentor. Kein Hund war da, also trat ich in den Garten und stand kurz darauf vor der Tür. Ich drückte auf die unterste Klingel. Nach einer Weile hörte ich Füßeschlurfen.

»Wen bringt der Wind?« fragte eine männliche Stimme.

»Ich bin's«, gab ich ziemlich sinnlos zur Antwort, aber es war der kürzeste Satz, der mir einfiel. Vielleicht würde mich mein Akzent diesmal nicht verraten. In letzter Zeit hatte ich ihn im stillen verflucht.

Die Tür öffnete sich. Ich erblickte einen schon älteren Mann mit einer komischen Mütze auf dem Kopf und einer Nickelbrille, die ihm ganz vorn auf der Nasenspitze saß. Einen Moment schauten wir einander an.

»Durchgefroren, he?« fragte er.

Ich nickte.

»Zu den Kalinins? Und die sind nicht da. Sind bei der Tochter. Ein Enkelkind ist zur Welt gekommen. Kommen morgen zurück.«

Ich schwieg, weil ich dachte, das sei in meiner Situation das beste. Der Mann schaute mich von oben bis unten an.

»Soll reinkommen«, sagte er. »Wird sich aufwärmen, und dann überlegen wir.«

Auf einmal befand ich mich in einer warmen, sauberen Küche. Bei meinem Anblick sprang eine Katze vom Ofen herunter und rieb sich an meinem Bein. Ich streichelte sie und mußte krampfhaft schlucken. Sie war das erste Wesen, das mich sofort akzeptierte.

»Na, soll sich setzen, gleich gibt es Tee. Ist sie vielleicht diese Verwandte, die aus Omsk kommen sollte?«

Ich nickte.

»Aber was redet sie denn gar nicht?« fragte der Mann mißtrauisch.

Ich deutete auf meine Backe.

»Zahnweh? Mit den Zähnen ist nicht zu spaßen. Soll den Tee austrinken und nach oben schlafen gehen. Der Schlüssel liegt unter der Matte.«

Ich ging nach oben, und zum ersten Mal seit Jahren schlief ich in normalem Bettzeug. In dem Zimmer war nicht geheizt, aber das Federbett wärmte mich. Ich wurde von aufgeregten Stimmen geweckt. Die Familie Kalinin war zurückgekommen und äußerte lauthals ihren Unmut über meine Anwesenheit. Sie zerrten mich aus dem Bett, zuerst schauten sie nach, ob auch nichts fehlte, und dann befahlen sie mir zu verschwinden. Der leichtgläubige Nachbar von unten schickte mir böse Blicke nach. Ihn beschimpften sie auch. Er schwieg. Und so ist er mir in Erinnerung geblieben. An diesem Tag war der Frost ein bißchen stärker, und wieder meinte ich, die Luft würde mir in der Lunge gefrieren. Ich war hungrig. Ich stand vor dem Kinderheim und hatte das Gefühl, in mir würde alles zittern. Der Vorschrift nach sollte ich erst in zwei Wochen wiederkommen. Die Frau vom vorigen Mal zögerte, aber dann führte sie mich in das Zimmerchen, das ich schon kannte. Ich taufte es das nackte Zimmer. Sie ließ mich allein, und nach einer Weile brachte sie einen Teller Suppe.

»Gleich bringe ich das Kind.«

Ich wollte sie zurückhalten, aber mein Instinkt warnte mich. Würde ich sagen, daß ich meine Tochter nicht sehen wolle, verlöre ich das Recht, hier zu sein. Und das hier war die einzige Rettung.

Auch dieses Mal war ich ganz entgeistert, wie häßlich das Kind war. Der blauviolette Schädel und die gleiche Hautfarbe unter der Nase wirkten schon auf den ersten Blick abstoßend. Das Kind schaute mich mit solchen Augen an, als läse es meine Gedanken. Ich bekam Angst, es würde mich denunzieren, also kniete ich mich zu ihm hin. Es wich vor mir zurück und suchte Schutz bei seiner Betreuerin.

»Na komm, drück die Mama fest«, sagte jene freundschaftlich. »Zu Kolja kommt die Mama, zu Sascha, und zu dir ist sie auch gekommen. Mama hat dich ganz arg lieb.«

Aber das Kind wollte sich nicht an mich schmiegen. Wie beim ersten Mal ließ uns die Frau allein, und wie damals verbrachten wir die Zeit mit Schweigen. Das Kind steif und unbeweglich auf seinem Platz in der Mitte des Zimmers und ich auf dem Sofa. Die Besuchszeit war wieder zu Ende, und ich mußte in den Frost hinaus. Im Lager hatte man mich mit ihm geschreckt, aber erst nachdem ich in die, wie man sieht bedingte, Freiheit entlassen worden war, verstand ich, was Frost wirklich bedeutete. Ich konnte nicht dahin zurück, woher ich gerade kam. Erst mußte wieder etwas Zeit vergehen. Wieviel, das wußte wohl niemand so genau. Man hatte mich nur unterrichtet, daß ich mich, sobald ich eine Arbeit gefunden hätte, auf dem örtlichen Polizeikommissariat melden und dort den endgültigen Termin meiner Freilassung erfragen müsse. Sie bedeutete die Rückkehr nach Hause ... Das brachte mich auf die Idee, mich in dem Kommissariat zu melden, bevor ich noch eine Arbeit gefunden hätte. Aber die Idee war nicht gut, man schickte mich einfach wieder weg. Und als ich erklärte, daß mich niemand einstellen wollte, stieß ich nur auf Achselzucken. Diese Nacht und noch ein paar darauffolgende Nächte verbrachte ich in einem Keller, in den ich durch ein zerbrochenes Fenster kroch. Es gab dort ein paar Säcke, die mir als Lager dienten. Ich deckte mich mit einem alten Bastkorb und anderem Gerümpel zu. Fast spürte ich die Kälte nicht, wenn es mir dann schließlich gelang einzuschlafen. Am schlimmsten war es morgens, wenn ich aufstehen und rausgehen mußte. Täglich ging ich zu dem traurigen Gebäude, wie ich es in Gedanken nannte, und bekam einen Teller heiße Suppe. Hin und wieder besuchte ich auch das Kind. Unsere Beziehung blieb unverändert. Das Kind mußte meinen Widerwillen gespürt haben, denn es machte keine Anstalten, sich an mich zu kuscheln. Nur eine Sache klärte sich auf: Diese komische Färbung des Kopfs kam von einer Salbe, mit der alle Kinder eingeschmiert wurden. Angeblich schützte sie vor Eiterpickeln, die durch Vitaminmangel hervorgerufen wurden. Das Kind sah schlecht aus, und auch ich sah zusehends elender aus. Ich war schmutzig. Mein Mantel war vollkommen abgewetzt und an ein paar Stellen so zerschlissen, daß die Futterwatte herausquoll. Nach einer Woche erlaubte mir eine Betreuerin des Kinderheims, sie hieß Walja, mich im Bad zu waschen. Ich stand lange unter der Dusche. Das Wasser kam fast siedendheiß heraus, und ich spürte, wie sich eine Kälteschicht nach der anderen von mir ablöste. Meine Füße, die während der Reise in den GULag erfroren waren, schwollen an, und mein großer Zeh begann zu eitern. Walja sah das und rief die Feldscherin.

»Das kann leicht Wundbrand geben«, sagte sie, »wenn es nicht schon welcher ist. Komm am Freitag, da wird ein Arzt hier sein, er wird mehr sagen können.«

Bis Freitag waren es noch ein paar Tage, aber auch so hatte ich keine andere Wahl. Ich schleppte mich durch das Städtchen, und wenn es dunkel wurde, kroch ich in meinen Keller. Er erschien mir als das allergrößte Glück, wenn ich während meiner Wanderungen durch die Stadt an ihn dachte.

Der Arzt amputierte mir den Zeh und trug der Feldscherin auf, den Verband zu wechseln. Ich konnte keine

Schuhe anziehen, also gaben mir die Frauen aus dem Kinderheim einen dicken Wollstrumpf. Am hellichten Tag erreichte ich hinkend das Haus, in dem sich mein Keller befand. Diesmal ging ich durch die Tür. Sie war offen. Ich riskierte viel, aber mir war schon alles egal. Ich deckte mich mit dem Bastkorb zu und nickte ein. Ich fühlte mich fiebrig. Seltsam, aber weder im Verlauf dieses Tages noch während der nächsten Tage kam irgendwer in den Keller. Ich rührte mich nicht von meinem Platz, ich hatte einfach keine Kraft mehr. Ich spürte keinen Hunger, aber Durst quälte mich. Dieses Verlangen nach wenigstens einem Tropfen Wasser war die raffinierteste Folter. Ich betete förmlich zu diesem einen Tropfen. Dann wurde auch das schwächer und löste sich im Fieber auf. Ich verlor jedes Zeitgefühl, die Tage unterschieden sich nicht von den Nächten. Schließlich rührte ich mich dann doch, nachdem ich das Bewußtsein wiedererlangt hatte. Ich war sehr geschwächt und konnte mich nur mit Mühe auf den Beinen halten. Es war Abend, und so wie ich ausgesehen haben mußte, war das gut. Mein Mantel war ganz verdreckt vom Kohlenstaub, und am Fuß hatte ich diesen Socken. Ich klingelte an der Tür zum Kinderheim. Eine Person, die ich nicht kannte, machte auf, aber sie mußte von mir gehört haben, denn sie ließ mich ein und führte mich in den rückwärtigen Teil. Dort waren Walja und ein paar andere Frauen. Sie umringten und bemitleideten mich. Für diese Nacht erlaubten sie mir zu bleiben. Ich schlief in einer kleinen Kammer bei der Küche. Eine Wand war warm, ich schmiegte mich mit dem Rücken daran, und diese Wärme war wie eine Rückkehr ins Leben.

Das Telefon klingelt. Ich überwinde mich und hebe den Hörer ab.

»Servus, Mama. Ich bin's.«

»Hast du das Geld gefunden?«

»Ja, danke. Wann warst du da?«

»Kurz nach zwölf.«

»Da haben wir uns gerade verpaßt.«

»Wie geht es Antek?«

»Er hat Schnupfen.«

»Schon wieder. Wahrscheinlich ziehst du ihn zu leicht an.«

»Eher du ihn zu warm. Er ist ein Kind, bewegt sich, rennt rum, ihm ist es immer wärmer als dir. Na, dann tschüs, gleich kommt eine Freundin. Ich muß sausen, bin an der Ecke, das Telefonhäuschen bei mir ist kaputt.«

»Hast du etwas da, was du ihr anbieten kannst?«

»Sie kommt nur kurz wegen ein paar Notizen.«

»Für Gäste muß man etwas im Hause haben.«

»Aber zu mir kommt doch niemand.«

Die Antwort gibt mir einen Stich ins Herz. Wie wir leben! Wie sie lebt. Die Tage vergehen, und es ist schwer, sie auseinanderzuhalten. Was war am Montag? Dasselbe wie am Dienstag, am Freitag ... Sie war dort mit dem Kind, ich hier bei mir. Gewöhnliche Tage, durch eine ständig gleiche Schmerzenslitanei miteinander verbunden, die ich langsam schon aus Gewohnheit hersage.

»Weil du wie eine Einsiedlerin lebst«, sage ich. »Was machst du abends immer?«

»Wir starren ins Aquarium, wir beide, Antek und ich, sitzen da und starren hinein. Das ist so eine andere Welt ...«

»Da habt ihr euch aber wirklich eine Beschäftigung ausgedacht. Weißt du, ich glaube, ich kaufe euch einen Fernseher. Antek sollte die Gute-Nacht-Sendung anschauen. Da gibt es zwei so lustige Figuren. Jacek und Agatka.«

»Aber gestern hast du doch gejammert, daß du nicht weißt, wie du dir Winterstiefel kaufen sollst.«

»Ich werde schon etwas zusammenkratzen.«

»Nein, Mama, danke. Gleich wirst du mich noch daran erinnern, daß ich dich nur ausnutze. Ich hätte auch überhaupt keine Zeit, mir irgend etwas anzuschauen. Ich muß lernen.«

»Oder leiden.«

»Oder leiden«, wiederholt sie feindselig und legt auf. Wir schaffen es einfach nicht. Augenblicke der Zärtlichkeit werden immer gleich durch ein harsches Wort oder einen bösen Blick zunichte gemacht. Dabei geben wir uns doch beide Mühe. Daß Ewa zu den Gesprächen mit dem Arzt kommt, ist ein Ausdruck ihres guten Willens. Es ist nicht wahr, daß ich sie erpresse. Ich würde ihr das Geld auch so geben. Das weiß sie. Sie will das in Ordnung bringen, was am schwierigsten ist: unser Verhältnis zueinander. Jede derartige Geste von ihr bringt bei mir eine Saite der Liebe zum Schwingen, die bisher doch so unnachgiebig war.

Jener Moment, als die Pflegerin mir das Neugeborene reichte, hatte etwas in mir verändert. Als wäre eine zugeworfene Tür aufgegangen.

»Ein Junge«, hatte sie gesagt.

Und auf einmal hatte ich mich als Mutter gefühlt. Als Mutter von beiden. Durch die einen Spalt weit geöffnete Tür kamen beide herein ... Neunzehn Jahre lang hatte mich etwas daran gehindert, meine eigene Mutterschaft anzuerkennen. Es stimmt nicht, daß ich unfähig zur Liebe war. Gewisse Tatsachen hatten sie abgetötet, Tatsachen, die ich nicht aus meinem Gedächtnis streichen konnte. Anfangs war ich von meiner Tochter abhängig gewesen, hatte mich darum bemüht, von ihr akzeptiert zu werden, denn schließlich garantierte mir ihre Existenz den einen Löffel Nahrung. Später hatten sich unsere Rollen vertauscht, und viele Jahre lang hatte meine Tochter mich vergeblich gesucht. Jetzt gab es ein Gleichgewicht. Aber so manches hat sie nicht vergessen und ich auch nicht. Wie kann man da rauskommen? Wie soll man das sich rasend schnell drehende Rad der Erinnerung anhalten? Jahrelang hatte ich in einer hermetisch abgeschlossenen Welt gelebt, in einer Monowelt. Um mich her bewegten sich Menschen, und es gab Beziehungen zu ihnen, aber immer ging ich ohne Bedauern fort. So richtig vertraut war ich seit jener Zeit mit Wera mit niemandem ... In meinem Elternhaus, in dem ich die ersten zehn Jahre meines Lebens verbracht hatte, war die Atmosphäre nicht innig gewesen, meine Eltern hatten mich methodisch und mit viel Engagement erzogen, aber irgendwo war dabei die Zärtlichkeit verlorengegangen. Ich trug hübsche Kleidchen und sorgfältig gebundene Schleifen im Haar, aber an mich selbst kann ich mich dabei nicht erinnern. Meine frühe Kindheit ist für mich ein pastellfarbenes Bild. In meiner Gegenwart enthielten sich meine Eltern jedweder vertraulichen Geste, zu dritt saßen wir an einem zu großen Tisch, ein Hausmädchen bediente uns. Sie stellten einander höfliche Fragen und erhielten höfliche Antworten. Genauso fragten sie mich, und genauso antwortete ich. Wenn das Mittagessen zu Ende war, gingen wir auseinander, und jeder wandte sich seiner Beschäftigung zu. Mein Vater ließ sich gewöhnlich in seinem Sessel nieder, zündete eine Pfeife an und las in der Zeitung, während er seinen Kaffee aus einer Porzellantasse trank. Meine Mutter spielte auf dem Flügel, und ich hatte Unterricht in Französisch. So hatte in unserem Hause alles seinen angestammten Platz, außer dem wirklichen Leben.

»Eine kalte Kindheit«, sagte der Arzt.

»Nicht wirklich«, erwiderte ich. »Ich wußte, daß sie mich liebhatten, daß es sich aber nicht gehörte, mir das zu zeigen.«

»Eben eine kalte Kindheit«, wiederholte er.

Der erste Mensch, der nicht in diese Schablone paßte, war Jerzy. Ich sah ihn im August vierundvierzig. Er schaute mich an und sagte:

»Wen habt ihr mir da gebracht? Wenn die nur Blut sieht, muß ich sie wiederbeleben.«

»Mußt du nicht«, dachte ich feindselig. Und obgleich es für mich schwierige Augenblicke gab, ließ ich es mir doch nie anmerken. Während der zwei Monate, die wir zusammen waren, enttäuschte ich ihn kein einziges Mal. Schon bald wurde ich seine rechte Hand, bei schwierigen Operationen weckte man mich sogar mitten in der Nacht. Dabei war ich erst vierzehn Jahre alt. Bis vor kurzem noch war ich ein Mädchen aus gutem Hause gewesen, dem es nicht erlaubt war, lange Kleider zu tragen. Es sei denn, daß etwas Außergewöhnliches passierte, wie zum Beispiel ein Krieg. Anscheinend stand er kurz bevor, und ich betete jeden Abend, daß es dazu kommen würde, denn Krieg bedeutete für mich die Befreiung von all diesen achtsamen Blicken. Ich würde dann nicht mehr auf dem Flügel üben oder französische Vokabeln pauken müssen, ich wäre sofort jemand ganz anderes. Wer, das wußte ich nicht so genau, aber mein Leben wäre bestimmt gleich weniger monoton. Das zumindest traf dann auch zu. Als Kind glaubte ich, meine Wünsche könnten tatsächlich etwas bewirken, und ich fühlte mich an jenem Tag, als mein Vater zum Militär mußte, schrecklich. Meine Mutter und er hatten beide ganz traurige Gesichter, und ich stand abseits und gab mir die Schuld an dieser Trennung. Denn in meinen Plänen hatte ich meine Eltern vergessen. Sie waren an ihrem Platz geblieben, Mama inmitten ihrer zahlreichen häuslichen Beschäftigungen, am Flügel spielend, mit Vater am Telefon sprechend, während er natürlich hinter seinem von Büchern bedeckten riesigen Schreibtisch saß und telefonierte. Es ist eigenartig, aber gerade dieser Schreibtisch nahm ihm etwas von seiner Bedeutung, ließ ihn kleiner und irgendwie hilflos erscheinen. Zu Hause war er ganz anders, gebieterisch, und alle sprangen um ihn herum, Mama und die Dienerschaft. Diese Panik, wenn er zum Mittagessen heimkam, das hektische Geflüster: »Der Herr ist gekommen.« Mein Vater war groß und stattlich. Ich liebte es, ihm beim Reiten zuzusehen, das war ein Tanz, mein Vater und das Pferd führten Tanzfiguren vor, perfekt aufeinander eingespielt. Deshalb mochte ich auch unser Landhaus so sehr, denn dort konnte ich Vater in einer ganz anderen Rolle sehen. Er mußte dann nicht mehr mein Vater sein, sondern beschäftigte sich mit seinen Dingen, ritt aus und ging auf die Jagd. Im Grunde ist mir meine Kindheit nicht mehr in Erinnerung. Manchmal nur tauchen einzelne Szenen auf, einige sind stumm, andere bestehen nur aus Lauten, aus Bruchstücken von Melodien. Ich war fünf Jahre alt, als ich zur Überraschung meiner Eltern auf einer Litfaßsäule den Text einer Reklame las: »Radion wäscht von allein.« Wir waren damals in Warschau zu Besuch bei Tante Ala. Besonders eine Szene ist mir im Gedächtnis haftengeblieben: Ich laufe einen sandigen Weg zu einem Haus entlang. Es wird bereits dunkel, in den Fenstern des Landsitzes gehen die Lichter an, ich kann sie zwischen den Stämmen der alten Parkbäume hindurch sehen. Eben trete ich in die abendliche Kühle des Parks. Es ist Spätsommer, aber sehr heiß, vor einem Moment bin ich über den noch warmen Sand gelaufen, die Schuhe in der Hand ... Ich komme auf die Terrasse, stehe in der Tür zum Salon, alle drehen sich zu mir um: Großmama, Tante Ala, ihr Mann, Onkel Mietek, Onkel Władyś, ihre lieben Frauen, schließlich Vater und Mama. Nur meine Eltern schauen mich an, ohne zu lächeln, sie haben gemerkt, daß ich barfuß bin. Warum hat sich mir gerade diese Szene eingeprägt? Wieder und wieder mußte ich daran denken, und immer war es, als spürte ich den aufgeheizten Sand unter meinen Füßen und dann die Kühle des Parkwegs ... Die, die ich geliebt habe, sind nur in dieser einen Szene alle am Leben. Am häufigsten erscheint mir meine Mutter mit kahlgeschorenem Kopf in der Erinnerung, dabei hatte sie so schöne Haare gehabt ... und Großmama ... sie sollte fünf Tage später sterben.

Ich komme in Ewas Wohnung, die Vorhänge sind zugezogen, nur das Licht über dem Aquarium brennt. Ewa ist mit einem Plaid zugedeckt und liegt auf der Couch. Sie tut, als schliefe sie. Ich gehe ins Zimmer und öffne die Vorhänge. Sofort schlägt Ewa die Augen auf.

»Das Licht blendet mich«, sagt sie feindselig.

»Und wo ist das Kind?«

»Bei der Nachbarin.«

»Warum bist du nicht zu dem Treffen mit dem Arzt gekommen?«

»Weil ich nicht konnte.«

»Und warum konntest du nicht?«

»Du siehst doch, in welchem Zustand ich bin.«

»Ich will es nicht sehen!« schreie ich. »Ich will das nicht mehr mitansehen!«

»Dann geh doch«, sagt sie gleichgültig.

»Sprich nicht so mit mir, sonst passiert etwas Schreckliches.«

Es ist schon passiert, ich zittere am ganzen Leib. Ich

versuche mich zusammenzureißen, damit sie es nicht sieht. Aber sie kennt mich zu gut, als daß ich ihr etwas verheimlichen könnte. Ich habe das Gefühl, als schaute sie mich voll Ironie an.

»Was kann denn passieren? Doch höchstens, daß du mich schlägst.«

»Ewa, ich kann nicht mehr.«

»Du denkst zuviel an dich selbst. Ich bin es doch, die sich kaputtmacht. Geh nur und schau dir das Waschbecken an, ich hab Blut erbrochen.«

»Und hast nicht nachgespült, damit ich es sehen kann?«

»Ich mache mir nicht so viele Gedanken um dich wie du dir um mich«, kommt es langsam und gepreßt aus ihrem Mund. »Wenn du nicht hier bist, dann denke ich überhaupt nicht an dich ...«

Ich gehe ins Badezimmer, ein dunkles Rinnsal in der weißen Vertiefung des Beckens. Ich spüre das vertraute Stechen in der Herzgegend. Ich gehe ins Zimmer zurück.

»Soll ich vielleicht den Notarzt rufen?« frage ich, und meine Stimme hat nicht mehr diesen harten Ton.

»Wozu? Damit sie mir noch mehr Tabletten geben?«

»Was machst du nur mit dir!« explodiere ich. »Was tust du dem Kind an!«

»Ja, sag schon, sag es doch: ›Und mir!‹ Ich tue das doch vor allem dir an, stimmt's?«

Mit einem Ruck schlage ich die Decke zurück, Ewa liegt völlig nackt darunter. Ich sehe ihren abgemagerten Körper, die vorstehenden Beckenknochen, kleine, gleichsam noch unreife Brüste.

»Zieh dir was über«, bringe ich mühsam hervor.

»Alles ist schmutzig.«

»Mein Gott, wie du nur lebst. Mädchen, wie kannst du so leben? Und in alledem das arme Kind.«

»Dein geliebter Enkel«, sagt sie ironisch. »Den du um jeden Preis loswerden wolltest. An den Haaren hast du mich zur Ausschabung gezerrt!«

Ich schlage ihr ins Gesicht, ihr Kopf fliegt zur Seite.

»Na, prima. Du wärst nicht du, wenn du mir keine kleben würdest. Dann los, hau zu ...«

Und plötzlich stürze ich mich auf sie und schlage blindlings zu. Sie wehrt sich nicht, und ich sinke erschöpft neben der Couch zu Boden und verberge mein Gesicht in den Händen. Immer habe ich das Gefühl, allem nicht gewachsen zu sein, ihm nie gewachsen gewesen zu sein.

»Pietà«, höre ich ihre kalte Stimme sagen. Ebenso kalt fährt sie fort: »Nur bitte mich nicht wieder um Verzeihung, denn das wäre lächerlich. Und wenn du kannst, nimm Antek zu dir«, hier versagt ihr die Stimme, »wozu soll er mich in so einem Zustand sehen ...«

Ich hebe meinen Kopf und stehe auf. Ich schaue nicht zu ihr hin, denn ich will ihrem Blick nicht begegnen. Was ich darin entdecken würde, wäre nur ihre Befriedigung über den Sieg, den sie davongetragen hat.

Ich klopfe bei der Nachbarin. Antek wirft sich mir an den Hals.

»Ich warte schon so lange auf dich«, sagt er.

In der Hand halte ich seinen Anorak und seine Schuhe, weil ich nicht will, daß er jetzt in die Wohnung geht. Doch ich habe seine Mütze vergessen und muß nochmals zurück. Ewa liegt mit dem Rücken zu mir da, sie reagiert nicht auf mein neuerliches Kommen. Sicher weiß sie, daß ich wieder einmal etwas vergessen habe. Schließlich passiert das dauernd. Ich gehe mit Antek aus dem Haus, ich halte ihn an der Hand.

»Ich glaube, wir fahren mit dem Taxi«, sage ich.
»Hast du auch Geld?« vergewissert er sich.
Ein Taxi kommt, wir steigen ein.
»Werde ich lange bei dir sein?« fragt Antek.
»Ein paar Tage, wahrscheinlich ...«
»Und ich werde nicht in den Kindergarten gehen?«
»Ist das gut oder schlecht?«
»Gut, aber die Erzieherin sagt, daß ich zu oft fehle und daß sie mich streichen müssen.«
»Die soll nicht so klug tun«, antworte ich, obwohl ich weiß, daß das unpädagogisch ist. Und plötzlich höre ich den Satz: »Vnimanie, vnimanie, šag v levo, šag v pravo konvoj primenjaet oružie bez preduprеždenija.«* Einen Moment lang glaube ich, die Stimme käme von draußen, dabei hat in mir ein altes Band zu spielen begonnen. Die Stimme meldet sich gewöhnlich dann, wenn ich mich bedroht fühle, und die Sache heute mit Ewa hat in mir das Unterste zuoberst gekehrt.

... ich liege auf einer Trage im Dienstzimmer des Lagerkrankenhauses. Man hat mich direkt vom Transport hierher gebracht. Jemand kommt in den Raum, ein Mann in einem weißen Kittel. Er beugt sich über mich. Eine Weile schauen wir uns an, dann sage ich:
»Ja ... plochu znaju russkij jazyk.«**
»Du kannst polnisch reden, ich bin's, du hast dich nicht getäuscht. Und hör zu, was ich dir sage. Ich werde versuchen, dich hierzubehalten, aber kein Wort darüber, daß

* Russ.: Achtung, Achtung, links, rechts, die Eskorte schießt ohne Vorwarnung.
** Russ.: Ich spreche nicht gut Russisch.

wir uns von früher kennen. Das wäre das Ende für uns beide.«

»Ich werde Ania zu dir sagen«, meint Antek, »denn bei uns im Kindergarten ist eine Ania, und die mag ich.«

»Das gehört sich nicht, daß du mich beim Vornamen nennst, ich bin doch deine Großmama.« Im Rückspiegel sehe ich den Blick des Taxifahrers. Ich bin daran gewöhnt, meistens wundern sich die Leute.

»Aber ich will es.«

»Und ich sage, daß es sich nicht gehört.«

»Aber Oma Ania geht?« fragt er schlau.

... das Herrichten der Kranken zum Morgenappell, zur berüchtigten »Selektion« ... menschliche Schatten in schmutzigen Lumpen. Eingefallene, stoppelige Wangen, hervorstehende Becken, schiere Knochen statt Schenkel und dazwischen braune, gleichsam verdorrte Genitalien. Kranke, die an *Panos* leiden, an Hungerdurchfall also, bis zum Hals mit stinkender Schmiere bedeckt. Ich mußte sie waschen, oft kratzte ich den eingetrockneten Kot in den Leisten und in den Haaren mit den Fingernägeln ab, wodurch sich Wunden bildeten ...

Ich stürze ins Dienstzimmer, beuge mich über den Kübel und werde von einem Brechreiz geschüttelt. Jerzy sitzt am Schreibtisch, mit dem Rücken zu mir. Er tut, als sähe er das nicht. Schließlich rufe ich wütend:

»Mir reicht's, ich gehe da nicht mehr rein!«

Stille.

»Die stinken. Die stinken, hören Sie!«

»Bedaure, aber ich hab kein Parfum in der Apotheke«, erwidert er ruhig.

»Ich bin fünfzehn Jahre alt und eigne mich nicht für so eine Arbeit!«

»Niemand eignet sich dafür, aber man muß sie machen. Du bist Pflegerin.«

»Bin ich nicht! Ich bin nicht aus freiem Willen hier!« Ich schreie schon nicht mehr, sondern brülle. »Und das sind keine Kranken, das sind ... ich weiß nicht ... jedenfalls keine Menschen mehr!«

»Und doch sind es Menschen«, antwortet er streng.

Plötzlich beruhige ich mich.

Das Taxi hält vor meinem Haus. Wir steigen aus. Antek springt über eine Pfütze und schafft es natürlich nicht. Unter seinen Schuhen spritzt das Wasser auf und läuft mir über den Mantel. Ich sage nichts, nehme ihn nur an die Hand. Er sieht, daß ich böse bin.

»Wirst du mit mir im Bett schlafen?« fragt er angriffslustig. »Das gehört sich nicht, denn ich bin ein Junge.«

»Du kannst auf dem Liegesessel schlafen.«

»Auf dem Sessel ist es unbequem«, macht er mit beleidigtem Gesicht einen Rückzieher.

... ich gehe ins Dienstzimmer, ich habe das Gefühl, von diesem ekligen Geruch durchtränkt zu sein. Ausgiebig wasche ich mir die Hände, fast reibe ich mir die Haut ab.

»Jetzt reicht es mit der Toilette«, sagt Jerzy.

»Nie und nimmer werde ich mich von einem Mann anfassen lassen«, schimpfe ich los.

»Na, bestens, dann vergrößerst du wenigstens nicht die Zahl fehlgeschlagener Mutterschaften.«

»Ekelhaft, was Sie da sagen.«

»Aber wahr.«

»Die Mehrzahl von ihnen sind alte Männer, deren Haare am Unterbauch schon grau sind.«

»Das ist nicht das Alter, liebes Kind, das ist das Lager. Einige von ihnen sind noch keine Zwanzig. Sie sind die Lazarusse des Systems, und der Christus des neuen Glaubens denkt überhaupt nicht daran, sie auferstehen zu lassen.«

»Und was machen wir dann hier?« frage ich in ohnmächtiger Wut. »Wir sind nicht einmal gläubig.«

Jerzy lächelt traurig.

»Wir? Wir sind ein Relikt. Erst aus der Entfernung sehe ich, wie sehr ihnen unser Aufstand gelegen kam. Was hätten die denn mit diesen jungen Leuten anfangen sollen, die bereits gelernt hatten, eine Waffe zu tragen.«

»Aber es sind doch nicht alle umgekommen.«

»Mit denen werden sie schon fertig. Dieser Nation ist nicht nur ein Zahn gezogen worden, es sind gleich beide Kiefer draufgegangen.«

»Sie reden, als wäre es eine verdiente Strafe, daß wir hier sind. Aber wer erlegt sie uns denn auf?«

»Und doch liegt darin eine gewisse Gerechtigkeit«, antwortet er. »In jedem Fall, was mich angeht ...«

Auf einmal kann ich das nicht mehr hören.

»Es ist furchtbar, so zu denken, ich ... ich finde das nicht richtig.« Meine Hände sind schweißnaß vor Erregung. »Wir waren jung und schön. Und schön sind wir für die Freiheit gestorben. Die dagegen verwandeln sich selbst in Kacke. Genau hier ist der Mastdarm, durch den das Monster die eigenen Innereien ausscheidet.«

»Keine Angst, es wird wieder zu Kräften kommen«, lächelt Jerzy traurig. »Wir könnten noch so alt werden, das Ende dieses Monsters erleben wir nicht.«

»Wie geht es also weiter?«

Er breitet die Arme auseinander.

»Nicht denken, das ist der einzig vernünftige Rat.«

»Nicht denken, das heißt auch nicht leben.«

Er lächelt, als spräche er zu einem Kind. Das macht mich immer rasend.

»So redet man, wenn man so alt ist wie du«, bemerkt er, als hätte er meine Gedanken gelesen. »Der Mensch hängt viel mehr an seinem Erdendasein, als es scheint. Er wird sich selbst dann noch ans Leben klammern, wenn es ihm nichts als gerade die tägliche Mindestration an Kalorien bietet. Und er wird einzig daran denken, wie er die Ration vervollständigen kann.«

»Was Sie hier reden, ist Ihrer Vergangenheit nicht würdig.«

»Meine Vergangenheit ist genauso ein Haufen Scheiße wie das hier.«

Ich kämpfe mit den Tränen. Er sieht das.

»Hör schon auf, Anna«, sagt er ungeduldig.

»Alle wissen, daß Sie trinken«, stoße ich wütend hervor. »Nein, Sie trinken nicht, Sie saufen so, daß Sie sich nachher nicht mehr auf den Beinen halten können ... was wird aus Ihren Händen?«

»Die sind fast zu gut, um das Lagerfleisch hier zu schneiden.«

Wir stehen uns gegenüber.

»So darf ein Arzt nicht reden!«

»Hör auf, mich zu belehren.« Endlich habe ich ihn aus dem Gleichgewicht gebracht. »Misch dich nicht in mein Leben ein!«

»Damals in Warschau, erinnern Sie sich, als ein Junge gebracht wurde, dem eine Granate beide Beine weggerissen hatte, da haben Sie vor meinen Augen eine halbe Flasche ausgetrunken, und dann haben Sie operiert.«

»Ich habe operiert, Instrumentierschwesterchen«, sagt er langsam, jedes Wort betonend, »natürlich habe ich operiert. Und, ist etwas schiefgegangen? Meine Nähte haben diesen Delinquenten bestimmt überlebt. Mehr noch, ich hab schon vor dem Krieg getrunken, und vor dem Krieg, mein Fräulein, hab ich komplizierte Gehirnoperationen gemacht.«

»Kein Grund, sich damit zu brüsten«, stelle ich mit einer gewissen Überlegenheit fest, denn etwas habe ich immerhin schon erreicht.

»Natürlich, obwohl es ganz andere Gebrechen gibt«, antwortet er. »Einer meiner hervorragenden Kollegen war ein Fetischist, und vor besonders schwierigen Eingriffen zog er Damenschlüpfer aus seiner Tasche und delektierte sich an ihrem Anblick. Das beruhigte seine Nerven.«

»Ich schäme mich für Sie!«

»Soll sich jeder für sich selbst schämen«, antwortet dieser Mensch, den wir alle bewunderten. Genaugenommen weiß ich gar nicht, warum. Er war rauh im Umgang und sah dabei nicht einmal besonders gut aus. Ein mittelgroßer blonder Mann, der schon eine Glatze bekam, mit vorspringenden Kiefern und durchdringenden Augen. Vielleicht waren es die Augen. Sie bohrten sich tief ein und waren so intensiv, daß es einem heiß wurde. Wenn er nüchtern war, konnte er sogar witzig sein. Und sympathisch. Der Wodka machte seine Sprache brutal, manchmal waren es nur Flüche. Und trotzdem hatte ich mich in diesen Menschen verliebt, schon damals, in Warschau. Deshalb hatte ich bis zum Schluß bei ihm in dem Malteser-Krankenhaus ausgeharrt. Ich redete mir ein, daß das Blut, das ich sah, nur Farbe sei. Mit der Zeit wurde das immer leichter. Mir selbst wurde im Aufstand kein Haar gekrümmt. Ich sah nur den Tod und den Schmerz der anderen, und daran gewöhnt man sich leichter. Nur einmal drohte mir Gefahr. Durch das Fenster fiel eine Brandbombe, und der Luftdruck ließ einen Funkenregen auf mich niedergehen. In Sekundenschnelle brannten meine Kleider. Jerzy riß mir mit einem Ruck den Pullover über den Kopf, wickelte mich darin ein und drückte mich an sich. Ich spürte den brandigen Geruch und die plötzliche Nähe eines anderen Menschen, eines Mannes. Seine kräftigen, nackten Arme umfingen mich. Er löschte das Feuer auf meiner Kleidung, aber meine Jugend, mein vierzehnjähriges Herz fing an zu brennen. Von Anfang an liebte ich ihn wie eine erwachsene Frau, aber er bemerkte das nicht. Daß wir uns dann wieder trafen, war ein perfider Trick des Schicksals. Bald schon sollte ich mich davon überzeugen.

Antek schläft breit über mein Bettsofa gestreckt. Ich betrachte sein ruhiges Gesicht, seine an die Stirn geklebten, verschwitzten Haare. Vorsichtig streiche ich sie zurück. Und plötzlich sehe ich mich selbst in ihm: diese Stirn, die Brauenbögen, die Nase und der Mund, das ist mein Gesicht in klein. Erst jetzt fällt mir das auf, davor hatte ich es eher geglaubt, wenn andere diese Ähnlichkeit erwähnten. Also ist meine Liebe zu diesem Kind einfach Liebe zu mir selbst. Also ist jedes große Gefühl egoistisch und blind, und meine Unfähigkeit, Ewa auf unkomplizierte Art zu lieben, hing damit zusammen, daß meine Nachforschungen, die wahrscheinlich schon seit langem andauerten, bisher ohne Erfolg geblieben waren. Vielleicht wurde Ewa erst jetzt, auf Umwegen über das Kind, von mir als Tochter akzeptiert. Das Kind, genauer gesagt, die Ähnlichkeit des Kindes mit mir war jener unwiderlegbare Beweis. Man kann das meinem Unterbewußtsein schlecht verübeln, Verwechslungen passierten damals leicht, und daß sichtbare Beweise fehlten, machte die Sache nur schlimmer ...

Aus der Küche hat man uns das Mittagessen gebracht. Jerzy sitzt am Schreibtisch, ein wenig seitlich, und wippt mit dem Bein. Unsere Löffel klappern gegen das Blech der Näpfe.

»Und du, auf welchem Weg bist du hierhergekommen?« fragt er mich.

»Via Moskau. In meinem Waggon waren Meldegängerinnen, die wir beide kennen. Diese kleine Blonde, Zosia, und die schöne Renata, die Ihnen so gefallen hat.«

Er lacht.

»Woher weißt du das?«

Ich lache auch.

»Sie haben ihr den Verband öfter gewechselt als nötig.«

»Und du warst am Ende gar eifersüchtig?«

»Vielleicht ... ich weiß nicht, das ist so lange her ...«

»Mach keine Ausflüchte.«

»Na gut, ich glaube schon. Ich war damals so eine junge Göre ... Diese hochgewachsene Sanitäterin, Roma, hat sich in Sie verliebt, aber die war älter als ich, fünfundzwanzig, da wollte ich nicht zurückstehen.«

»Roma war in mich verliebt? Und das sagst du mir erst jetzt!«

»Immerhin sind Sie verheiratet.«

»Und was hat das damit zu tun?«

»Daß man seine Frau nicht betrügen soll.«

Jetzt lacht er aus vollem Hals.

»Und deshalb habt ihr euch unglücklich in mich verliebt? Dumme Gänse, eine solche Gelegenheit haben wir verpaßt ...«

»Machen Sie sich nicht lustig«, sage ich ernst. »Ich glaube, daß Roma durch Sie umgekommen ist.«

»Red keinen Unsinn.« Er lacht nicht mehr.

»Sie hat sich mir anvertraut. Sie hat gesagt, sie würde ins feindliche Feuer laufen. Und Sie erinnern sich, was dann war ...«

Ewa kommt ins Zimmer und küßt mich auf die Wange, als wäre nie etwas gewesen.

»Servus, Mama«, sagt sie fröhlich.

Sie will Antek begrüßen, aber der antwortet ihr, er habe keine Zeit, weil er einen Turm baue. Sie hockt sich zu ihm.

»Kann ich dir helfen?«

Antek schaut sie mit ernster Miene an.

»Meinetwegen«, antwortet er schließlich.

»Herr Doktor«, sage ich flehentlich, »bitte versetzen Sie mich zur Frauenabteilung.«

»Was denkst du dir eigentlich?« erwidert er schroff. »Ich bin genauso ein Gefangener wie du.«

»Aber ich weiß, daß Sie das einrichten können.«

»Glaubst du, daß Frauen besser sind?«

»Aber es sind Frauen.«

»Frauen. Frauen. Du redest so, weil du mit ihnen noch nichts zu tun gehabt hast. Dort wird es dir genauso hochkommen, empfindliche Jungfer, du.«

»Irgendwie bin ich trotzdem bis hierher gekommen«, wehre ich mich. »Kräftige Bauernmädchen sind an Lungenentzündung gestorben, während ich nur einen Schnupfen bekam. Mir lief die Nase, die Augen tränten, aber es war nur ein Schnupfen.«

»Vielleicht bist du unter einem Glücksstern geboren.«
»Wieso bin ich dann hier?«
»Du bist nicht die einzige.«
»Dann sind alle in diesem Lager Glückspilze?«
»Denk an die, die weitergefahren sind. Es ist schwer zu glauben, aber es gibt hier noch ein Weiter.«

Er sprach mit mir anders als sonst. Ich spürte, daß er in meiner Sache zu einem Entschluß gekommen war, da wollte ich ihn nicht provozieren. Es war immer so, daß ich mich letztlich durchsetzte. Die Leute gaben mir nach. Mein Gesicht hat mir vieles erleichtert, das übrige taten Schläue und ein Gespür für die jeweilige Situation. Nur einmal versagte alles. Ich meine den Tag meiner Entlassung, wie sie das euphemistisch nennen. Ich stand wirklich schon mit einem Fuß im Grab. Aber zu guter Letzt fand sich jemand, der mir half. Nur hatte das in diesem Fall nicht meine Schönheit bewirkt, sondern Mitleid. Darauf, das hatte ich gespürt, mußte ich setzen, mein ganzer Organismus hatte es gespürt, und deshalb war mein großer Zeh angeschwollen und vereitert. Er rettete den übrigen Körper, und der mußte dann den Zeh für die »gute Sache« opfern. Als Antek einmal meinen verkrüppelten Fuß sah, fragte er:

»Und wohin ist dein Zeh gegangen?«
Ich lachte herzlich und antwortete:
»Ziemlich weit weg, mein Kind.«

Jerzy runzelte die Stirn und sagte ernst:
»Wir müssen miteinander reden.«
Also doch! Meine Ahnung hatte nicht getrogen.
»Du mußt zur Kenntnis nehmen, daß du hier an einem recht düsteren Ort gelandet bist. Das hier ist nicht War-

schau im Jahre neunzehnhundertvierundvierzig. Hier gibt es keine ausländischen Fotoreporter, die Bilder von dir machen und sie dann in bunten Zeitschriften abdrucken. Die Reporter würden hier schlicht nicht mehr rauskommen.«

Und plötzlich vergesse ich alles.

»Haben Sie meine Fotos gesehen?«

»Ja, in einer englischen Zeitschrift, neben einer Reklame für Schuhcreme war da die Zahnpastareklame mit der Unterschrift: ›Die Jugend kämpft für die Verteidigung Warschaus.‹ Ich muß zugeben, daß du deine Zähnchen sehr anmutig bleckst. War der Bildreporter hübsch?«

»Es war ein Pilot, den sie abgeschossen hatten. Waren Sie denn in England?« wird es mir auf einmal bewußt.

»Ja, bevor ich zu Jurij Pawlowitsch wurde, hab ich für kurze Zeit meinen Fuß auf die Insel gesetzt.«

»Wie kommen Sie dann hierher?«

»Eine berechtigte Frage.«

»Sie wollen mir nicht antworten?«

»Und wenn ich dir sage, daß mir der Whiskey nicht geschmeckt hat, glaubst du mir dann?«

»Nein.«

»Wozu also soll ich mir den Mund fusselig reden.«

»Sie sind nach Warschau zurückgekommen!« sage ich begeistert.

Als hätte er mich nicht gehört, fährt er fort:

»Hör jetzt zu, was ich dir sage, nimm dich vor Wera in acht!«

»Also darf ich rüber?«

Ich mache eine Bewegung, als wollte ich ihm um den Hals fallen.

»Nimm dich vor ihr in acht.«

»Ich weiß, daß sie launisch ist.«

Jerzy schüttelt den Kopf.

»Das sind keine Launen, das ist das Böse in Reinkultur.«

»Ich glaube nicht, daß sich zwei Frauen nicht verstehen können.«

»Red nicht so naiv!« Er wird plötzlich böse. Böse auf mich. »Manchmal ist so ein Weibsbild schlimmer als der Teufel, weil es bösartig sein kann. Schlechtgemeinte Bösartigkeit ist eine furchtbare Waffe.«

»Na, der reinste Kalauer!«

»Ich mache keine Witze.«

»Wollen Sie mir Angst einjagen? Ich hab vor nichts mehr Angst. Als Warschau brannte, haben Sie gesagt, daß wir so wenigstens die Streichhölzer sparen. Aber jetzt hat Sie der Sinn für Humor verlassen.«

»Weil ich jetzt die Hölle von unten besichtige. Du hast nicht die geringste Ahnung, wo du hier gelandet bist. In diesem Lager ist der Frost festangestellter Henker, er ist der einzige Aufseher, der sich mit nichts bestechen läßt. Einmal haben sie mir hier so jemanden gebracht. Als wir anfingen, ihn auszuziehen, entblößten wir ihn bis auf die Knochen. Sein Körper fiel von ihm ab wie eine matschige Semmel.«

»Und er hat nichts gespürt?« wundere ich mich.

»Darin besteht die Heimtücke unseres Freundes: Er tötet schmerzlos.«

»Ja, schon, aber schlimmer als die Deutschen können sie eigentlich auch nicht sein«, wiederhole ich, was das unbekannte Mädchen gesagt hatte. »Die Deutschen hätten mich erschlagen, weil ich nicht gehen konnte, aber hier haben sie mich auf eine Trage gelegt.«

»Das heißt noch lange nicht, daß sie barmherziger sind. Ihre Tötungsmaschinerie ist einfach nicht so wirkungsvoll, es herrscht weniger Ordnung, etwas verklemmt sich, geht kaputt. Manchmal holen sie das wieder auf, manchmal nicht, und einer kommt mit dem Leben davon ... Ich warne dich, spiel nicht länger das naive Lagermädchen, sonst wird dich das Lager zermalmen.«

»Nein! Denn ich bin ich! Für mich gelten diese Regeln nicht.« Beide sprechen wir lauter als notwendig. »Für mich sind sie alle gleich: Insassen und Aufseher. Würde man sie die Rollen tauschen lassen, würden sie mit Begeisterung mitspielen. Haben Sie mir nicht selbst den Jungen gezeigt, dessen Mutter schrieb, sie habe ihn verstoßen, weil er den großen Führer des Volkes hintergangen habe? Das schreibt eine Mutter an ihren Sohn. Eine Mutter!«

»Das hat nicht sie geschrieben. Das hat ihr die Angst diktiert. Was wissen wir schon von diesen Menschen. Von ihren Tragödien. Wir stehen außerhalb.«

»Also stimmen Sie mir zu, daß die hier kein Recht haben?« sage ich triumphierend. »Was wirft man uns vor? Daß wir gegen die Deutschen gekämpft haben? Aber die hier haben doch auch gekämpft. Jeder Irrsinn hat seine Grenzen, man kann doch dem Bürger eines fremden Staates nicht fünf Jahre dafür aufbrummen, daß er ihn verteidigt hat.«

Jerzy lächelt traurig. Ich kenne dieses Lächeln gut. Ich weiß, was er dann fühlt, weil ich auch ihn gut kenne. Es macht mir keine Mühe, das, was er sagt, von dem zu trennen, was er sagen will. Manchmal ist das etwas ganz anderes als das, was man hört.

»Nicht dafür hast du fünf Jahre bekommen, mein Töchterchen. Du bist verurteilt worden, weil es diesen Staat nicht mehr gibt, das ist nicht mehr Polen, das ist eine Außenstelle ihres Geheimdienstes. Begreif das endlich und fang an, dir zu überlegen, wie du deinen eigenen Arsch retten kannst. Das Räderwerk, in das wir eingesetzt wurden, zermahlt alle, ohne Unterschied ...«

Ewa kam gestern nicht zu dem Treffen mit dem Arzt, aber diesmal war es berechtigt. Antek ist erkältet. Wir machten aus, daß ich für sie einkaufen sollte. Ich hatte Angst, zu ihnen zu fahren, weil ich genau wußte, was es für sie bedeutete, zu Hause festzusitzen. Ich konnte ihr nicht helfen, weil ich eine dringende Arbeit hatte. Schließlich bin ich hier die Lokomotive und dabei ohne einen festen Wagensatz. Dauernd werden mir andere Waggons angehängt, und ich kann keinen Rhythmus finden. Im Moment lebe ich hauptsächlich davon, daß ich fürs Fernsehen Texte aus dem Französischen übersetze. Manchmal ruft das Radio an, und ich zeichne ein Hörspiel auf, manchmal ist es eine Synchronisation, aber das bringt lächerliche Beträge. Die Grundlage unserer Existenz sind die Übersetzungen.

Mit vollen Einkaufstüten komme ich in die Wohnung, Antek läuft mir gleich entgegen.

»Warum putzt du ihm nicht die Nase?« frage ich.

Ewa zuckt die Schultern. Ich kann mir schon denken, was sie für ein Gesicht hat. Ich habe Angst, länger hinzusehen, Angst, ihren Augen zu begegnen. Ich packe die Einkäufe aus, und sie geht wie ein wildes Tier im Käfig durchs Zimmer. Antek ist unleidlich, die Stimmung überträgt sich auf ihn. Er reißt mir die Tasche mit den Eiern aus der Hand, sie fallen herunter, Eiweiß läuft aus. Ewa stößt ihn brutal zur Seite, Antek schlägt mit dem Kopf gegen die Kante des Kühlschranks, er beginnt, jämmerlich zu weinen.

»Reiß dich um Himmels willen zusammen«, sage ich.

»Dann schaff ihn mir aus den Augen, sonst bring ich ihn noch um!«

»Morgen nehme ich ihn.« Ich hebe das Kind vom Boden hoch, es schmiegt sich an mich.

»Ich halt es nicht länger aus«, schreit Ewa. »Ich hab genug! Ich hab dieses beschissene Leben satt. Ich dreh das Gas auf, und dann ist endlich Ruhe.«

»Bestimmt.«

»Ich weiß, daß du nur darauf wartest, aber freu dich nicht zu früh.«

»Paß auf, was du da redest.«

»Ich weiß, was ich sage. Du siehst nicht über deine Nasenspitze hinaus. Ich geh kaputt! Verstehst du, kaputt!«

»Ewa, ich bitte dich«, stöhne ich, »in ein paar Stunden bringst du ihn ins Bett.«

»Und wieder werde ich mich nicht vom Fleck rühren können. Er hat mir mein Leben ruiniert, dieser Rotzbengel!«

»Selbst hast du es dir ruiniert!« sage ich scharf.

Sie schnappt sich ihre Jacke, und bevor ich noch protestieren kann, verschwindet sie durch die Tür. Antek schaut mich an.

»Wohin ist Mama gegangen?«

»Ich weiß nicht.«

»Und was machen wir jetzt?« Er ist geradezu komisch in seiner Besorgnis.

»Nichts. Wir warten, bis sie zurückkommt«, erwidere ich.

»Aber so schnell kommt sie nicht zurück«, meint er und wackelt mit dem Kopf.

Mir fällt eine ähnliche Szene ein, als ich einen eitrigen Finger hatte und mein Arm deshalb fixiert war und sie mich mit dem ein paar Monate alten Kind allein ließ. Ich konnte es nicht wickeln, schließlich machte ich es aber doch und weinte vor Schmerz. Ich versuche, meine Gedanken zu ordnen. Morgen mittag muß ich den Text abgeben, so ist es ausgemacht.

»Weißt du was, ich glaube, ich hol ein Taxi, und wir fahren zu mir. Wenn du mir versprichst, brav zu sein.«

»Bestimmt«, antwortet er mit übertriebenem Ernst.

Er gibt sich Mühe, sich auf eine Situation einzustellen, die ihn überfordert, die uns beide überfordert. Wir packen die Sachen zusammen.

»Kann ich den Traktor mitnehmen?«

»Du hast bei mir Spielsachen.«

»Aber das ist ein neuer Traktor!«

»Gut«, gebe ich nach.

Mir fällt ein, daß sie vielleicht die Schlüssel nicht mitgenommen hat. Egal, meine werde ich ihr nicht dalassen. Zu lange habe ich um eigene Schlüssel gekämpft. Sie war der Meinung, daß es ihre Freiheit einschränke, ich, daß es notwendig sei. Sie hat die Schlüssel schon ein paarmal verloren und einmal sogar in der Tür stecken lassen. Zum Glück hat die Nachbarin sie gefunden.

... ich gehe ins Dienstzimmer der Frauenstation im Lagerkrankenhaus. Am Schreibtisch sitzt eine kleine, untersetzte Frau. Ihr Gesicht ist pockennarbig, ihr Blick melancholisch.

»Ich komme von Jurij Pawlowitsch«, sage ich.

»Geh ans Fenster.« Ihre Stimme ist tief und paßt nicht zu ihrem Aussehen. Sie klingt angenehm. Sicher hätte es mich noch mehr überrascht, wenn ich zuerst die Stimme gehört und dann die Frau gesehen hätte.

»Mach deinen Mund auf«, lautet das nächste singend vorgebrachte Kommando.

Gehorsam befolge ich es.

»Zähne hast du alle. Du hustest nicht?«

»Nein.«

»Nimm dein Kopftuch ab.«

Ich nehme das Kopftuch ab, unter dem ich meine Haare verberge. Jetzt fallen sie mir über die Schulter. Wera verschlägt es die Sprache, sie schaut mich an, dann faßt sie sich wieder. Barsch sagt sie:

»Binde das Kopftuch um und zieh dir diese Schürze an. Bei uns gibt es Typhus. Wenn du die Station verläßt, hast du die Schürze hierzulassen.«

Gehorsam ziehe ich die graue Schürze an und binde sie über der Taille zu. Wera holt einen groben Leinenstoff hervor. Sie gibt mir eine Schere.

»Setzt dich hierher«, sagt sie, »du wirst den Stoff in Streifen schneiden, so breit etwa«, zeigt sie mir, »das gibt Verbandsmaterial.«

Ich fange an, den Stoff zu zerschneiden, sie schaut es sich an.

»Zu schmal«, meint sie. »Das rollt sich ein. Miß jeweils eine Handbreit ab.«

Eine Lagerinsassin, die ich vom Sehen kenne, kommt herein. Sie hat die obere Pritsche in meiner Baracke. Aber wir haben bisher nicht miteinander gesprochen. Ich weiß, daß sie Zoja heißt. Sie schaut auf den leeren Kleiderhaken.

»Deine Schürze, Zojka, hat jetzt sie da«, sagt Wera mit Genugtuung.

»Dann nehme ich eine andere, aus dem Schrank«, antwortet jene schnell.

»Nicht nötig. Melde dich bei Anatolij Nikitytsch.«

»Wera Iwanowna, hab ich etwas gemacht?« fragt das Mädchen mit weinerlicher Stimme. »Ich werde mich bessern, Wera Iwanowna, nur schickt mich nicht weg, dort komme ich um ...«

»Wieso? Hast du verlernt zu arbeiten?« zischt Wera.

»Du hast im Warmen gesessen und nichts getan. Und trotzdem warst du unzufrieden.«

»Ich werde mich bessern, Wera Iwanowna«, sagt Zoja unter Tränen. »Ich werde alles machen ... alles!«

Und auf einmal fällt sie Wera zu Füßen. Wera stößt sie von sich und geht aus dem Zimmer. Entsetzt schaue ich zu, wie sich das Mädchen erhebt und seine Kleidung abklopft.

»Verdammte Hurensau, stürzt einen ins Verderben und zuckt mit keiner Wimper«, sagt sie finster.

»Mne očen' žal'ko, ja ne znala ...«*, stottere ich.

»Was soll's«, antwortet sie leichthin. »Du kommst auch noch an die Reihe. So ist sie nun mal, sortiert Menschen wie teigige Birnen aus. Sie werden ihr schnell langweilig. Hier ist es auch nicht leicht, es ihr recht zu machen. Angeblich ...«, sie senkt ihre Stimme, »... ist sie so viel Ärztin, wie ich Priesterin bin. Eine hat mir über sie erzählt, daß sie draußen Bettöpfe geleert und mit ihrem Arsch dazuverdient hat, bei Deutschen! Dafür wurde sie geholt. Hier geht es ihr auch nicht gerade schlecht. Die Frauen kommen mit ihren Nöten zu ihr. Sie nimmt sich alles aus den Päckchen und hat so manche schon ins Jenseits befördert ...«

Wera kommt zurück, das Mädchen verstummt.

»Du? Noch hier!«

Zoja zuckt die Schultern. Im Hinausgehen trällert sie »Na zakate chodit paren' ...«**. Den Rest verschluckt die Tür.

Wera schaut ihr nach, und grinsend sagt sie:

»Ja, sing nur, sing ...«

* Russ.: »Es tut mir so leid, ich wußte nicht ...«

** Russ.: Im Abendlicht, da geht ein junger Mann.

Diesmal warten wir länger auf ein Taxi und sind erst nach sechs Uhr zu Hause. Antek bekommt sein Abendessen. Unterdessen taucht der Arzt auf. Ich hatte es nicht mehr geschafft, ihm abzusagen, das heißt, ich hatte es versucht, aber sein Telefon war belegt, und danach hatte mich die Fahrt nach Żoliborz fast den halben Tag gekostet. Wir unterhalten uns eine Weile, für Antek Zeit genug, den Arztkoffer zu inspizieren, das Heft herauszuholen, in dem sich der Arzt gewöhnlich während unserer Sitzungen seine Notizen macht. Als er schon weg ist, merke ich, daß eine Seite herausgefallen ist. Ich hebe sie auf.

»Fast schon beim ersten Wort wußte ich, daß dies nicht unser letztes Treffen sein würde. Damals dachte ich an sie noch nicht als Frau, eher als an einen Menschen, der ein interessantes Material für mich darstellen könnte. Ich benahm mich ein bißchen wie ein Jäger. Ihre Zerbrechlichkeit, ihre scheinbare Verlorenheit konnten mich nicht täuschen. Ich spürte, daß sie alles tat, um mich in die Irre zu führen. Unser erstes Gespräch, gekleidet in ein verschüchtertes, entschuldigendes Lächeln von ihr, war ein gegenseitiges Abtasten, ein Sondieren der Situation. Mit dem einen Unterschied, daß ich das ganz bewußt tat, während es bei ihr Gewohnheit war; längst ist für sie jeder Mensch, auf den sie trifft, ein potentieller Gegner. Gewöhnlich versucht sie, ihn dann aus dem Konzept zu bringen, indem sie seine Fragen in aller Ausführlichkeit beantwortet, damit er keine weiteren mehr stellen kann.«

Hier brach der Text ab, aber am Rand waren zwei Sätze angefügt, die ich einmal gesagt hatte. Der erste: *»Ich bin wie ein Baum im Herbst, der sich seiner gefallenen Blätter erinnert«* und der zweite: *»Ich habe mich nicht gewählt, ich bin zu mir verurteilt.«* Es wäre interessant zu wissen, ob sich der Text auf mich bezieht. Bestimmte Züge von mir würden sogar passen, nur dieser Satz *»Damals dachte ich an sie noch nicht als Frau«*, was sollte das bedeuten? Doch wohl nicht das, was es normalerweise bedeutet. Obwohl ... ich habe auf so unterschiedliche Männer Eindruck gemacht, vielleicht verschlingt auch er mich mit seinem Blick, anstatt meine Tochter zu heilen. Es sei denn, ich täusche mich, und es geht um jemand ganz anderen. Hoffentlich! Ich habe diese Kerle satt, die Poesie und Tiefe in mir zu finden hoffen. Und er sieht mir ganz danach aus. Ha, soll er sich nur verraten. Er würde was zu hören bekommen, etwa so: »Wissen Sie, im Grunde verachte ich Männer, vor allem wegen ihrer Eitelkeit. Man kann ihnen die unglaublichsten Vorzüge einreden, und sie glauben alles. Keine Frau würde darauf reinfallen, aber ein ansonsten intelligenter Mann kauft einem das ab.« Nur ... ich habe Männer nie verstanden. Sie sind gekommen und wieder gegangen. Ich kann das nicht auf einen Nenner bringen, irgendwie festmachen. Das mit den Männern in meinem Leben ist bis heute nicht geklärt. Immer hatte ich das unbestimmte Gefühl, dieses Spiel nicht gelernt zu haben, das andere mit Leichtigkeit beherrschten. Hatte mir meine Mutter da etwas nicht gesagt, oder war es vielleicht mein späteres Schicksal ... Dieser Mangel hat mich zu einer Frau ohne Mann gemacht. Nie habe ich mit einem das Haus geteilt. In dieser Hinsicht bin ich ein Krüppel. Und genau das gleiche verkrüppelte Leben beginnt jetzt Ewa.

Das Telefon läutet. Ich hebe schnell ab, damit Antek nicht aufwacht. Ich war fast sicher, daß es Ewa sei, aber eine männliche Stimme meldet sich.

»Frau Anna Bołtuč?«

»Ja.«

»Ich rufe vom Theater an. Fahren Sie zum Konzert nach Ciechocinek? Im Programm sind Gedichte von Norwid.«

»Wieder diese Rezitationen mit Musik.«

»Es lohnt sich. Zwei Konzerte.«

»Wann?«

»Fünfter und sechster November. Anfahrt mit dem Bus.«

»Wer fährt sonst noch?«

»Nun ... Schultheiß Kierdziołek* und noch ein paar andere.«

»Gut.« Ich sage zu.

Sehr gut sogar, denn mir geht das Geld aus. Irgendwie ist es immer so, daß mein finanzieller Balanceakt zum Schluß doch gut ausgeht. Ganz selten leihe ich mir Geld. Ich mag das nicht. Wenn der Boden unserer Kasse sichtbar wird, bietet sich plötzlich eine Gelegenheit. Diese Fahrt nach Ciechocinek, das sind zwei Wochen gesichertes Leben.

... nicht nur deshalb wollte ich von der Männerstation weg, weil mir meine Tätigkeit mit Männern demütigend erschien. Ich wollte auch, daß er zu mir kam. Ich bildete mir ein, daß er mich dann endlich beachten würde. Ich lernte, seine Schritte auf dem Flur zu erkennen. Mein Herz schlug dann schneller, ich spürte das Klopfen in den Schläfen und im Hals.

»Ich bin vorbeigekommen, um zu schauen, ob Wera es dir schon abgewöhnt hat, zum Frühstück zu erbrechen.«

»Sie hätten damals Hänsel werden müssen«, lache ich.

»Was für ein Hänsel?«

»Na ja, die Hexe hat doch Hänsel und Gretel eingesperrt, Sie erinnern sich an das Märchen?«

* *Schultheiß Kierdziołek:* Bekannte TV-Figur in Polen. A.d.Ü.

»Ganz vage.«

»Es ist ein Märchen für unartige Kinder, die von der bösen Hexe in einem Lager wie dem unsrigen eingesperrt werden.«

»Du vergißt, daß man uns hier nicht mästet, sondern aushungert.«

Jerzy greift meinen scherzhaften Ton auf.

»Ach wo, das hab ich nicht vergessen. Wera füttert mich, aber mir knurrt oft der Magen.«

»Du, paß bloß mit Wera auf, Anitka.«

»Ich fleh dich an, nenn mich nicht so, dann schon lieber Anuschka.«

»Na bitte, aus dem blondgelockten holden Polenkind wird bereits eine Russin. Das ›System‹ verliert keine Zeit. Du bist, soweit ich weiß, aus Lemberg, was hast du da in Warschau gemacht?«

»Nachdem die Russen gekommen waren, schickte mich meine Mutter zu ihrer Schwester, sie dachte, dort sei es sicherer. Ein Student, genauer, ein ehemaliger Student von Vater brachte mich über die Grenze. Er nahm kein Geld, obwohl das damals sein Beruf war. Ich erinnere mich gut an diesen Tag. Meine Mutter stand unter dem Altan und schaute uns nach, ich drehte mich um, und sie winkte mir zu. So habe ich sie zum letzten Mal gesehen. Der Altan, eingewachsen von wildem Wein, der sich schon rot färbte, es war immerhin bereits Herbst, und sie, noch ganz jung, blond und in einem grünen Kleid ...« Ich erzähle ihm von meinem Marsch über die grüne Grenze, und er wiegt den Kopf.

»Da bist du schon viel gereist in deinem kurzen Leben. Und deine Mutter hat gedacht, die Deutschen seien besser, oder was? Sie hat wohl gedacht, die westliche Kultur biete bessere Garantien. Ganz offensichtlich war sie mit der Nazi-Version noch nicht richtig in Berührung gekommen. Aber sie muß doch etwas gehört haben? Manchmal fällt es einem schwer, diese weibliche Logik zu begreifen. Und was ist mit deinem Vater? Sind beide dort?«

Vater ist in den Krieg gezogen und nicht mehr zurückgekommen. Einmal kam eine Karte aus irgend so einem Kozielsk*. Wir hatten die Hoffnung, es sei ihm gelungen, in den Westen durchzukommen. Es war ausgemacht, daß Mama zu uns nach Warschau stoßen würde, wenn sich Vater einige Zeit lang nicht melden würde. Aber sie hat es immer wieder hinausgeschoben, immer meinte sie, er werde eines Tages zurückkommen und an die Tür klopfen. Und sie werde ihm öffnen. Sie hat dann Deutschen geöffnet, die sie später ins Lager verschleppten und im Ofen zusammen mit den anderen verbrannten. Ihr Lager und mein Lager ... was ihr Lager war, habe ich im Verlauf langer Jahre erfahren, in denen ich die Details zusammengetragen habe. Sie stammten aus mündlichen Berichten, aus der Literatur, aus Filmen. Die Mutter mit der Armbinde und dem Buchstaben P darauf war zeitweilig wirklicher als die von vor dem Krieg ...

Ich sage zu dem Arzt:

»Ich hab bemerkt, daß es meiner Tochter seit einiger Zeit ein ausgesprochenes Vergnügen bereitet, über ihre Krankheit und deren Symptome zu sprechen. Und das ist schon nicht mehr nur an mich gerichtet. Sie will, daß die Welt davon erfährt. Das sieht langsam nach Exhibitionismus aus.«

* *Kozielsk:* Sowjetisches Lager, in dem polnische Offiziere, die später in Katyn ermordet wurden, während des Zweiten Weltkriegs interniert waren. A.d.Ü.

»Nein, Sie irren sich«, antwortet der Arzt. »Sie will das loswerden, darin unter anderem besteht die Psychotherapie. Was ausgesprochen wird, verliert an Gewicht. Also muß man reden. Je mehr, desto besser.«

»Können Worte heilen? Meiner Meinung nach verlieren sie, im Übermaß gebraucht, an Wert. So ist es im Fall von mir und Ewa. Wir haben uns schon so viel gesagt, daß uns Reden auch nicht mehr hilft.«

Er lächelt. Ich kenne sein Lächeln schon und weiß, was es wann bedeutet. Jetzt zum Beispiel die Überlegenheit von jemandem, der in etwas eingeweiht ist, von dem ich keine blasse Ahnung habe.

»Im Gegenteil. Ihr macht euch den Weg frei, und es wird der Moment kommen, da Worte wieder Gewicht haben, vorher aber muß noch vieles ausgesprochen werden.«

Ich stehe an einer Straßenbahnhaltestelle. Es ist dunkel, gleich neben mir ist ein Gebüsch. Eine Haltestelle am Ende der Stadt, für mich sogar am Ende der Welt. Hinter diesem Haus, diesem Wohnblock mit seinen vielen Treppenhäusern und vielen Fenstern, ist nichts mehr. Ewa und Antek leben dort, sie sind noch da. Und ich sollte größtes Glück darüber empfinden, aber Angst begleitet meine Gedanken. Vielleicht kann ich Liebe nicht mehr anders empfinden. Was erwartet mich morgen? Wird Antek auf mich zulaufen, sich mir an den Hals werfen, um dann gleich zu fragen: »Und was hast du mir mitgebracht?«

Ein Betrunkener kommt auf mich zu und lallt etwas. Zum Glück ist er nicht unverschämt und geht wieder, als er meinen Unwillen sieht.

Als ich die Tür hinter mir schloß, sah ich noch kurz ihr

erloschenes Gesicht. Ein junges, anmutiges Gesicht, das für viele Männer bestimmt anziehend war. Von der Besitzerin dieses Gesichts aber wurden sie einfach abgelehnt. Sie braucht niemanden. Niemand zählt, weil nur dieses Phantombild vom eigenen Selbst wichtig ist. Wie sie sein könnte ... Und weil sie nicht so ist, muß sie sich unglücklich fühlen, muß sie sich selbst zerstören. Sich und andere. Ist das so, weil wir dort waren? Weil sie unter so dramatischen Umständen zur Welt gekommen ist und von mir schon vom Augenblick der Empfängnis an gehaßt wurde? Ist das die Strafe? Aber warum trifft es sie? Viel eher müßte ich bestraft werden, ich habe doch versagt. Und ich werde bestraft, mit aller Härte und Konsequenz. Ich brauche nur die geschwollenen Füße meiner Tochter anzusehen. »Schau, wie geschwollen meine Knöchel sind«, sagt Ewa, und es liegt darin so etwas wie Neugier und Erstaunen.

Über ihren Sohn sagt sie: »Ich liebe ihn doch.« Dabei ist sie nicht fähig, ihn an sich zu drücken. Aber war ich dazu fähig? Jahrelang lebten wir nebeneinanderher und gaben dabei acht, daß sich unsere Hände nicht zufällig berührten. Das hat sie doch von mir, diese körperliche Eigenheit. Und jetzt bin ich böse. Auf sie? Selbst wenn ich auf sie böse bin, was ändert das? Nichts. Höchstens, daß Antek vollkommen von mir Besitz ergriffen hat. Er trampelt physisch und psychisch auf mir herum. Aber das rettet ihn auch nicht vor der kindlichen Einsamkeit. Denn er schaut nach Ewa, seiner Mutter. Von ihr erwartet er Zärtlichkeit. Meine Zärtlichkeit übersieht er. Er braucht sie, aber er achtet nicht weiter auf sie. Er behandelt sie wie etwas, das ihm zusteht. Wenn er wüßte, was für eine Wende sich in mir vollzogen hat. Er wird es nie erfahren, denn er wird niemals dieses andere Bild von mir haben. Meine einst so »schwierigen Hände«, wie jemand einmal gesagt hat ... vielleicht Witek?

Diese schwierigen Hände legen sich so leicht um dieses dreijährige Leben. Vielleicht, weil es von Anfang an ein Trieb desselben Baumes war. Antek spürt den Mangel an Zärtlichkeit bei seiner Mutter sehr empfindlich. So ganz ist ihm das noch nicht bewußt, aber sein Instinkt sagt es ihm. Etwas sehr Ungutes gräbt sich da in ihn ein, das sich nie mehr wird auslöschen lassen. Ich versuche, ihr das klarzumachen, aber wurde es mir nicht auch gesagt? Schon diese einfache Frau im Kinderheim hatte doch versucht, mir das klarzumachen, wenn sie zu meiner Tochter sagte: »Gib Mama einen Kuß, Mama liebt dich.« Das hieß doch: Man muß sein Kind lieben. Aber ich war damals keine Mutter. Ich war selbst noch ein Kind. Mir waren alle Werte durcheinandergeraten, auch die Gefühlswerte. Die Sache mit Wera hätte mich fürs ganze Leben verbiegen können. Und ist es nicht auch so gekommen? Ich bin allein, unfähig, längere Zeit mit einem Mann zusammen zu sein. Was immer ich über den zerstörerischen Einfluß Ewas auf mein Leben sage, so weiß ich doch nicht, ob ich es denn in einer Ehe ausgehalten hätte, wenn es Ewa nicht gegeben hätte. Daß ich immer gleich aus dem Bett springen muß. Niemand hat mich davon abbringen können, nicht einmal Witek, den ich doch angeblich liebte. Er ärgerte sich immer darüber, während ich unter der Dusche stand und mich schuldig fühlte. Ich wusch mir die Spuren der eben erlebten Nähe zu einem Mann ab, weil ich es tun mußte. Ich war nicht fähig, irgend etwas für längere Zeit zu behalten, seine Zärtlichkeit nicht und auch nicht seine Hingabe, das alles mußte annulliert werden. Denn gegeben war uns nur der flüchtige Augenblick. Sich reinigen, das war der Imperativ. Vielleicht war das wieder Weras Einfluß ... Immerhin war sie ein einziges Bündel von Haßgefühlen gegen die Welt der Männer. Oder lag es vielleicht an der Art, wie ich zum ersten Mal mit dieser Welt in Berührung gekommen war? Ich habe ein Recht, so zu empfinden, dabei könnte ich auch ganz anders sein. Vielleicht jedenfalls ... Jetzt, wo ich geheilt war. Ich hatte das neugeborene Kind in den Armen gehalten. Die Pflegerin sagte etwas zu mir, aber ich hörte nur das Klopfen meines Herzens. Ich stand überrascht und von plötzlicher Furcht erfüllt da. Es war wie Musik, die ich zum ersten Mal hörte, eine Musik, die keiner anderen glich, mitreißend und süß. Meine Augen füllten sich mit Tränen. Die Pflegerin nahm mir das Kind ab und sagte, ich müsse jetzt gehen, denn wenn der Arzt mich sehe, gebe es Krach. Gehorsam ging ich, aber ich bewegte mich wie auf Stelzen. So erreichte ich das Taxi. Es war schon Nacht. Antek war fünfzehn Minuten nach zweiundzwanzig Uhr zur Welt gekommen. Als ich die Wohnungstür hinter mir geschlossen hatte, warf ich mich aufs Sofa und brach in Tränen aus. Plötzlich aber hielt ich inne, und überrascht berührte ich meine Wangen, die ganz naß waren. Damals wurde mir bewußt, daß ich zum letzten Mal auf dem Gut meiner Großeltern geweint hatte, als ich mir das Knie aufgeschlagen hatte. Was hatte mir meine Tränen geraubt? Der Krieg? Das Lager? Oder hatte ich mich vielleicht selbst um etwas gebracht? Einmal hatte mir ein Mann im Zorn gesagt: »Paß auf, du kannst überhaupt nur hassen!« Hassen? Nein, das war es nicht. Ich konnte immer nur fortgehen. Schon so viele Male bin ich fortgegangen, und immer verabschiedeten mich wehmütige Augen. Darunter auch Ewas Augen. Da merkte ich plötzlich, daß ich derart mit dem Neugeborenen beschäftigt gewesen war, daß ich nicht an seine Mutter gedacht hatte. Dabei hätte ich zu ihr ins Zimmer gehen können, die Pflegerin hätte mich reingelassen. Aber ich war nach Hause gefahren, ganz erfüllt von meiner neuen Rolle ...

Es läutet an der Tür. Ich mag es nicht, wenn ich nicht weiß, wer draußen steht. Für einen Moment wollte ich so tun, als wäre ich nicht zu Hause. Aber ich durfte mich nicht wie meine Tochter aufführen. Da ist etwas dran, ihre Gemütszustände fangen an, auf mich abzufärben.

Vor der Tür steht ein fremder Mann, aber er lächelt, als würden wir uns kennen.

»Na, erkennst du alte Bekannte nicht mehr?« fragt er.

Ich versuche, mich an sein Gesicht zu erinnern. Vergeblich.

»Ich helfe dir. Wiesiek ...« Er hält inne, dann fügt er hinzu: »Wiesiek aus Frauenburg.«

Ach ja, das hat mir noch gefehlt. In Frauenburg war ich vor fünf Jahren zu einer musikalischen Rezitation gewesen, danach hatte ich mich in einer Gesellschaft betrunken und mich dann in irgend jemandes Bett wiedergefunden. Ich kann mich nicht an das Gesicht jenes Mannes erinnern, also ist es vielleicht dieses hier.

»Ich hab eine neue Adresse, wie hast du mich gefunden?« frage ich unsicher.

»Man hat so seine Möglichkeiten. Also was? Kann ich reinkommen?«

Er kommt herein und mit ihm all die Umstände, die der Besuch einer fremden Person verursacht. Ich muß Wasser aufstellen, die Tassen holen. Ich wirble durch die enge Küche. Er hat es sich im Sessel bequem gemacht, dem einzigen Möbelstück, das aus Tantes Wohnung übriggeblieben ist.

»So also lebst du?« fragt er sich umschauend. »Eine bekannte Schauspielerin. Nicht gerade toll.«

»Kennst du meine alte Wohnung?« Ich strecke meinen Kopf aus der Küche. »Sie war ein bißchen besser, größer ...«

»Ich war nicht eingeladen«, antwortet er mit einem beleidigten Gesichtsausdruck.

Herrje! Wäre ich spontan, wie es unser letzter Psychotherapeut gewollt hatte, würde ich meinen Gast jetzt rausschmeißen. Aber so beiße ich mir auf die Zunge und sage lächelnd:

»Und wie bist du an meine neue Adresse gekommen?«

»Ich bin zur alten gegangen, die hatte ich von der Quittung, die du unterschrieben hattest.«

»Bist du am Theater?«

»Nein, ich mache den Sekretär in unserem Städtchen.«

»Den Sekretär?«

»Ich bin ›gläubig‹, also: in der Partei«, lacht er.

Und plötzlich leuchtet in meinem Gehirn wie grelle Lampen auf, was ich früher einmal gesagt hatte: »Wir sind nicht einmal gläubig.« Und sofort denke ich: Ich bin übergeschnappt. Es ist unmöglich, daß ich damals mit ihm geschlafen habe. Das mußte jemand anderes gewesen sein. Bestimmt haben wir nur Brüderschaft getrunken, mehr nicht.

»Na, ich sag dir, du bist mir ganz schön unter die Haut gegangen«, sagt er und schaut mir dabei über den Tassenrand flüchtig in die Augen. Er hat fleischige Hände und kurze Finger. Solche Hände haben in mir immer Widerwillen erregt. Bei Witek waren es zuerst die Hände, die mir aufgefallen sind. »Nachdem du weggefahren bist, verdammt noch mal, da wollte ich zwei Wochen lang meine Frau nicht anrühren.«

Also doch, denke ich angewidert. Und auch noch damals, als ich schon mit Witek befreundet war. Wer bin ich? Wohin hat mich das Leben gebracht? Jetzt stößt es mir in Gestalt eines Parteisekretärs aus der Provinz sauer auf.

»Und was gibt es bei euch Neues?« frage ich und tue, als sähe ich diese Blicke nicht.

»Der alte Mist, wir kriegen den Ukas von der Zentrale und führen ihn mit Gottes Hilfe aus«, lacht er. »In letzter Zeit wuseln uns die Pfadfinder zwischen den Beinen herum. Die Tausendjahrfeiern*, du verstehst. Manchmal schaut sogar jemand Besseres bei uns vorbei. Aber so eine hübsche Frau wie dich, das haben wir nicht wieder gehabt. Wir gehen in deine Filme und geben damit an, daß wir dich persönlich kennen.«

»Und wer ist ›wir‹?« frage ich trocken.

»Deine Sklaven, Anna ...«

»Ist mein kleines Notizheft benutzt worden?« fragt der Arzt Ewa.

»Welches Notizheft?« wundert sie sich und gibt sich dann selbst die Antwort: »Ach das ... Aber das hat doch keinen Sinn.«

»Einen größeren, als Sie denken.«

Ewa schüttelt heftig den Kopf.

»Ich hab Ihnen schon zu Anfang gesagt, daß ich schwach bin, daß es mit mir bergab geht. So richtig kann ich mich über nichts freuen. In Psychologie hatten wir einen Fragebogen. Wir erstellten eine Charakteristik unserer Kommilitonen. Über mich haben gleich ein paar geschrieben, daß ich zugleich fröhlich und traurig sei.«

»Und wie verstehen Sie das?«

»Daß ich irgendwie nichts bin«, antwortet sie.

»Warum nennen Sie das gerade so?«

Das ist ihr ewiger Minderwertigkeitskomplex. Viele

* 1966 begingen Partei und Staat sowie – mit eigenen Veranstaltungen – die Kirche die Tausendjahrfeier der »Gründung« des polnischen Staates. A.d.Ü.

Mädchen an ihrer Stelle wären glücklich, aber sie sucht nur nach den Unzulänglichkeiten ihrer Schönheit, denn etwas anderes zählt bei ihr nicht. Läßt sich ein schlimmerer Alptraum denken? In unserer Situation, wo der wahnwitzige Strom des Lebens jeden Moment unser zerbrechliches Dreipersonenfloß zermalmen kann, starrt sie auf den Zeiger der Badezimmerwaage, ob er sich nicht ein paar Millimeter weiterbewegt. Vom kleinsten Zittern dieses Zeigers hängt unser Leben ab ... Ja, ich weiß. Zweimal wollte ich sie den russischen Behörden gegenüber verleugnen und einmal gegenüber meiner Familie. Beim ersten Mal trieb mich der Hunger zurück ins Kinderheim, beim zweiten Mal brachte mich die Angst wieder vor die gleiche Tür.

Ich besaß bereits alles, was ich zu meinem Glück brauchte. Papiere, eine Fahrkarte. Zwei Fahrkarten sogar, für mich und für sie. Aber ich hatte nicht die Absicht, sie mitzunehmen. Mit einem kleinen Bündel Gepäck strebte ich dem Bahnhof zu. Deshalb wollte ich auch nicht, daß mich Aksinja und ihr Mann begleiteten. Ich hatte ihnen erklärt, daß so etwas dort, wo ich herstammte, kein Glück bringe. Bei ihnen muß man sich vor einer Reise hinsetzen, und bei uns darf man nicht zum Bahnhof mitkommen. Wie beschwingt lief ich in Richtung Bahnhof, nachdem ich mich am Schlitten von ihnen verabschiedet hatte. Sie wollten mich wenigstens bis zum Kinderheim begleiten, aber ich hatte gemeint, es würde meine Tochter traurig machen, wenn sie sich von ihnen verabschieden müßte. Sie hatte sich doch schon an sie gewöhnt. Aksinja vergoß Tränen, ihr Mann war auch ziemlich niedergeschlagen, aber in mir jubilierte alles. Je näher ich jedoch zum Bahnhof kam, desto schneller verlosch meine Freude. Dieses Gesicht sprang mich an. Ein riesiges Gesicht auf einem Plakat, das über die ganze Breite einer Hauswand gespannt war. Gerunzelte, buschige Brauen und durchdringende Augen. Die sie umschließenden gutmütigen Fältchen konnten mich nicht täuschen. Die Augen durchbohrten mich. Sie schienen zu sagen: »Es wird dir nicht gelingen, du liederliche Hündin.« Ich ging immer langsamer, schließlich blieb ich stehen. Das gutmütige Lächeln auf den monströs großen Lippen schien mit jedem Moment bedrohlicher zu werden. Der Mund zischte: »Kehr um und hol das Kind!« Und ich kehrte um ... So bewahrte mich die russische Staatsgewalt, nachdem sie mir zuvor die Mutterschaft aufgebürdet hatte, vor einer großen Sünde und ließ es nicht zu, daß aus mir eine Rabenmutter wurde.

»Und wo Sie jetzt so stark abgenommen haben, Pani Ewa«, dringt die Stimme des Arztes zu mir, »fühlen Sie sich da besser? Hat sich in Ihrem Leben dadurch etwas verändert?«

Ewa überlegt einen Moment.

»Ich bin in ein Ferienlager gefahren«, antwortet sie schließlich. »Dort war Stasiek.«

»Der glückliche Vater von Antek«, mische ich mich ein.

»Und haben Sie Stasiek in dieser neuen Façon gefallen?«

»Ich denke schon, er hat gesagt, daß ich famos aussehe.«

»So hat er gesagt? Famos?«

»Ich glaube schon, so genau erinnere ich mich nicht.«

»Aber Sie sollten sich erinnern«, sagt der Arzt nachdrücklich. »Ihnen liegt doch viel daran, was andere über Sie denken. Haben Sie für ihn so abgenommen?«

»Ich weiß nicht. Ich glaube, für mich.«

»Dauernd versuche ich, ihr zu erklären, daß Männer solche Bohnenstangen nicht mögen.«

Ewa macht ein verächtliches Gesicht.

»Was weißt du schon über Männer, bei dir gab es ja nur alle Schaltjahre einen.«

»Nimm dich in acht!«

»Wovor?«

»Vor dem, was du sagst.«

»Aber was ich sage, hat doch für dich überhaupt keine Bedeutung. Für dich ist das doch die reinste Logorrhöe.«

Ihre zu großen und zu dunklen Augen schauen mich an.

»Weil du dich selbst in diesem Gedankengewirr nicht mehr zurechtfindest«, sage ich unsicher. Nie konnte ich ihrem Blick standhalten, die Farbe ihrer Iris überraschte mich jedesmal, verblüffte mich, fast möchte ich sagen, sie erschreckte mich. Auf jeden Fall war sie mir fremd.

»Und du? Wie du lebst!« höre ich sie sagen. »Die ganze Zeit spielst du jemand anderen. Ich kenne niemanden, der so verlogen ist wie du. Du machst dich nur dann schön, wenn du ausgehst. Zu Hause schlurfst du im Bademantel und in ausgelatschten Pantoffeln herum. Du hältst es nicht einmal für nötig, deine Haare richtig zu kämmen. Wie hat es dein Kerl nur so lange bei dir ausgehalten? Es ist ein mäßiges Vergnügen, tagein, tagaus so eine Schlampe anzusehen. Es ging gar nicht anders, als daß er dir schließlich den Laufpaß gegeben hat! Aber ich schminke mich vor allem für mich selbst.«

»O ja, das wissen wir«, antworte ich.

»Weil ich kein Geheimnis daraus mache«, stellt sie hochmütig fest. »Ich bin kurzsichtig und trage keine Brille, aber ich gebe zu, daß ich es aus Eitelkeit tue. Aber du! Zu Hause mit Brille, und auf der Straße nimmst du sie ab. Aber wenn dich jemand fragen würde, ob du kurzsichtig bist, würdest du es, ohne mit der Wimper zu zucken, abstreiten.« Sie wendet sich an den Arzt: »Einmal, als dieser Kerl anfing, sie zu besuchen, da hat sie sich mit ihm vor dem Kino verabredet und ihn nicht erkannt, weil sie die Brille erst aufsetzt, wenn das Licht ausgeht. Sie spazierte auf dem Gehweg auf und ab, und ihr Typ ging nicht auf sie zu, weil er dachte, sie warte auf jemand anderen.«

»Sehr witzig«, sage ich.

»Das wäre witzig, wenn es nicht so jämmerlich wäre. Aber am meisten liegt dir die Rolle der vom Schicksal benachteiligten Mutter.« Sie spricht zum Arzt: »Als wir zusammenlebten, zog sie ständig am Telefon über mich her.«

»Weil das der einzige Weg war, zu erreichen, daß du mir zugehört hast.«

»Ja, ja, bau dir nur eine Theorie dazu.« Ewa ist voll in Fahrt. »Du konntest nicht einschlafen, ohne vorher einen Eimer Spülwasser über mir auszuschütten. Und immer brauchtest du einen Zuhörer. Jetzt bist du in deinem Element. Ich bin sicher, hinter meinem Rücken verständigst du dich mit dem Herrn Doktor. Und dann Antek! Wie oft hast du ihn schon für immer von mir fortgenommen! Eine andere Kinderkrippe haben wir für ihn gefunden, und dann hattest du ihn nach ein paar Monaten satt!«

Die Kinderkrippe, noch so ein Alptraum, der sich nicht hatte vermeiden lassen. Antek kam dorthin, als er anderthalb Jahre alt war und mir das Geld für ein Mädchen nicht mehr reichte, genaugenommen für die Mädchen, denn sie wechselten dauernd, weil sie mit dem Lohn oder den Arbeitsstunden nicht zufrieden waren. Und in der Kinderkrippe begegnete ich dann anderen Frauen, auch solchen dicken mit ordinären Gesichtern, aber trotzdem ganz anders als jene russischen Gesichter. Die russischen Gesichter verschönte eine innere Güte, die, wie ich feststellen konnte, allerdings sehr irreführend war. Hinter einem Lächeln verbarg sich häufig etwas sehr Ungutes, während ein strenger Ausdruck der Augen ein viel weniger strenges Urteil bedeutete, als man hätte erwarten können. Das Leben hat mich gelehrt, daß ich es immer mit Menschen zu tun habe, die mich gerade verurteilen oder irgendwann einmal verurteilen werden. Aus ihren Gesichtern habe ich gelernt, das Urteil abzulesen. Gewöhnlich bemühte ich mich, mein Gegenüber zu täuschen oder irgendwie gütig zu stimmen. Mit einem Lächeln, durch mein Einverständnis mit dem, was verlangt wird. Manchmal habe ich es auch mit Bestechung versucht. Den Ungeheuern in der Kinderkrippe brachte ich Schokolade, Kaffee oder sonst irgendwelche kleinen Geschenke. Die händigte ich dann gewöhnlich mit einem Gefühl der Verachtung für mich selbst und für die Beschenkte aus. Aber auch so fing Antek an zu weinen, sobald er mich nur sah. Er entriß sein Händchen der fetten Pranke und lief zu mir. Gleich darauf spürte ich seine kleinen Arme um meinen Hals. Und seine bitteren Tränen, weil ich ihm nur so eine Kindheit bieten konnte. Meist hatte er Windeln an, die seit Stunden nicht mehr gewechselt worden waren. Mir blieb fast das Herz stehen, wenn ich seinen wunden Popo sah. Und ich war fest entschlossen, ihn nicht länger in eine Kinderkrippe zu bringen. Ich nicht und Ewa nicht. Das Leben machte diesen Entschluß schnell zunichte. Manchmal handelte ich, ohne zu überlegen, wie an dem Tag, als mir das kranke Kind in die Garderobe gebracht wurde. Der Kleine war so schwach, daß ihm die Füße einknickten. Sein Händchen blieb in der fetten Pranke stecken, weil er keine Kraft hatte, sie herauszuziehen. War auch das eine Strafe? War mein Schmerz, als ich die kleine Hand in der großen sah, am Ende nicht eine Strafe für meine Gleichgültigkeit von vor zwanzig Jahren? Jene kleine Hand in der molligen Hand Waljas erweckte damals keinerlei Gefühle in mir.

»Ich hab das Kind zu mir genommen, weil du es mit Fieber in die Krippe geschickt hast!« Ich muß mich gegen einen viel gewichtigeren Vorwurf wehren, als Ewa denkt.

»Ich hatte keine andere Wahl«, verteidigt sie sich.

»Ich auch nicht. Ich denke immer mit dem Herzen zuerst und danach mit dem Verstand.«

»Es ist mir egal, womit du denkst, ich kann mir bei dir einfach bei nichts sicher sein.«

»Ihr habt nie gehungert«, stelle ich fest.

»Na und?«

»Hier konntest du dich auf mich verlassen. Wenn ich irgendwo versagt hab, dann weil ich zu viele Verpflichtungen hatte.«

»Warum lädst du dir dann so viel auf?« fragt Ewa hochnäsig.

»Haben Sie das gehört?« wende ich mich an unseren Zeugen. »Damit du Schuhe für den Winter hast und Antek eine Jacke. Weißt du, was es heißt, zwei Familien zu ernähren? Und ein Kind, wieviel das kostet?«

»Ich weiß, ich weiß, ein Vermögen.« Etwas Böses ist in ihrer Stimme.

Er muß es auch bemerkt haben, denn er sagt:

»Irgendwie läuft das in die falsche Richtung.«

»Das läuft immer so, wenn es um uns geht«, sagt Ewa mit dem ihr eigenen kleinen Lächeln. »Wir können uns, von kurzen Unterbrechungen abgesehen, nur streiten.«

»Weil du kein normaler Mensch bist«, bemerke ich bitter.

»Ich darf es doch gar nicht sein! Irgendein Dozent X oder Y hat dir das doch gesagt! Mir hat er auch Angst gemacht, daß Bisacodyl eine Veränderung im Gehirn hervorruft. Er hat behauptet, daß ich in der Klapsmühle lande, wenn ich mit den Tabletten nicht aufhöre.«

»Das mag leider wahr sein«, sagt der Arzt.

»Na und?« erwidert sie. »Die Verrückten fühlen sich wohl, jedenfalls sind sie immer fröhlich und lächeln ...«

»Kurz darauf kamen die Leute, die dort standen, zu Petrus und sagten: ›Wirklich, auch du gehörst zu ihnen, deine Sprache verrät dich.‹« Es war Ewa, die von ihrer Sprache verraten wurde. Sie rief »podoždij«* hinter mir her, zog eine Schnute und sagte: »Ja nie choču ...«** Für mich war es schwerer, weil ich mich nicht von der Liebe losgesagt hatte. Ich mußte die Hölle des Hasses entgegennehmen, die nur ganz langsam zu Liebe wurde. Ich wußte noch nicht, daß meine Eltern beide nicht mehr lebten und die Tante nach London gegangen war, wohin sie mein Onkel, der General, hatte kommen lassen. Wir stiegen am Warschauer Bahnhof aus, die Menschen gingen an uns vorbei und schauten uns nach. Wir waren ziemlich eigenartig angezogen, besonders Ewa mit ihrem karierten Kopftuch. Ich ging langsam von ihr weg, sie lief hinter mir her, ich beschleunigte meine Schritte. Und da hörte ich ihr Weinen. Dieses Weinen lähmte mich, noch heute erinnere ich mich an dieses Gefühl. Ich blieb stehen und konnte mich nicht mehr von der Stelle rühren. Sie kam zu mir und schlang ihre Arme um meine Beine. Ich wollte sie schon abschütteln, doch ich tat es nicht ...

Das erzählte ich heute dem Arzt. Und wir bekamen Streit.

»Ich wollte diese Ärmchen lösen und weglaufen, und trotzdem bin ich geblieben.«

* Russ.: »Warte.«

** Russ.: »Ich will nicht.«

»Aber das Schuldgefühl wurde größer.«

»Ich weiß nicht recht, ob ich das nicht mit Liebe verwechsle. Es ist auch egal, wie wir unsere Abhängigkeit von einem anderen Menschen nennen.«

»Sie täuschen sich«, sagte er und schaute mir dabei tief in die Augen. »Hier muß es eine klare Diagnose geben, sonst geht die Lebensbilanz nicht auf. Es sei denn, man setzt eine falsche Zahl ein.«

Ich lachte schallend.

»Lebensbilanzen aufzustellen ist Unsinn«, entgegnete ich. »Andernfalls hätte ich schon längst das Gas aufdrehen müssen.«

»Das wäre etwas übereilt.«

»Wenn Sie an mein Alter denken: Ich bin Großmutter.«

Auch damit kann ich mich nicht abfinden. Ich liebe dieses Kind auf eine krankhafte Weise. Als ihm einmal der Bauch weh tat und er mich mit tränennassen Augen anschaute, da passierte es, daß ich anfing, im Kreis herumzulaufen, ich wollte um Hilfe rufen, ich wollte schreien ...

»Sie sind neununddreißig Jahre alt«, sagte er langsam, »Sie sind gar keine Großmutter. Ihre Tochter ist einfach zu früh Mutter geworden.«

»Was wissen Sie schon davon. Die ganze Zeit führen Sie sich wie ein Buchhalter auf, nicht wie ein Doktor.«

»Vielleicht weil ich kein Arzt, sondern Psychologe bin.«

Ich glaubte, schlecht zu hören.

»Sie sind kein Doktor?«

»Doch, aber ein Doktor der Psychologie.«

»Ich hatte um einen Termin bei einem Psychiater gebeten.«

»Ich glaube, daß ich hier eher am Platze bin.«

»Sie haben ein gesundes Selbstbewußtsein!« Meine Stimme wurde schriller.

»Pani Anna, unser Gespräch läuft aus dem Ruder.«

»Aber wieso denn«, entgegnete ich lächelnd. »Nur mein Leben ist aus dem Ruder gelaufen, und zwar derart, daß es gar nicht mehr existiert. Es besteht nur noch in der Verbindung Ich-Tochter und Ich-Enkel. Und das wäre auch alles in Ordnung, wenn nur ihre Krankheit nicht wäre.«

»Jetzt überlegen Sie bitte einmal, was Sie da gesagt haben.« In seiner Stimme spürte ich einen Triumph, der mich verwunderte.

»Ich sagte, daß mich die Krankheit meiner Tochter zerstört.«

»Wen zerstört sie? Jemanden, der nicht existiert?«

»Nageln Sie mich bitte nicht auf Wörter fest. Wir beide wissen, was gemeint ist.«

»Nein. Ich weiß es seit einiger Zeit, aber Sie wollen es nicht wissen. Sie machen ständig Rückzieher. Die Wahrheit ist Ihr schlimmster Feind. Warum?«

Was konnte ich ihm antworten? Daß ich Angst vor der Wahrheit hatte, weil sie in der dunklen Iris meiner Tochter lag? Daß ich dieser einen Sache weder ausweichen noch sie irgendwie verleugnen konnte? Ich gab mir Mühe, meine Tochter als meine Familie zu akzeptieren. Als wir den Warschauer Bahnhof verließen, beschloß ich, sie solle Ewa heißen, und später gab ich den Familiennamen ihres Großvaters als den ihres Vaters an, ja, ich habe ihr den Namen meiner Mutter gegeben, aber die Wahrheit darüber, wie ich sie empfangen habe, kommt wie ein Prellschuß zurück, denn Ewas Namenstag fällt auf den 24. Dezember, und genau an diesem Tag wurde ich vergewaltigt.

»Kurz darauf kamen die Leute, die dort standen, zu Petrus und sagten: ›Wirklich, auch du gehörst zu ihnen, deine Sprache verrät dich . . .‹«

Das Pferd trottete langsam über das endlose Feld. Das Tier war so alt, daß sie es nicht für die Kolchose genommen hatten und ihm sogar gestatteten, seine letzten Tage auf einem privaten Gehöft zu verbringen. Angstvoll schaute ich über die weiße, sich bis zum Horizont erstreckende Ebene und dachte, wie man in einer solchen Einöde leben könne, wo weit und breit nicht der kleinste Baum zu sehen war. Das Kind saß zwischen mir und Walja, die die Zügel hielt. Manchmal rief sie dem Pferd etwas zu, aber irgendwie gleichgültig. Das Kind war in ein dickes Tuch gehüllt und sah grotesk aus. Der große Kopf wirkte noch mächtiger im Verhältnis zu dem kümmerlichen Körper. Es saß so still da, daß Walja immer mal wieder etwas zu ihm sagte.

»Hm, lebst du noch, du Arme?«

Das Kind antwortete nicht. Walja stieß es mit dem Ellbogen an, und dann neigte es sich ein klein wenig zur Seite, nur um danach wieder die alte Stellung einzunehmen.

»Na, da seht her, sie versteht wohl keinen Spaß«, seufzte Walja.

Wir fuhren durch diese leere und bedrohliche Welt, von der wir nicht wußten, was sie uns bringen würde.

»Glaubst du, sie werden mich nehmen?« fragte ich immer wieder.

»Warum sollten sie dich nicht nehmen? Du hilfst ihnen bei der Arbeit. Freuen werden sie sich.«

»Hier mögen sie keine Leute von dort.«

»Anfangs mochte man sie, aber als sie dann anfingen, zu stehlen und zu vergewaltigen, da war es vorbei.«

»Ich bin eine Frau.«

»Auch die Frauen konnten einem das Leben schwermachen. Erst versprachen sie zu helfen, aber wenn dann die Hausleute schlafen gingen, sperrten sie den Dieben die Tür auf.«

Das Glöckchen am Schlitten klingelt nur ganz leise, und manchmal ist es überhaupt nicht zu hören. Das Pferd ist erschöpft, sein ganzer Leib dampft. Walja hat die Zügel angezogen und ihm eine grobe Decke übergelegt.

»Wird sich noch erkälten, das alte Tier«, sagte sie und setzte sich wieder auf ihren Platz.

»Dann werden sie mich vielleicht nehmen«, denke ich laut.

»Die nehmen dich, nehmen dich, sind doch meine Schwägerin und mein Bruder. Hör auf, dich im voraus zu sorgen. Du hast so einen sorgenvollen Charakter, Anuschka. Und dein Töchterlein ist genauso wie du. Nichts – steht einfach an der Wand. Andere Kinder sind lustig, spielen, aber sie, als hätte sie ihre Zunge verschluckt. Ist's nicht so, Nataschka?« stupst sie das Kind mit dem Ellbogen an.

»Nennt ihr sie jetzt Natascha?« frage ich.

»Du hast ihr keinen Namen gegeben, da rufen wir sie mal so, mal so, mal Irinka, mal Veruschka, damit sie sich nicht daran gewöhnt. Vielleicht willst du ihr einen von euren Namen geben. Wie sollen wir sie denn rufen?«

»Natascha ist schon recht.«

»Aber wenn du in dein Land zurückkommst, werden sie sich dann nicht wundern?«

Ich schaue sie erstaunt an. Erst jetzt wird mir das bewußt und weckt noch mehr Bitterkeit gegen das Kind, mit dem ich mich durch nichts verbunden fühle. Es ist so fremd wie diese Gegend und diese Menschen. Ich glaube nicht einmal an ihre Güte, vielleicht, weil ich sie mir nur durch List erschleiche. Weil ich vorgeben muß, jemand zu sein, der ich gar nicht bin. Diese Legende, die die Frauen in dem Kinderheim über mich aufgebracht haben, daß ich mich unter der Treppe eingenistet hätte, nur um meine Tochter zu sehen, belastet mich. Als Walja vorschlug, das Kind mitzunehmen, damit es ein bißchen nach draußen käme, hatte ich nicht protestiert. Ich gab sogar vor, mich zu freuen. Ich strich ihm über den Kopf und mußte vor Ekel heftig schlucken. Es entwand sich mir sofort, doch Walja suchte die Schuld dafür eher bei ihm.

»Schau sie dir an«, sagte sie zornig, »springt vor der Mutter zurück wie vor irgendeinem Teufel!«

Nach einiger Zeit fing das Kind an zu weinen, und als Walja die Zügel anzog und sich zu ihm herunterbeugte, sagte es:

»Tante, ich muß Pipi!«

»Verhalt es noch, Töchterchen, du wirst im Schnee anfrieren, und wir sind doch schon fast da.«

Das Kind nickte zum Zeichen, daß wir weiterfahren konnten. Walja trieb das Pferd wieder an. Und wirklich, nach ungefähr einer halben Stunde tauchte im Dunst des Schnees ein kleines Haus auf, eigentlich mehr eine Lehmhütte, umgeben von einem Lattenzaun. Gleich öffnete sich die Tür, und eine Gestalt in einem Pelz erschien. Als sie näher kam, konnte man erkennen, daß es eine Frau war. Walja sagte, ihre Schwägerin sei vierzig Jahre alt, aber mir kam sie viel älter vor. Sie hatte eine gelblich-runzlige Haut und müde Augen. Auch ihre Stimme war ganz matt.

»Kommt rein, kommt rein, ihr erfriert ja«, sagte sie.

Sofort beugte sie sich zu dem Kind.

»Ist unser kleines Vöglein ganz erfroren? Das Pferdchen ist ein bißchen schwach, es geht langsam. Gleich gibt es was zum Aufwärmen.«

Sie nahm das Kind bei der Hand und führte es nach drinnen.

»Geh mit ihnen«, sagte Walja, »ich bring das Pferd in den Stall, der alte Klepper ist ganz erschöpft.«

Das Innere des Hauses war ein Raum mit einem Ofen aus Lehm. In der Ecke stand eine Leiter, die auf den Dachboden führte. Außerdem waren da noch ein breites Bett, ein Tisch und davor eine Bank. An der anderen Wand stand eine Anrichte.

»Fedja«, rief die Frau und trat dabei näher an die Leiter. »Wir haben Gäste.«

Nach einer Weile erschienen in der Öffnung am Ende der Leiter ein Paar Füße in Pantoffeln und dann der ganze Rest einer mächtigen männlichen Gestalt. Fjodor Aleksejewitsch, der Mann unserer Gastgeberin, schaute mich unter finster gerunzelten Brauen hervor an. Er hatte ein schönes Gesicht, das nur von einem spärlichen Bart verunziert wurde. Wortlos ging er an mir vorbei und blieb vor dem Kind stehen. Unvermutet nahm er es auf den Arm.

»Wie heißt du?« fragte er sanft.

Das Kind blieb stumm.

»Fedja, laß sie. Sie muß sich aufwärmen. Nehmt ihr schon das Tuch ab.«

Ich wollte es tun, aber das Kind entwand sich mir.

»Du mußt dich ausziehen, mein Vöglein«, sagte die Frau.

Aber das Kind wollte sein Tuch nicht abnehmen, es wich rückwärts in die Ecke aus. Erst Walja zog sie von dort wieder hervor und nahm ihr mit Gewalt das Kopftuch ab.

»Sie schämt sich, weil sie keine Haare hat. Wir rasieren ihnen die Köpfe, weil es dann leichter ist, sie sauberzuhalten.«

Das Kind stand jetzt da, reglos und mit gesenktem Blick. Sein Gesicht war das eines Märtyrers. Die Hausfrau kniete sich zu ihm hin.

»Wir sagen: Bitte, bitte, Walja, und lassen die Haare wieder wachsen«, sagte sie sanft.

Ich habe Antek von der Vorschule abgeholt. Es ist Ende Oktober, der Tag ist sonnig und warm. Wir haben sein Dreirad genommen und sind in den Park gegangen. Mit Feuereifer strampelt er in seine Pedale, und ich sitze auf der Bank und schaue lächelnd zu.

»Eine kurze Pause«, denke ich träge, »ein geschenkter Augenblick.«

Wer dirigiert das alles, wer gibt und wer nimmt? Oder genauer, wer legt den Schalter um? Zwei glückliche Menschen, er geht ins Büro, sie kocht das Essen, die Kinder wachsen heran. Sie glauben, so würde es immer sein. Und plötzlich, kracks: Er kommt nicht nach Hause, die Trambahn hat ihn überfahren. Sie weint um ihn, aber später heiratet sie zum zweiten Mal und ist mit dem andern glücklich. Oder anders: Er stirbt unter den Rädern der Trambahn, und sie kann ihn nicht vergessen und lebt noch lange in einem leeren Haus ... Ich sitze auf der Bank, mein Enkel fährt mit dem Dreirad, ringsum die in Sonnenlicht getauchten Herbstfarben ... Ich sitze auf der Bank und erlebe das Glück in seiner reinsten Form, hier also liegt der Punkt, an dem sich alle meine Lebenslinien kreuzen, hier also ist die Mitte ... und plötzlich, kracks, komme ich heim, Ewa liegt mit verquollenem Gesicht da. Sie sieht wie von Bienen zerstochen aus. Aber in Wahrheit hat uns beide etwas gestochen, beide sind wir vergiftet.

Neben Antek taucht ein Junge auf einem kleinen Rad auf, es hat nur zwei Räder. Antek kommt zu mir gefahren.

»Der Junge hat ein schöneres Rad«, sagt er.

»Das macht doch nichts«, antworte ich, »wichtig ist doch, daß du Spaß hast beim Fahren.«

Er schaut mir tief in die Augen.

»Aber er hat ein schöneres Rad!«

Das läßt sich nicht leugnen, denke ich. Im Frühjahr werden wir wohl genau so eines kaufen müssen.

Auf dem Nachhauseweg begegnen wir einem großen Mann mit einer Aktentasche.

»Och, das war mein Papa«, sagt Antek.

»Dein Papa sieht anders aus.«

»Und wie sieht mein Papa aus?«

»Die gleichen Fragen«, denke ich erschrocken.

»Sie werden zufrieden mit mir sein«, sage ich. »Ein kleiner Sieg. Gestern rief Ewa an, ich solle das Kind aus dem Kindergarten abholen. Ich hab ihr gesagt, ich sei beschäftigt. Aber ich war es gar nicht. Ich lag auf dem Sofa und las ein Buch und hatte dabei viel weniger Gewissensbisse als sonst ...«

»Nur weiter so, Pani Anna«, sagt der Psychologe, dem ich schon verziehen habe, daß er kein Arzt ist. »Dann rauchen wir eine darauf, einverstanden?«

Er bietet mir eine Zigarette an, ich nehme sie, aber als ich sie mir zwischen die Lippen stecke und mich über die Flamme des Feuerzeugs beuge, steigt so etwas wie Unwille in mir hoch. Ich fühle mich an die Wand gedrückt. Gezwungen. Ich lösche die Zigarette. Er tut, als sähe er es nicht.

»In einem der Gespräche sagten Sie: ›der Mensch, den ich geliebt habe‹ ...«

»Ja, auf diesem Gebiet sind meine Eroberungen ziemlich kläglich. Obwohl es eine Zeit gab, da einige Herren durch mein Bett gewandert sind.«

Er lacht.

»So eine Art Wanderpokal ...«

Auch ich lache.

»Eine Zeitlang ging ich ihnen aus dem Weg, das war nach meiner Rückkehr aus dem Lager.«

»Und dieser Mensch?«

»Er hat mich wahrscheinlich mehr geliebt als ich ihn. Vielleicht weil er dem Leben näher stand. Er war für die Liebe einfach tauglicher.«

»Trotzdem seid ihr nicht zusammen.«

Ich schweige. Wir hatten daran gedacht zu heiraten, aber damals fingen die Probleme mit Ewa an. Sie wurde schwanger. Das war ein schwerer Schlag für uns alle. Für Witek war da kein Platz mehr, er ging fort.

»Ja, wir sind nicht zusammen«, wiederhole ich, was er gesagt hat.

»Und tut Ihnen das nicht leid?«

»Ich weiß nicht, das mit meiner Tochter beschäftigt meine Gedanken und kostet mich meine Zeit.«

»Aber Sie wissen bereits, daß es ein Fehler ist?«

»Ja, ich weiß«, antworte ich. »Ich versuche es zu ändern. Einmal bin ich sogar allein ins Ausland gefahren.«

»Aber nach einer Woche zurückgekommen!«

»Hab ich Ihnen das schon erzählt?« frage ich lächelnd und fühle mich ertappt. »Ich fange an, mich zu wiederholen. Ja, ich bin zurückgekommen, ich hatte das Gefühl, zu Hause sei etwas Schlimmes passiert. Zum Beispiel, daß Ewa über einem Buch eingeschlafen sei und Wasser aus dem Teekessel das Gas gelöscht habe ... Ich konnte sie doch nicht einmal anrufen. Also bin ich umgekehrt.«

»Statt sechs Wochen nur eine. Ich weiß nicht, wo ich das in Ihrer Bilanz eintragen soll: in die Rubrik ›Soll‹ oder in die Rubrik ›Haben‹?«

Ewa kommt.

»Entschuldigung, ich bin zu spät«, murmelt sie.

»Das kennen wir schon, Ewchen, aber heute haben der Doktor und ich gute Laune, wir verzeihen dir also ...«

Aber sie, wenn sie sich an die Szene in der Lehmhütte erinnern würde, als ich ihr vor den fremden Leuten das Tuch vom Kopf reißen wollte, ob sie mir dann verzeihen könnte? Das Martyrium, das sich auf ihrem Gesicht widerspiegelte, als sie so mit entblößtem Kopf dastand, auf dem nur violette Haut war, hat sich mir eingegraben. Ihr Gesicht von damals hat sich mir eingeprägt, obwohl ich unter allen Anwesenden die Fremdeste war. Nicht von mir kam das »Wir sagen: Bitte, bitte, Walja, und lassen die Haare wieder wachsen«. Das hat Aksinja gesagt, weil sie ein guter Mensch war und selbst keine Kinder hatte. Sie schloß meine Tochter ins Herz. Sie bat Walja sogar, das Kind dazulassen, aber die schüttelte den Kopf.

»Verboten«, sagte sie, »selbst am Sonntag ist es nicht erlaubt, aber manchmal werde ich sie bringen.«

Sie brachte das Kind nach zwei Wochen, als ich mich bereits in der Lehmhütte eingelebt hatte. Ich wußte schon, was zu meinen Aufgaben gehörte. In der Frühe holte ich das Wasser vom Brunnen, warf dem Pferd sein Heu hin. Eine Kuh hatten meine Wirtsleute nicht, Fjodor Aleksejewitsch brachte die Milch aus der Kolchose. Er ging immer früh weg und kam zurück, wenn es dunkel wurde, so daß ich mit Aksinja viele Stunden allein war. Zu Anfang sprachen wir wenig miteinander, später wurde das anders. Aksinja fing an, mir von sich zu erzählen. Sie war die älteste Tochter eines reichen Bauern, den man schon vor langer Zeit enteignet und mit der ganzen Familie Gott weiß wohin gebracht hatte. Aksinja war davongekommen, weil sie mit dem stattlichen, aber armen Fjodor einfach abgehauen war, als sie von ihren Eltern das Einverständnis zur Heirat mit ihm nicht bekommen hatte.

»Ich war einmal hübsch«, sagte sie traurig. »Aber die harte Arbeit hat mich kaputtgemacht. Jetzt hab ich's an der Lunge. Fjodor ist unserer Liebe treu, schaut sich nicht nach anderen um, aber manchmal wär es mir sogar lieber ... Ich bin schon müde, und an Liebe mag ich gar nicht mehr denken.«

Sie gestand mir auch, daß Fjodor zehn Jahre jünger sei als sie, und das empfinde sie als ein immer größeres Unglück. Ihre Boote trieben schon zu verschiedenen Ufern, aber er bemerke das nicht. Die Hausleute schliefen im Bett, ich auf der Ofenbank. Aksinja hatte mir dort einen alten Pelz hingelegt, es war warm und bequem. Wenn Fjodor von der Kolchose nach Hause kam, wurde wenig gesprochen. Ich stellte einen Teller Suppe vor ihn hin, legte einen Löffel dazu und dick geschnittenes Brot. Er aß, dann ging er auf den Dachboden. Von dort kam er herunter, wenn es schon Zeit war, schlafen zu gehen. Er schlief immer sofort ein, und sein Schnarchen erfüllte den kleinen Raum. Schließlich lernte ich, auch bei dieser Musik einzuschlafen. Einmal in der Woche, am Samstag, stellte Aksinja eine Flasche Selbstgebrannten vor ihn hin. Fjodor trank schweigend, während er allein am Tisch saß. Er stand erst auf, wenn die Flasche leer war. Dann ging er mit schwankenden Schritten zum Bett, auf dem sich Aksinja zusammengerollt hatte. Er schälte ihren mageren Körper aus den wenigen Kleidungsstücken und umfing ihn mit jugendlicher Kraft. Im Halbdunkel war sein breiter, sich gleichmäßig bewegender Rücken zu sehen. Beide stöhnten, jeder aus einem anderen Grund, bis bei ihm das Eigentliche passiert war. Er fing dann an zu würgen, fast war es ein Röcheln, danach wurde es still. Anfangs bekam ich Angst, er hätte seinen Geist aufgegeben. Später wußte ich schon, daß nach dieser Pause mächtiges Schnarchen einsetzen würde. Nie sprachen wir über dieses Thema. Aksinja sagte nicht, was sie dabei empfand, daß ich alles mitanhörte, und auch ich vertraute niemandem an, was ich als Zeuge fühlte, während Fjodor sicher überhaupt nicht daran dachte, daß ich da war. Ich glaubte, die Besuche von Walja und dem Kind würden etwas in diesem Ritual ändern, aber es lief immer gleich ab. Einmal in der Woche, vor dem Sonntag, mußte Fjodor seine Belohnung bekommen. Beide Frauen verstanden das, ich versuchte, es zu verstehen, und das Kind war zu klein, als daß es begriffen hätte, worum es ging. Fjodors Einsamkeit in Gesellschaft der Flasche wurde im übrigen auch dadurch nicht geringer, daß Zeugen da waren. Irgendwie war sofort klar, daß man ihn, während er trank, nicht stören durfte. Man mußte sich leise bewegen, sich am besten auf die Ofenbank oder in eine Ecke verdrücken. Sogar die Katze wußte das und spazierte dann nicht durch die Stube.

Als Walja nach zwei Wochen das Kind brachte, bemerkte ich in seinem Gesicht eine Veränderung. Es kam mir vor, als schauten mich die riesigen Augen erwartungsvoll an. Nachher, als Walja dem Kind das Tuch vom Kopf nahm, verstand ich, warum. Es war ihm so etwas wie Flaum oder ein Haaransatz gewachsen, der über der Stirn einen kleinen Schopf bildete.

»Schau nur, Fedja«, sagte Aksinja und klatschte in die Hände, »was für ein hübsches Mädchen zu uns gekommen ist.«

Sie fuhr streichelnd über den Flaum, dann beugte sie sich zu dem Kind und küßte es auf die Wange. Die Augen des Kindes suchten meine Augen, und es lag etwas Trotziges darin.

Ewa ruft an.

»Ich hab Kinokarten gekauft.«

»Ewa, ich kann nicht, morgen hab ich Aufnahmen.«

»Och, Mama, wir gehen so selten zusammen aus.«

»Na gut«, akzeptiere ich widerwillig. »Dann treffen wir uns vor dem Kino.«

Ich komme vom Barbakan her, Ewa wartet schon auf mich. In ihrem karierten Mantel und dem Barett sieht sie wie ein Teenager aus. Plötzlich kommt es mir absurd und grausam vor, daß sie schon Mutter ist. Ein Abbild meines Schicksals? Wenn das wirklich der Fall sein sollte ...

»Schnell, sonst kommen wir für die Wochenschau zu spät«, sagt sie ungeduldig.

Wir sitzen nebeneinander, das Licht geht aus. Neben mir dieses Leben, das so eng mit mir verbunden ist und doch so lange nicht akzeptiert wurde. Antek war übrigens auch kein Wunschkind. Mit Widerwillen hatte ich auf ihren größer werdenden Bauch geschaut, mit Widerwillen und Auflehnung. Das durfte man mir nicht antun, ich hatte schon genug mitgemacht. Das Leben war schon kreuz und quer über mich hinweggerollt. Im Lagerdasein hatten die Regeln der rohen Natur geherrscht. Wera hatte mich mit Erfolg vor Kälte und Hunger geschützt und auch vor den Wärtern, die ich so gut wie nie zu Gesicht bekam. Fast kann man sagen, ich hätte dort wie beim Herrgott hinterm Ofen gehockt, wäre ich damals nicht in das Geheimnis eingeweiht worden, was es heißt, eine Frau zu sein. Wer ich wirklich war, fand ich dort heraus, im GULag. Deshalb fand ich auch meine späteren Filmrollen so albern. Wirkliche Frauen sind anders, sie bluten vor allen Dingen. Einmal brachte ich eine Schale voll blutigen Zeugs weg und sah plötzlich mitten in diesem Brei ein fertiges Händchen mit ausgebildeten Fingernägeln. Als ich zurückkam, machte ich ein Gesicht, daß Wera einen Schreck bekam. Nachher sagte sie: »Denk einfach, es wäre ein Spielzeug, eine kaputte Puppe.« Und als ich weiter mitten im Dienstzimmer herumstand, fügte sie hinzu: »Träume stehend deinen GULag-Traum.« Manchmal liebte sie es, sich poetisch auszudrücken. Damals wußte ich schon, was ihre Freundlichkeit mir gegenüber bedeutete. Alle um uns herum wußten es. Ihr benommener Blick verfolgte mich. Ich hatte die Oberhand über sie gewonnen, doch ich wußte, daß ich das nicht ausnutzen durfte, sonst hätte es gefährlich werden können. Gefährlich für uns beide. Jeden Abend ging ich in meine Baracke, während sie im Krankenhaus blieb, wo sie ein eigenes Zimmer hatte. Nie schlug sie mir vor, ich solle bei ihr bleiben. Sie erlaubte sich keine eindeutigen Gesten. Wie zufällig berührte sie mich nur bei jeder Gelegenheit. Dann veränderten sich ihre Augen. Einmal hatte sie gefragt, ob sie mich kämmen dürfe. Ich hatte abgelehnt, aber als sie mich ein zweites Mal bat, hatte ich Angst gehabt, es ihr abzuschlagen. Meine ganze Lagerexistenz hing doch an Weras Gnade, und das konnte sich jeden Augenblick ändern. Zojka hatte mich gewarnt, daß Wera Menschen wie faule Birnen aussortiere, was sie meinte, war, daß sie sich Frauen aussuchte. Selbst die größte Liebe geht nach einiger Zeit zu Ende, also muß sie mit etwas gefüttert werden. Ich mußte ihr von Zeit zu Zeit einen Happen hinwerfen, immerhin hing von ihr mein Leben ab. Ich fühlte mich verlegen, als Wera sich hinter mich stellte und mir das Kopftuch abnahm. Die erste Berührung ihrer Finger. Behutsam fuhr sie mit ihnen durch mein Haar. Ich war verkrampft, und trotzdem empfand ich es als etwas Angenehmes. Nach ein paar Minuten durchflutete mich ein süßlich-schläfriges Gefühl. Ich hörte, wie Weras Atem schneller ging, aber das störte mich nicht. Ich tauchte ganz in diesen unbekannten Zustand völliger Entspannung ein, der sich allmählich so weit steigerte, daß ich unfähig war, etwas zu tun oder mich zu wehren. Weras Finger fuhren über meinen Hals, liebkosten meine Ohren, deren Biegungen sie dabei geschickt folgten. Ich spürte eine plötzliche Erregung, und das jagte mir Angst ein. Ich schüttelte den Kopf. Wera hörte sofort auf. Schnell drehte sie meine Haare ein und steckte sie mit Nadeln auf. Danach band sie mir das Tuch um. Sie ging aus dem Zimmer. Ich fürchtete mich vor dem Augenblick, wenn sie wiederkommen würde und wir uns in die Augen schauen müßten. Aber als sie zurückkam, war sie wie immer. Auch ihre Augen waren die gleichen wie immer, obwohl ... etwas hatte sich doch in ihrem Blick verändert. Etwas nicht Greifbares. Ich konnte es nicht gleich benennen. Und später? Habe ich nur meinen Preis fürs Überleben bezahlt, oder wurde Weras Angebot ab einem bestimmten Moment für mich attraktiv? Heute kann oder will ich auf diese Frage nicht antworten, lieber will ich denken, ich sei damals von ihr gezwungen worden. Aber Witeks Blick, als er mich anschaute ... Ich wußte, daß er keine Ahnung hatte, wer ich wirklich war. In gewisser Weise war sich Jerzy dessen viel eher bewußt, und vielleicht kam daher meine langjährige enge Bindung an ihn. Einmal, in einem kleinen Städtchen, ging ich in der Pause zwischen zwei Konzerten spazieren, um mir die Beine zu vertreten. Ich gelangte bis in einen Außenbezirk, einen sozialistischen Slum. Schmutz, herrenlos herumstreifende Hühner. Unter einem halb eingefallenen Zaun lag eine trächtige Hündin, eine gewöhnliche Promenadenmischung. Ihr Bauch war so aufgebläht, daß er sie fast vom Boden hob. Ich blieb eine Weile verwundert stehen, und sie hob die Schnauze und schaute mich mit vielsagenden Augen an. Daß wir uns plötzlich verstanden, versetzte mir einen Stich, denn mir wurde bewußt, daß ich mich mit Menschen nicht verstand. Immer bin ich allein, auch im größten Gedränge. Ich bin allein, selbst mit meiner Tochter, die jetzt neben mir im Dunkel des Kinosaals sitzt. Auf der Leinwand zieht sich ein junges Mädchen gerade zum ersten Mal vor ihrem Freund aus. Ich weiß nicht, was Ewa jetzt denkt ... mir fällt jenes Gespräch mit Jerzy ein:

»Ich bin nur auf einen Sprung hier, um die Oblate mit dir zu brechen. Als sie mich geholt haben, hat sie mir meine Frau in den Beutel getan. Die Oblate hat hier schon zwei Weihnachten mit mir abgesessen. Alles Gute, meine Kleine.«

»Ich wünsche Ihnen eine baldige Heimkehr. Und mir auch.«

»Das kann dem Herrgott gewisse Schwierigkeiten bereiten. Wir sitzen hier nicht dafür, daß man uns bald gehen läßt. Und du, warum bist du vor mir geflohen? Hast du es schlecht gehabt?«

»Sie haben mich nie für voll genommen«, sage ich plötzlich vorwurfsvoll.

»Ich hab dich so ernst genommen, wie es nur geht. Du warst sehr tüchtig. Aber hier läufst du vor gewöhnlicher Menschenkacke davon.«

»Dort war eine andere Welt, und die Wunden waren andere.«

»Solche Märchen kannst du deinem Enkel erzählen«, fauchte Jerzy wütend.

»Wenn ich einen haben werde.«

»Darauf hast du mein Wort. Nur nicht zu früh, du mußt all diese Tanzvergnügungen nachholen, diese Tête-à-têtes mit mindestens einem Dutzend Liebhaber.«

»Herr Doktor ...«

»Was, mein Schatz?«

»Ich würde gerne ...«

»Der Wunsch einer Dame ist mir Befehl«, sagt er und legt sich die Hand aufs Herz.

»Ich ... ich würde gerne heute nacht zu Ihnen kommen.«

»Und wozu?«

»Dazu, wozu eine Frau zu einem Mann geht.« Ich schaue ihm direkt in die Augen und sehe die Panik darin.

»Was bin ich schon für ein Mann«, erwidert er. »Du hast selbst gesagt, daß ich zuviel trinke. Ich stinke nach Selbstgebranntem und GULag-Machorkas ...«

»Vielleicht werde ich nie erleben, wie es ist«, sage ich ganz leise.

»Dafür ist zum Glück immer Zeit. Selbst für neunzigjährige Omas finden sich Liebhaber.«

»Sie wollen mich loswerden. Sprechen wir nicht mehr darüber.« Mir kommen die Tränen. Tränen der Demütigung.

»Anna«, sagt er hilflos.

Schweigend stehen wir einander gegenüber.

»Na, dann an die Arbeit, alter Trottel. Ohne Fleiß kein Preis.«

Er dreht sich um und geht. Ich lege meinen Kopf auf den Schreibtisch und weine. Kurz darauf verlasse ich das Dienstzimmer, um in der »polnischen« Baracke mit den anderen Weihnachtslieder zu singen. Ich komme nie dort an.

»Sie wird nicht kommen«, sage ich, bevor noch der Psychologe den Mund aufmachen kann.

»Wie wir wissen, kommt sie immer zu spät.«

»Aber sie wird nicht kommen. Sie hat einen Brief geschrieben ...«

Ich habe ihn heute früh mit der Post bekommen.

»Liebste Mama, ich kann keine so schönen Briefe schreiben wie Du, aber vielleicht ist das auch gut so, denn mein Brief wäre dann sehr weinerlich. Es fällt uns beiden schwer, aber irgendwie müssen wir diesen Brocken, den wir schleppen, halbieren, vielleicht wird es einzeln leichter. Ich will es versuchen, Mama. Geben wir uns dieses Jahr ohne den andern. Ich werde studieren und mich um Antek kümmern, ich werde mir Mühe geben, besser zu ihm zu sein. Und ich werde versuchen, gegen das Bisacodyl anzukämpfen. Das verspreche ich Dir, Mama. Und Du, nimm Dir ein bißchen Zeit für Dich, geh zum Friseur. Man fühlt sich dann gleich viel besser. Wenn es schlecht läuft, melde ich mich, wenn Du aber nichts von mir hörst, nimm es als ein gutes Zeichen. Na ja, ich muß Dich auch um Geld bitten. Einmal werde ich es Dir zurückgeben, und sogar ein großes Auto werde ich kaufen, und wir machen dann zu dritt eine Spazierfahrt. Vielleicht sollte ich Dir das alles sagen, aber Du weißt, daß unsere Treffen nichts klären, sondern alles nur noch komplizierter machen. Ich küsse Dich, Deine Dich liebende Ewa.

PS. Das Geld schick mit der Post.«

»Und was steht in dem Brief?«

»Ich kann dieses ewige Auf und Ab nicht ertragen. Auf und Ab. Auf und Ab. Niemand würde das aushalten. Ich hab das Lager durchgemacht, aber im Vergleich mit dem hier war das eigentlich nichts ... Dauernd jage ich Gespenstern nach. Witek ... dieser Mensch, von dem ich kürzlich gesprochen habe, behauptete, ich nähme die Wunschbilder als Wirklichkeit. Aber ich wäre sonst doch gar nicht mehr am Leben ...«

»Sie sind stark wie ein Pferd«, antwortet er. »Bei alledem hätte ein Schwerarbeiter schon schlappgemacht, aber in Ihnen finden sich immer neue Kräfte. Nur, wofür? In welcher Sache?«

»In der Sache meiner Tochter«, antworte ich eisig.

»Darf ich einen Blick in den Brief werfen?«

Ich gebe ihn ihm, er überfliegt ihn. Dann schaut er mich an.

»Ein Jahr? Ich soll ein Jahr ohne sie leben?« frage ich. »Das Kind nicht sehen, das so schnell wächst und sich verändert. Das werde ich nie wieder nachholen können.«

»Wenn Ihre Tochter das aushält, dann müssen Sie es sogar«, bemerkt er streng. »Ihre Tochter will selbständig werden, und zwar schneller, als ich gedacht hatte. Das ist ein wichtiges Signal für mich.«

»Aber für mich ist das Kind am wichtigsten!« platze ich heraus. »Ewa hat doch von nichts eine Ahnung. Schon beim kleinsten Schnupfen ruft sie mich an.«

»Die werden schon zurechtkommen«, sagt er beruhigend. »Es gibt Schlimmeres als einen Schnupfen.«

»Ich verstehe Ihre Rolle bei alldem nicht. Sind Sie gekommen, um mir meine Tochter wegzunehmen? Sie sollten ihr helfen, aber nicht sie von ihrer Mutter trennen.«

»Das ist die Voraussetzung für ihre Heilung.«

»Sie haben sich da eine Theorie ausgedacht und wollen das Leben danach zurechtbiegen. Aber es ist ein bißchen anders, als man darüber in Büchern schreibt.«

»Mit Sicherheit, aber immer sind es Variationen, und die wiederholen sich.«

»In welche Schublade haben Sie mich dann gesteckt?« Bestimmt schreie ich bereits. »Rabenmutter? Oder alternde Hysterikerin? Aber vielleicht gibt es noch andere Namen. Sagen Sie es mir nur!«

»Pani Anna, beruhigen Sie sich bitte!« sagt er scharf.

»Schreien Sie mich bitte nicht an!«

Wir schauen einander an.

»Entschuldigen Sie, wenn ich etwas heftig geworden bin«, sagt der Psychologe.

»Ich entschuldige mich auch«, sage ich leise. »Ich weiß, daß Sie recht haben, aber ich liebe dieses Kind so sehr. Es ist klein und so verletzbar.«

»Sie lieben auch Ihre Tochter.«

Aber damals in der Lehmhütte, als sie in so rührender Weise auf sich aufmerksam machen wollte, blieb ich gleichgültig. Aksinja machte ihr eine Puppe aus ein paar Lappen, der sie mit blauem Faden Augen und mit rotem Faden einen Mund aufnähte. Das Kind ging durch die Stube und wiegte die Puppe, und dann sang es sogar mit einem dünnen Stimmchen ein Lied. Immer wieder dasselbe: »A koška ješče chočet moloka.«* Als Walja mit dem Kind wieder weggefahren war, fand ich die Puppe in einem Ärmel des Pelzes, auf dem ich schlief. Ich wußte, das war ein Zeichen der Versöhnung, doch ich war nicht versessen darauf, es anzunehmen.

»Ich würde gerne noch einmal auf den Brief Ihrer Tochter zurückkommen«, sagt der Psychologe.

»Nein, nein, darüber möchte ich lieber nicht sprechen.«

»Weil Sie unbewußt spüren, daß Ihre Tochter zu einer stärkeren Gegnerin wird; daß Sie diesmal auf Widerstand gestoßen sind.«

»Aber sie kämpft doch mit mir! Sie macht mir alles zum Vorwurf!«

Immer schon. Und geschickt vermochte sie es, meine

* Russ.: Und die Katze will noch Milch.

Schwäche auszunutzen. Manchmal war das schon geschmacklos. Ihre Vorwürfe: mein Wankelmut, daß ich dauernd meine Meinung änderte. Irgendwie ist es so, daß ich im ersten Augenblick zu allem ja sage, und später muß ich es dann zurücknehmen, weil ich sehe, daß es nicht machbar ist. So richtig verloren hatte ich nach ihrer Operation. Sie war wegen unklarer Bauchschmerzen zur Beobachtung in die Klinik gekommen. Die Schmerzen hatte sie, seit sie elf war. Heute weiß ich, daß es möglicherweise einfach Wachstumsschmerzen waren, aber damals war ich beunruhigt. Also Krankenhaus, Durchleuchten. Und die Diagnose: eine Geschwulst von der Größe eines Ping-Pong-Balls. Also schnell Operation. Bevor ich noch klar denken konnte, hatte ich mein Einverständnis gegeben, denn Krebs entwickelt sich bei Kindern blitzschnell. Nachher stellte sich heraus, daß man die Aufnahmen verwechselt hatte. Es sollte eine kaum sichtbare kleine Narbe werden, doch es blieb eine häßliche Schramme. Ewa hat eine Wulstnarbe, eine plastische Operation könnte es noch schlimmer machen. Und diese Überempfindlichkeit, wenn es um ihr Aussehen geht! Die Hysterie, sie würde nie heiraten, weil sie sich vor niemandem auszieht. Ihre Schwangerschaft war ein Schock, aber auch eine Erleichterung, daß wenigstens die Narbe nun ausgestanden wäre. Aber keine Spur. Das geht bis heute so. Es ist die Münze, mit der sie es mir bei unseren Zusammenstößen heimzahlt. Denn das sind nicht einfach Streitereien, das sind Duelle. Manchmal werden wir handgreiflich. Ich. Sie hat sich dazu nie hinreißen lassen. Noch nicht. Auch das kann ich nicht begreifen, weil ich sonst zu so etwas nicht fähig bin. Sie ruft irgendwelche in mir schlummernden Aggressionen wach. Es gibt Augenblicke, da wäre ich bereit, sie umzubringen. Und das sage ich nicht nur so. Es hat einen Moment gegeben, da lag hinter ihrem Rücken, auf dem Küchentisch, ein Messer, so ein langes Brotmesser, und vor mir dieses unverschämte Gesicht ...

»Eure gegenseitige Abhängigkeit kann keine andere Form annehmen«, höre ich den Psychologen sagen. »Ihr müßt sie durchtrennen.«

»Aber wir haben doch schon die Wohnung getauscht. Sie selbst haben gemeint, das sei voreilig gewesen.«

»Ja, weil sich dadurch nichts geändert hat. Nur das Band, das euch verbindet, ist länger geworden. Ihr streitet euch genauso, nur auf Distanz. Ihr müßt euch psychisch voneinander trennen und euch einzeln dem Leben stellen. Ich glaube nicht so recht, daß euch das mit dem Jahr gelingen wird. Sie hält vermutlich nicht durch, aber falls sie es doch tut, dürfen Sie nicht dort erscheinen. Pani Anna, haben Sie gehört, was ich gesagt habe?«

Während der letzten Tage klingelte das Telefon mehrere Male, aber nie war die Stimme im Hörer die meiner Tochter. Vorher hatte ich immer Angst gehabt, sie sei es. Jetzt habe ich Angst, daß es nicht ihre Stimme ist.

Die zierliche Gestalt meiner Tochter steht mir vor Augen ... Sie kam an das Bett, das ich damals mit Aksinja teilte. Fjodor Aleksejewitsch war für die Zeit meiner Krankheit an den Ofen gezogen, wo er auf einem Pelz direkt auf dem Boden schlief, denn auf der Ofenbank hätte er keinen Platz gehabt. So hatte es Aksinja entschieden, als sich herausstellte, daß ich hohes Fieber hatte. Als die ersten Nachtfröste begannen, hatten wir auf dem Feld Rüben gezogen. In den Furchen war das Wasser bereits gefroren, aber wenn man darauf trat, versanken die Füße in eisigem Matsch. Die Hände wurden steif und fanden auf den rutschigen, steifgefrorenen Blättern keinen Halt. Die Arbeit war schwer und weder für sie noch für mich geeignet, ich vermute sogar, daß sie für niemanden geeignet war. Nach ein paar Tagen bekam ich Schüttelfrost, dann verlor ich das Bewußtsein. Unter dem Federbett kam ich wieder zu mir. Aksinja flößte mir Brühe ein, die aus dem Huhn gemacht war, das doch noch Eier gelegt hatte. Das rührte mich so, daß ich nur mit Mühe die Fettaugen schlucken konnte. Das Fieber ging zurück, aber ich war so schwach, daß ich mich aus eigener Kraft nicht aufsetzen konnte. Als Walja das Kind brachte, erzählte Aksinja ihnen, daß ich dem Popen gerade noch mal entwischt sei.

»Komm, mein Vögelchen«, sagte sie zu dem Kind, »küß die Mama. Und danke dem Herrgott, daß du sie noch hast.«

Da kam es an mein Bett. Es küßte mich nicht, aber seine Hand berührte kurz meine Stirn. Bei dieser Geste mußte ich heftig schlucken. Vielleicht hatte mich meine Schwäche so empfindsam werden lassen, oder aber es war ein Vorgefühl der Bindung, die zwischen uns bestand, von Anfang an bestanden haben mußte.

»Wo wir jetzt für einige Zeit allein sein werden, sollten wir uns vielleicht dieser anderen Sache annehmen, Pani Anna. Ich halte sie für die eigentliche Sperre in Ihrem Unterbewußtsein.«

Er schaut mich auf eine Art an, daß ich mich ganz unbehaglich fühle. Ganz so, als erwartete er von mir irgendeine besondere Anstrengung. Jetzt, wo ich zerstört am Boden lag. Die Sehnsucht nach dem Kind und nach Ewa hat sich, das muß ich zugeben, ganz in den Vordergrund geschoben, mehr noch, sie hat alles verdeckt.

Jene andere Sache ... geht es ihm um Weihnachten neunzehnhundertsiebenundvierzig? Ich gehe, nein, ich schleppe mich in das Dienstzimmer. Mein Gesicht ist aufgeschwollen und voll blutiger Kratzspuren, durch die zerrissene Kleidung sieht man die bläulich angelaufene Haut. Die Szene ist filmreif, die Kamera zeigt jetzt Wera, wie sie mich anschaut.

»Straßenbahn«, ich sage nur dieses eine Wort, aber sie weiß, was los ist. Eine »Straßenbahn« bedeutete im Lagerdialekt eine Gruppenvergewaltigung, die meist Folge eines Femegerichts war. Das Opfer wurde identifiziert, dann wartete man nur eine günstige Gelegenheit ab, aber es kam auch vor, daß spontan gehandelt wurde. Einfach so, Wodka, abendliche Laune ...

Weras Gesicht verändert sich, sie rollt die Augen und wirkt dabei tragisch und lächerlich zugleich.

»Mein Gott«, flüstert sie mit steifen Lippen.

Sie hilft mir, mich auf das Sofa zu legen, entsetzt schaut sie meine Schenkel an, über die Blut fließt.

»Ich hole Jurij Pawlowitsch«, sagt sie mit veränderter Stimme.

»Nein! Ich will nicht! Hilf du mir.«

»Anuschka.« Wera atmet schwer, und das macht mich wütend. »Ich hab Angst, ich könnte dir weh tun. Ich war Pflegerin, ohne Schule, kaum mehr als eine Hilfsschwester ... Das muß genäht werden, du verblutest ...«

»Hol ihn nicht, sonst bring ich mich um!« sage ich drohend.

»Es muß genäht werden«, wiederholt sie flehentlich, dann fügt sie hinzu: »Ich bringe Eis.«

Sie bringt einen Eimer voll Eis und macht mir eine Kompresse auf den Bauch. Dann setzt sie sich neben mich und wäscht mir vorsichtig das Gesicht ab.

»Die entwischen mir nicht«, sagt sie mit einem solchen Haß, daß ich für einen Moment aus meinem Zustand völliger Gleichgültigkeit herausgerissen werde.

»Tut es weh?«

»Ich weiß nicht«, antworte ich wahrheitsgemäß.

Von dem Augenblick an, als ich die sich vor dem Schnee grau abzeichnende Rotte auf mich zukommen sah, lief alles jenseits menschlichen Zeitgefühls und menschlicher Empfindung ab, ich weiß nicht einmal, ob mir so recht bewußt wurde, was mich erwartete. Eine graue Masse ... ich finde mich in ihrer Mitte wieder. Etwas reißt mich in Stücke, dann scheint es mich wieder zusammenzufügen, dann zerfalle ich wieder in Einzelteile. Beine. Brust. Bauch. Und plötzlich verschwindet sie, als würde sie schmelzen. Nur der Schnee ist da. Ich kann nicht aufstehen, schleppe mich in Richtung Krankenbaracke. Etwas denkt für mich, denn ich bin immer noch außerhalb des menschlichen Denkens: zu Wera ...

»Jene andere Geschichte«, sage ich schließlich, »hat nichts mehr mit dem zu tun, was heute ist.«

»Sie irren sich«, antwortet der Psychologe. »Und meine Anwesenheit hier bestätigt das.«

Was ist die Gegenwart für mich, denke ich. Einmal ist es ein schmaler Streifen zwischen den Bildern der Vergangenheit, ein andermal verbreitert sie sich zu einer ganzen Leinwand meines Lebens. Meinen privaten Film kann ich nach Belieben zurückspulen. Und immer wundere ich mich, wie ich damals war. Mir selbst immer unverständlich, verstrickt in den Ablauf der Geschehnisse. Und dann mein fast schon fatales Glück. Der Aufstand ... ich kam ohne einen Kratzer davon, einzig meine Brauen und Wimpern wurden von einer Brandbombe angesengt. Eine Zeitlang sah ich komisch aus. Jerzy nannte mich damals scherzhaft »Kokelkind«. Die Reise in den Osten. Von dem Warschauer Transport erreichte ich als eine der wenigen den GULag. Das Lager. Wenn mich jemand fragen würde, was ein sowjetisches Lager für mich sei, hätte ich Schwierigkeiten mit der Antwort. Ich saß doch während dieser paar Jahre im Dienstzimmer der Krankenstation herum, und was im Lager passierte, drang nur durch die Kranken zu mir. So wirklich lernte ich weder den Hunger noch die Kälte, noch die Bestialitäten der Aufseher kennen. Ich weiß im übrigen nicht, ob man das so nennen kann. Die paar Jahre im Kontakt mit russischen Menschen waren sehr aufschlußreich ... Ein bißchen von dem Lagerleben drang auch zu mir vor. Bruchstücke des Grauens. Sterbende Frauen wurden eingeliefert. Einer von ihnen war im Bergwerk die Lunge geplatzt, einer anderen hatte eine Säge das Bein abgetrennt, noch einer anderen mußte auf der Stelle die Gebärmutter entfernt werden, weil sie sich beim Schleppen von Bahnschwellen überhoben hatte. Eines Tages brachte der Tischler eine in Lumpen gehüllte Gestalt ins Dienstzimmer, ihr Gesicht war nicht zu sehen.

»Wer ist das?« fragte ich.

»Seit ein paar Tagen treibt sie sich bei der Küche herum, und heute schau ich, da steht sie. So wie sie steht, wird sie jeden Augenblick umfallen. Und ich hab keine Bretter. Ich will nicht, daß man mir ›das da‹ vor die Tür schmeißt. Die Tischlerei ist kein Wartesaal. In der letzten Woche haben sich die Leichen hier gestapelt, aber es war wenigstens minus fünfzig Grad.«

Er ging weg. Die Gestalt stand mitten im Dienstzimmer. Ich fing an, die Lumpen abzuwickeln. Es erschien ein kahler Kopf mit einem Haarbüschel über der Stirn. Und obwohl das schon kein Gesicht mehr war, sondern eine Maske, erkannte ich voll Schreck Zoja.

»Zoja, ich bin es«, sagte ich, »hörst du mich?«

Sie reagierte nicht. Ich führte sie zu einem Stuhl, dann holte ich aus meiner Tasche ein Stück Brot und gab es ihr. Sie schluckte es im Handumdrehen, ihr Blick war starr nach vorn gerichtet.

Wera kam herein.

»Was macht dieser lebende Leichnam hier?« fragte sie. »Solche nehmen wir nicht auf.«

»Das ist doch Zoja«, antwortete ich. »Aber sie hört mich nicht, ich weiß nicht einmal, ob sie mich erkannt hat.«

»Sie ist nicht mehr von dieser Welt«, erwiderte Wera.

Zoja starb am nächsten Morgen. Ich saß bei ihr, aber bis zum Schluß gelang es mir nicht, Kontakt mit ihr zu bekommen. Ich weiß nicht einmal, ob ihr bewußt wurde, daß ich bei ihr war.

»Die Medizin weiß wenig über solche Menschen«, sagte Jerzy.

»Jetzt wird sie mehr darüber wissen«, erwiderte ich. »Es gibt jetzt zwei Schulen: die von Hitler und die von Stalin.«

Ich hätte sagen können, daß ich es wieder geschafft hatte, wenn mich das Lager nicht eben doch mit seinen Krallen verletzt hätte, und zwar ziemlich tief. Schon irgendwann Ende Februar merkte ich, daß mit mir etwas nicht stimmte. Ich tröstete mich, daß das Ausbleiben bestimmter Symptome eine Folge des Schocks sei. Schließlich vertraute ich Wera meine Befürchtungen an. Sie beschloß, mich zu untersuchen, und sie hatte keine gute Nachricht für mich. Beide waren wir entsetzt, sie sogar noch mehr als ich, denn sie war entschlossen, mich zu dem Kind zu überreden, mich sogar zu zwingen, es auf die Welt zu bringen. Ihrer Meinung nach war eine Entbindung unter Lagerbedingungen weniger gefährlich als eine Abtreibung. Im Prinzip war es nicht erlaubt, aber wenn es bekannt wurde, erhielt man sogar eine Zuteilung Milch.

Weder mein Weinen noch mein Drohen änderte ihre Haltung. Das waren schwierige Monate für uns beide, denn ich machte es ihr zum Vorwurf, daß mein Bauch dikker wurde. Im Lauf der Wochen wurde meine Figur immer ungestalter, mein Bauch wurde so riesig, daß ich mich nach hinten lehnen mußte, um das Gleichgewicht zu halten.

»Du hast dich geweigert, mir zu helfen«, wiederholte ich verzweifelt.

Und sie schaute mich voll Mitleid an und ertrug demütig meine Launen. Ich haßte diesen Bauch. Er war ein Teil des Alptraums, den ich vergessen wollte. Und wer weiß, ob mir das nicht gelungen wäre. Ich hatte schon viel Schreckliches hinter mich gebracht. Es war wie ein Abzählvers: Besatzung, Aufstand, der Weg nach Osten. Ohne den störrischen Widerstand meiner Freundin hätte ich auch versuchen können, den weihnachtlichen Vorfall zu vergessen. Heimlich ging ich sogar zu einer anderen selbsternannten Ärztin, die mit einer Häkelnadel Eingriffe vornahm, einer gewöhnlichen Häkelnadel, wie sie bei Handarbeiten verwendet wird. Sie schickte mich weg, weil sie Angst vor Wera hatte. Aus ihrer Sicht hatte sie recht. Wera hätte sie vernichtet. Aus meiner Sicht war es eine Katastrophe. Und das Kind ... nach neuesten Forschungen entwickelt sich der Kontakt zwischen Mutter und Kind lange vor der Geburt. Das heißt, ich hab es wohl ausnahmslos mit Haß gefüttert. Es hat ein paar Jahre gedauert, bis ich anfing, einen Namen zu gebrauchen, wenn ich an das Kind dachte. Bis dahin war es einfach »das Kind« gewesen. Bei Antek geht es mir manchmal genauso, aber immer ist es dann »mein Kind«.

Diese Raubtierpranke, die immer über uns schwebte, schien nach Ewas Brief noch näher gekommen zu sein. Das Gefühl der Bedrohung, das gewöhnlich irgendwo an der Grenze zum Schlaf endete, hatte diese jetzt überschritten. Mitten in der Nacht wachte ich mit einem Schrei auf. Ich zündete das Licht an, um auf die Uhr zu schauen. Ich hatte geträumt, Antek sei in jenem Waggon, und man würde ihn statt meiner nach Osten bringen. Als ich wieder einmal so aus dem Schlaf schreckte, war ich mir fast sicher, daß dort etwas passiert sei. Ich zog mich an und war dabei, in die Reymont-Allee zu fahren. Und doch hatte ich etwas von dem Psychologen gelernt. Als brave Schülerin beschloß ich, ihn um Erlaubnis zu fragen. Es meldete sich die verschlafene Stimme einer Frau. Im ersten Moment wollte ich wieder auflegen, blieb dann aber doch am Apparat. Ich überwand mich und bat den Psychologen ans Telefon.

»Ja, Pani Anna, ich höre«, sagte er geistesgegenwärtig.

»Ich muß hinfahren.«

»Warum?«

»Weil ... ihnen Gefahr droht«, schluchzte ich in den Hörer.

»Welche?«

»Ich weiß nicht ... vielleicht ist es schon zu spät«, stammelte ich zusehends verstörter.

»Wofür zu spät, Pani Anna?«

»Was für dumme Fragen!« platzte ich heraus. »Ich will wissen, ob ich zu ihnen fahren kann.«

»Nein.«

Stille. Ich wollte schon den Hörer auflegen, als ich ihn sagen hörte:

»Ich bin gleich bei Ihnen.«

Sein Mantel war nicht zugeknöpft, als er in die Wohnung

kam, er mußte sich beeilt haben. Seit unserem Gespräch waren höchstens fünfzehn Minuten vergangen.

»Es tut mir leid, daß ich Sie mitten in der Nacht aufgescheucht hab«, fing ich an. »Was denkt Ihre Frau über mich?«

»Sie ist das gewöhnt«, erwiderte er.

»Natürlich«, lachte ich bitter, »ich hab vergessen, daß Sie mit, sagen wir einmal, psychisch unausgeglichenen Menschen zu tun haben. Warum kann ich nicht zu ihnen fahren?«

In seiner Tasche suchte er nach Zigaretten. Er zündete sich eine an und zog den Rauch heftig ein. Das irritierte mich immer, die Art, wie er eine Zigarette rauchte.

»Daß ich auch meinen Enkel nicht sehen darf«, redete ich weiter. »Was hab ich denn getan? Bin ich wirklich ein solches Ungeheuer?«

Auch darauf antwortete er nicht. Er schaute mich nur mit der für ihn typischen verdoppelten Aufmerksamkeit an, was ich auch nicht leiden konnte. Und obgleich er so schaute, hatte ich das Gefühl, ins Leere zu reden.

»Das Kind ist klein ... es könnte nicht einmal die Tür aufmachen.«

»Aber es würde weinen.«

»Ich bitte Sie, es könnte sich zu Tode weinen, und trotzdem würde niemand kommen.«

Er beugte sich vor und faßte mich am Arm.

»Pani Anna«, sagte er streng, »falls etwas passiert wäre, wüßten Sie bereits davon, das garantiere ich Ihnen.«

Ich reiße mich von ihm los.

»Sie garantieren mir dafür? Dann fahren Sie bitte statt meiner hin. Dann glaube ich Ihnen. Da ich es nicht darf, bitte ich Sie darum.«

»Ich kann es auch nicht. Alle drei haben wir bestimmte Rollen angenommen, und die dürfen wir nicht ändern.«

»Und wieso nicht? Weil wir das Stück versauen. Aber da ist noch jemand, der nicht spielt. Das kleine Kind.«

»Hoho!« rief er aus. »Das hat eine der Hauptrollen. Pani Anna, bitte glauben Sie mir, bitte nehmen Sie eine Schlaftablette und schlafen sich einfach richtig aus.«

»Gut«, stimmte ich zu. »Das mache ich.«

»Bestimmt?«

»Ja.«

»Und wenn ich jetzt gehe, dann ziehen Sie nicht den Mantel an und sausen quer durch die Stadt zu Ihrer Tochter?«

»Nein«, antwortete ich völlig ruhig. »Und damit Sie mir glauben, ziehe ich mich vor Ihnen aus ...«

Ich zog mir die Kleider aus und hatte dabei das Gefühl, etwas Unsinniges zu tun, doch war ich nicht imstande aufzuhören, bevor ich nicht alles ausgezogen hatte. Fast gleichzeitig schauten wir auf meinen verkrüppelten Fuß, und das war wie ein Signal. Ich ging mit Fäusten auf ihn los. Ich schrie etwas, aber ich glaube, die Wörter waren selbst für mich unverständlich. Er wußte sich zu helfen. Aus dem Badezimmer brachte er einen Morgenmantel und warf ihn mir über die Schultern, dann gab er mir eine Tablette und ein Glas Wasser.

»Schluck das«, befahl er.

Ich weinte. Ich erzählte ihm von meiner Pariser Niederlage. Es hatte so vielversprechend ausgesehen. Der Regisseur war sehr zufrieden mit mir, aber die Handlung des Films sollte an einem Strand spielen. Zwei Menschen im Sand. Sie sehr attraktiv. Er auch. Also mußten sie einander natürlich gehören. Nur daß ich, wenn ich barfuß bin, deutlich hinke, und das ließ sich nicht verheimlichen. Vielleicht ein anderer Film, hatte es geheißen. Sie würden an mich denken, sich bei mir melden. Aber ich wußte, daß es das Ende war. Die Reise nach Osten hat mir sehr viel genommen, vielleicht sogar alles, denn durch sie ist meine letzte Liebe, diese größte Liebe sehr kompliziert. Der blonde Kopf meines Enkels taucht in meiner Umnachtung wie ein Orientierungspunkt auf, und wenn ich ihn aus den Augen verliere, falle ich innerlich auseinander.

»Auch das müssen wir unbedingt ändern«, sagte er, während er neben mir auf dem Sofa saß. »Wir werden daran arbeiten.«

»Zu spät«, schüttelte ich traurig den Kopf. »Für mich ist es schon zu spät.«

Diesmal schüttelte er den Kopf zum Zeichen, daß er anderer Meinung war. Er ging. Und ich lag im Dunkeln da. Mir fiel jene Szene von vor zehn Jahren ein, als ich mir plötzlich den Mantel übergezogen hatte und aus dem Haus gelaufen war. Ich erwischte ein Taxi und ließ mich zum Krankenhaus an der Barska-Straße fahren. Der Taxifahrer dachte, ich sei krank. Vielleicht hatte er damit nicht so unrecht. Ich war wie im Fieberwahn. Ich bildete mir ein, Jerzy müsse dort sein. Und daß er die ganze Zeit dort gewesen sei. Ich konnte nur nicht verstehen, warum mir der Gedanke nicht vorher gekommen war. Ich schlüpfte am Pförtner vorbei und rannte die Treppen zur Chirurgie hoch. Bevor die Pflegerin mich noch aufhalten konnte, schaute ich ins Dienstzimmer. Es war leer. Ich rannte weiter und öffnete einen Spaltbreit die Tür zum Verbandsraum.

Jerzy wechselte jemandem den Verband. Als ich so plötzlich dastand, erstarrte er mit der Pinzette in der Hand. Das dauerte so lange, daß ich schließlich sagte:

»Du täuschst dich nicht, ich bin es.«

»Warte auf dem Flur«, entgegnete er und beugte sich über den Patienten.

Ich verließ den Raum und kämpfte mit den Tränen. Also gibt es ihn tatsächlich. Er lebt.

»Was machen Sie da für einen Aufstand?« fragte die Pflegerin.

»Ich bin mit Doktor Rudziński verabredet.«

Daß ich seinen Namen aussprechen konnte, war der nächste Schock. Sie hatte wohl gemerkt, daß ich durcheinander war, denn sie ließ mich in Ruhe. Schließlich kam er zu mir. Hier stand ich also wieder dem Menschen gegenüber, den ich schon so viele Male verloren zu haben geglaubt hatte. Er hatte sich fast nicht verändert. Dieselben brennenden Augen, derselbe kräftige Kiefer. Nur die Haare hatten sich vielleicht etwas gelichtet. Er gab mir die Autoschlüssel.

»Ein gelber Fiat, steht im Hof«, sagte er, »ich komme gleich runter.«

Es wurde dunkel. Wie jetzt war es auch damals November gewesen, und um vier Uhr begann es, dunkel zu werden. Ich öffnete die Wagentür und setzte mich auf den Rücksitz. Mein Kopf war eine einzige Leere, nur mein Herz schlug heftig. In meinen Schläfen dröhnte es, als wäre ich lange gerannt. Ich weiß nicht, wie lange ich wartete, eine halbe Stunde, vielleicht länger. Endlich sah ich ihn, wie er in seinem weißen Kittel über den Hof des Krankenhauses kam. Er setzte sich neben mich.

»Ich hab heute Bereitschaftsdienst«, sagte er.

Ich beugte mich zu ihm und nahm seinen Kopf in meine Hände. Wir küßten uns heftig, verletzten uns die Lippen mit den Zähnen, und ich spürte sogar den salzigen Geschmack von Blut. Das Bedürfnis, diesem Menschen sofort und jetzt ganz nahe zu sein, trieb mich weiter. Ich knöpfte ihm das Hemd auf und fuhr mit meinen Händen darunter. Meine Handflächen lernten die Wärme seiner Haut kennen. Meine Finger tasteten besinnungslos über die Wölbungen seiner muskulösen Schultern. Ich berührte die einzelnen Wirbel seines Rückgrats, als wollte ich sie mir für immer einprägen. Und ständig hatte ich das Gefühl, das sei noch nicht die Nähe, die ich mir ersehnt hatte. Er ließ mich in allem gewähren, wohl wissend, daß er mir diesmal nichts verderben durfte. Erschöpft lehnte ich zuletzt meine Stirn auf seine breite, behaarte Brust. Meine Lippen waren geschwollen und schmerzten.

»Warum hast du nicht nach mir gesucht?«

»Wie hätte ich dich denn suchen sollen, Anna?« antwortete er mit einem Anflug von Traurigkeit.

Er strich mir über die Haare. Die Berührung seiner Hand erfüllte mich mit solchem Glück, daß das stumme Schluchzen in meiner Kehle erstarb. Ich hatte Angst, gleich loszuschreien.

»Ich muß zurück auf die Station«, sagte er schließlich.

»Nein, nein«, flüsterte ich. »Sie werden uns trennen, wieder werde ich dich verlieren.«

»Gib mir deine Telefonnummer«, sagte er bereits mit normaler Stimme. »Morgen rufe ich dich an.«

»Um wieviel Uhr hast du Dienstschluß?«

»Um sieben.«

»Ich werde am Auto warten«, erwiderte ich und öffnete die Tür.

Mit einem Gefühl von Glück und Schmerz zugleich lief ich durch die Pfützen auf dem betonierten Hof des Krankenhauses. Es konnte gar nicht anders sein, das Leiden behielt bei mir stets die Oberhand.

Die ganze Nacht schlief ich nicht. Ich lag mit offenen Augen da, ohne eigentlich an etwas zu denken. Ich fühlte mich wohlig und leicht, als hätten plötzlich alle Probleme meines Lebens eine Lösung gefunden. Die Entscheidung, Ewa aus dem Haus zu geben, sie Ordensschwestern in der Nähe von Warschau anzuvertrauen, fiel wie von selbst. Noch an diesem Abend rief ich die Oberin an und vereinbarte, daß ich meine Tochter am Montag bringen würde. Es war Freitag, und vor mir lag das Wochenende, das ich mit Jerzy verbringen würde. Das verstand sich von selbst. Für diese zwei Tage sollte die Haushälterin zu Ewa kommen. Sie blieb immer bei ihr, wenn ich verreisen mußte.

Kurz vor sieben war ich am Krankenhaus in der Barska-Straße. So wie wir es ausgemacht hatten, wartete ich beim Auto. Zum zweiten Mal sah ich Jerzy über den Hof des Krankenhauses kommen. Er war im Mantel, in der Hand trug er eine Tasche.

»Du siehst aus wie ein Büroangestellter«, sagte ich.

»Bin ich ja auch, ein Angestellter Gottes«, lachte er.

Wir stiegen ein.

»Wohin?« fragte ich.

»Der Nase nach.«

Bald hatten wir Warschau hinter uns gelassen. Ich schaute auf die vor dem Fenster dahinfliegenden häßlich grauen Häuser, auf die niedergeschlagenen, grauen Menschen.

»Schau nur, wie gleich das alles geworden ist«, sagte ich.

Und er stellte keine Fragen. Er wußte einfach, was ich meinte. Das war immer phantastisch zwischen uns, ein halbes Wort genügte, und wir verstanden uns. Er wandte mir den Kopf zu, sagte aber nichts.

»Was ist?« fragte ich.

»Du bist schön, Anna«, sagte er ernst.

Ich lachte hell auf.

Wir waren in eine kleine Stadt gekommen, in der es

viele Bäume gab, die jetzt nackt und traurig waren. Auf einer Anhöhe standen die Überreste einer Burg. Der kleine umbaute Markt war wie aus einer anderen Epoche, einer Epoche des Friedens. Die Häuser hatten bunte Gesichter, in denen sich ungestörter Friede spiegelte, obwohl doch erst vor kurzem ein Gewittersturm über diese Welt hinweggerollt war. Die Welt hatte die Wörter »Tod« und »Barbarei« auswendig gelernt, aber das kleine Hotel »Zur Magnolie« schien davon nichts zu wissen, und ich war ihm irgendwie dankbar dafür. Wir mieteten ein Zimmer und gingen spazieren. Die Luft war feucht, schwere Wolken hingen tief über dem Boden. Unter unseren Füßen lagen vergilbte, nasse Blätter. Es begann zu nieseln, so daß wir bald ins Hotel zurückgingen. Es war Zeit fürs Essen. Jerzy bestellte einen halben Liter Wodka. Ich sagte nichts, aber es stimmte mich traurig. Er mußte es bemerkt haben, denn er lächelte und sagte:

»Ich werde mich heute nicht betrinken, Anna.«

Das klang hilflos, und ich merkte, wie mir die Tränen kamen. Immer waren sie bei mir nicht weit, doch erst bei Antek hatte ich gelernt zu weinen.

Auf einer kleinen Bühne gab es ein Orchester: eine Geige, ein Saxophon und ein Schlagzeug. An das Klavier setzte sich ein kleiner Mann mit Glatze. Er trug einen Smoking. Sie spielten »Moskauer Nächte«.

»Ich glaub, ich geh und schlag denen eins in die Fresse«, sagte Jerzy. »Soll ich mit diesem Mickerling im Smoking anfangen?«

»Aber das ist doch ein schönes Lied.«

»Nichts, was von dort importiert wurde, kann schön sein«, gab er finster zurück.

»Wir sind auch von dort importiert«, lachte ich. »Und du hältst mich für eine schöne Frau.«

»Glaubst du, sie haben ein Recht auf uns, nur weil uns der Eisbär mit seinen Krallen den Arsch zerkratzt hat?«

»Immerhin haben sie uns zurückgegeben.«

»Nur an wen? Da war niemand mehr. Darin besteht unser Drama, daß wir ins Nirgendwo zurückgekehrt sind. Es gibt nichts und niemand mehr, Anna. Wüstenei, wie in einem schlechten Traum.«

»Ich will nicht, daß du mir das sagst«, entgegnete ich feindselig. »Ich brauche nur ein bißchen Liebe ...«

»Von mir wirst du die nicht bekommen, du siehst mich nur durch Zufall. Natürlich, ich machte Witze, als Warschau brannte, aber ich bin zusammen mit der Stadt verbrannt und dann in derselben abstoßenden Gestalt von den Toten auferstanden.«

»Hör auf!«

»Kürzlich hat mir ein Patient ein paar Sachen erzählt. Bevor er in Rente ging, hatte er eine interessante Arbeit: Er war Ponykutscher.«

»Du bist betrunken.«

»Vor Morgengrauen holte er die Leichen im Gefängnis an der Rakowiecka-Straße ab. Ja, meine Liebe, gewöhnliche Kriminelle, denen man die Kapuze übergezogen hatte, und Angehörige der AK* gingen in einem Wagen auf ihre letzte Reise. Wir haben einen genauen Lageplan zusammengestellt. Ein kleines Kirchlein und ein Friedhof draußen vor der Stadt, hinter der Friedhofsmauer ein Feld ... dort gibt es namenlose Gräber ...«

»Reicht dir unsere Geschichte nicht?«

»Jemand muß einmal die Spreu vom Weizen trennen.

* *Angehörige der AK:* Kämpfer der Armia Krajowa (AK, Heimatarmee). Sie unterstanden der polnischen Exilregierung in London und wurden später von den Kommunisten verfolgt. A.d.Ü.

Die menschliche Erinnerung ist trügerisch, Zeugen sterben. Und meist gibt es überhaupt keine. Niemand erinnert sich an etwas, eine Massenamnesie. Ich werde dich auf einen Spaziergang vor die Stadt mitnehmen, bestimmt nehme ich dich mit.«

»Ich flehe dich an«, sagte ich mit erstickter Stimme. »Verdirb mir diesen Abend nicht.«

Er sah mich an, dann stand er auf und verbeugte sich tief.

»Wenn das so ist, dann darf ich dich zum Tanz bitten.«

Auf der Tanzfläche waren wir in einem Gewühl fremder Menschen. Jerzys Mund berührte meine Schläfen, und das war wie die schönste Liebkosung. Aber er konnte nicht mehr aufhören und mußte weiterreden. Sobald wir wieder an unserem Tisch waren, trank er sein Glas in einem Zug aus, das der Kellner beflissen gefüllt hatte.

»Ja, meine Liebe, die haben unsere Leute mit gewöhnlichen Mördern zusammen begraben. Und weißt du, wie sie die Urteile vollstreckten?«

»Ich hab eine Tochter«, sagte ich schnell, aus Verzweiflung. Ich wollte um jeden Preis das Thema wechseln. Das war es mir wert. Und gut getroffen. Jerzy verstummte. Nach einer Weile fragte er:

»Wie alt ist sie?«

»Elf.«

»Hast du sie von dort mitgebracht?«

»Ja.«

... er kam mit einem über die Schulter geworfenen Rucksack ins Dienstzimmer. Wera machte sich sofort aus dem Staub.

»Fahren Sie weg?«

»Ja, ich gehe in die Etappe. Und du? Wie sieht es bei dir aus?«

»Gut«, erwiderte ich leichthin, als ginge es nicht um mich und als wüßten wir nicht beide, daß ich ein paar Wochen zuvor brutal vergewaltigt worden war.

Wir schwiegen.

»Na dann, auf Wiedersehen, Anna«, sagte er schließlich. »Hoffentlich unter besseren Umständen.«

Ich hielt beim Trinken mit ihm mit. Vielleicht, damit es für ihn weniger wäre, vielleicht aber trank ich auch für mich selbst. Irgendwie mußte ich doch mit dieser Traurigkeit fertig werden. Schließlich erhoben wir uns gleichzeitig vom Tisch. Jerzy legte seinen Arm um meine Schulter, und so gingen wir die Treppe nach oben. Ich zog mich hastig aus, bis ich auf einmal merkte, daß er einfach dastand und schaute.

»Und du?« fragte ich fast ängstlich.

»Du bist schön.«

Diesmal machte mich das wütend.

»Wirst du mir das jetzt dauernd sagen?« schrie ich mit überkippender Stimme, weil ich auch schon leicht betrunken war.

»Heute wird da nichts draus«, sagte er. »Ich hab den Bereitschaftsdienst hinter mir, hab getrunken und, ob du es willst oder nicht, gut fünfzig Jahre auf dem Buckel.«

Wütend zog ich mich wieder an, bereit, nach Warschau zurückzufahren, aber er schloß die Tür ab und steckte den Schlüssel ein. Dann zog er vor meinen Augen den Schlafanzug an, putzte sich die Zähne und legte sich ins Bett.

»Gute Nacht, Goldschatz«, sagte er und drehte sich mit dem Gesicht zur Wand.

Angekleidet warf ich mich auf das zweite Bett. Er löschte die Nachttischlampe. Nach einer Weile hörte ich verwundert seinen gleichmäßigen Atem, er schnarchte sogar durch die Nase. Von unten drang Musik herauf, angeheiterte Stimmen, es wurde noch immer getanzt. Ich überlegte, ob ich mir nicht den Schlüssel nehmen und einfach verschwinden sollte. Aber das war doch Jerzy. Worin seine Schuld auch immer bestand, ich konnte ihn nicht verlassen, während er schlief. Schließlich überkam auch mich der Schlaf. Ich wachte davon auf, daß gegen die Tür gehämmert wurde. Jerzy fragte: »Was ist los?« Eine Stimme rief, er solle nach unten kommen, zu einem Verletzten.

»Ich komme gleich«, erwiderte Jerzy.

Er machte Licht und zog sich schnell an.

»Soll ich mitkommen?« fragte ich.

»Das ist nicht der Aufstand, Anna«, lachte er, »es ist bestimmt nur ein Betrunkener.«

Ich schlief nicht, als Jerzy zurückkam. Immerhin hatte ich es geschafft, mich auszuziehen und unter das Federbett zu kriechen. Ohne Zudecke hatte ich ein bißchen gefroren. Dieses Mal zog er seinen Schlafanzug nicht an.

»Es ist fünf Uhr früh«, sagte ich verlegen und wohl auch etwas verängstigt.

Er legte sich ans Fußende des Bettes und nahm meine Füße in seine Hände.

»Was ist mit deinem Zeh passiert?«

»Sie haben ihn mir dort amputiert«, gab ich unwillig Auskunft.

Er fragte nicht weiter. Sein Mund schob sich immer höher, und als er sich bei meinen Knien befand, zitterte ich am ganzen Körper, ohne etwas dagegen tun zu können. Jerzys Hände schoben meine Schenkel vorsichtig, aber bestimmt auseinander. Ich spürte das Gewicht seines Kopfes auf ihnen. Ein unbekanntes Gefühl überkam mich, ich hatte den Eindruck, als höbe mich eine Kraft in die Luft. Das, worauf ich so lange gewartet hatte, war endlich da, und es schien mir, als könnte es nichts Wichtigeres geben. Aber er sagte:

»Wir müssen nach Hause, Anna.«

»Ich dachte, wir bleiben bis Montag.«

»Zu Hause warten sie auf mich.«

»Ich bin dein Zuhause!« brach es aus mir heraus.

Er faßte mich unter dem Kinn und schaute mir in die Augen.

»Du weißt doch, daß ich eine Frau habe.«

»Ich will es nicht wissen!« Ich riß mich von ihm los und hielt mir die Ohren zu. »Deine Frau weiß nichts über dich, sie hat nichts mit dir durchgemacht.«

»Ich hab zwei Söhne mit ihr.«

Ich klammerte mich an ihn, überwältigt von der Angst, er würde mich wieder allein lassen.

»Geh von ihr fort!«

»Kann ich nicht.«

»Warum?«

»Weil man eine alte Frau nicht verläßt.«

Nur das. Eine alte Frau verläßt man nicht, also kann man nicht mit der jungen, mit der relativ jungen, sein, die man sogar liebt. Er hatte mir nie von seiner Liebe gesprochen, doch ich wußte es. Ich wußte, was ich für ihn bedeutete, denn wir brauchten keine Worte. Einmal sagte er mir, daß er nach unserer Trennung, wenn man seinen Abtransport aus dem Lager so nennen kann, an mich gedacht habe, aber nie als Frau. Ich war anderer Meinung. Aber natürlich konnte ich mich irren. Diese flüchtige Umarmung in der brennenden Stadt war vielleicht nur für mich eine Offenbarung gewesen, ein Vorgefühl dessen, was Liebe zwischen einem Mann und einer Frau ist. Ich wartete auf diesen Mann, obgleich in der Zwischenzeit so viele schreckliche Dinge geschehen waren, ich war vergewaltigt worden und hatte ein Kind geboren, aber ich wartete, weil diese Erinnerung immer noch stärker war als die Wirklichkeit. Ich hatte mir diese kurze Szene als etwas unendlich Wertvolles bewahrt. Sie reichte mir für Jahre. Jetzt wollte ich ihn ganz für mich allein haben. Der Gedanke, daß er wieder zu einer anderen Frau gehen würde, war unerträglich. Deshalb machte ich ihm vor meinem Haus eine Szene. Ich wollte nicht aus dem Auto steigen. Zuerst redete er mir gut zu, aber dann zog er mich einfach mit Gewalt heraus und trug mich fast bis zur Haustür. Die Leute drehten sich nach uns um. Vielleicht dachten sie, ich sei an diesem Sonntagnachmittag betrunken.

»Sei kein Kind, Anna«, sagte er und schob mich ins Treppenhaus.

Er stieg ins Auto und fuhr weg. Und ich machte mich auf den Weg nach oben. An meiner Wohnungstür angelangt, war mir klar, daß sich in meinem Leben nichts ändern würde. Sobald ich mir nur die Schuhe ausziehe, werde ich hinken ...

Meine krankhafte Phantasie! Als Antek vor ein paar Monaten hinfiel und mit dem Kopf aufschlug, brachte ich ihn in die Notaufnahme. Er hatte eine riesige Beule und einen blauvioletten Bluterguß auf der Stirn. Eine junge Ärztin untersuchte ihn und schickte uns dann zum Röntgen. Wir fuhren zum soundsovielten Stockwerk und warteten dort, bis wir an der Reihe waren. Antek quengelte, er wollte herumrennen, was ich ihm nicht erlaubte. Schließlich das Röntgen, was aber nicht klappte. Es mußte wiederholt werden. Ich bekam Angst, daß er eine zu hohe Dosis Strahlung abbekommen würde, und wollte bereits darauf verzichten, aber das Fräulein an dem Apparat sagte: »Und was, wenn er einen Schädelbruch hat?« Also wieder ein Bild. Und die Begutachtung: »Eine Verletzung des Schädels kann nicht festgestellt werden.« Wir fuhren nach unten, die junge Ärztin schaute sich die Bilder an. Sie riet mir, das Kind zu beobachten und, falls nötig, wiederzukommen. Ich zog Antek gerade die Jacke an, als eine Putzfrau mit Eimer und Bürste in der Hand ins Behandlungszimmer kam. Sie schaute erst mich, dann Antek an, und wie der beste Psychologe stellte sie fest: »Was fahren Sie da durch die Gegend? Ich hab vier Söhne großgezogen, selten, daß die mal keine Beulen hatten. Da legt man ein kaltes Messer drauf, und es bleibt keine Spur.« Und plötzlich wurde mir bewußt, daß es dasselbe Krankenhaus war, in das ich einst Ewa zur Operation gebracht hatte. Und am Vorabend der Operation hatte eine alte Ärztin zu mir gesagt: »Irgendwie sieht sie für so eine Diagnose zu gut aus ...« Und trotzdem hatte ich mein Einverständnis nicht zurückgezogen. Ich hielt sogar daran fest, ungeduldig, versöhnt mit einem Fatum, das in unserem Fall, im Fall von Ewa und mir, eine glückliche Lösung ausschloß ... Tränen liefen mir über die Wangen.

»Oma, warum weinst du?« fragte Antek. »Bin ich sehr krank?«

»Nein, Liebes«, gab ich zur Antwort. »Ich bin erkältet.«

Er wühlte in seiner Tasche und hielt mir einen Knäuel Zellstoff hin.

»Dann putz dir die Nase«, meinte er sachlich.

Und diese vergangene Woche ... sie hat mir die letzten Illusionen über mich geraubt. Es fing damit an, daß ich ganz unsinnig auf ein paar Bilder im Fernsehen reagierte.

In den Nachrichten wurden Kinder aus der dritten Welt gezeigt, die verhungerten. Auf dem Bildschirm war kurz die Gestalt eines kleinen Negerkindes zu sehen. Es hatte einen aufgeblähten Bauch und Beine wie Holzstöckchen. Dann wurde sein Gesicht in Nahaufnahme gezeigt. Die riesigen Augen voll Traurigkeit und Leid lähmten mich fast. Ich begann zu zittern, meine Zähne schlugen aufeinander. Das Kind schaute mich wieder an, sein Gesicht wurde zu einer Grimasse, und der Mund verzog sich zu einem Weinen. Und da weinten wir bereits beide, das Kind auf der Mattscheibe und ich zusammengekauert in meinem Sessel. Ich weinte selbst dann noch, als es verschwand und Neuigkeiten aus aller Welt Platz machte. Da hatte eine Frau aus London ihrem Pudel ein mit Brillanten besetztes Halsband gekauft. Angeblich war ihr Liebling »Fiffi« ganz vernarrt in Brillanten, in ihren ungewöhnlichen Glanz. Auch die Frau und ihr Hund verschwanden wieder, während ich noch völlig verweint war. Ich mußte ins Badezimmer gehen und Klopapier holen, weil ich nie Taschentücher bei mir habe. Ich lebe unter aller Kritik, wie meine Haushälterin, Pani Lula, einmal gesagt hat. Ich bringe meine Bettwäsche nicht zur Mangel, sondern hole sie aus der Waschmaschine, trockne sie und benütze sie so, wie sie ist, ungestärkt und ungebügelt. In der Küche fehlt es immer an Gewürzen, oft ist Zucker oder Salz nicht da. Dauernd verschwinden die Zündhölzer oder sind gerade aufgebraucht.

Die spärlichen Erinnerungen aus meiner Kindheit tauchen in alldem wie aus dem Kontext gerissene Satzfetzen auf. Silber ist mit Asche zu reinigen. Tischtücher sind so und so zu stärken, Bleichmittel ist dazuzugeben, damit das sagenhafte Weiß nicht verlorengeht. Und die Böden, glänzende Mosaike in dem Haus, in dem wir vor dem Krieg gewohnt hatten, und die sich leicht im Winde bauschenden

Vorhänge an den Fenstern und vor den Fenstern Mutters Rosengarten ... Eine tote Welt, von der nur eine vernarbte Spur geblieben ist. Wieviel wichtiger in meinen Erinnerungen ist zum Beispiel Aksinja ... An einem Samstag beschloß Fjodor Aleksejewitsch, sich in Gesellschaft zu betrinken, und nahm uns beide zu einem Kolchosefest mit. Aksinja fühlte sich nicht gut, ihre Lungenkrankheit quälte sie, aber widerspruchslos zog sie ein besseres Tuch aus der Truhe, legte es sich um die Schultern, und wir gingen los. Das Fest fand in der Kantine statt, wobei die Durchreiche fürs Essen als Büfett diente. Dort drängten sich die Männer von der Kolchose, die nach Wodka und mindestens so stark nach der Nähe einer Frau lechzten. In der Ecke ließen sich zwei Ziehharmonikaspieler nieder, die einzigen Musikanten auf diesem Fest. Sie fingen an zu spielen. Wehmütige Melodien zogen durch den Raum. In der Mitte des Saals war das Gedränge am dichtesten, weil alle Augenblicke jemand zu den an der Wand aufgereihten Mädchen trat und sie zum Tanz aufforderte. Die Mädchen standen auf und senkten dankbar ihre Köpfe. Und in der Art, wie sie zum Parkett buchstäblich schritten, lag so viel Grazie, daß man ihnen sofort ihre breiten, unansehnlichen Gesichter und ihre grob geformten Waden verzieh. Auf diesen Gesichtern lag ein Ausdruck religiöser Verzückung. Die Kolchosemädchen schlossen ihre Augen, als warteten sie auf das Wunder, das sich heute bestimmt ereignen würde. Ein Prinz auf weißem Pferd würde kommen und sie auf eine weite Reise zu seiner Burg entführen. Bis dahin mußte man sich mit Wanja oder Aljoscha zufriedengeben. Was machte es schon, daß in seinem Gesicht ein Dreitagebart stand und der Mann nach Wodka stank, es war allemal ein Mann. Auch ich saß mit Aksinja auf den Stühlen, aber in der Ecke, weil man uns möglichst nicht sehen sollte. Trotzdem erschien vor mir ein Verehrer in Drillichhosen und heruntergekrempelten Gummistiefeln.

»Laß uns in Ruhe, Sergej«, sagte Aksinja. »Sie ist mit mir hier.«

»Dann dreh ich auch mit dir eine Runde, wenn du eifersüchtig bist«, erwiderte er. »Aber erst danach.«

»Geh schon, gieß dir ein bißchen Wodka in den Rachen.«

Darauf tauchte ein hübsches schwarzäugiges Mädchen in einer weißen Bluse auf, die von den vollen Brüsten fast gesprengt wurde. Das Mädchen war schmal in den Hüften, und der gestärkte rote Rock machte ihre Figur noch reizvoller. Sie warf ihren Zopf nach hinten, stemmte die Arme in die Seiten und sagte:

»Na was denn, Aksinja Grigorjewna, erlaubt Ihr dem Mädchen nicht, sich zu amüsieren? Wollt Ihr sie wie unseren Fjodor eingesperrt halten?«

»Ich sperre niemanden ein, Nastja«, erwiderte Aksinja ruhig. »Bei mir hat jeder seinen freien Willen.«

»Jeder hat seinen freien Willen«, wiederholte das Mädchen ironisch. »Ich weiß nur, daß Fjodor mir gehört.«

»Wenn er dir gehört, dann nimm ihn mit«, lautete Aksinjas Antwort.

Das brachte Nastja aus dem Konzept. Sie überlegte gerade, wie sie darauf reagieren sollte, als Fjodor Aleksejewitsch auf der Szene erschien. Seine Augen glänzten bereits, und ich wußte, daß man ihm dann besser nicht in die Quere kam.

»Laßt meine Frauen in Ruhe«, sagte er langsam. Später, als ich amerikanische Western sah, mußte ich immer an Fjodor Aleksejewitsch denken. Er war diesen positiven, unerschrockenen Helden der Prärie irgendwie ähnlich. Und er sprach genauso gedehnt wie sie. Nur seine Hand hielt er nicht am Colt, einfach deshalb, weil er keinen hatte.

»Was soll das! Sind sie aus Zucker, lösen sie sich etwa auf?« fragte angriffslustig mein Verehrer in Gummistiefeln.

»Und wenn sie aus Zucker sind«, sagte Fjodor Aleksejewitsch gedehnt, »dich geht es jedenfalls nichts an.«

»Aber ich werde mit der Jüngeren tanzen«, beharrte der andere.

Er machte sogar einen Schritt auf mich zu, doch da packte ihn Fjodor Aleksejewitsch am Kragen und schleifte ihn aus der Kantine. Die schöne Nastja rannte ihnen hinterher. Ich schaute zu Aksinja, die mit ihrem sanften Lächeln dasaß, als ginge sie das alles gar nichts an.

»Werden sie sich prügeln?« fragte ich.

»Fjodor weiß sich zu helfen«, entgegnete Aksinja.

Und sie hatte recht. Nach einer Viertelstunde stürzte Nastja mit der Nachricht in die Kantine, daß mein Verehrer ausgeschieden sei. Kurz danach kam Fjodor Aleksejewitsch und stellte sich wieder bei dem provisorischen Büfett auf. Die Ziehharmonikas begannen von neuem, wehmütig zu schluchzen. Als mein Hausherr dann genug hatte, machten wir uns auf den Heimweg. Über die ganze Breite des Wegs torkelnd ging er voraus, wir folgten ihm untergehakt nach. In meiner Seite spürte ich den knochigen Ellbogen Aksinjas. Und das war wohl der Moment, als bei mir so etwas wie Zärtlichkeit aufkam. Es war, als würde ich innerlich langsam auftauen.

Wir kamen nach Hause. Fjodor Aleksejewitsch schmiß sich auf den Pelz beim Ofen, wo er seit meiner Krankheit schlief, und wir legten uns ins Bett. Wir waren schon behaglich eingeschlafen, als es ans Fenster klopfte. Aksinja setzte sich augenblicklich auf.

»Wer ist da?« fragte sie scharf.

»Besuch«, ließ sich eine stark angetrunkene Stimme vernehmen.

»Hier schlafen schon alle«, erwiderte Aksinja.

»Dann weckt sie auf.«

Als Aksinja darauf nicht mehr antwortete, wurde heftig an die Tür geklopft. Und plötzlich begriff ich, daß es um mich ging und daß sich die Sache von vorhin wiederholen könnte. In meinem Kopf war nur der eine Gedanke: weg von hier!

»Aksinja, ich gehe auf den Dachboden«, sagte ich zu Tode erschrocken.

»Nicht nötig«, erwiderte sie, »gleich wecke ich Fjodor.«

Der erhob sich schlaftrunken, und als er kapiert hatte, worum es ging, griff er sich eine Axt, die unter dem Ofen lag, und stürmte nach draußen. Es ging ohne Kampf ab, die vor der Tür nahmen einfach Reißaus. Fjodor Aleksejewitsch kam zurück, stellte die Axt an ihren Platz, und nach einer Weile hörten wir wieder das vertraute Schnarchen. Ich aber konnte mich lange nicht beruhigen. In dieser Nacht erzählte ich Aksinja von allem, was mir passiert war. Nur die Rolle, die Wera in meinem Leben gespielt hatte, überging ich, weil sie das nicht verstanden hätte. Sie streichelte mir über den Kopf und wiederholte dabei:

»Auch die Liebe zu dem Kind wird kommen und das Vergessen ...«

Und diese kluge Frau hat sich nicht getäuscht. Ich denke mit Dankbarkeit an sie. Und ich denke oft an sie. An sie beide. Alles war Liebe in ihrer reinsten Form, und alles spielte sich vor meinen Augen ab. Das Schweigen der beiden. Die Worte, die sie aneinander richteten. Ihre Blicke. Und nicht zuletzt ihre Liebesakte, deren Zeuge ich gezwungenermaßen war. Und obwohl ich Aksinja eher als

Dulderin dieser Liebe kennengelernt hatte, konnte ich mir ohne Mühe vorstellen, wie wunderbar es zwischen beiden gewesen sein mußte, als sie noch nicht so kränklich war. Einmal holte sie eine hölzerne Schachtel hervor, in der sie Fotos aufbewahrte. Auf einem davon stand die Familie vor einem Haus mit geschnitztem Vordach. Vater, Mutter und fünf Töchter. Eine davon war Aksinja. Ich konnte nicht glauben, daß sie das war, so außergewöhnlich schön war das Mädchen, das ich da sah. Ich glaube, daß auch Fjodor Alek-sejewitsch sie so vor sich sah ...

Ja, diese schnellen Tränen wegen Fernsehbildern. Das ging jetzt so weit, daß ich bei Melodramen weinen konnte, die ich bisher lächerlich gefunden hatte. Vielleicht kam das daher, daß ich die ganze Zeit zu Hause herumsaß. Ich konnte mich nicht dazu aufraffen auszugehen. Dazu hätte ich mich anziehen müssen, mir mein Gesicht richten müssen. Wozu, wo ich mein Kind doch sowieso nicht sehen konnte? Vorher war ich immer in Eile gewesen, um Zeit zu schinden. Jetzt mußte ich nur Geld verdienen und es Ewa per Post zuschicken. Das war nicht so schwierig, ich konnte zusätzliche Übersetzungen annehmen, Synchronisationen oder etwas in der Art. Auch meine wilde Phantasie beruhigte sich. Ich begann, daran zu glauben, daß sie ohne mich gut zurechtkamen und daß meine früheren Ahnungen von einer Katastrophe, sobald ich nur aus dem Spiel aussteigen würde, eine Täuschung waren. Wie man sah, ging das Spiel weiter, obwohl ich im Aus stand. Ob Ewas Entschluß etwas mit der Person des Psychologen zu tun hatte? Vielleicht. Bisher hatten unsere Trennungen »für immer« nie mehr als ein paar Tage gedauert. Jetzt waren fast drei Wochen vergangen. In dieser Zeit war ich in Ciechocinek gewesen, wo ich vor irgendwelchen Leuten Norwids unsterbliche Worte rezitiert hatte, Worte eines Menschen, der genauso unglücklich und von seinen Zeitgenossen unverstanden war wie ich. Ich meine nicht als Genie, sondern als Mensch im normalen Leben. Beide hatten wir erfahren, was Elend und eine kümmerliche Schale mit etwas Essen aus fremder Hand sind. Beide hatten wir den Schmerz einer unglücklichen Liebe kennengelernt. Ja, denn meine Liebe zu Jerzy, und auch die zu meiner eigenen Tochter, war doch zutiefst unglücklich. Jerzy hatte mich geliebt. Aber er war ein harter Mensch gewesen. In seinem Leben hielt er sich an Grundsätze, und nichts konnte die ändern. Selbst eine große Leidenschaft nicht. Es hätte überhaupt keinen Sinn gehabt, mich dagegen aufzulehnen. Und trotzdem hatte ich mich dauernd aufgelehnt. Und ich hatte als erste den Hörer genommen und die Nummer des Krankenhauses in der Barska-Straße gewählt. Und diese ständig wiederholten Worte »da du ohne mich leben kannst, werde ich versuchen, ohne dich zu leben« klangen immer schwächer, bis sie schließlich verstummten. Ich und Jerzy ... Wir hätten ein gutes Paar Shakespearescher Helden abgegeben, die allerbesten Schriftsteller hätten über uns schreiben können, unsere Geschichte eignete sich gut dafür. Ich brachte meine Liebe aus dem Aufstand mit, um sie danach zu pflegen und bis ans Lebensende in mir zu bewahren, vorläufig bis an Jerzys Lebensende ... Meine Vorahnung von damals hat mich nicht getäuscht. Er und ich, das war wie zwei Instrumente in einem Orchester. Und das war nicht nur ein körperliches Band. Wir waren so eng miteinander verknüpft, daß niemand in der Lage gewesen wäre, das Band aufzuknoten. Niemand außer seiner Frau. Einmal nur habe ich sie gesehen. Sie war ins Malteser-Krankenhaus gekommen, eine kleine, gutaussehende Brünette.

»Ist mein Mann zu sprechen?« fragte sie mit einer zarten Stimme, die mir jedoch völlig fehl am Platz schien.

Hier redete niemand in einem solchen Ton. Hier stürzte man herein und hinaus und rief: »Schneller, schneller, worauf wartet ihr noch, dort stirbt einer.« Aber sie kam und fragte, ob ihr Mann zu sprechen sei. Roma schaute sie wie ein außerirdisches Wesen an, und mir blieb die Spucke weg, weil mir schwante, daß dieser Mann möglicherweise Jerzy war.

»Welcher Mann?« fragte Roma.

»Doktor Rudziński.«

»Doktor Rudziński operiert gerade«, antwortete Roma schroff, denn auch sie hatte ihre Gründe, Jerzys Frau nicht zu mögen.

Während dieser Jahre mit Jerzy habe ich oft überlegt, wie sie jetzt wohl aussehen mochte. Sie war ein Jahr älter als er, ihre Jugend hatte sie also bereits hinter sich. Nie hatte ich gewagt zu fragen, ob er mit ihr schlief. Meine Intuition sagte mir, daß er es nicht tat. Aber das bewahrte mich vor gar nichts. Meine Eifersucht auf sein zweites Leben war wie ein härenes Hemd, das ich bei Tag und Nacht trug. Selbst im Schlaf dachte ich daran, daß er mit einer anderen Frau zusammen war. Vielleicht gerade weil es nicht möglich war, wollte ich für meine Liebe ein normales Leben. Ich war bereit, dafür alles aufzugeben, was unsere Treffen so erregend machte, von denen mir aber immer nur ein zerknautschtes Leintuch und ein bohrender Schmerz im Herzen blieben. Weil er schon wieder in Eile war. Ich dagegen hatte sofort, gleich am ersten Tag, mein Feld bereinigt, hatte Ewa aus dem Haus gegeben. Und das war gar nicht so einfach gewesen. Wir hatten schon einiges zusammen erlebt, und seien es nur die zwei Jahre in den Masuren. Dort waren wir einander Schritt für Schritt nähergekommen. Wir redeten schon Polnisch miteinander. Jener Spaziergang durch den Wald, als sie als erste den Hund entdeckte, den jemand an einem Ast aufgehängt hatte. Aufgeregt hatte sie gerufen:

»Mama, schau, sie haben einen Sobačka* erhängt!«

Die fremde Sprache, die uns vorher getrennt hatte, war jetzt wie ein Geheimcode, den nur wir verstanden. Ich schnitt das Tier ab. Sein Hals war geschwollen, aber es war noch nicht zu spät. Wir nahmen den Hund mit nach Hause. Ich trug ihn auf dem Arm, und sie ging neben mir her, aufgewühlt und erregt. Diese Empfindsamkeit gegenüber dem Leiden von Tieren hatte sie mit Sicherheit von mir und meiner Mutter geerbt. Das war damals das erste Mal, daß wir gemeinsam von einem Spaziergang zurückkamen.

Meine Sehnsucht nach dem Kind trieb mich dazu, ein paar Tage lang zum Kindergarten zu gehen, wenn gerade Pause war. Ich konnte nicht nahe herangehen und war mir letztlich nicht sicher, ob das gelbe Jäckchen, das ich beobachtet hatte, Antek gehörte. Ich stellte meine Ausflüge ein und verbarrikadierte mich in der Wohnung. Ich ging nur aus, um einzukaufen, und nahm das Telefon ab, denn Ewa hätte ja vom Apparat im Hausgang oder von einer Telefonzelle an der Straßenecke aus anrufen können. Sobald ich eine andere Stimme hörte, legte ich einfach den Hörer auf. Einer meiner verhinderten Gesprächspartner schien der Psychologe zu sein, doch vielleicht war es mir nur so vorgekommen. Der Patient muß sich schon selbst melden, und wenn er es nicht tut, soll sich der Psychologe eben nach einem anderen Patienten umschauen. So lauteten die Regeln. Sollte es aber er gewesen sein, hatte er sich davon überzeugen können, daß ich nicht den Gashahn aufgedreht oder mich an der Schnur des Bügeleisens erhängt hatte. Wer weiß, ob er mich nicht dessen verdächtigte. Er hielt

* Russ.: Kleiner Hund.

mich wohl für eine Hysterikerin. So wie Jerzy. In seiner Liebe zu mir war Jerzy blind und taub gegenüber dem, was mit mir passierte. Vielleicht ist das in jeder Liebe so. Wir möchten, daß der andere unsere Art zu denken und zu fühlen übernimmt und sogar ähnlich leidet, aber wenn die Ähnlichkeit zu groß wird, ziehen wir uns zurück, weil niemand gerne vervielfältigt wird. Niemand, und besonders ich nicht. Vielleicht hat mich deshalb der Gedanke immer entsetzt, ich könnte eine Zwillingsschwester haben. Aber Jerzy ... so viele Male hat er mich von sich gestoßen, wenn meine Arme ihn festzuhalten versuchten. Ich bin unfähig, das zu begreifen, selbst jetzt, wo es ihn nicht mehr gibt ...

Ein heftiges Läuten an der Tür ließ mich hochfahren. Im ersten Moment wollte ich nicht aufmachen, aber dann dachte ich, es könnte eine Nachricht von Ewa sein. Das war wenig wahrscheinlich, doch ich war bereit, mich egal an was zu klammern. Hätte ich nicht aufgemacht, wäre ich später überzeugt gewesen, sie hätte da vor der Tür gestanden.

Vor der Tür stand der Psychologe. Mein erster Gedanke: Mit den Kindern ist etwas passiert. Er lächelte.

»Ich war gerade in der Nähe ...«

Flüchtig dachte ich daran, daß mein Aussehen bestimmt wenig geeignet war, einen Gast zu empfangen, und das verstärkte meinen Unwillen gegenüber diesem Mann noch. Seit jener fatalen Nacht hatten wir uns nicht mehr gesehen.

»Ich bin nicht angezogen«, murmelte ich, doch das kümmerte ihn nicht.

»Halten wir uns nicht mit Nebensächlichkeiten auf«, sagte er. »Kann ich reinkommen?«

Er machte es sich im Sessel bequem, während ich ins

Badezimmer ging, um die Teeblätter aus der Kanne zu schütten. Im Spiegel über dem Waschbecken sah ich mich. Meine Haare waren zu einem Schopf zusammengerafft und wurden von einem Band gehalten. Ein paar Strähnen fielen auf die Wangen. Zusammen mit dem etwas verwilderten Blick machte das einen ausgesprochen unvorteilhaften Eindruck. Das Gesamtbild vervollständigte ein Bademantel, der sich schon seit langem nicht mehr zum Tragen eignete, den ich aber liebte und von dem ich mich nicht trennen wollte. Oder vielleicht hatte ich nicht daran gedacht, mir einen neuen zu kaufen. Als ich in die Küche zurückging, begleitete mich der Blick des Psychologen. Es wäre interessant zu wissen, was er über mich dachte. Ich dachte: sozialistischer Filmstar bei sich zu Hause. Darin lag Selbstironie, aber vielleicht auch Schlimmeres: Abscheu mir selbst gegenüber. Meinem Schicksal gegenüber.

Schließlich war der aufgebrühte Tee schon in den Porzellantassen, und ein Gespräch ließ sich nicht mehr vermeiden. Er betrachtete mich eine Weile.

»Sie kommen mit alldem nicht zurecht, Pani Anna«, sagte er.

Ich war in meinem Leben schon Nula, Anuschka, Anna, aber alle diese Verkörperungen brachten mir nichts als Leiden. So richtig verstehe ich wahrscheinlich das Wort »Glück« gar nicht. Immer verspüre ich diese Angst, das Wichtige könne im nächsten Augenblick verschwinden wie ein irrlichternder Sonnenstrahl. Das Wichtige ... Was war in meinem Leben wichtig? Menschen ... nein, viel eher: Frauen und Männer. Wichtige Frauen, das waren Wera und Aksinja, beide aus der Zeit von Anuschka. Einzig bei Jerzy war es mir gelungen, ihn durch alle Abschnitte mitzuschleppen. Zum ersten Mal hatte ich ihn als Nula gesehen ... Meine Tante war nicht zu Hause gewesen, ich war nach draußen gegangen. In der Stadt braute sich etwas zusammen, das war deutlich zu spüren. Junge Menschen eilten in Gruppen irgendwohin, sie trugen Taschen und Bündel mit sich. Die Passanten schauten sich nach ihnen um. In den Gesichtern dieser jungen Leute war etwas, das mich veranlaßte, ihnen zu folgen. Ich gelangte zur Sanitätsstelle. Dort bekam ich eine weiß-rote Armbinde, ich erhielt sie durch Zufall, aber sie sollte schon bald den Worten des Kinderverses einen Sinn geben, nach dem mich meine Großmutter ständig ausgefragt hatte: »Wer bist du denn? – Ein kleiner Pole.« Der Vers endete mit den Worten: »Was bist du Polen schuldig? – Mein Leben hinzugeben.«* Und die kleinen Polen gaben ihr Leben, ohne zu zögern, während Jerzy und ich uns mühten, es ihnen zurückzugeben. Meistens gelang das nicht.

Als man mich zu ihm brachte, schaute er mich kritisch an und sagte: »Wen habt ihr mir da gebracht?« Ich hätte antworten sollen: »Ein Opfertier«, doch ich antwortete nichts. Meine ganze Aufmerksamkeit galt meiner neuen Rolle, und ich hatte mir vorgenommen, ihr um jeden Preis gerecht zu werden.

»Die Sünde des Hochmuts«, sagte der Psychologe.

»Was ist mit der Sünde des Hochmuts?« Ich begriff nicht.

»Sie begehen die Sünde des Hochmuts, wenn Sie sich mit Ihrer Unvollkommenheit quälen.«

»Aber ich bin doch bisher immer zurechtgekommen.«

* Bekannter Kindervers von Władysław Bełza. A.d.Ü.

Einmal hat Jerzy im Streit gesagt, ich hätte mich auf Kosten anderer gerettet. Ich hatte den Platz im Dienstzimmer eingenommen und dadurch Zoja zu einem langsamen Tod verurteilt. Das konnte ich nicht gelten lassen. Das war Schicksal. Und in dem Dienstzimmer war mein Leben wie ein Stück Knete, das sich nach Belieben formen ließ. Von mir hing nur ab, ob ich Mensch bleiben würde. Ich weiß nicht, ob mir das gelungen ist. Denn habe ich dort nicht jemanden zurückgelassen, der unvergleichlich viel wahrhaftiger war und mit dem ich mich besser verstand? Ich meine mich. Als ich mich an jenem Weihnachtsabend in die Krankenbaracke schleppte, da war ich jemand, der vom eigenen Schicksal abgeschnitten war. Ein fremdes Schicksal hatte sich mir in den Weg gestellt und war für den ganzen Rest meines Lebens brutal in mich eingedrungen. Der Vorfall, wie ich mir das von damals zu nennen angewöhnt hatte, hatte mich wie einen Säugling in der Wiege vertauscht. Von da an war ich gezwungen, ein fremdes Leben zu leben. Wie konnte so jemand normalen menschlichen Pflichten nachkommen?

»Wenn Sie es fertigbrächten, sich zu verzeihen«, sagte der Psychologe.

»Was soll ich verzeihen?«

Er antwortete nicht, er lächelte nur sein typisches Lächeln.

Ich lag mit gespreizten Schenkeln da, Wera stand über mich gebeugt und zog mit einer Pinzette blutige Schnipsel heraus, die sie in eine neben ihr stehende Nierenschale aus Metall warf. Gleichmütig beobachtete ich das alles. Ihre Hände waren es, die zitterten, sie war es, die Angst vor meinem Schmerz hatte. Sie schaffte es lange nicht, den

Faden einzufädeln, mit dem sie mich nachher nähte. Sie war voller Zweifel, weil sie nicht wußte, was da in meinem Innern war, und hatte Angst, etwas zu unternehmen. Beide hatten wir nicht die geringste Ahnung, daß sich dort einfach ein neues Leben eingenistet hatte. Der für uns beide belastende Eingriff war wohl zu spät erfolgt. Wera hatte zu lange damit gewartet.

»Lohnt es sich, seine Gesundheit für einen Mann zu verlieren?« wiederholte sie ihre Frage vom Vortag.

»Rede nicht von etwas, das du nicht verstehst«, knurrte ich zurück.

»Ich verstehe es sehr wohl. Auch ich war wahnsinnig vor Liebe. Oh, hier«, sie zeigte mir ihre Handwurzel mit einer häßlich verdickten Narbe, »ich hab ein Andenken an sie.«

»Du hast mir gesagt, die Glasscheibe sei zersprungen.«

»Ich hab die Scheibe eingeschlagen, als du mich zurückgestoßen hast. Das Blut floß, aber in mir war Ruhe. Und dann nahm ich einen Gummi und band mir den Arm ab ...«

»Ich möchte nichts davon wissen«, sagte ich kalt.

Gerade jetzt wollte ich nicht an diese Szene von vor ein paar Monaten denken. Ich hatte Nachtdienst gehabt, es war relativ ruhig gewesen. Ich langweilte mich. Da kam mir die Idee, bei Wera reinzuschauen. Ich klopfte an und trat in ihr Zimmer. Sie war sofort wach und setzte sich im Bett auf. Sie schaltete die Nachttischlampe ein, die einzige im ganzen Krankenhaus. Manchmal wurde sie für eine Operation ausgeliehen, wenn der Generator nur schwach arbeitete und die Glühbirne an der Decke erlosch.

Etwas verlegen stand ich in der Tür. Wera trug ein Nachthemd mit dünnen Trägern. Ihre Haare, die sie immer aufgesteckt hatte, fielen ihr jetzt über Schulter und Rücken. Sie sah dadurch ein bißchen mehr wie eine Frau aus.

Im Dienst ist es ruhig«, sagte ich und fühlte mich immer schlechter. Ich wollte sogar schon weglaufen.

Wera kam auf mich zu, barfuß wirkte sie kleiner als sonst. Ihre schlafwarmen Arme zogen mich näher heran und zwangen mich, auf den Boden zu knien. Sie drückte ihren ganzen Körper an mich, ich spürte ihre feuchten Lippen auf meinem Mund, und einen Moment lang kämpfte ihre Zunge mit meinen Zähnen, bis sie ihr schließlich den Weg freigaben. Ihr plötzliches Eindringen versetzte mich in einen eigenartigen Zustand. Wera diktierte jetzt das Geschehen. Sie nahm mich an der Hand und führte mich zum Bett. Sie löschte das Licht. Genau das wollte ich, die Dunkelheit, in der sie mich auszog. Dann fanden mich ihre Hände. Die Berührung ihrer Zunge empfing ich mit einem inneren Schauder, und als sie meine Brustwarzen knetete, begann ich leise zu stöhnen. Die Finger glitten über meine Haut, zart und drängend. Schließlich waren sie auf meinen Schenkeln. Nur einen Augenblick hielten sie dort inne. Als sie sich plötzlich in meinem Innern befanden, war es wie ein schmerzhaftes Staunen, das meinen ganzen Körper erschütterte. Ich riß mich los und machte die Lampe an. Für einen Moment hatte ich ihr verzerrtes, gerötetes Gesicht vor mir. Es war abstoßend. Hastig zog ich mich an. Wera kniete vor dem Bett, erstarrt in der Stellung, in der sie vom Licht überrascht worden war. Ich sah ihre breiten Plattfüße, und mir wurde schwindlig. Da wandte sie den Kopf und schaute mich an. Ihr Blick war fast hündisch.

»Ich verabscheue dich«, sagte ich kalt.

Ich verließ ihr Zimmer. Nach dem Dienst konnte ich in meiner Baracke ein paar Stunden schlafen, und als ich dann ins Dienstzimmer zurückkam, bemerkte ich, daß Weras Handgelenk bandagiert war.

Es sah so aus, als würde sich unsere Beziehung nie verbessern. Wera lebte mit leidendem Gesichtsausdruck neben mir her, der meinen Widerwillen, ja meinen Abscheu noch verstärkte. Und trotzdem ging ich wieder zu ihr. Gespannt schaute sie mich an. Sie rührte sich nicht. Ich wartete eine Weile bei der Tür, dann legte ich mich aufs Bett und löschte das Licht. Sie zog mich im Dunkeln aus. Dieses Mal wartete ich mit mehr Mut auf die Zärtlichkeiten ihrer Hände. Sie legte sich zu mir, dann umfingen mich kräftige Schenkel. Es war ein bißchen so, als wären wir beide in einem Netz gefangen. Wir rangen miteinander, indem jede ihren ganzen Körper gegen den anderen drückte. Ich fing an, nach Luft zu schnappen. Ich wollte mich losmachen, doch sie ließ es nicht zu. Ihre Zunge bohrte sich zwischen meine Zähne, gleichzeitig spürte ich, wie ihr Gewicht auf mir lastete. Sie rückte ein wenig zur Seite, damit die Finger sich einen Weg bahnen konnten. Diese Berührung, ihr Eindringen in mich. Wir bewegten uns im gleichen Rhythmus, und fast gleichzeitig durchfuhr uns ein Schauder der Verzückung. Ich empfand ihn wie einen Stromschlag, von dem ich nicht wußte, ob er angenehm oder unangenehm war. Wera legte sich neben mich. In der Dunkelheit suchte sie meine Hand und küßte sie. Ich entriß sie ihr.

»Töte mich, wenn du willst«, flüsterte sie.

Plötzlich hatte ich Lust, laut zu lachen, und ich mußte mich zusammennehmen, um nicht loszuprusten. Ich weiß nicht, was mich derart erheiterte: dieser ein wenig zu feierliche Satz oder einfach die ganze Situation.

Danach kam ich viele Male zu ihr. Wir machten das Licht nicht mehr aus. Es machte uns sogar Spaß, einander anzuschauen. Wera war sehr einfallsreich, sie brachte mir verschiedene Stellungen bei, mit denen jeweils ganz neue Empfindungen verbunden waren. In unseren körperlichen

Beziehungen war Wera ungewöhnlich rücksichtsvoll, sie machte nie etwas, womit sie mich gegen sich aufgebracht hätte. Nach meiner Befriedigung zog sie sich augenblicklich wie ein unerwünschter Liebhaber zurück, der für sich selbst nur ganz wenig verlangt. Allmählich wurden wir zu einem Paar, das alle seine Geheimnisse kannte. Damals begann ich, mich von ihr zu entfernen. Ich wußte nicht, warum. Etwas war für mich einfach zu Ende, vielleicht hatte die Sache mit Wera aber auch eine tief in mir verborgene Sehnsucht nach einem Mann geweckt. Als wir die Oblaten brachen, faßte ich den Mut zu jenem denkwürdigen Gespräch mit Jerzy. Er verstand meine Sehnsucht nicht, oder vielleicht verurteilte er sie ...

Ich sage zu dem Psychologen:

»Ich hab wirklich alle der Reihe nach enttäuscht, zuerst als Tochter, dann als Geliebte ... zur Ehe hab ich nichts zu sagen ... als Mutter, als Großmutter ... selbst in meinem Beruf wußte ich meine Trümpfe nicht auszuspielen, nicht einmal den Trumpf der Schönheit ... ich hätte viel mehr spielen, mir im Film einen Namen machen können ..., doch ich hab Feuer gefangen und bin verloschen ... Das jetzt ist nur noch ein Verglimmen. Mich wundert nur, daß ich immer wieder wie ein Stehaufmännchen hochkomme.«

»Mich wundert das nicht.«

»Sie wundert vielleicht gar nichts mehr«, bemerke ich spöttisch.

»Pani Anna, ein Stehaufmännchen ist doch etwas ideal Ausgewogenes.«

»Dann hab ich eben den falschen Ausdruck gebraucht. Ich stehe die ganze Zeit auf dem Kopf.«

»Sie stehen auf Ihren Beinen, und Ihr Leben ist ideal ausgeglichen. Nur Ihre Lebenseinstellung nicht. Nennen wir sie mal Ihre Anspruchshaltung. Diese Erbitterung gegenüber einem Menschen ohne Gesicht, wie Sie das genannt haben, ist im Grunde genommen eine Erbitterung über den Herrgott. Um Gott nicht lästern zu müssen, haben Sie sich so eine Person ausgedacht, die versagt hat, weil sie nicht im entscheidenden Moment aufgetaucht ist, Ihnen nicht den Arm gereicht und die schweren Probleme nicht gelöst hat.«

»Also wissen Sie!« sage ich empört.

»Eben, ich weiß«, lacht er unverschämt.

»Alles hat seine Grenzen ...«

»Welche?«

»Solche, die man nicht überschreiten darf.«

Er schüttelt den Kopf.

»Die gibt es nicht. Zum Glück. Ich hab keine weiche Landung versprochen. Es kann passieren, daß wir beide ein paar Schrammen abbekommen, aber darum geht es gar nicht ...«

»Das denken Sie!«

Er holt tief Luft:

»Pani Anna, wir alle leben in zwei Sphären. Die Welt und die Menschen werden von moralischen Regeln regiert. Aber die psychologische Sphäre wird von Mechanismen der Seele regiert. Bei Ihnen ist die erste stärker ausgeprägt, die das Bild eines leidenden Menschen zeichnet.«

»Vielen Dank für den Vortrag.«

»Sie haben Ihre Leidensfähigkeit zur Perfektion getrieben, mehr sogar, in gewisser Weise haben Sie sie an Ihre Tochter weitergegeben ...«

»Jetzt kommen Sie noch mit dieser Vererbung von Schicksal«, sage ich erbost, »und der Kreis schließt sich.«

»Der Kreis hat sich längst geschlossen«, antwortet er trocken.

Wir schauen einander an.

»Was wollen Sie von mir?« frage ich.

»Was wollen Sie von sich?«

»Das haben wir schon gehabt: Ich hab kein eigenes Leben, also zerstöre ich das Leben meiner Tochter und so weiter ... Aber wie soll ich es wiederfinden, dieses eigene Leben? Vielleicht raten Sie mir auf diese versteckte Art, mir einen Liebhaber zu nehmen. Und vielleicht denken Sie dabei sogar an sich selbst! Sie haben die Ware schon in Augenschein genommen. Darf es das sein?«

Er lächelt.

»Pani Anna, noch kann sich alles ändern.«

»Alles wird sich ändern«, hatte Aksinja gesagt. »Du wirst nach Hause kommen.« Ich hatte nichts geantwortet. Es war mir gleichgültig gewesen. Von mir aus konnte ich hier mit dieser ungewöhnlichen Frau bleiben, trotz der schweren Bedingungen und der harten Arbeit. Fjodor Aleksejewitsch arbeitete auf der Kolchose, uns fiel es also zu, das Feld zu pflügen und die Aussaat zu machen. Und dem Pferd natürlich, das den größten Teil des Winters in dem Städtchen war, wo es mit staatlichem Hafer zugefüttert wurde. Dafür hatte es dann später die Kraft, den Pflug zu ziehen. Alle zwei Wochen kam Walja mit dem Pferd und fuhr dann wieder mit ihm zurück, es sei denn, ihr Bruder beabsichtigte, Holz aus dem Wald zu holen. Dann blieb das Pferd da, und Walja fuhr mit dem kolchoseeigenen Lastwagen zurück, der früh am Morgen die Milch abholte. In solchen Fällen kam das Kind nicht mit, weil Walja der Meinung war, man solle den Leuten nicht unnötig Anlaß geben, sich die Mäuler zu zerreißen. Vielleicht dachte Aksinja genauso, als sie mir die offizielle Version ihrer Liebesgeschichte erzählt hatte.

Wir sortierten gerade einen Haufen Kartoffeln, da sagte sie plötzlich:

»Mit Fjodor war das so ...«

Er war noch ein Kind gewesen, als sie geheiratet hatte. Sie mochte ihn, er kam regelmäßig mit seinem Vater zu ihnen, der bei Aksinjas Eltern als Knecht arbeitete. Ein Junge mit blondem Schopf und kurzen Hosen. Sie hatte ihm über den Kopf gestrichen und ihm manchmal etwas Süßes zugesteckt. Bei ihrer Hochzeit drängte sich Fjodor mit den andern Kindern am Fenster. Es war ein lärmendes Hochzeitsfest, das halbe Dorf war eingeladen. Sie ging über den Hof, im weißen Kleid. Der Wind wehte, und ihr Schleier verfing sich in einem Fliederbusch. Fjodor sprang herbei und half ihr, sich loszumachen. Danach begann für Aksinja ein gewöhnliches Eheleben. Sie erinnerte sich nicht, ob sie ihren Mann geliebt hatte, bestimmt war es so gewesen. Jetzt erinnerte sie sich nicht mehr. Sie gebar ihm eine Tochter. Mascha. Das Kind war zwei Jahre alt, als von fremder Hand ein Kreuz auf ihre Hauswand gemalt wurde. Mit diesem Kreidezeichen begann ihre Tragödie, die in der Behördensprache »Enteignung« hieß. Es war ihnen gestattet, nur so viel mitzunehmen, wie auf einem Fuhrwerk Platz hatte. Ihre Eltern und Schwestern waren schon weggefahren, während Aksinja und ihr Mann nachkommen sollten. In ein oder zwei Tagen. Aber ihr Mann hatte plötzlich seine Meinung geändert. Er hatte beschlossen, sein Eigentum zu verteidigen. Zwei Wochen verstrichen, täglich ging er aufs Feld und kam gesund und munter zurück. Sie dachte schon, er habe vielleicht recht gehabt. Dann kamen sie in der Nacht. Zuerst töteten sie das Kind mit einem Gewehrkolben, dann ihren Mann mit einem Bajonett. Sie sah, daß jetzt sie an der Reihe war, doch sie fühlte nichts. Als sie wieder zu sich kam, fand sie ihren Mann in einer Blutlache. Sie selbst hatte eine schwere Lungenverletzung. Noch in derselben Nacht schleppte sie sich zum Hof von Fjodors Eltern. Die Hunde schlugen an und alarmierten die Hausleute. Man versteckte sie auf dem Dachboden, denn Aksinjas Eltern waren in guter Erinnerung. Auf diesem Dachboden saß sie viele Monate. Fjodor brachte ihr das Essen. Und dann, eines Nachts, holte Fjodors Vater das Pferd aus dem Stall und fuhr ein Stück Wegs mit ihr zu seiner Mutter. Die war schon sehr alt, aufs Gnadenbrot gesetzt, wie man sagte, und niemand interessierte sich für sie. Aksinja ging der Alten zur Hand, und später, als jene starb, wohnte sie allein in der verfallenen Lehmhütte. Sie glaubte, sie würde dort vereinsamt dahinwelken und zu einer zahnlosen Alten werden, die nur von der Erinnerung an die längst Verlorenen, an Mann und Kind, lebte. Aber eines Tages erschien Fjodor. Er sagte, er werde bei ihr bleiben. Zuerst war sie verwundert, doch dann ließ sie sich auf diese verrückte Liebe ein, die keinem von ihnen etwas Gutes bringen konnte. Von Aksinja zog Fjodor fort in den Krieg. Sie verabschiedete sich von ihm, als er noch fast ein Junge war, und begrüßte ihn wieder als Mann. Da verstieß ihn seine Familie. Weil er mit einer älteren Frau und ohne sie geheiratet zu haben lebte. Aber sie war für ihn mehr als eine Ehefrau, sie war sein ein und alles. Aus der Familie verstand das einzig Walja, und sie wiederholte auch die Geschichte von Aksinjas Flucht aus dem reichen Elternhaus. Damit niemand mehr etwas sagen konnte. Vielleicht war es auch naiv, aber das Wichtigste war, daß es funktionierte. Das einzige war, daß man Aksinja nicht in die Kolchose aufnahm.

Ewas Stimme klingt sehr gedämpft.

»Ich bin gleich da«, antworte ich mit fremder Stimme. Ich kann mich selbst nicht wiedererkennen in dem, was ich jetzt empfinde. Es zählt nur noch die Tatsache, daß ich dort hinfahren kann, alles andere ist unwichtig. Als ich mir den Mantel zuknöpfe, zittern mir die Hände, dann kann ich meine Tasche nicht finden, die Schlüssel. Mir fließen die Tränen übers Gesicht, ich wische sie wie eine einfache Bauersfrau mit dem Handrücken ab.

Ich renne auf die Straße und versuche, ein Auto anzuhalten. Zufällig kommt ein Taxi. Mit zitternder Stimme nenne ich die Adresse.

»Ist etwas passiert?« fragt der Fahrer vorsichtig.

»Mein Kind ist krank geworden«, antworte ich.

Bald schon sehe ich die graue Wand des Wohnblocks; daß sie häßlich ist, fällt mir diesmal nicht auf. Auch denke ich bei dem Anblick nicht mehr, es sei der Traum eines Schizophrenen. So oft hatte ich mir in letzter Zeit vorgestellt, wie ich auf dieses Haus zugehe. Ich trete ins Treppenhaus, fahre mit dem Aufzug nach oben ...

Es ist Ewa, die aufmacht, mit Gesicht Nummer zwei, das heißt, sie ist am Ende. Ich sehe nicht einmal ihre Augen, sondern nur die gesenkten Halbmonde der Lider.

»Wo ist Antek?« frage ich.

Sie zeigt mit einer Kopfbewegung auf die Trennwand, hinter der das Bettchen steht. Ich zwänge mich in den Verschlag. Antek schläft, seine Lider bedecken die Augen nur unvollständig, und zwischen den Wimpern schaut ein Stück Weiß hervor. Ich kenne das, es ist eines der Anzeichen, daß er krank ist. Seine Stirn ist feucht und heiß.

»War der Arzt da?« frage ich flüsternd.

»Ja.«

»Und was hat er gesagt?«

»Daß es eine Bronchitis ist.«

»War er mit Fieber im Kindergarten?«

»Du sagst es. Aber was hätte ich denn tun sollen?«

»Mich schon früher rufen«, sage ich fast mit Abscheu.

»Kannst du ihn mitnehmen?« antwortet sie mit einer Frage.

»Mit so hohem Fieber?«

»Ich hab ihn satt«, höre ich sie sagen, »er will nicht trinken, spuckt alles wieder aus. Nimm ihn mit oder ...«

»Oder was?«

»Oder ich verschwinde hier.«

In diesem Augenblick verspüre ich keinerlei Sympathie für sie.

»Ich nehme das Kind«, sage ich fast verächtlich.

Als ich hinter der Trennwand hervor will, öffnet Antek die Augen.

»Mama, wo warst du so lange?« fragt er.

Mir kommen die Tränen.

»Fahren wir zu mir?«

»Ja«, antwortet er.

Ich beuge mich über ihn, er legt seine Händchen um meinen Hals. Im Gesicht spüre ich seinen heißen Atem.

»Ich bin krank, weißt du?«

»Ich weiß, gleich hole ich ein Taxi, und dann sind wir bald daheim.«

»Fein«, stimmt er ohne Wenn und Aber zu.

Ich lasse ihn in seinem Bettchen, eine Weile bespreche ich mich mit Ewa. Sie bringt die Arznei. Sie sagt, was er wann bekommt. Wir schauen einander nicht an, die feindselige Stimmung ist einer höflichen Konversation gewichen, was in unserer Beziehung eine Verschlechterung bedeutet.

»Sei so gut und pack seine Sachen. Ich gehe das Taxi holen«, sage ich.

In eine Decke gewickelt trage ich ihn hinaus, Ewa schleppt die Tasche hinter uns her.

»Hast du nichts vergessen?«

»Nein«, antwortet sie kurz angebunden.

Ich quetsche mich mit dem Kind ins Taxi. Sie stellt die Tasche auf den Vordersitz, geht wortlos weg. Wir fahren los.

»Wirst du mir ein Märchen erzählen?« fragt Antek.

Sein Mund ist ausgetrocknet.

»Natürlich.«

Ich halte ihn so wie damals gleich nach der Geburt, als die Pflegerin ihn mir gab. Jetzt ist er auch in eine Decke gewickelt, allerdings ist die Decke um einiges größer. Das Gefühl atemberaubenden Glücks ist aber genau dasselbe. Mein irrlichternder Sonnenstrahl ist für eine kurze Weile stehengeblieben.

»Oh, die Puschkin-Straße«, sagt der Taxifahrer, »als ob wir keine eigenen Dichter hätten.«

Mir fällt ein Gespräch mit Wera ein. Wir sitzen im Dienstzimmer und trinken Tee.

»Mein Vater hat immer gesagt: ›Ein Schluck Tee stärkt den Glauben‹«, erzählt Wera.

»Wer war dein Vater?«

»Niemand, er konnte nur trinken und meine Mutter prügeln. Vielleicht mochte sie das, denn als er endlich verreckte, konnte man sie vom Sarg nicht wegkriegen. Und dein Vater, Anuschka?«

»Der war Professor in Lemberg, ein Kenner der russischen Literatur, besonders Puschkins. Er hat ein Buch über ihn geschrieben, das in viele Sprachen übersetzt wurde. Sogar in Amerika ist es erschienen. Vielleicht ist er jetzt auch dort . . .«

»Bis er erkannt sein Vaterland«, deklamiert Wera, »hat er genug Verrat erfahren. Von Menschen, die ihm freund einst waren, mit denen Liebe ihn verband.«

»Von wem ist das?«

»Puschkin.«

»Wera, woher kennst du Puschkin?«

»Bei uns kennt ihn jeder, selbst jedes Kind, er wurde von der Zarenmacht verfolgt.«

»Ihr habt so poetische Seelen, woher habt ihr dann so viel Schmutz in euch?«

»Wir reinigen uns, Anuschka, wir reinigen uns, wie wir nur können. Ein anderes Volk gibt die Losung aus: ›Wasch dir vor dem Essen die Hände‹, und wir: ›Rodina eto delo česti, doblesti, truda ...‹«*

»Und hängt es an das Eingangstor zum Zwangsarbeitslager.«

Wera schüttelt den Kopf.

»Da hängt: ›Čestym trudom odkupaj svoju vinu.‹«**

Sie sagt das ganz ernst. Sie tut, als verstünde sie nicht, warum ich das alles sage. Ein anderer an meiner Stelle wäre dafür schon längst im Dunkelarrest verkommen. Und ich sitze neben ihr und trinke meinen Tee.

Wera war nicht dumm, vielleicht hatten deshalb alle Angst vor ihr, sogar der Kommandant. Hätte sie eine Anzeige gegen ihn gemacht, wäre sein Schicksal besiegelt gewesen. Sie hatte eine starke Position, und man vermutete sogar, daß jemand weiter oben sie deckte. Anders wäre die Sache, die der Kommandant extra noch aufbauschte, nicht im Sande verlaufen. Er hatte Wera dabei erwischt,

* Russ.: Die Heimat ist eine Sache der Ehre, des Heldentums und der Arbeit.

** Russ.: Durch ehrliche Arbeit trage deine Schuld ab.

wie sie eine Schwangerschaft abgebrochen hatte. Nicht genug damit, hatte die Betroffene noch Fieber bekommen und war ein paar Tage später gestorben. Für so etwas landete man in einem Sonderlager oder kam in den entferntesten Winkel am Kolyma. Allein schon der Name erweckte in Leuten, die auch nur ein wenig Ahnung hatten, panische Angst. Kolyma, das war der Tod. Aber niemand war so dumm, gegen Wera auszusagen. Eine Kommission hatte herumgeschnüffelt und war wieder abgefahren. Die Sache wurde niedergeschlagen. Wera hatte die Oberhand behalten, in die Sterbeurkunde der Frau schrieb sie: *Panos*. Der Kommandant starrte zu Boden, während sie ihm mit einem Lächeln begegnete. Sie konnte ihn nicht ausstehen. Er gab sich Mühe, menschlich zu sein. Auch die da oben mochten solche Leute nicht und schenkten ihnen keinen Glauben. Dafür glaubten sie jedem x-beliebigen Zuträger, der ihnen gerade nützlich war. Wera aber schrieb nichts Derartiges, sie zog es vor, einen Vorgesetzten zu haben, der Angst vor ihr hatte. Das gab ihr freie Hand. Ich versuchte, sie auszufragen, ob das mit dem Beschützer weiter oben stimmte. Aber das wollte sie mir doch nicht sagen. Über sich selbst dagegen redete sie gerne.

Sie war ausgelacht worden, weil sie klein und dick war. Und pockennarbig. Nur im Kino war sie wirklich glücklich gewesen. Sobald Ljubow Orlowa auf der Leinwand erschien, war Weras Welt licht und hell geworden. Aber danach hatte sie wieder zurück gemußt in ein Zimmerchen bei fremden Leuten, die die Küche absperrten, damit Wera sich keinen Tee kochen konnte. »Ich bin mit Soldaten gegangen«, erzählte sie mit verbissener Miene, »eine Hure ist aus mir geworden. Einmal hat mich einer angesprochen, er hätte Strumpfhosen für mich, Nylonstrümpfe. Ich dachte mir, ich schaue mal, wie das zwischen Frau und

Mann ist. Die Strumpfhosen brauchte ich nicht einmal besonders.«

Es hatte ihr überhaupt nicht gefallen, aber als sie nach Hause kam, stand die Küche offen. Dann wurde sie gesehen, wie sie mit einem Deutschen auf der Straße sprach. Danach hatte sie alles. Auch Cognac. Und Schokolade. Sie war eine Dame.

»Wera, wie kann man so tief fallen?« fragte ich.

Sie lachte nur.

»Der Mensch denkt, tiefer geht es nicht, aber dann ist da noch ein langer Weg ...«

Antek schläft auf meiner Couch. Ich betrachte sein Gesicht, seine schweißnassen Haare, die ihm auf der Stirn kleben. Sie werden langsam dunkler, er wird nicht so blond sein wie ich. Vor ein paar Stunden ist eine Ärztin hier gewesen, die ihn abgehorcht hat. Als sie wieder fort war, gab es einen Kampf, weil er seinen Tee mit Himbeersaft nicht austrinken wollte. Schließlich war das Glas leer. Gleich danach mußte ich ihn umziehen, weil er schwitzte. Das Fieber war stark gesunken. Ich erzählte ihm Märchen, die Augen fielen ihm zu.

»Ich erzähle dir auch ein Märchen«, unterbrach er mich, dann überlegte er ein Weilchen. »Es war einmal eine kleine Ameise. Sie arbeitete so und mühte sich ...«, er hielt inne, »aber das war überhaupt keine Ameise, das war meine Oma ...«

»Aber ich bin doch deine Oma.«

»Ja, eben«, meinte er und lächelte schelmisch.

Schon nach ein paar Tagen waren die Wochen vergessen, während deren ich abgeschnitten von der Welt und den

Menschen hier gehockt hatte. Alles lief wieder in seinen alten Bahnen. Ich kümmerte mich um das Kind, die Stunden vergingen so schnell. Die ganze Zeit dachte ich nicht ein einziges Mal an Ewa. Schließlich merkte ich, daß sie nicht anrief, um zu fragen, wie es ihrem Sohn ging. Aber letztlich gehörte das zu unserer Beziehung. Das war eine ihrer Fluchten. Keine normale Mutter hätte sich so verhalten, aber von normal konnte eben keine Rede sein. Ewa eignete sich nicht zur Mutter, und darin, unter anderem, bestand unser Drama. Antek und ich wollten gerade spazierengehen, als sie endlich erschien. Ich bemerkte die dunklen Ringe unter ihren Augen.

»Schlecht siehst du aus«, sagte ich schon bei der Tür, aber sie tat, als hörte sie nicht. Sie ging an mir vorbei und kniete neben Antek hin.

»Na, sag deiner Mama guten Tag«, sagte sie mit süßer Stimme. Dann kramte sie in ihrer Tasche und zog ein kleines Plastikauto hervor: »Schau, was ich dir mitgebracht hab.«

Antek umarmte sie. Ich betrachtete die beiden. »Zwei Kinder«, dachte ich. Ein Bild von vor Jahren stellte sich für einen Augenblick wieder ein. Das Kind sitzt auf dem Fußboden in der Lehmhütte und spielt mit seiner Lumpenpuppe. Mit dünner Stimme singt es: »A koška ješče chočet moloka.«*

»Wieviel nimmst du jetzt?« fragte ich.

Sie wandte mir den Kopf zu, wieder sah ich ihr ausgezehrtes Gesicht.

»Ein bißchen«, erwiderte sie ausweichend.

»Das wissen wir, aber wieviel?«

»Laß mich«, antwortete sie unwillig, und dann fügte

* Russ.: Und die Katze will noch Milch.

sie mit veränderter Stimme hinzu: »Ich nehme Antek mit.«

»Er kann doch noch ein paar Tage bleiben.«

»Ich hab Sehnsucht nach ihm gehabt.« Sie schaute ihn an. »Gehen wir heim?«

Schweigend nickte er.

So schnell ist er einverstanden, wenn ich ihn zu mir hole, ging es mir durch den Sinn, und so schnell ist er einverstanden, wenn sie ihn holt.

Jedes Jahr an diesem Tag werde ich von Halluzinationen heimgesucht. Ich höre den Schnee knirschen. Auf das Signal: »Der erste Stern, er ist da, man kann ihn sehen« stellt sich dieses Geräusch ein. Das Knirschen von Schnee unter den Schuhen vieler Leute ... Ich mochte die Weihnachtsfeiertage schon als Kind nicht, immer war da etwas Trauriges. Meine Eltern gedachten meines toten Bruders, der Anlaß zu großen Hoffnungen gegeben hatte und in dem Jahr, bevor ich zur Welt kam, ertrunken war. Und obwohl aus der Küche weihnachtliche Gerüche kamen, wurde es im Hause traurig. Später mußte ich dann daran denken, daß Jerzy mit seiner Familie zusammen war und wir zu wenige waren. Ein bescheidener Weihnachtstisch, wie Ewa ganz richtig bemerkt hatte. Immer begleitete uns dabei ein Gefühl von Einsamkeit. Jetzt ist es etwas besser, seit Antek dazugekommen ist. Seine Freude über die Spielsachen, die er bekommen hat, ist ansteckend. Wir werden dann auch fröhlicher. Er konnte lange nicht einschlafen. Ich hatte ihn auf den Sessel verfrachtet, weil Ewa den Platz auf der Couch belegte. Ich dachte, sie schliefe, aber da sagte sie:

»Vielleicht reden wir ein bißchen miteinander?«

»Na gut«, lache ich, »in einer Nacht wie heute reden sogar die Tiere mit menschlichen Stimmen.«

»Ein großes flaumiges Tier und ein kleines flaumiges Tier, erinnerst du dich?«

»Nein«, wundere ich mich, »woher hast du das?«

»Nicht wichtig.«

»Wenn ich dich schon frage, dann antworte.«

»So hast du früher mit mir gespielt. Das große Tier, das warst du, das kleine – ich. Und es gab noch ein Pelztier in unserem Leben ...«

»Ewa, ich hab keine Kraft mehr für solche Gespräche.«

»Hab keine Angst, ich hab es nur der Vollständigkeit halber erwähnt«, antwortete sie. »Mama, wie war Großmutter? Bist du ihr ähnlich?«

»Vom Aussehen ja, aber den Charakter hab ich von Vater. Mutter nannte ihn einen starrköpfigen Kleingeist.«

»Antek wird auch nicht wissen, wie es ist, wenn man einen Vater hat.«

»Siehst du, deshalb wehre ich mich dagegen, daß er Mama zu mir sagt. Er begreift bereits, daß etwas nicht so ist, wie es sein sollte. Fremde halten ihn für meinen Sohn, und wenn ich protestiere, dann heißt es gleich ›Oh‹ und ›Ah‹.«

»Weil du das aus Eitelkeit sagst«, bemerkt Ewa unwillig. »Du möchtest, daß alle sich wundern, daß du so eine junge Oma bist. ›Ach, schauen Sie nur, so jung und hat schon einen Enkel. Sie könnte selbst noch ein Kind haben!‹«

»Paß auf, du weckst ihn!« zische ich.

»Ihn weckt keine Kanone auf, in der Beziehung schlägt er weder dir noch mir nach.«

Die Stille macht mir angst, ich fürchte die Frage, vor der ich seit so vielen Jahren davonrenne.

»Mama, erinnerst du dich, als ich klein war, hast du mir so ein Lied gesungen ...«

»Ich hab dir vorgesungen? Da irrst du dich.«

»Nein, ich irre mich nicht«, beharrt sie, »das war etwas über Regen und über Karabiner, die naß werden ... Ich hab mich gewundert, warum Karabiner und nicht zum Beispiel Blätter ...«

»›Herbstregen‹, so hieß das Lied.«

»Sing es mir.«

»Wo denkst du hin, erstens bin ich unmusikalisch ...«

»Und zweitens willst du nicht«, sagt sie vorwurfsvoll.

»Es geht nicht ums Wollen, du hast nur sonderbare Wünsche.«

»Dann kannst du sie einmal, am Heiligabend, erfüllen.«

»Ihr habt einen Fernsehapparat bekommen«, wehre ich mich.

»Aber vielleicht wäre es mir lieber, du würdest mir vorsingen.« Ihre Hartnäckigkeit ist mir unangenehm, sie tut mir sogar weh, denn sie zeigt mir, wie wenig erwachsen Ewa noch immer ist. Der Psychologe würde sagen, das sei meine Schuld.

»Also dann, singst du?«

Ich höre meine ungeübte, leicht zitternde Stimme. Und ich wundere mich selbst, daß ich mich noch an den Text des Liedes erinnere:

Herbstregen, Regen, weint sein traurig Lied,
Helm und Karabiner rostig Nässe überzieht,
Trage über Tau und Flur in die graue Welt
achtzehnjährig, schwerbepackt unsern jungen Held'.

»Und du, wie alt warst du?«

»Vierzehn.«

»Dann warst du noch klein. Ich hab da noch mit Puppen gespielt.«

»Damals wurde man schneller erwachsen. Weißt du, ich hab diese Zeit in guter Erinnerung. Für andere war es grauenvoll, aber ich war zum ersten Mal verliebt ...«

Mir wird bewußt, daß ich ihr noch nie so etwas Vertrauliches erzählt habe.

»Und in wen?« fragt sie neugierig.

»In jemanden, der viel älter war als ich ... Er war Chirurg und ich Instrumentierschwester ...«

Und da erzähle ich ihr von diesem anderen Pol in meinem Leben, von Jerzy. Zwei Pole, kein Wunder, daß sie einander nicht begegnen konnten. Jerzy hat mich nie nach ihr gefragt. Wir haben auch nicht darüber gesprochen, wie es uns später ergangen war. Ich weiß nur, daß er Anfang siebenundfünzig heimgekommen ist. Ich war eine der ersten, die zurückkehrten. Aus dem Zugfenster betrachtete ich die mit Trauerflor behängten Bilder Stalins. In vielen Gesichtern sah ich Verzweiflung, sogar ehrliche Tränen ... Es war eine lange Reise, beschwerlich für uns beide. Wir waren hungrig und schmutzverklebt. Wenn der Zug hielt, hatten wir nur den einen Gedanken, etwas Trinkwasser zu bekommen. Vom Bahnhof wollte ich direkt in die Krucza-Straße gehen, obgleich weder ich noch meine Tochter entsprechend aussahen und wir uns eigentlich in so einem Zustand meiner Tante nicht zeigen konnten, die selbst während der Besatzungszeit nach guten Parfums geduftet hatte. Mit Ewa an der Hand ging ich los und legte mir eine kleine Rede für meine Tante zurecht. Ich wollte ihr über die Existenz meiner Tochter eine abgeänderte Version bieten. Die wirkliche hätte sie nicht begriffen, genausowenig wie die Wahrheit über die sowjetischen Lager. Ich dachte mir einen Mann aus, einen Aufständischen, der zusammen mit mir verbannt worden war. Ich mußte mich an das tatsächliche Geburtsdatum halten. Vielleicht hatte ich den Namen Ewa ausgewählt, um meine Tante zu beschwichtigen. Sie hatte meine Mutter sehr geliebt. Aber es erwies sich alles als überflüssig, denn es öffnete uns eine fremde Person. Auf meine Frage nach der Tante zuckte sie die Achseln und knallte uns abrupt die Tür vor der Nase zu. Erst der Hausmeister erklärte uns, daß die Tante in den Westen abgereist sei. Er schaute sich um und flüsterte: »Das hat sie eine Menge Geld gekostet ... der Weg geht jetzt über die grüne Grenze ... für Dollars ...« Wir traten aus dem Tor auf die Straße und blieben stehen. Ich war unschlüssig. Ewa schaute mich erwartungsvoll an. Ich wußte nicht, was wir anfangen sollten ...

»Instrumentierschwester«, wiederholt Ewa, »das klingt hübsch, so ein bißchen respektlos.«

»Aber die Tätigkeit verdiente allen Respekt. Sie war die Nahtstelle zwischen Leben und Tod.«

»Alles liegt an der Nahtstelle zwischen Leben und Tod«, antwortet meine Tochter.

»Lassen wir das. Erzähl mir lieber von deinen Herzensangelegenheiten. Was ist mit dem Sommersprossigen?«

»Das ist ein Studienkollege.«

»Und gibt es auch einen, der mehr ist?«

»Warum fragst du, du weißt doch, daß es keinen gibt. Ich hatte es nie geschafft, mich in irgendwen zu verlieben, da war schon das Kind da. Manchmal nehme ich es Antek übel, daß er zu einem so völlig unpassenden Zeitpunkt auf die Welt gekommen ist ... Wenn ich auf der Straße einen jungen Mann mit seinem Mädchen sehe, und ich halte Antek an der Hand, dann spüre ich so eine Verbitterung, ich weiß nicht einmal, gegen wen. Gegen mich, das Schicksal ... Manchmal denke ich, daß du schuld daran bist.«

»Ja, ja, wie gewöhnlich«, ereifere ich mich, »sogar daran, daß du mit Stasiek Händchen gehalten hast. Er war doch dein Junge!«

»Ein Paar kleiner Rotznasen waren wir«, sagt sie, und es liegt Bitterkeit darin. »Damals, weißt du ... ich wollte nicht, aber er war stärker.«

Ich fahre hoch und mache das Licht an. Ewa kneift die Augen zu.

»Mach das Licht aus!«

»Was hast du gesagt?« frage ich voll Angst, denn mir fallen plötzlich die Worte des Psychologen ein.

»Wir hatten uns gestritten, erinnerst du dich? In dieser Nacht kam ich nicht nach Hause, später hab ich dir gesagt, ich sei bei einer Freundin gewesen. In Wahrheit waren Stasieks Eltern weggefahren ...«

»Und das sagst du mir erst jetzt!«

»Und was hätte es geändert?«

»Ich weiß nicht. Aber ich hätte darüber Bescheid wissen müssen.«

»Du weißt wenig über mich«, Ewa lächelt traurig. »Wir lieben uns wahnsinning, aber wir sind uns nicht nah. Selbst als ich ein Kind war, hast du nicht mit mir geschmust, hast mich nicht auf den Schoß genommen. Und jetzt mit Antek bist du so anders ...«

»Weil du nicht mit ihm schmust.«

»Ich weiß, daß ich eine schlechte Mutter bin.« Ewa löscht das Licht und legt sich neben mich. »Ich bin so eine Egoistin ... Dabei liebe ich euch doch, aber nur, solange ihr nicht zuviel von mir wollt.«

»Also hast du mich damals, nach meiner Operation, den ganzen Tag allein gelassen, nur weil ich wollte, daß du mir dieses sprichwörtliche eine Glas Wasser bringst? Findest du, das war zuviel verlangt?«

»So war das nicht, Mama. Ich bin damals geflohen. Die ganze Zeit wiederholte ich mir, daß ich schlecht bin, aber je mehr ich mir das sagte, desto schwieriger wurde es für mich, nach Hause zu gehen. Ich wußte, daß du sehr krank warst, daß deine Narbe schlecht heilte ... Aber es machte mir solche Angst, daß ich damit nicht fertig werden konnte.«

Das kommt daher, weil wir so isoliert leben. Es gibt niemand anderen, in allem sind wir auf uns selbst angewiesen. Meist ist sie es auf mich, folglich konnte sie mir nicht helfen, als ich ihre Hilfe brauchte. Überhaupt war die ganze Operation eine dumme Sache gewesen. Fast wäre ich im Jenseits gelandet. Alles wegen dieses Dozenten, eines Oberarztes auf der chirurgischen Station. Er hatte mich untersucht und gesagt:

»Das sieht mir nach einem Geschwür im Zwölffingerdarm aus. Das muß beobachtet und eingehend untersucht werden. Melden Sie sich doch am Montag bei mir.«

»Vielleicht ist es der Blinddarm?« fragte ich.

»Aber ich bitte Sie«, empörte er sich.

Am Sonntagabend brachte mich der Notarztwagen mit hohem Fieber und geplatztem Blinddarm ins Krankenhaus. Der Herr Oberarzt fand sich an meinem Krankenbett ein.

»Schau an! Da haben wir uns geirrt«, stellte er beredt wie immer fest.

»Sie haben sich geirrt«, antwortete ich mit schwacher Stimme. Ich fühlte mich so elend, daß ich nicht imstande war, ihm zu sagen, was ich von ihm dachte.

»Wir haben uns ein wenig geirrt«, wiederholte er, ohne daß sein Selbstbewußtsein dadurch beeinträchtigt wurde.

Ich höre Ewa sagen:

»Mama, und war dieser Chirurg ... war er ... war er mein Vater?«

»Nein.«

»Du hast meinen Vater nicht geliebt?«

Wir liegen in der Dunkelheit nebeneinander.

»Wirst du es mir nie sagen, Mama?« fragt sie.

Ich bohre mir die Fingernägel in die Hand. So viele Jahre sind vergangen, sie ist schon erwachsen. Es ist zu spät für ein Geständnis. Immer war es zu spät, selbst an jenem Tag ... Ich weiß nicht, ob ich recht hatte. Ich habe mit niemandem darüber gesprochen, denn es wußte ja auch niemand. Außer Jerzy. Aber Jerzy ...

Damals im Malteser-Krankenhaus sagte seine Frau: »Juruś«, denn er schien sie nicht bemerkt zu haben.

Er kam gerade aus dem OP, sein Kittel war blutbespritzt.

Unsere Schicksale sind derart ineinander verflochten und verwoben. Hätte ich nicht nach ihm geforscht, wäre mein Verhältnis zu Ewa vielleicht ganz anders geworden. Sie war elf Jahre alt und brauchte meine Hilfe. Als ich direkt vom Friedhof zu ihr fuhr, um sie zu holen, war sie schon ein junges Mädchen. Steif saß sie neben mir im Taxi. Ich fragte, ob sie sich freue, wieder nach Hause zu kommen.

»Ist mir egal«, hatte sie erwidert und eine Schnute gezogen.

Warum hatte ich gemeint, meine behinderte Liebe zu einem Mann, der seine Familie nie für mich verlassen hätte, sei wichtiger als meine Familie, als meine Tochter. Vielleicht hatte ich gespürt, daß Jerzy und ich nicht mehr viel Zeit hatten. Ich hatte nicht einmal an irgendeine endgültige Lösung gedacht, sondern einfach gespürt, daß ich eines Tages ohne ihn dastehen würde. Deshalb wollte ich auch keine Minute verlieren. Aber die vergingen, während ich hauptsächlich wartete, und allmählich wurden Stunden daraus, Tage. Einmal, als ich in Posen war, besuchte ich eine der Kirchen. Dort gab es eine historische Uhr, auf der die Maxime geschrieben stand: *Vulnerant omnes, ultima necat.** Diese Worte machten einen großen Eindruck auf mich.

Schon allein, daß Jerzy mich anrief, war wie ein Festtag. Wieviel mehr freute ich mich dann noch, als ich erfuhr, daß wir einen ganzen Monat für uns haben würden. Seine Frau wollte mit den Söhnen Urlaub im Ausland machen. Er brachte sie zum Bahnhof und kam dann zu mir. Ich war einen Moment ganz gerührt, als ich ihn mit einem Rucksack über der Schulter in der Tür stehen sah. Nur daß er diesmal nicht von mir wegging, sondern bei mir einzog. Ich hatte nun ein Bild in Miniaturformat von einem gemeinsamen Leben mit ihm. Im Badezimmer unter dem Spiegel stand sein Rasierzeug, und auf dem Haken hing sein Bademantel. Und es war gar nicht wichtig, daß hier ein Mann gekommen war. Das mußte ich nicht ausprobieren und auch sonst nichts nachprüfen. Es lag mir immer nur an ihm, ihm hatte ich mich mit Leib und Seele verschrieben. Ich war glücklich und bemüht, mir nicht zu viele Gedanken zu machen. Ich war bemüht, nicht daran zu denken, daß doch Hochsommer war und ich mit Ewa eigentlich ans Meer fahren wollte. Was mochte meine Tochter von mir gedacht

* Lat.: Jede [Stunde] verwundet, die letzte tötet.

haben, als ich ihr zu verstehen gab, daß sie den ganzen Juli bei den Ordensschwestern verbringen müsse? »Sie wird uns bei der Gartenarbeit helfen«, hatte die Oberin gesagt. Was mochte sie von mir gedacht haben? Glaubte sie an die beruflichen Schwierigkeiten, oder hatten mich meine Augen verraten?

Der Monat mit Jerzy brachte verschiedene Überraschungen. Mit einem gewissen Erstaunen stellten wir beide fest, wie gut wir miteinander zurechtkamen, wenn er nicht in Eile war. Lachend meinte er sogar, der Dämon meiner Eifersucht sei in Urlaub gegangen. »Hoffentlich für immer«, fügte er melancholisch hinzu. »Für immer.« Zwei verbotene Wörter. Wir hatten nur einen von seiner Frau geschenkten Augenblick, oder vielleicht war er uns vom Schicksal geschenkt, das einer vierköpfigen Familie drei Ferienplätze zugeteilt hatte. Ich konnte Jerzy das Frühstück machen, ihm sogar den Kaffee einschenken, obwohl er maulte, warum ich nicht sitzen bliebe. Danach, wenn ich ihm aus dem Fenster zugewinkt hatte, legte ich mich noch einmal hin. Unsere Nächte. Wir hatten Mühe, ruhig zu schlafen. Irgendwie spürten wir einander immer. Jerzys Hand, die durch Zufall immer gerade in der Nähe war, streichelte meine Hüften, meine Schenkel, tauchte ein in meine Wärme und Feuchtigkeit. Und ich schüttelte den Rest Schlaf von mir ab, unserer Liebe auf Gedeih und Verderb ausgeliefert. Einer schwierigen Liebe. Voller Schatten, die sich in Momenten höchster Hingabe auf sie legten. Unser Höhepunkt hatte immer etwas Schmerzhaftes, ganz so, als wäre es unserer Liebe im letzten Moment gelungen, noch eine Prise Vorwurf und Traurigkeit dazuzugeben. Denn ich war der Meinung, dieser Mann gehöre nur mir, allein schon wegen des Wunders, das geschehen war: Ich hatte ihn wiedergefunden. Vielleicht begeisterte mich Witek deshalb so mit seinem fröhlichen Sex. Ich sah sein glückseliges Gesicht über mir, und das war irgendwie ansteckend. Bei mir und Jerzy gab es unsere Geschichte, all die Jahre, die uns voneinander trennten, meinen Groll auf ihn und seinen Groll auf mich, weil ich nicht sah, was wirklich wichtig war. Wirklich wichtig war seiner Meinung nach, daß wir von Zeit zu Zeit zusammen sein konnten.

»Und die ›Zwischenzeiten‹ ohne mich, was sind die für dich?«

»Routine«, antwortete er.

»Ich bin auch schon Routine.«

»Du nicht, Anna.«

Er nahm mein Gesicht in seine Hände, und das mußte mir genügen, denn ich kannte ihn gut genug, um zu wissen, daß er zu solchen Gesten eigentlich gar nicht fähig war. Es war ein Geständnis seiner Liebe, allerdings mit zu leiser Stimme vorgetragen. Vielleicht war ich ungerecht. Dadurch, daß Jerzy sich für ein Doppelleben entschieden hatte, nahm er etwas unvergleichlich viel Schwereres auf sich. Er war seiner Frau nie treu, aber seine Familie nahm er todernst. Von Zufallsromanzen ging keine Bedrohung für ihn aus, ich war die Bedrohung. Ich quälte diesen Menschen, der kein leichtes Schicksal hatte, und auf keinen Fall war ich für ihn die Erholung, die er gesucht haben mochte. Ich nahm es ihm übel, daß er nicht nach Ewa fragte. Aber hatte ich ihn nach seinen Söhnen gefragt? Ich begriff nicht, daß das in dem Kreis keinen Platz hatte, den unser gemeinsames Schicksal umschrieb. Jedesmal mußten wir aufs neue aus ihm heraustreten, um danach wieder in ihn zurückzugehen. Und nur wir zwei konnten das tun, denn der Kreis war an keiner Stelle unterbrochen. Der Mittelpunkt unseres Kreises war zweifellos die Woche in den Wäldern von Augustów. Einer von Jerzys Bekannten hatte dort ein Sommerhaus. Wieder hielt die Natur triumphierend Einzug in mein Leben. Ein Holzhaus mit Veranda, am Hang gelegen, an seinem Fuße der von Schilfgras eingefaßte See, ein Sandweg, der nach unten führte und in einem auf Pfählen ruhenden Landungssteg endete. Die abendliche Stille, ringsumher die steif emporragenden Kiefern. Jerzy, der auf dem Steg die Fische schuppt, die wir zum Abendessen braten. Unter meinen Füßen der aufgeheizte, rieselnde Sand. Ich komme näher, er hebt den Kopf:

»Na, meine Herzdame ...«

Und plötzlich fällt mir die sibirische Heumahd ein. Fjodor Aleksejewitsch hatte mich an die Kolchose ausgeliehen, als Gegenleistung sollte er eine extra Zuteilung Heu erhalten. Wir fuhren mit zwei Lastwagen. Ich hielt mich an meinen Hausherrn. Nastja, in kariertem Flanellhemd und Drillichhosen, hatte nichts von ihrer Schönheit eingebüßt. Es war dies vermutlich der einzige Fall, wo Kleider, die sonst aus jeder Frau ein Ungeheuer machten, irgendwie paßten. Sie schaute mich prüfend an, als wollte sie die Lage ausloten. Ob ich ihre Rivalin war, oder ob man mich vernachlässigen konnte. Pikdame und Herzdame, dachte ich erheitert, und das um so mehr, als ich wohl wußte, wie die Karten verteilt waren und – was die andere nicht wußte – daß der Karobube, den wir umlagert hatten, der abwesenden Kreuzdame gehörte ... Die Heumahd dauerte zehn Tage. Zuerst wurden endlose, nach Kräutern duftende Wiesen gemäht, dann wurde das Heu mit Rechen gewendet und zum Schluß zu Haufen geschichtet. Wir wohnten in Zelten, von denen ich eines mit Fjodor Aleksejewitsch teilte. Wir trennten uns immer als erste von den anderen, obwohl ich gerne geblieben wäre, denn es ging fröhlich zu. Die Mädchen schäkerten mit den Jungen, es wurde getrunken, und jemand holte dann eine Ziehharmonika hervor.

Aber wenn Fjodor Aleksejewitsch sich erhob, war das für mich das Zeichen. Bis spät in die Nacht hörte ich das Lachen und Singen. Diese mehrstimmig gesungenen Lieder, die kilometerweit zu hören waren ... In der letzten Nacht vor der Rückfahrt (in der Frühe sollten die Lastwagen kommen) wurde der ganze Vorrat an Selbstgebranntem ausgetrunken, und Nastja kam zu uns ins Zelt. Das einzige, was ich tun konnte, war, mich schlafend zu stellen. Fjodor Aleksejewitsch mußte nicht einmal das tun, er schlief wirklich und stellte das lautstark unter Beweis. Nastja schmiegte sich an ihn und knöpfte sich die Bluse auf. Im Halbdunkel schimmerten ihre großen Brüste. Auf eine davon legte sie Fjodor Aleksejewitschs Hand. Die blieb nur eine kurze Zeit reglos liegen, und schon wußte ich, daß ich wieder gezwungen war, Zeugin seiner Amouren zu sein. Im übrigen konnte man ihm schlecht die Schuld geben, er war so betrunken, daß ich ihn zum Zelt hatte führen müssen, weil er den Weg nicht mehr gefunden hatte. Jetzt drückte er das Mädchen mit eisernem Griff an sich. Nastja zog ihm lachend das Hemd aus, dann machte sie sich an die Hosen. Ihre Körper schmiegten sich aneinander, um sich in fiebrigem Reigen zu suchen und zu fliehen. Zwei junge, schöne Menschen rangen ein paar Meter von mir wie im Todeskampf. Dann stützte Fjodor sich auf seine Hände, und im Licht des Mondes sah ich sein Gesicht. Sein Ausdruck war von solch absoluter Rücksichtslosigkeit, daß ich es mit der Angst zu tun bekam. Schwere Lider verdeckten seine Augen, und die aufgeschwemmten Züge hatten etwas Unmenschliches. Ich glaubte, diesen Menschen nicht zu kennen, der an der Grenze zur eigenen Erfüllung bereit war zu töten. Diese neue Erfahrung hätte mich Männern noch weiter entfremden können, wäre nicht plötzlich eine Veränderung eingetreten. Der Orgasmus überwältige Fjodor fast. Er wurde weich, vergrub seinen Kopf an der Schulter des Mädchens, und ein fast kindliches, wimmerndes Schluchzen würgte ihn. Ich war so überrascht, daß ich mich auf den Ellbogen stützte. Nastja hielt Fjodor in ihren Armen und flüsterte beruhigend: »Ist schon gut, Fjodor, Liebster, schon gut ...«

Plötzlich riß er sich los, sein großer Körper füllte das Zelt fast aus. Er packte Nastja an den Schultern und zwang sie, sich aufzusetzen. Dann knöpfte er ihr die Bluse zu und sagte:

»Ich gebe dir einen guten Rat, Nastja, dräng dich nie einem Mann auf!«

Sie lief weinend davon, während er sich wieder schlafen legte und halb zu sich selbst, halb zu mir sagte:

»Verfluchte Hündin, läßt einen nicht in Ruhe schlafen.«

Damals schwor ich mir, daß auch ich diesen Rat befolgen würde. Und ich habe ihn – jedenfalls bisher – nur einmal vergessen. Ich hatte mich so in eine an sich unwichtige Geschichte hineingesteigert, hatte ihr vor mir selbst eine solche Bedeutung geben wollen, daß ich nicht rechtzeitig gemerkt hatte, daß die andere Seite keine Lust mehr hatte. »Sind wir ... sind wir denn nicht mehr befreundet?« hatte ich naiv gefragt und eine ausweichende Antwort erhalten. Meine Eigenliebe konnte das lange nicht verwinden. Nur, ob ich mich selbst genügend geliebt hatte? Ich weiß es nicht. Gewöhnlich wunderte ich mich über mich selbst.

... wir hatten gerade eine Flasche angebrochen, entsprechend lyrisch war unsere Stimmung. Die Verandatür stand offen und ließ die nächtlichen Stimmen des Waldes herein, die plötzlich von Schritten unterbrochen wurden. Und was machte ich? Ich drückte mich in eine Ecke, verschanzte mich hinter allem, was ich finden konnte: hinter einer Decke, einem Rucksack, sogar einem Stuhl. Jerzy trat auf die Veranda, er unterhielt sich mit jemandem, und als er zurückkam, hatte er Mühe, mich hinter meiner Barrikade hervorzuziehen.

Er lachte.

»Du hast doch mich, Kleine«, sagte er. »Wenn ich da bin, passiert dir nichts. Ich kenne da einen tödlichen Griff, den Wolfsgriff ...«

»Du warst da, als ich vergewaltigt wurde, und ich bezahle mit meinem ganzen Leben dafür!« fuhr ich ihn an.

Zum ersten Mal war dieses Thema zwischen uns angesprochen. In seinen Augen entdeckte ich etwas Fremdes.

»Bedanke dich bei deiner Freundin, Wera Iwanowna«, preßte er gedehnt hervor.

»Was hat sie damit zu tun?«

»Du hattest dir da einen Umgang ausgesucht. Ich kenne kein größeres Aas als sie. Und ich bin schon ein Weilchen auf dieser Welt.«

»Wenn du mich damals nicht abgewiesen hättest ...«

»Begreifst du nicht, daß das ein Racheakt war! An Wera kamen sie nicht ran, also haben sie dich genommen.«

Wie Fremde schauten wir einander an.

»Aber ich ... ich werde nie erfahren, wie es ist ...«

Tränen erstickten mich.

»Soweit ich weiß, hat dich Wera schon vorher ins Leben eingewiesen«, sagte er kalt.

Ich schlug ihm ins Gesicht und lief nach oben. Ich weinte ins Kopfkissen, und er kam nicht. Wie gewöhnlich mußte ich als erste die Hand ausstrecken.

»Pani Ewa«, fragt der Psychologe, »haben Sie keine Angst, daß sich das alles ab einem bestimmten Moment nicht mehr korrigieren läßt? Jeder Ihrer Schritte ist doch wie ein Selbstmord auf Raten.«

»Ich hab Angst, jeder hat Angst vor dem Tod«, antwortet sie, »aber manchmal denke ich, es wäre vielleicht die Erlösung ...«

Auch ich denke das manchmal. Irgendwo ist mir unterwegs meine Neugier aufs Leben abhanden gekommen, die es mir vorher nicht erlaubt hatte aufzugeben.

»Ich bin in der Ljubjanka«, sagte ich mir, »gut, dann bin ich eben da.«

Meine Zelle war so niedrig gewesen, daß ich nur liegen oder sitzen konnte. Und dann mußte ich noch den Kopf einziehen. Die Zelle erinnerte an einen Brotbackofen, aber es roch nicht nach Brot, sondern nach Zement und Staub. Den Geruch hatte ich lange nicht vergessen können und auch gedacht, daß so vielleicht der Tod roch. Aus der Ljubjanka nahm ich vor allem Geruchseindrücke mit. Daß ich herauskam und meine Knochen strecken konnte, war schon ein Grund, zufrieden zu sein. Ich wußte nicht, wohin man mich bringen würde, aber sicher nicht zu der blinden Wand, an der die Exekutionen vollstreckt wurden – jedenfalls war ich mir fast sicher. Man brachte mich in einen Raum, in dem nur ein Tisch und zwei Stühle standen. Eine Zeitlang war ich dort allein, dann trat ein junger Mann mit einem angenehmen Gesicht durch eine andere Tür. Er lächelte mir zu, und zu meiner Überraschung sagte er auf polnisch:

»Haben Sie sich von der Reise erholt?«

Ich schaute ihn wortlos an.

»Sind Sie nervös? Sehe ich wirklich so schlimm aus?«

»Zu gut«, entfuhr es mir.

Wieder lächelte er.

»Und Sie dachten, das hier sei schon Asien?«

Er holte ein goldenes Zigarettenetui hervor, jedenfalls glaube ich, daß es golden war, und schob es mir hin.

»Danke, ich rauche nicht.«

»Wir haben euch hergebeten«, sagte er und zündete sich eine Zigarette an, »um uns euch ein bißchen genauer anzusehen. Ihr seid Vertreter eines Volkes, mit dem wir ein Bündnis geschlossen haben, und wer, wenn nicht die Jugend, könnte das Volk am besten repräsentieren.«

»Ich dachte, Sie seien Pole.«

Für einen kurzen Augenblick tauchte in seinem Blick etwas sehr Ungutes auf, dann lächelte er wieder, doch ich fühlte mich wesentlich besser.

»Sie sagten, daß Sie es nicht mögen, wenn jemand zu Ihnen kommt«, fuhr der Psychologe fort. »Aber was machen Sie am Abend?«

»Heute?«

»Na ja ... nein, abends eben.«

»Oft sitze ich im Dunkeln«, antwortet Ewa, »damit man vom Fenster kein Licht sieht.«

»Warum gehen Sie den anderen Menschen aus dem Weg?«

»Ich gehe ihnen nicht aus dem Weg, es ist einfach ...«, sie überlegt eine Weile, »ich verstehe es selbst nicht. Es ist mir dann zum Weinen zumute, und ich spüre so einen Krampf im Herzen, ohne Grund. Das tut nicht weh, aber ...«

»Aber was?«

»Es ist ein unangenehmes Gefühl.«

»Können Sie es mit irgend etwas vergleichen?«

Ewa überlegt.

»Nein. Es fällt mir nichts ein.«

»Versuchen Sie es bitte«, drängt der Psychologe.

»Na ja, das ist ein Krampf ...«

Mir wird ganz komisch, als ich das höre. Ein Krampf im Herzen ... Könnte ich es präziser beschreiben? Es ist etwas zwischen Verzweiflung und Gleichgültigkeit, das Herz fühlt sich an wie ein Muskel, der sich zusammenzieht. Es tut nicht weh, aber ... Genauso hatte ich es einmal Aksinja gegenüber gesagt, ich hatte genau dieselben Worte gebraucht. Und sie hatte genickt und geantwortet: »Das geht vorbei.« Was antwortet dieser Trottel jetzt? Was doziert er von seinem Gelehrtenpult herab?

»Mögen Sie Ihre Wohnung?« höre ich ihn sagen.

»Ja, ich mag sie sehr. Es ist so eine Art Asyl. Ich weiß nicht, was ich tun würde, wenn ich dieses Eckchen nicht hätte. Wenn ich nicht schlafe, wenn ich nicht schlafen kann, dann bin ich froh, daß mich niemand beobachtet ... Am schlimmsten ist, daß ich nachts essen muß. Ich springe aus dem Bett, gehe zum Kühlschrank, und nachher stecke ich mir zwei Finger in den Hals. Das ist so demütigend.«

Etwas hat sich in ihr geändert, unsere Trennung nach diesem Brief muß ihr etwas über sich selbst bewußtgemacht haben. Die Auflehnung, die sie gewöhnlich gegen alles zeigte, was ich oder der Psychologe sagte, ist verschwunden. Dieser Anruf bei mir hat sie vielleicht mehr gekostet, als ich dachte. Wenn das so ist, dann ist es seine Schuld. Er experimentiert doch die ganze Zeit mit unserem Leben. Instinktiv hatte ich gespürt, daß ich zu ihnen müßte. Es war doch offensichtlich, daß sie allein nicht zurechtkam. Mit der Krankheit, dem Studium und dem Kind. Wieder habe ich sie allein gelassen, aber diesmal habe ich es für sie getan. Sie wird nie erfahren, was für ein Opfer es war, daß ich nicht an ihre Tür geklopft habe. Und jetzt hat sie gegen sich selbst verloren, und es ist unklar, was das für unser Leben bedeuten wird.

»Pani Ewa«, sagt der Psychologe, »Sie müssen Ihrer Mutter helfen.«

»Ich? Mama?« wundert sie sich.

»Sie braucht Ihre Hilfe.«

Ich traue meinen Ohren nicht.

»Aber ich bin es doch, die von ihr abhängig ist«, beide reden jetzt in der dritten Person über mich, »ich lasse sie doch nicht in Frieden leben. Manchmal tut sie mir furchtbar leid. Ich weiß, wie allein sie ist ... ich mache sie unglücklich. Ich würde so gern mit diesem Bisacodyl aufhören, weil sie das am meisten kaputtmacht ... Aber ich kann es nicht, ich hab es schon so oft versucht.«

Was sind das wieder für neue Methoden? Sie reden von mir wie von einem nahen Verwandten, der nicht da ist, während ich hier sitze. Was hat er sich da wieder ausgedacht? Nein! Das ist ein gefährlicher Mensch. Wenn er nicht helfen kann, dann soll er wenigstens keinen Schaden anrichten, und das noch für viel Geld! Ewas Zustand gefällt mir überhaupt nicht. Die Art, wie sie von sich spricht. Mein Gott, wie weit ist es mit uns gekommen. Beide leben wir in dauernder Angst. Ist es möglich, daß sie die von mir hat?

»Ich hab Ihre Mutter während der Pause, die ihr eingelegt habt, beobachtet.«

»Vielleicht sollte ich besser gehen?« frage ich eisig.

Er wirft mir einen tadelnden Blick zu, doch ich tue, als ob ich es nicht sähe. Warum spüre ich einen Widerstand dagegen, über Ewa zu sprechen? Jerzys Ratschläge waren doch immer gut gewesen. In meinen beruflichen Fragen hat er mich ein paarmal vor einer Fehlentscheidung bewahrt. Wir besprachen jedes Angebot, er las das Drehbuch, dann sagte er, was er davon hielt. Einmal hat er es mir geradezu verboten, in einem Film zu spielen, der dann auch ein völliger Reinfall wurde.

»Das darfst du nicht, Anna«, hatte er gesagt, »du versaust dir deinen Namen.«

»Also weißt du, wenn ein Schauspieler nur in Meisterwerken spielen würde, wäre er bald kein Schauspieler mehr.«

»Nein, mein Liebes, du kannst nicht dein eigenes Leben betrügen.«

Aber habe ich es letztlich nicht betrogen? Ich kann nicht einmal sagen, wer ich jetzt bin. Ewas Mutter? Anteks Großmutter? Eine Schauspielerin, die schon etwas in Vergessenheit geraten ist? Wer bin ich? Ich sitze auf meinen Ängsten wie eine Glucke auf ihren Eiern und warte, welche als nächste schlüpft, die Angst aus dem GULag oder die aus dem Brotbackofen oder sonst eine, zum Beispiel die aus der Rakowiecka-Straße 37a. Denn dort landete ich schließlich nach dem langen, sehr langen Tag der Rückkehr. Ich wußte nicht, wohin ich gehen sollte. Ich hätte versuchen können, irgendwelche Bekannten meiner Tante ausfindig zu machen, aber ich wußte nicht, wie sie das aufgenommen hätten. Meine Tante war ins Ausland geflohen, ich kam aus Rußland zurück. Alles nicht sehr schön. Was war mit diesen Leuten jetzt, all den Rechtsanwälten und Professoren, die immer zum Bridge zu ihr gekommen waren. Wenn sie ihre Ansichten geändert hatten, gab es für mich keinen Grund, an ihre Türen zu klopfen, aber wenn sie ihre Ansichten nicht geändert hatten, dann hatten sie selbst genug Sorgen. So jemanden konnte ich mit meinen Nöten und dazu noch mit einem Lagerkind nicht auch noch belasten. Ein einziges Mal dachte ich so über Ewa, und zwar damals in der Krucza-Straße vor dem Haus, in dem meine Tante früher gewohnt hatte. Wir zogen also weiter zum Polnischen Roten Kreuz. Die Frauen waren sehr nett, konnten aber nicht viel für mich und meine Tochter tun. Sie konnten höchstens jemanden aus meiner Familie suchen. Ich dachte an meine Eltern, aber es war jetzt nicht die Zeit für eine Rückkehr in die Vergangenheit. Ich mußte den neuen Schritt lernen, mit dem die Menschen nun durch die Straßen Warschaus gingen. Das war ein Arbeiterschritt, schnell und entschlossen. Aber bevor es dazu kommen sollte, erwartete mich die Quarantäne, von der ich nichts geahnt hatte. Als der Tag zu Ende ging, waren wir wieder auf dem Bahnhof. Ich saß auf einer Bank, Ewa schlief mit ihrem Kopf auf meinem Schoß. Eine Streife kam zu uns. Die Männer verlangten unsere Ausweise. Ich reichte ihnen meine Papiere. Sie blätterten sie durch und händigten sie mir dann wieder aus. Ich mußte wohl eingenickt sein, denn als mich jemand am Arm packte, erschrak ich. Zwei Zivile in Mänteln mit hochgeschlagenen Kragen, dem Erkennungszeichen der Staatsicherheit auf der ganzen Welt, standen vor mir. Höflich baten sie mich, das Kind zu wecken und zu einem kurzen Gespräch mitzukommen. Ein paar Dinge seien zu klären. Mir schoß es durch den Kopf, daß sie mich wohl nicht ein zweites Mal zum Bahnhof bringen würden, weil ich doch schon dort war. Natürlich war das nur so ein Anflug von Galgenhumor. Gehorsam weckte ich Ewa, die sich die Augen rieb und zu weinen begann. Bald schon sollte sie sich in einem Kinderheim und ich mich in einer bequemen Zelle für fünf Personen wiederfinden …

Abends rufe ich den Psychologen an. Es kommt zu einem scharfen Wortwechsel.

»Ziehen Sie sich aus unserem Vertrag zurück?« fragt er schließlich.

»Ich nehme an, das käme Ihnen zupaß. Sie haben meine Tochter in einen Nervenzusammenbruch getrieben ...«

Ich höre, wie er lacht.

»Das ist überhaupt nicht lustig«, bemerke ich eisig.

»Doch, das ist es. Als wir das erste Mal miteinander sprachen, sagten Sie, Ihre Tochter habe einen Nervenzusammenbruch.«

»Ich kann mich nicht erinnern, so etwas gesagt zu haben. Das waren Sie, der gesagt hat, daß es ein Fall von schwerer Depression sei.«

»Und ich hab mich wohl nicht getäuscht.«

»Ich bitte Sie, das ist eine klassische *Anorexia nervosa.* Im Westen heilt man solche Menschen in speziellen psychiatrischen Krankenhäusern, aber wir leben hier im Wilden Westen, und darin besteht das Drama. Ich kann mir eine Behandlung meiner Tochter für Dollars nicht leisten.«

»Das würde auch gar nichts nützen. Sie wird so lange krank sein, bis sie endlich ihren eigenen Lebenslauf bekommt. Bis dahin hängt sie an Ihrem Leben und schöpft daraus ...«

»... Gift, wollten Sie sagen.«

»So etwa.«

»Sie sind ... Sie sind ein eingebildeter Doktor, der sich eine Theorie ausgedacht hat, daß das Schicksal sich wiederholt, und daran halten Sie jetzt hartnäckig fest. Vielleicht sollten Sie den Beruf wechseln und sich mit Wahrsagerei beschäftigen. Damit läßt sich auch gut verdienen.«

»Sie wollen mich verletzen, Pani Anna, aber darum geht es hier wohl nicht.«

»Das eben weiß ich nicht, worum es hier geht.«

»Ich will Ihnen beiden helfen.«

»Meine Bitte war, meiner Tochter zu helfen. Aber Sie richten allmählich Schaden an.«

»Ich bin nur gegenüber der Sperre hilflos, die es in Ihnen gibt.«

»Sprechen wir nicht über mich.«

»Es ist doch ganz egal, über wen von euch!« braust er auf. »Ihr seid wie siamesische Zwillingsschwestern. Euer Schicksal ist zusammengewachsen.«

»Ich hab Angst um sie. Sie ist dort mit dem Kind allein. Ich weiß nicht, was ihr alles einfallen wird.«

»Es hat sich nichts geändert, Pani Anna, wir treten auf der Stelle. Ihre Tochter hat einen Versuch gemacht, der ihr nicht gelungen ist. Und sie ist zum Ausgangspunkt zurückgekehrt, also zu Ihnen. Es hängt alles nicht von ihr, sondern von Ihnen ab.«

Jetzt bin ich schon vierzig Jahre alt und habe kein einziges graues Haar. Und ich weiß nicht, ob das ein Grund ist, sich zu freuen. Irgend etwas hat sich bei diesem Abmessen der Jahre, dem das Altern der Augen und der Haut folgt, verklemmt.

»Du hast die Augen eines Kindes, Anna«, hatte Jerzy einmal gesagt.

Vielleicht liegt hier das Geheimnis, daß in mir eine Kinderseele umherirrt, die den Lauf der Natur stört. Meine Brüste sind noch immer jung und die Haut der Schenkel straff.

»Deine Haut, sie ist dein Schmuckstück«, hatte Jerzy, dieser Frauenkenner, gesagt.

Oder vielleicht ist es das Sternzeichen: Fische. Ihretwegen kann ich mich nicht entscheiden, ob ich alt werden oder mich eher zur Jugend hin entwickeln und sie von Anfang an erleben soll, diesmal wie ein Mensch. Das Sternzeichen Fische. Ein schreckliches Zeichen. Alles ist doppelt, unklar, wie im Traum. Ein ewiges Gezerre, ständige Ungewißheit.

Vierzig Jahre ... ich sollte schon auf die andere Seite des Berges wechseln, wo die Sonne nicht mehr hinreicht. So stelle ich mir das jedenfalls vor, daß man mit dem Alter der Schattenseite zustrebt. Aber ich stehe noch immer in der prallen Sonne. Sie blendet mich, und ich muß die Augen zusammenkneifen. Nur, wozu stehe ich in ihr, wenn sie mich nicht wärmt.

Meine Liebe ist auch schon ein Schatten ...

... ich liege auf dem Landungssteg, wo unter mir das Wasser plätschert und die Pfähle unterspült. Sonne und Wind nehmen sich fürsorglich meiner Haut an, und ihre Fürsorge gehört zum Angenehmsten, was ich kenne. Ich hebe ein Bein, das mit dem gesunden Fuß. Immer denke ich so: der gesunde Fuß, der verkrüppelte Fuß. Ich hebe also ein Bein, betrachte die Wade, spanne die Muskeln an und lasse sie dann wieder los. Die Überprüfung fällt gut aus, sehr gut sogar. Die Natur hat mir so viel gegeben, eine ideal geformte Nase und ideal geformte Waden, vielleicht will sie es deshalb nicht allzu schnell zerstören.

Ich höre Schritte, also richte ich mich für alle Fälle auf und stütze mich auf die Ellbogen. Es ist Jerzy. Auch er ist nackt, aber die Prüfung in der prallen Sonne besteht er schlechter als ich. Man sieht alle Runzeln und Falten auf der Haut, selbst da, wo sie glatt ist, scheint sie verdächtig, und die Haare auf der schönen, breiten Brust sind grau. Doch als er über mir steht, sehe ich, wie es sich bei ihm regt und hebt ...

»Ende der Komödie«, sagt der Psychologe mit erhobener Stimme, »vergnügt euch in Zukunft allein.«

»Sie können sie nicht so hängenlassen! Jetzt, wo sie noch weniger zurechtkommt. Ich ... ich werde euch nicht stören.«

»Um ihr zu helfen, muß ich bei Ihnen anfangen. Das hab ich jetzt schon so oft gesagt, ich will mich nicht mehr wiederholen. Leben Sie wohl, Pani Anna!«

»Bitte legen Sie nicht auf. Es gibt doch so etwas wie ein Berufsethos für Sie.«

»Ich werde nicht weiter mit dem Kopf gegen die Wand rennen. Meine Beule ist schon groß genug.«

»Hab ich die Ihnen zugefügt?«

»Damit Sie es nur wissen. Sie haben panische Angst davor, daß Ihre Tochter sich von Ihnen löst, und tun alles, um sie bei sich zu halten. In der Situation braucht ihr mich wirklich nicht.«

Habe ich Angst, daß sich Ewa von mir löst? Aber ich warte doch nur darauf, schon allein Antek zuliebe. Wenn ich mich während der Wochen unserer Trennung so aufgeführt habe, dann doch nur, weil ich Angst um sie hatte. Ich wußte nicht, wie sie zurechtkommen. Wie Ewa zurechtkommt. Immer habe ich die Angst, daß sie Antek aus Unachtsamkeit etwas antut oder daß er sich vor ihren Augen etwas antut. Er ist doch ein verrücktes Kind und völlig unberechenbar. Es genügt, daß Ewa sich umdreht. Er könnte am Fenster stehen ... Wäre sie gesund, dann wäre die Gefahr geringer, aber sie ist doch immer leicht betäubt und mit ihrem Problem beschäftigt, das sie stundenlang im Badezimmer festhält. Entweder vor dem Spiegel oder über der Kloschüssel. Niemand könnte sich für eine Rabenmutter eine schlimmere Strafe ausdenken als die, daß sie sich ständig in einer anderen Ausgabe wiedersieht. Einer anderen ... Dabei meint der Psychologe doch, daß es dieselbe Ausgabe sei, aber es ist nicht gesagt, daß er recht hat. Er möchte ein Skalpell benutzen, aber ich finde, daß in meinem Leben schon zu viele Schnitte gemacht worden sind. Es muß eine andere Lösung geben, ich weiß nur noch nicht, welche. Schließlich habe ich das Recht, Großmutter zu sein. Niemand kann mir dieses Recht nehmen. Was denkt er sich nur, mich von meiner Familie zu trennen. Das wäre keine gute Lösung, so wie es keine gute Lösung war, auf Ewas Brief zu schweigen. Antek hat dafür mit einer Bronchitis bezahlt, Ewa mit Depressionen und ich ... Vielleicht ist es ganz gut, daß dieser Vertrag endlich aufgelöst ist. Und daß er es war, der ihn gebrochen hat. Nachher hätte ich vielleicht wieder meine vorschnellen Entschlüsse bereut. Ich hätte möglicherweise gedacht, daß ich etwas falsch gemacht habe.

Diese Gespräche waren eine Qual. Und genaugenommen haben sie nicht geholfen. Ewa vergiftet sich weiter. Jetzt kommt es darauf an, einen wirklich ausgezeichneten Psychiater zu finden. Vielleicht sogar im Ausland. Wenn es gelänge, sie in einer Spezialklinik unterzubringen ... Nur dieses furchtbare Geld. Es ist einfach nicht machbar, vor allem, wo in meinem Portemonnaie so häufig Ebbe ist. Die einzige Person, die helfen könnte, wäre die Tante. Schließlich ist sie meine einzige lebende Verwandte, und hier geht es um das Leben meiner Tochter. Aber ihre Hilfe ist genauso unvorstellbar wie diese sagenhaften Dollars.

Ich besuchte meine Tante im Jahre dreiundsechzig. Endlich hatte ich mich dazu durchgerungen. Nach Jerzys Tod mußte ich nicht mehr wie festgenagelt zu Hause am Telefon sitzen. Dieser höllische Apparat verlor seine Macht über mich, er konnte jetzt nach Belieben kaputtgehen, ohne daß mich das im geringsten störte. Davor war sein Schweigen eine Katastrophe gewesen. Für jemand anderen war es einfach ein totes Telefon, aber für mich bedeutete es, daß ich keinen Kontakt zu Jerzy hatte. Ich hatte mich so daran gewöhnt, zu Hause sein zu müssen und zu warten, daß ich es sogar eilig hatte, vom Friedhof nach Hause zu kommen. Erst an der Haustür wurde mir bewußt ... Ich hielt inne und änderte meine Pläne. Ich fuhr los, um Ewa zu besuchen, das heißt, wie sich zeigen sollte, fuhr ich zu ihr, um sie abzuholen. Ich sagte ihr, sie solle sofort packen. Die Ordensschwestern schauten mich empört an, ich holte meine Tochter mitten im Schuljahr ab und ohne vorher Bescheid gegeben zu haben. Sie mußte nach Hause, weil wir nur noch zu zweit waren. Aber ... es war schon ein paar Jahre zu spät.

Als Walja das Kind im Sommer brachte, hatte es schon normale Haare mit einer Schleife darin. Es sah jetzt eher wie ein Kind aus und war sich dessen bewußt, denn der Ausdruck in seinen Augen hatte sich verändert. Von der Schwelle lief es in die ausgestreckten Arme Aksinjas, die auf dem Boden kniete. Die Szene hatte etwas Biblisches an sich, aber ich dachte, wenn man das so sähe, müßte man von der verdammten Mutter Gottes und dem verdammten Christuskind sprechen ... Das Kind warf sich Aksinja an den Hals, aber seine Augen suchten ausdrücklich mich. Hätte ich es damals nur fertiggebracht, meine Hand auszustrecken. Das Kind war schon zu einer wie immer gearteten Versöhnung mit mir bereit. Ich dagegen ließ alle Gelegenheiten ungenützt verstreichen. Auch die allerwichtigste, im Wald. Wir waren mit dem Fuhrwerk zum Beerensammeln gefahren. Bis zum Wald waren es ungefähr zwanzig Kilometer, unsere Lehmhütte lag völlig einsam, ein gutes Stück hinter der Kolchose, und aus der Vogelperspektive mußte sie wie ein gelber Sandhaufen am Wegesrand ausgesehen haben. Alle hatten sich im Wald zerstreut, nur ich legte mich auf das Moos und beobachtete mit unter dem Kopf verschränkten Armen die sich wiegenden Baumwipfel vor dem Hintergrund des Himmels. Die Wolken trieben träge mit unbekanntem Ziel dahin. Ich fühlte mich wohl. Und plötzlich sah ich das Kind. Es kam auf mich zu, und ich schloß schnell meine Augen. Es hockte sich neben meinen Kopf, eine Weile verharrte es so, und dann spürte ich die Berührung einer kleinen Hand. Die Hand fuhr meine Nase entlang, meinen Mund, berührte meine Wangen und dann meine Lider. Vielleicht weil ich das Kind nicht sah, war der Kontakt mit ihm zum ersten Mal nicht unangenehm. Die kleine Hand auf meinem Gesicht weckte in mir so etwas wie Neugier, zum ersten Mal war es zwischen uns zu einem so engen körperlichen Kontakt gekommen. Was hatte das Kind veranlaßt, zu mir zu kommen? Sein Instinkt? Die Frauen, die mich als seine Mutter bezeichneten? Ich war damals zu keiner wärmeren Geste fähig. Ich konnte die Augen nicht öffnen und dieses Geschöpf anlächeln, das mir die Umstände beharrlich in den Weg stellten. Ein Geschöpf, ja das war es. Denn für mich war es damals noch kein ganz menschliches Wesen. In dieser Version mit der Schleife im Haar hätte ich es vielleicht als solches akzeptieren können. Vielleicht. Ich weiß nicht. Das Kind, das war etwas, das mich auf erschreckende Weise mit dieser Sache von damals verband. Als mich die Wehen packten, empfand ich es wie eine Wiederholung dieses Abends vor Weihnachten. Der kräftige Griff unsichtbarer Hände an meinen Hüften, dann der Tritt genau in meinen Bauch, dann das Brechen des Beckenknochens. Ich kauerte auf dem Boden und hatte das Gefühl, ich müßte alles noch einmal durchmachen, nur ohne Betäubung, als welche der Schock damals gewirkt hatte. Zum zweiten Mal wurde ich brutal vergewaltigt, dieses Mal von der Natur, die ohne Rücksicht auf mich aus meinem Inneren dieses unerwünschte Leben riß. Was konnte ich einem solchen Kind geben? Als Wera es mit meinem Blut beschmiert in ihren Armen hielt, hatte ich nur den einen Wunsch: daß sie es mir so schnell wie möglich aus den Augen schaffte.

Niemand kann bei mir von Schuld sprechen. Nur ich könnte es tun, wenn es mir gelänge, mit Ewa zu den Anfängen zurückzukehren. Ewa beginnt für mich irgendwo zwischen dem Warschauer Bahnhof und der Krucza-Straße, denn genau dort habe ich ihr den Namen meiner Mutter gegeben.

Zum ersten Mal bin ich in einem Flugzeug geflogen, als mich meine Tante zu sich nach London einlud. Als ich in der länglichen Kabine irgendwo über dem Ärmelkanal hing, dachte ich, wie eigenartig sich alles fügt. Hier bin ich jetzt eine Passagierin wie alle die Menschen, die durch die runden Fensterchen starren, träumen oder Zeitung lesen. Mit ihnen mache ich meinen zweiten Ausflug in die weite Welt, obschon unter wahrlich luxuriösen Bedingungen. Man reicht mir mit freundlichem Lächeln einen Orangensaft und informiert uns über alle Details der Reise. Die genaue Zeit wird uns genannt, die Flughöhe und die Außentemperatur.

»Minus fünfzig Grad«, sagt die Stewardeß mit einem Lächeln, das man durchs Mikrofon spürt, in das sie spricht.

»Ganz schön kalt!« höre ich jemanden neben mir sagen. »Wenn man da die Ohren raushielte, würden sie einem abfrieren.«

Das kommt darauf an, denke ich. Aber ich sage es nicht laut. Wozu ein Gespräch beginnen. Ich habe schon ganz andere Reisen gemacht, bei denen mich niemand über das Ziel oder gar die Dauer informiert hat.

Die Tante nahm mich am Flughafen in Empfang. Sie sah aus wie eine typische englische Lady. Passender Gesichtsausdruck, passende Frisur, sanft gewellt und ordentlich gelegt. So wie die Tante vor dem Krieg die ideale Frau eines polnischen Generals gewesen war, so hatte sie sich jetzt in der neuen Rolle bestens zurechtgefunden. Als ich dann länger bei ihr war, bemerkte ich noch etwas: ihre Wandlungsfähigkeit. Die Warschauer Bridgerunde meiner Tante war auch nach London gekommen, und als sie dann bei ihr auftauchte, wurde sie nun Witwe eines Generals und ebenso Vorkriegspolens. Ich merkte, daß sie sich ihrer Nichte schämte, die von dort kam, um so mehr, als wir uns nicht verstanden. Als Kind hatte ich sie geliebt, und sie hatte mich geliebt. Jetzt trennten uns die Erfahrungen der unabhängig voneinander verbrachten Jahre. Ich fühlte mich einsam nach Jerzys Tod und brauchte einen engeren Kontakt mit jemandem, also erzählte ich ihr, obwohl mir all die Veränderungen nicht entgangen waren, vom GULag. Und von Ewa. Ich erzählte ihr die Wahrheit über meine Tochter. Das war mir vielleicht aus der Kindheit geblieben, denn ihr, nicht meiner Mutter, hatte ich meine Kindergeheimnisse anvertraut. Aber jetzt war ich kein Kind mehr und sie nicht die junge Frau von damals, die vom Leben so nachsichtig behandelt worden war. Man hatte sie immer wegen ihrer Schönheit und Intelligenz gerühmt. Sie wurde von ihrem Mann und ihren Freunden verehrt, immer hatte sie Blumen geschenkt bekommen. Ohne Anlaß, allein schon dafür, daß sie überhaupt existierte. Aber hier, im düsteren, nebligen London, schwieg das Telefon tagelang, und die Bridgerunde, wenn sie dann zuammenkam, war nicht mehr die aus Warschauer Zeiten. Die Bridgepartner der Tante hatten ebenfalls ihr Schicksal gegen ein anderes eingetauscht, ein schlechteres, wie sie meinten, ihrer Ansprüche nicht würdig. Meine verspätete Beichte war also ein Fehler. Als ich damals mit Ewa an der Hand vom Bahnhof in die Krucza-Straße gegangen war, hatte ich meiner Tante alle möglichen Geschichten erzählen wollen, nur nicht die wirkliche. Aber jetzt hatte ich das seltsame Bedürfnis, vor ihr das Geheimnis zu lüften. Sie hörte mich mit höflicher, so ganz englischer Miene an, und trotzdem sprach ich immer weiter, bis ich schließlich ausgeredet hatte. Sie schaute auf die Uhr.

»Zeit für den Tee«, sagte sie.

Während meines zweimonatigen Aufenthalts kamen wir nie mehr auf dieses Thema zurück. Einmal nur, als es darum ging, ob ich auf Dauer bleiben sollte, sagte ich, daß ich nicht wüßte, wie meine Tochter zu so einer Veränderung stehe. Meine Tante schaute mich verwundert an.

»Möchtest du diese Russin hierher mitbringen?« fragte sie.

Da war mir klar, daß wir uns niemals mehr verstehen würden. Dabei hatten wir uns beide das sehr gewünscht. Eines Abends kam sie zu mir, und wie früher in Warschau setzte sie sich an mein Bett. Ich schaute in ihr alt gewordenes Gesicht und meinte, darin etwas Vertrautes wiederzufinden. Aber das, was sie über Ewa gesagt hatte ... Ich verabschiedete mich von ihr ohne Bedauern und sogar mit einem gewissen Gefühl der Erleichterung. Ich weiß nicht, was sie über mich dachte, aber als ich durch die Sperre ging, hatte sie Tränen in den Augen. Vielleicht hatte sie verstanden, daß sie ganz allein war. Ich hatte zumindest Ewa. Nach diesem Besuch riß unser Briefkontakt für längere Zeit ab. Sie schickte jedes Jahr Grüße zu Weihnachten und fügte stets zehn Dollar bei. Ich schickte ihr auch immer gute Wünsche. Und das war alles. Wenn ich mich jetzt um Hilfe für meine Tochter an sie wenden würde, brächte sie es fertig abzulehnen? Ich weiß es nicht. Vor drei Jahren schrieb ich ihr, ich sei Großmutter geworden. Sie reagierte darauf überhaupt nicht, nur unter die guten Wünsche fügte sie hinzu, daß sie meinen Brief erhalten habe. Sie saß dort in ihrem großen Haus und häufte ein für sie völlig überflüssiges Vermögen an. Und ich, ihre einzige Verwandte, verdiente kaum das Geld zum Leben. Einer ihrer Bridgefreunde hatte gefragt:

»Entschuldigung, aber wovon lebt ihr dort?«

Und ein zweiter hatte schallend gelacht und gesagt:

»Dort gibt es doch die große Gleichmacherei, mein Lieber, haben Sie davon nicht gehört? Allen wurde alles weggenommen und dann an alle verteilt, so hat niemand etwas, aber jeder lebt.«

Ich konnte nicht bestreiten, daß er recht hatte. Aber ich verspürte auch keine Sympathie für ihn, obwohl er ein Mensch aus meiner Welt war, die ich zu entdecken begann, als sie gerade in Trümmer gelegt wurde. Ich glaube, daß meine Lage sogar schlimmer war als die von Jerzy. Er litt an seinem Haß, zu dem ich mich nicht durchringen konnte. Ich war, könnte man sagen, in meiner Liebe verwurzelt, und als die plötzlich fehlte, erwies sich die Wirklichkeit als leer. Und in dieser Leere mußte ich leben, und in sie führte ich Ewa. Manchmal glaube ich sogar, daß meine Berufswahl gar nicht so zufällig war. Ich mußte jemanden spielen, der ich gar nicht war. Aber das hatte schon viel früher begonnen ...

Ich glaube nicht, daß meine Tante mir irgend etwas schuldig ist, aber ich sehe zwei sich überlagernde Bilder: eine Frau voller Charme und Freundlichkeit für andere und ein Mannequin, das am Flughafen auf mich wartete.

Wenn ich gerecht wäre, müßte ich zugeben, daß ihr viel mehr weggenommen wurde, nämlich ein glückliches Leben. Als ihre Welt in Trümmer gesunken war, hatte es für mich nichts gegeben, was ich hätte retten können. Ich hatte meine Kindheit nicht gemocht.

Erleichterung also, daß sich dieser Mensch nicht mehr einmischt. Man muß nicht über sich nachdenken, kann einfach leben. Auch das Telefon ist nicht mehr nur dazu da, Gesprächstermine zu vereinbaren, sie im Notizkalender einzutragen, sie dann zu verschieben, weil ich nicht kann oder Ewa oder weil er an diesem Tag verhindert ist. Keine Frage, es ist eine Erleichterung. Hier würde die Geschichte vom Rabbi und der Ziege passen. In unserem Fall war der Rabbi einfach das Leben, das diese gelehrte Ziege aus unserem Haus vertrieben hatte. Dieser Mensch war schlicht eine Zumutung gewesen – mit seinem überlegenen Lächeln auf den Lippen. Und dabei wußte er nichts. Nichts. Ewa empfindet das wohl auch so, denn sie ist irgendwie fröhlicher geworden. Vorsichtig beginne ich zu denken, daß sich vielleicht doch noch etwas ändert. Fast ist es schon gut. Der Mechanismus unseres Lebens verklemmt sich in letzter Zeit seltener. Ewa hat sich sogar Marken für die Mensa gekauft. Das hat es noch nie gegeben! Ich hole Antek jetzt dreimal in der Woche ab, weil Ewa mehr Kurse hat. Gestern waren wir im Park, der Flieder fängt zu blühen an …

Die Ruhe vor dem Sturm … nein, so darf man nicht denken. Die relative Ordnung in unseren schwierigen Familienverhältnissen oder vielleicht der Frühling hat bewirkt, daß ich mich nach einem Mann sehne …

Und das ist nicht diese biologische Sehnsucht, es ist

eine Sehnsucht der Seele. Meine Erziehung in Sachen Mann und Frau war lang und manchmal sehr grausam gewesen. Das Leben hat mir in seinen Worten erzählt, was ein Mann sein kann. Dank Fjodor Aleksejewitsch weiß ich, was der Unterschied zwischen Liebe und Sex ist. Seine Arme waren zärtlich und behutsam, wenn sie sich um Aksinja legten, aber brutal im Umgang mit Nastja. Den schönen jungen Körper des Mädchens unter sich, hatte er sich mit einer Kraft in sie hineingebohrt, mit der er die arme Aksinja hätte töten können. Er war sich ihrer Zerbrechlichkeit immer bewußt. Das begriff ich in jener Nacht im Zelt. Ein wenig hatte ich mich im übrigen dagegen gesträubt, denn für meinen Geschmack hatte sich das alles ein bißchen zu nah abgespielt, aber genau das erwies sich später als ein Segen. Daß ich dabei war, wenn andere sich körperlich liebten, ließ den weihnachtlichen Vorfall langsam verblassen, auch wenn er nie ganz aus meiner Erinnerung verschwand. Gewisse Dinge konnte ich einfach nicht akzeptieren. Später war da dann natürlich Jerzy, aber unsere körperliche Beziehung verdankte diesem finsteren sibirischen Bauern viel. Gesundheit und Manneskraft erweckten in mir nicht länger automatisch Furcht. Dabei hätte ich mich wohl sogar vor Jerzy fürchten können ... Das erfuhr ich eines Tages im Herbst.

Wir hatten uns für drei Tage freigemacht und waren in die Masuren gefahren, wo ein dankbarer Patient von Jerzy wohnte. Er war dort Förster. Seine Frau und er empfingen uns sehr herzlich, fast mit Brot und Salz. Jerzy protestierte nicht, als der Förster sagte:

»Haben Sie aber eine hübsche Frau.«

Nachher fragte ich Jerzy:

»Und was wird, wenn er einmal die echte trifft?«

»Er wird enttäuscht sein«, antwortete er, und das gefiel mir schon weniger.

Zum ersten Mal war er dieser Frau gegenüber illoyal, na ja, zum zweiten Mal vielleicht. Schon einmal hatte es geheißen: »Weil man eine alte Frau nicht verläßt.« Aber das hatte er zu ihrer Verteidigung gesagt, zur Verteidigung seines Familienlebens, während er mir jetzt nur eine Freude machen wollte. Sofort hielt ich ihm das vor. Er schaute mich zärtlich an.

»Du hast recht. Wir nehmen es zurück. Ich hab nicht protestiert, denn du *bist* meine Frau.« Er betonte dieses »bist«, und diesmal schaute ich ihn zärtlich an.

»Ich hab schon immer vermutet, daß du die Seele eines Bigamisten hast«, sagte ich, um nicht übermütig zu werden; denn das endete meist böse.

Am nächsten Tag machten wir einen weiten Ausflug. Mir bereiteten diese vielen Kilometer großes Vergnügen. Ich war, trotz meines defekten Fußes, eine ausgesprochen gute Läuferin, es kam nur auf die Schuhe an. Wir verliefen uns ein wenig, aber dafür hatten wir einen Korb voller Steinpilze. Die hatte er gesammelt. Ich schaute lieber versonnen auf die Bäume, in die Wolken. Mir kam es so vor, als bewegten wir uns im Kreis, ihm dagegen, als würden wir in die entgegengesetzte Richtung gehen. Vielleicht hatte er sogar recht, denn wir stießen auf ein Birkenwäldchen und die Ausläufer eines Sumpfs. Und dann passierte etwas. Ich verließ den Weg und trat auf eine Schlange. Das arme Tier war nicht schuld, es biß mich, um sich zu verteidigen. Ich spürte einen schmerzhaften Stich über dem Knöchel, und dann bewegte sich etwas Glitschiges über meinen Fuß. Für Jerzy war die Sache leider sofort klar.

»Verdammt noch mal, setz doch endlich eine Brille auf!« schrie er.

Er nahm sein Taschenmesser und wollte die Stelle ausschneiden, doch ich fing von plötzlicher Angst gepackt an, mich zu wehren. Da veränderte sich sein Gesicht. Er stieß mich brutal zu Boden, setzte sich auf mein Bein und schnitt es aus. Mit Entsetzen sah ich zu, wie er das mit meinem Blut vermengte Gift aussaugte und zur Seite spuckte. Ich konnte ihn nicht wiedererkennen.

Ich sehne mich nach einem Mann, obwohl ich geglaubt hatte, das läge bereits hinter mir.

Ein Telefonanruf, ich soll helfen. Ich fuhr zu den Stadtwerken und bezahlte die überfällige Rechnung. Ich zahlte noch ein Schmiergeld, damit Strom und Gas so schnell wie möglich wieder eingeschaltet würden. Dann fuhr ich zu ihnen in die Wohnung. Ewa fand ich im Badezimmer vor.

»Mama hat einen kranken Bauch«, berichtete mir Antek.

»Mama hat einen kranken Kopf«, antwortete ich wütend und sprengte dabei fast die Tür zu ihrem Königreich auf.

Wie üblich war sie nackt, zusammengekrümmt, das Kinn auf den Kien. Vor mir hatte ich ihren Rücken, aus dem die Wirbel hervorstanden. Bei Kerzenlicht war die Wirkung noch schlimmer.

»Wieviel hast du genommen?«

»Laß mich in Ruhe. Siehst du nicht, daß ich halbtot bin?«

»Ich sehe es, und dein Kind sieht es auch. Eine tolle Erinnerung wird es an seine Kindheit haben. Es wird dich noch so malen, denn anders kennt es dich gar nicht.«

Ich öffnete die Schränke auf der Suche nach den Tablettenschachteln. Sie nahm wieder ihre kauernde Stellung ein.

»Ewa«, sagte ich mit müder Stimme, »du darfst das nicht tun. Eine von uns wird das nicht überleben.«

»Keine Sorge, bestimmt wirst das nicht du sein«, erwiderte sie.

Ich mußte an mich halten, um mich nicht auf sie zu werfen, genauer gesagt, war es Anteks wachsamer Blick, mit dem er uns von der Badezimmertür aus beobachtete, der mich davon abhielt.

»Könntest du ihn mitnehmen?« fragte sie. »Ich werde heute nacht bestimmt nicht schlafen.«

»Nein, ich kann ihn nicht mitnehmen! Ich werde ihn morgen nicht durch die ganze Stadt zum Kindergarten fahren. Du bringst ihn hin, ganz egal wie, meinetwegen auf allen vieren.«

Türeschlagend verließ ich die Wohnung. Aber schon im Aufzug ebbte die Woge ab, die meine Schwäche überspült hatte. Schon war ich bereit, umzukehren und das Kind zu holen, nur mein Stolz ließ es nicht zu. Als ich dann an der Haltestelle stand, fühlte ich mich besiegt. Ich war den Tränen nahe, und wären da nicht Leute gewesen, ich hätte losgeweint. Ich fühlte mich von meiner Tochter verletzt. Ich war wütend auf sie. Zum ersten Mal hatte meine Wut einen so klaren Adressaten. Die Straßenbahn kam nicht, ich fror an den Füßen, denn es war kälter geworden, und ich trug nur leichte Schuhe. Mir fehlten Schuhe für die Übergangszeit, dafür hatte ich jetzt kein Geld. Seit geraumer Zeit hatten sich mir keine Gelegenheitsarbeiten geboten, die gewöhnlich unser Budget retteten. Es sah eher mies aus. Doch nur mir war das klar. Ewa hatte sich bereits so daran gewöhnt, daß ich darüber klagte, kein Geld zu haben, daß sie das nicht mehr ernst nahm. Dabei hatte ich wirklich keines, immer war ich es, die sich krummlegte, die es im letzten Moment wie durch Zufall auftrieb. Wenn ich in dieser Woche nichts verdiente, würde ich mir Geld leihen müssen.

Ich stieg in die Straßenbahn, doch an der nächsten Haltestelle stieg ich wieder aus und ging zurück in die Reymont-Allee. Das Licht brannte bereits. Ewa, bleich, aber im Bademantel, machte Antek das Abendessen.

»Ich nehme ihn vielleicht doch, wo es dir so schlecht geht«, sagte ich versöhnlich.

»Das hat keinen Sinn, er geht gleich schlafen.«

»Und morgen?«

»Ach, ich komm zurecht«, erwiderte sie unwillig. Ich spürte, sie wartete darauf, daß ich ginge.

Ich war völlig umsonst umgekehrt. Diesmal wartete ich über vierzig Minuten auf die Straßenbahn, und als ich nach Hause kam, spürte ich meine Zehen nicht mehr. Die alten Frostbeulen machten sich bemerkbar, so eine Erfrierung ist äußerst unangenehm. In den Zehen stach und schmerzte es, manchmal dauerte das ein paar Tage. Wieder stellte sich dieses Gefühl erlittenen Unrechts ein, und ich war wütend auf Ewa. Daß sie unsere gemeinsamen Jahre so gedankenlos vergeudete, immerhin war ich bereits vierzig. Wer konnte wissen, wie lange wir noch zusammen sein würden. Einmal hatte der Psychologe gefragt:

»Pani Ewa, und was würden Sie machen, wenn Ihre Mutter plötzlich stürbe?«

Sie hatte eine Weile überlegt und dann geantwortet:

»Meine Gewissensbisse würden mich umbringen.«

Damals hatte ich gelacht und gesagt:

»Und Antek damit zur Vollwaise machen.«

Aber jetzt war mir gar nicht zum Lachen zumute, damals war das natürlich auch kein fröhliches Lachen gewesen. Ich weiß nicht, was los ist. Materialermüdung oder enttäuschte Hoffnungen. Wir hatten uns eingebildet, es wäre jetzt besser. Ich hatte sogar schon ein wenig daran geglaubt, als sich das Leben doch wieder zu Wort meldete.

... ich brachte Sachen für sie und das Kind, gleich darauf erschien sie mit dem Kind auf dem Arm. Sie kam mir kleiner als normal vor und zerbrechlicher. Sie reichte mir das Kind, und es sollte eine symbolische Geste werden. Die Leute im Aufzug ahnten nicht, daß die Frau mit dem Säugling im Arm nicht die Mutter war. Ewa mit dem Gesicht eines Teenagers ... Und war sie das denn nicht? Mit ihren achtzehn Jahren war sie noch kindlich, und obwohl schon viel in ihnen passiert war, erinnerte sie sich kaum an etwas. Sie war fast fünf Jahre alt gewesen, als wir nach Polen zurückgekommen waren, aber sie erinnerte sich an nichts außer an die Reise. Am klarsten sind wohl ihre Erinnerungen an das zweite Kinderheim, in der Rakowiecka-Straße. Wir wohnten gewissermaßen in nächster Nachbarschaft, ich nur einige Nummern weiter. Einmal fragte sie, warum die anderen Kinder sie »Russki« nannten. Da verstand ich, daß sie sich nicht einmal daran erinnerte, daß sie früher russisch gesprochen hatte.

Bei ihrem jugendlichen Gesicht glaubte niemand, Ewa sei eine Mutter. Selbst als sie ihr Kind stillte, war das irgendwie wunderlich. Ihre zierlichen, knochigen Arme, ihre Brust. Der Kopf des Kindes wirkte an ihrer Brust fehl am Platz, etwas Falsches war in diesem Bild. Manchmal kam mir der Gedanke, daß ich es eigentlich stillen sollte, doch obgleich Muttergefühle in mir wach wurden, kam keine Milch aus meinen Brüsten. Ich sollte nie mehr erfahren, was eine Frau fühlt, wenn sie ein Kind stillt. Jemand hatte mich gefragt, warum meine Tochter ein Einzelkind sei.

»Weil ich mir mehr nicht leisten kann«, hatte ich lachend geantwortet, aber innerlich überkam mich Entsetzen.

Ein Säugling im Haus ist wie eine Feuersbrunst, aber ein Säugling in unserem Haus, das war eine Feuersbrunst und eine Katastrophe. Auf der Leine Windeln, auf dem Tisch eine Decke, darauf ein Leintuch, auf dem das Kind gewickelt wurde, daneben allerlei Öle und Puder. Ein anderer Geruch, andere Gewohnheiten. Da es mir an praktischen Fähigkeiten mangelte und ich keine Ahnung hatte, was ein kleines Kind ist, und auch die zu früh Mutter gewordene Ewa keine Ahnung hatte, waren die ersten Wochen äußerst schwierig. Dauernd tauchten irgendwelche Ärzte auf, Hebammen, Pflegeschwestern. Das Kind schrie nächtelang und wollte nichts trinken. Ewa und ich liefen übernächtigt und halb betäubt herum, bis der nächste Quacksalber endlich darauf kam, daß Ewa zuwenig Muttermilch hatte und das Kind einfach hungrig war. Jetzt tauchten im Haus Fläschchen und Dosen mit Milchpulver auf, spezielle Schwämmchen und Töpfchen. Es wurde ein bißchen ruhiger, doch Antek hatte einen Mund wie eine geballte Faust.

Einmal fragte ich Ewa:

»Bist du glücklich?«

»Ich wäre glücklich, wenn Antek glücklich wäre«, antwortete sie.

Solange sie ihm die Brust gab, war die Bindung an ihn sehr eng. Danach konnte ich zusehen, wie sich dieses Band lockerte, bis es sich fast ganz gelöst hatte. Immer wenn unser Kontakt gerade etwas besser war, machte ich ihr Vorhaltungen.

»Mama, ich weiß es doch selbst, ich wäre so gern anders. Das wird sich ändern. Du wirst sehen. Vor kurzem ist zum Beispiel folgendes passiert ... eigentlich nichts, aber ich verspürte für Antek plötzlich mehr als nur Gewissensbisse ... Ich malte mir gerade die Nägel, und er stieß mich aus

Versehen. Ich war wütend, und als er ein Stück Papier in den Abfalleimer werfen wollte, kickte ich gegen das Schranktürchen unter dem Waschbecken. Es flog ihm ins Gesicht. Er fing an zu weinen ... das gab mir einen Stoß ... für einen Moment konnte ich mich nicht bewegen, und dann nahm ich ihn in die Arme. Wir hielten uns ganz fest, und es machte mir nichts aus, daß er ein verschmiertes Gesicht hatte. Vorher hab ich mich immer ein bißchen geekelt ... vor seiner Spucke, seinen klebrigen Händen ...«

Der Psychologe hat gesagt, daß Ewa mir in unserer Symbiose in gewisser Weise die Angst vor einer neuerlichen Mutterschaft genommen und das Kind für mich zur Welt gebracht habe ...

Einen Moment lang brachte ich keinen Ton heraus.

»Hallo?« sagte die Frau am anderen Ende der Leitung beunruhigt.

»Ich komme und hole das Kind«, erwiderte ich endlich.

Es gelang mir, ein Auto anzuhalten, aber ich nannte nicht die Adresse des Kindergartens, sondern die Reymont-Allee.

»Ich kenne Sie irgendwoher«, sagte der Fahrer des Fiats, »wir sind uns schon irgendwo begegnet.«

»Möglich, die Welt ist so klein«, antwortete ich zerstreut.

»Waren Sie letztes Jahr in Jastarnia?«

»Nein, eigentlich nicht.«

»Sie sind irgendwie nervös.«

»Ich hab es eilig.«

Er wollte kein Geld nehmen. Als ich ausstieg, schaute er mich prüfend an.

Ich öffnete die Wohnungstür mit meinem Schlüssel und

sah Ewa. Sie lag auf dem Boden, mit dem Gesicht nach unten, die Haare waren ihr über die Wangen gefallen. Es überlief mich kalt. Ich sollte zu ihr gehen. Sekunden verstrichen. Sie lag da, ohne sich zu rühren. Ich schaute auf ihre kleine, flach und reglos auf dem Sofa liegende Hand. Angst schnürte mir die Kehle zu. Schließlich machte ich einen Schritt, erst einen, dann noch einen. Ich berührte ihre Hand, sie schien kalt zu sein. Das riß mich aus meiner Erstarrung. Ich drehte Ewa auf den Rücken. Ihre Augen waren geschlossen, das Gesicht weiß. Ich schüttelte sie. Ihr Kopf rollte kraftlos hin und her.

»Ewa ...!«

Von der Nachbarin aus rief ich den Notarzt an.

»Ich kann keinen Puls fühlen«, sagte ich in den Hörer und sah dabei den entsetzten Blick der Nachbarin.

Ich bat sie, Antek vom Kindergarten abzuholen, und ging wieder zu Ewa. Ich legte sie auf die Couch. Ihre Beine schleiften kraftlos über den Boden, und das rief in mir das Bild wach, als ich mit einer anderen Sanitäterin Leichen an einer Wand aufgestapelt hatte. Damals waren die Beine der Toten genauso kraftlos gewesen.

Abwechselnd versuchte ich, Ewa zu beatmen, ihr das Herz zu massieren, die Füße zu reiben. In der Art, wie ich da herumfuhrwerkte, war etwas so Unzulängliches, daß ich schließlich innehielt. Als der Notarzt kam, hielt ich Ewa in den Armen und wiegte sie wie ein kleines Kind.

Ich schaute zu, wie man sich fachmännisch um sie kümmerte, und hatte das Gefühl, mein Kopf sei völlig leer. Vermutlich war ich nicht einmal imstande, auch nur einen vernünftigen Satz zusammenzubringen. Der Arzt mußte sich das gedacht haben, denn er stellte keinerlei Fragen. Als sie Ewa aus der Wohnung trugen, schaute er sich nach mir um und fragte:

»Wollen Sie mitfahren?«

Der Geruch eines Krankenhauses weckte bei mir immer widersprüchliche Gefühle. Krankenhaus, das war Jerzy. Das war Wera. Aber es war auch Ewa. Der Geruch bedeutete jedesmal etwas anderes. Und jetzt lag meine Tochter auf einer Trage, die von zwei Pflegern geschoben wurde. Sie verschwanden in der Tür zur Intensivstation. Mir war es nicht gestattet mitzukommen. Ich setzte mich im Flur an die Wand. Ich verspürte das Bedürfnis zu rauchen, hatte aber keine Zigaretten dabei.

Vor mir sah ich ihr bewußtloses Gesicht. Ein kleines, dreieckiges Gesicht mit ovalen Lidbögen. Vor dem Weiß des Krankenhauses wirkte es so elend.

Das ist doch nicht zum Aushalten, dachte ich. Hier sitze ich im Flur eines Krankenhauses und ernte die vergiftete Frucht meines Lebens. Während einer der letzten Sitzungen mit dem Psychologen hatte ich zu meiner Tochter gesagt:

»Bemitleide dich nicht selbst.«

»So gut wie du kann ich das sowieso nicht«, hatte sie geantwortet, »allein schon deshalb, weil ich die Tochter eines gesichtslosen Menschen bin! Es ist grausam, mir keine Fragen zu erlauben. Ich denke doch dauernd, daß dein Haß auf mich in Wirklichkeit ein Haß auf diesen Menschen ist!«

»Haß auf dich? Was redest du da! Du bist mein ein und alles.«

»Du hast noch Antek. Ich bin sicher, zu ihm wärst du gleich nach der Operation gegangen. Ständig dachte ich damals, du würdest zur Tür hereinkommen. Aber du bist erst am dritten Tag gekommen!«

»Weil ich in einer solchen Verfassung war, daß ich mich dir nicht zeigen konnte. Ich hatte meine Stimme verloren und fürchtete, es wäre für immer.«

»Aber du hast sie wieder, und ohne jede Narbe, nicht einmal stottern mußt du.«

»Ich weiß, daß du mir das verübelst.«

»Immer wolltest du mich bestechen, auf die verschiedensten Arten«, sagte sie und war den Tränen nahe. »Die meisten Geschenke bekam ich von dir, als du diesen Typ heiraten wolltest. Du bist um ihn herumgetanzt. Und zu mir dann diese Kosenamen: Ewunia, Ewusieczka ... das war widerwärtig ... genauso hast du mich ins Krankenhaus gelockt. Mit einem Teddybären aus dem Kommissionsladen. Er war auch wirklich wunderschön, mit echtem Fell. Ich stand am Fenster und wagte vor lauter Erwartung nicht zu atmen. Nur daß ich seinetwegen wie eine Puppe aufgetrennt und später wieder zusammengeflickt wurde.«

»Ja, spuck es endlich aus«, sage ich zornig, »dazu diente doch die lange Einleitung. Ist doch bekannt: die Narbe!«

»Ja, die Narbe!« In ihrer Stimme ist so viel Haß, daß sich alles in mir verkrampft.

Die Narbe ... hat es einen Sinn, jetzt zusammenzuzählen, mit welchen Kosten sie verbunden war? Kosten für mich und für Ewa. Den Entschluß zur Operation hatten die Ärzte gefaßt. Das war im Frühjahr gewesen, und im Herbst hatte ich Jerzy wiedergefunden. In diesem Frühjahr war er schon in der Barska-Straße, wo er auch vor dem Krieg gearbeitet hatte. Ich hatte es mir gemerkt, als er davon gesprochen hatte. Ich hatte jedes Wort von ihm behalten, nur bei den Söhnen hatte ich mich geirrt. Ich wußte, daß er zwei hatte. Und es waren ja auch zwei, aber ich hatte nicht bedacht, daß der jüngere Anfang sechsundvierzig zur Welt gekommen war. Jerzy hatte ihn erst nach seiner Rückkehr aus dem GULag gesehen. Wenn ich ihn also früher gefunden hätte, wäre es nicht zu dieser Operation gekommen. Jerzy hätte es nicht zugelassen ...

Und jetzt liegt sie dort, hinter dieser Tür. Sie ist noch nicht wieder zu sich gekommen. Was wird sein, wenn es gelingt, sie wieder zum Leben zu erwecken? Wird sie in mir ihre Mutter erkennen, wenn sich unsere Augen treffen? Nichts wünsche ich mir mehr, als daß sie ihre Augen öffnet. Sie muß leben. Sie muß. Das täglich Brot unseres Lebens war sehr bitter, aber wir haben es gerecht geteilt. Tag für Tag nahm meine Tochter eine Dosis Gift zu sich, und ich war machtlos. Und dann all die gleichgültigen Menschen um uns her. Und ihre guten Ratschläge. Und ihre Warnungen. »Ihre Tochter stirbt.« Aber was sollte ich denn tun? Ein psychiatrisches Krankenhaus wurde als nicht minder schlecht verworfen oder gar als noch schlimmer, weil sie dort wirklich Rauschgiftsüchtigen hätte begegnen können. Sie entmündigen lassen? Sie von den Apotheken in der Stadt fernhalten? Ein schier unmögliches Unterfangen. Ich würde vor Gericht gehen, Zeugen benennen und unwiderlegbare Beweise erbringen müssen, daß sie zum Schaden ihres eigenen Lebens und ihrer Gesundheit handelte. Das war zuviel verlangt. Vielleicht ist auch dieses gewisse Maß an Einverständnis mit all dem, was uns zugestoßen ist, schuld. Magenkrebs? Eine andere Mutter hätte so einem Arzt vielleicht ins Gesicht gelacht, hätte es einfach nicht geglaubt, doch ich wollte Gewißheit. Nicht die Ärzte hatten es eilig gehabt mit dieser Operation, ich hatte es eilig. Ich war es, die den Beweis brauchte, daß wir es nicht schaffen würden ... sie nicht und ich auch nicht. Später habe ich oft gedacht, mir würde etwas passieren, ich würde eines Tages aus dem Leben gehen, ohne eigenes Zutun. Und daß dies die einzige Lösung sei, Ewa den Weg freizumachen ...

Der Arzt kommt zu mir. Ich erhebe mich mit weichen Knien.

»Ich werde Ihnen nicht vormachen, es sei alles gut«, sagt er, »die Elektrolytenwerte sind stark abgesunken.«

Er hat ein junges Gesicht. Seine Augen schauen mich durch Brillengläser konzentriert an. Der Blick kommt mir bekannt vor, doch suche ich in allen Leuten nach Ähnlichkeiten mit jemandem, dem ich schon einmal begegnet bin.

»Hat sie ihr Bewußtsein wiedererlangt?« frage ich leise.

»Nein.«

»Ist das nicht zu lange?«

»Zu lange wofür?« fragt er und scheint tatsächlich nicht zu verstehen.

»Es kann zu Veränderungen im Gehirn kommen ...«

»Im Moment haben wir andere Sorgen.«

»Kann ich ... kann ich sie sehen?«

Er zögert.

»Bitte ziehen Sie die Schuhe aus«, sagt er und eilt voran.

Ich folge ihm in Strümpfen. Ich habe Schwierigkeiten, auf dem glatten Fußboden zu gehen, natürlich wegen meines Zehs. Wir gehen an ein paar Boxen vorbei. Er bleibt stehen. Durch die Scheibe sehe ich Ewa. Sie liegt auf einem schmalen Bett und ist mit verschiedenen Apparaturen verbunden. Ihr Gesicht ist noch kleiner als sonst. Ihre Lider liegen reglos über den Augen.

»Na, haben Sie genug gesehen?« Der Arzt steht dicht hinter mir und überragt mich.

Ich drehe mich um, aber ich kann nicht gehen, er stützt mich. Er führt mich ins Dienstzimmer und setzt mich wie eine Kranke auf einen Stuhl. Er mißt irgendwelche Tropfen ab.

»Trinken Sie das bitte«, sagt er.

In seine Augen kommt etwas Wärme.

»Wird sie durchkommen, Herr Doktor?«

»Man muß immer so denken. Ich rate Ihnen, jetzt nach Hause zu fahren.«

»Kann ich nicht hierbleiben?«

Kopfschüttelnd verneint er, dann schreibt er etwas auf einen Zettel.

»Ich hab bis morgen früh Dienst, Sie können jederzeit anrufen. Wenn es eine Veränderung gibt, rufe ich Sie an.«

Ich schaue auf den Zettel.

»Doktor Rudziński ... etwa der Sohn von Jerzy?«

»Ja«, sagt er kurz.

Dunkle Haare, ein längliches Gesicht. Es scheint mir, ich sehe die Ähnlichkeit zur Mutter. Ja, das ist der Sohn, der schon als Kind eine Brille trug.

»Ich kannte Ihren Vater«, sage ich.

»So?«

Er scheint nicht interessiert. Vielleicht denkt er, ich wolle das irgendwie ausnutzen. In so einem Moment also treffe ich seinen Sohn, und dieser Sohn hilft mir, mich auf meinen wackeligen Beinen zu halten. Die Zufälle in meinem Leben sind eine eigene Geschichte.

»Gleich um die Ecke ist ein Taxistand«, sagt er, »kommen Sie allein nach unten?«

»Die Tropfen haben mir geholfen.« Ich versuche zu lächeln, aber es gelingt nicht.

Langsam, wie eine alte Frau, gehe ich die Treppen nach unten. Krampfhaft halte ich mich am Geländer fest. Ein Bild von vor vielen Jahren taucht auf. Vielleicht paßt es gerade deshalb zu meinem gegenwärtigen Leben, weil es schmerzlich ist. Mein gegenwärtiges Leben ist das Krankenhaus. Aber es war immer das Krankenhaus, mit Unterbrechungen ...

... »Wir könnten doch noch bleiben«, sage ich betrübt.

Vor dem Fenster die Sonne, der See ein strahlend blaues Laken, der Duft des warmen Sands und der Tannennadeln.

Er schaut mich verwundert an.

»Zwei Wochen brauche ich für die Jungs zum Skifahren. Und jetzt muß ich die Wohnung streichen, das weißt du doch. Ich will fertig sein, bevor sie zurückkommen. Warte, bis ich pensioniert bin«, fügt er hinzu, als er mein Gesicht sieht.

»Dann wirst du Enkel hüten«, bemerke ich wütend.

Dafür blieb ihm keine Zeit mehr, und er wußte das, denn er hatte seine EKGs gelesen. Ich wußte nichts. Möglicherweise wußte seine Frau auch nichts. Obwohl ... vielleicht hat er sie eingeweiht. Es ging immerhin um die Familie, um die Söhne. Das war dieses höchste Gut, das weitergegeben werden mußte. Im Falle eines endgültigen Abgangs. Ein anderer war nicht zu erwarten.

Ich rief im Krankenhaus an, wie wir es ausgemacht hatten. Am anderen Ende wurde es still, und dann eine vorsichtige Stimme:

»Waren Sie verabredet?«

»Ja.«

»Doktor Rudziński ist tot.«

Im ersten Moment will ich meine Adresse in Mokotów angeben, doch gleich verwerfe ich diese Idee. Ich muß zu dem Kind fahren. Ich schaue auf die Uhr. Es ist kurz vor elf. Antek schläft bestimmt schon, ich werde das Taxi nicht wegschicken. Wir fahren durch die dunkle Stadt. Gähnende Leere auf den Straßen. Wie traurig ist Warschau jetzt, denke ich. Auch ich bin traurig. Mein vierzigstes Jahr hat mir nichts anderes gebracht als das, was ich schon kannte. Wenn Ewa ... wenn mit ihr ... dann werden ich und Antek ... – erschreckt verscheuche ich den Gedanken, aber er ist irgendwo in mir, und er heißt Müdigkeit. Ich fühle mich müde und würde aus vielerlei Gründen gerne mit meiner Tochter tauschen, allein schon, um ihr zu entkommen. Und mir selbst. Wir fahren jetzt über eine Brücke, die wie ein Tunnel aussieht. Die Weichsel darunter ist fast schwarz. Ich bin auf dem Weg zu dem Kind, das von Anfang an am wichtigsten war. Vielleicht sollte ich umkehren und auf dem Flur warten. Bis zum Morgen, länger. So lange eben wie nötig. Aber was wird mit Antek? Er wird bei einer fremden Frau aufwachen. Er wird nach seiner Mutter fragen, nach mir. Ewa ... sie kann so schön lachen. Ihre Oberlippe zittert dann leicht, und die Mundwinkel gehen ein bißchen nach oben. Sie ist hübsch, wenn sie sich selbst die Chance dazu gibt. Wenn sie so übertrieben abnimmt, dann bekommt sie ausgehungerte Augen. Es gab eine Zeit, da hat sie gut ausgesehen. Ein kleiner, wohlgeformter Kopf auf einem wunderschönen Hals mit einer herrlichen Schulterpartie. Meist aber werden aus diesen Schultern die reinsten Kleiderbügel. Welch ein Unglück ist ihre Krankheit, die ich anscheinend für sie bin ... Dauernd dieser Psychologe, ich fange schon an, mich durch seine Augen zu sehen. Er hat davon gesprochen, daß sie einen Komplex wegen der Schönheit der Mutter habe, aber auch davon, daß sich Ewa kaputtmache, weil sie mich einholen und alt werden will. Dabei ist das doch ein Widerspruch. Ich kann noch akzeptieren, daß die Wurzeln der Krankheit in ihrer Kindheit gesucht werden müssen. Aber so eine Kindheit ist nicht dafür geeignet, daß man zu ihr zurückkehrt. Ewa ist psychisch labil, die Wahrheit könnte sie töten. Das Gesicht meiner Tochter ... ihr Blick, mit dem sie einen von unten her anschaut, ihre gerümpfte Nase, das Grübchen auf der Wange, das ihren Seelenzustand anzeigt. Sie ist dann fast glücklich, andernfalls ist es einfach nicht da.

»Nachdem wir bereits gelernt haben, einander zu lieben, könnte man uns doch in Ruhe lassen!« Gegen wen erhebe ich diesen Vorwurf? Gegen den Menschen ohne Gesicht, wie der Psychologe meint? Ich könnte den Vorwurf meinem Schicksal machen, aber ich weiß nicht, was Schicksal ist. Ich weiß lediglich, was Zufall ist. Mein ganzes Leben ist auf ihn gegründet.

Das Taxi hält in der Reymont-Allee. Ich klopfe bei der Nachbarin und sehe Anteks strahlendes Gesichtchen.

»Ich schlafe überhaupt nicht, Mama!« So nennt er mich immer, wenn er überrascht ist oder sich nicht gut fühlt.

Ich ziehe ihn an und gehe in Ewas Wohnung, um ein paar Sachen zu holen. Ich ziehe die Schreibtischschublade auf, es liegt ein Heft darin. Ich stecke es ein, ohne mir so recht darüber klar zu sein, warum.

»Aber du mußt nicht ins Krankenhaus?« vergewissert sich Antek im Taxi.

»Nein, ich werde bei dir sein.«

»Weil sonst ... wer würde mich dann in den Kindergarten bringen?«

»Ja, eben.«

Er legt mir seine Ärmchen um den Hals, den Kopf legt er auf meine Schulter, und plötzlich höre ich seinen gleichmäßigen Atem. Er schläft.

Ein paar Minuten nach Mitternacht war noch keine Veränderung eingetreten. Eine Viertelstunde später läutete das Telefon. Ewa hatte das Bewußtsein wiedererlangt.

Antek und ich sind vom Fluß zurückgekommen. Wir versuchen uns ein bißchen ordentlich zu machen, bevor wir einen Kilometer weit zu einer Pension gehen, wo es das Mittagessen gibt. Ich habe bei einem Bauern ein Zimmer gemietet, eigentlich sogar ein ganzes Haus, denn nur wir wohnen darin. Der Hausherr ist mit seiner ganzen Familie in eine Holzkate nebenan gezogen, die ihnen früher, bevor das richtige stand, das ganze Jahr über als Haus gedient hatte. In gewisser Weise sind wir also alle in der Sommerfrische. Der Bauer ist rüstig, seine Haut ist von den vielen Jahren in der Sonne gegerbt. Er qualmt Zigaretten und schimpft mit seinen Söhnen, die seiner Meinung nach nur faulenzen. Die Bäuerin hat ein Gesicht wie ein runzliger Apfel und ist so dick, daß sie sich nur mit Mühe bewegen kann. Sie lacht die ganze Zeit, oder eigentlich kichert sie eher vor sich hin. Sie genügt sich selbst, ständig erzählt sie sich etwas und lacht dann darüber. Es sind irgendwelche Fragen und irgendwelche Antworten. Würde sie noch ihre Stimme verstellen, könnte man glauben, sie sei eine Bauchrednerin. Wenn sie uns die Milch bringt, fragt sie:

»Kann man kurz stören?«

Und dann geht sie gleich wieder weg, um sich etwas Neues zu erzählen.

Ohne den schimmeligen Geruch im Zimmer, das im Winter nicht geheizt wird, wäre alles gut. Aber auch so ist es gut. Vor dem Fenster habe ich einen verwilderten Obstgarten, der jetzt blüht. Das begeistert mich so, daß alles andere dahinter zurücktritt. Ewa ist noch im Krankenhaus, aber nur, weil ich darum gebeten habe. Sie machen noch verschiedene Untersuchungen mit ihr.

Zum Mittagessen gehen wir durch einen mit Schlehdorn bewachsenen Hohlweg, die weißen Blüten sehen aus wie ein Spalier von Bräuten, die für einen Moment in vorehelichem Nachdenken erstarrt sind. Unterwegs müssen wir an einer alten Weide von geradezu märchenhafter Schönheit vorbei. Antek bleibt verwundert stehen, als er sie sieht.

»Was ist das, Mama?«

»Eine Weide.«

»Und was wächst ihr aus dem Kopf?«

So plaudere ich mit meinem Enkel auf dem Weg zum Mittagessen, und noch vor zwei Wochen war ich ständig von der Reymont-Allee auf die andere Weichselseite gefahren, denn dorthin war Ewa gebracht worden. Jerzys Sohn hatte mich benachrichtigt, daß Ewa das Bewußtsein wiedererlangt hatte. Besser hätte sich das niemand ausdenken können.

Und dann war da noch ein Anruf.

»Hier spricht Jadwiga Rudzińska. Mein Sohn hat mir von dem Unglück mit Ihrer Tochter erzählt ... Ich weiß, daß mein Mann und Sie sich sehr nahestanden. Wenn ich irgendwie helfen kann ...«

»Danke«, hatte ich hölzern geantwortet.

Was weiß sie, denke ich. Was bedeutet für sie »standen sich sehr nahe«. Jerzy hat sich ihr doch wohl nicht anvertraut. Obwohl, ihm war alles zuzutrauen. Trotzdem glaube ich, daß er den Schein gewahrt hat. Er hatte es immer eilig, nach Hause zu kommen. Vielleicht beeilte er sich, weil er mit ihnen zusammen sein wollte, mit ihr und den Söhnen. Ihm war es schade um die Zeit. Nur ... wir hatten für uns davon so wenig, daß er, hätte er es tatsächlich gekonnt, keine solche Atmosphäre hätte aufkommen lassen. Er wußte, wie seine Eile auf mich wirkte. Nein, seine Frau war nicht eingeweiht. Sie konnte es sich denken, aber das war ihr Problem, das Problem einer betrogenen Ehefrau. Mein Problem ... war das einer betrogenen Jugend. Er pendelte zwischen uns hin und her, verflocht all die Fäden, die ihn mit mir verbanden, mit jener anderen. Er hing an ihr. Einmal hatte er voll Wärme »Jadwiga« zu mir gesagt. Ich war erstarrt. Aber er hatte gelacht. »Manchmal geratet ihr mir durcheinander«, hatte er schlicht gesagt.

Jerzy und Jadwiga. Und dazwischen ich. Drei vom Schicksal geschenkte Jahre mußten wir gerecht teilen, zwischen ihr und mir. Doch ... welche von uns beiden war besser weggekommen? Es lag in der Natur der Sache, daß die Verteilung nicht gerecht sein konnte.

»Deinetwegen ist mein Leben in Unordnung«, hatte ich einmal vorwurfsvoll gesagt.

»Ich akzeptiere, was immer du wählst.«

»Wenn dabei nur ein bißchen für dich übrigbleibt?«

»Für mich bleibt sowieso alles«, hatte er lachend erwidert, er war sich seiner sehr sicher.

Das waren Augenblicke, in denen ich ihn herzlich satt hatte. Es sprach dann die Enttäuschung aus mir, daß all die hehren Worte im Vergleich zum täglichen Leben so wenig bedeuteten. Mit dem Kind zum Zahnarzt gehen, die Wäsche abholen, in der Schlange vor dem Kino um eine Karte anstehen. Das machte sie für mich. Ich mußte mir nicht Tag für Tag überlegen, was es zum Mittagessen, was es zum Abendbrot geben sollte. Und trotzdem, auch wenn ich ein solches Leben verachtete, war ich im Grunde genommen eifersüchtig auf sie. Ich hatte den Verdacht, daß diese tägliche Plackerei, all diese Gewohnheiten genauso viel wert sein konnten wie die plötzlichen Höhenflüge, die doch immer mit einem Absturz verbunden waren. Jedenfalls für mich. Es blieb ein leerer Platz neben mir zurück. Einmal, in einem Augenblick plötzlicher Traurigkeit und Sehnsucht nach Jerzy, hatte ich mich überwunden und bei ihm zu Hause angerufen.

»Papa schläft«, hatte eine Kinderstimme geantwortet.

»Papa schläft«, darin lag alles. Jerzys zweites Leben, von dem ich erfolgreich ausgeschlossen war. Wie sonst hätte es auch sein sollen? Nur einmal war ich dank meiner Hartnäkkigkeit, meiner »Launen«, wie er das nannte, in jenem Haus gewesen. Wir kamen vom Augustów-See zurück, Jerzy hielt das Auto vor dem Haus an, in dem ich wohnte, holte aber nur meine Sachen aus dem Kofferraum. Auf meinen fragenden Blick lächelte er entschuldigend.

»Ich muß doch streichen ...«

»Aber abends kannst du wiederkommen.«

»Ich will auch nachts arbeiten. Ich hab nur eine Woche.«

»Dann ziehe ich zu dir.«

Er schaute mich verblüfft an.

»Wie stellst du dir das vor?«

»Ich werde dir helfen.«

In meiner Stimme war etwas, das ihn veranlaßte, meine Tasche wortlos wieder in den Kofferraum zu werfen.

Die Villa in Saska Kępa lag in einem Garten. Am Gartentor wuchsen Fliederbüsche. Ich wußte, daß das Haus den Eltern von ihr gehört hatte. Das genügte, um mich dagegen einzunehmen, und doch konnte mir nicht entgehen, wie schön dieser Vorkriegsbau war, sein Altan, der auf Säulen ruhte, seine Fenster in weißen Rahmen und mit Fensterläden und schließlich sein Dach aus echten Dachziegeln. Es war ein richtiges Haus. Wie hatte doch ein Satiriker gesagt: Die degenerierten Kapitalisten haben Häuser für die Menschen, aber Ställe für die Pferde gebaut ... Wir traten in die Eingangshalle, Jerzy machte Licht. Ich sah die vom Alter ganz dunkel gewordene Wandtäfelung, darüber hing ein Hirschgeweih. Gegenüber vom Eingang, unter einem Spiegel, stand das Telefon. Wir hängten unsere Jacken an hölzerne Haken, Jerzy packte seine Hausschuhe aus, ich die meinen. Ich zog sie an und war bereit, dieses Museum eines fremden Lebens zu besichtigen. Das Badezimmer: an der Tür ein geblümter Bademantel, klein wie für ein Kind, unter dem Spiegel Kosmetika. In einer Glaskugel Watte für die Schminke. Mein Schmerz angesichts einer Anwesenheit, die hier doch viel eher am Platz war ... Ich ging zurück in die Küche, Jerzy machte Tee. Mit welcher Leichtigkeit er sich zwischen all den Gegenständen bewegte, die für mich völlig fremd waren. Verlegen schob er mir eine Tasse hin.

»Siehst du, das sind deine Ideen«, sagte er in unser Schweigen während des Abendessens.

»Du verstehst nicht, daß ich da einmal durch mußte. Ich mußte sehen, in was für einer Umgebung du ohne mich lebst.«

»Werd nicht melodramatisch.«

»Ich muß aber!«

In Jerzys Arbeitszimmer standen zwei gerahmte Fotografien auf dem Schreibtisch. Die eine war vor dem Malteser-Krankenhaus gemacht worden. Jerzy im weißen Arztkittel hat seinen Arm um mich und Roma gelegt, alle grinsen wir breit in die Kamera, als gäbe es einen Grund zur Freude. Das war Anfang September. Die zweite Fotografie zeigte einen blonden Jungen. Für einen Moment glaubte ich, es sei Jerzy.

»Das ist mein Sohn, Anna«, sagte er ernst.

»Wie? Ich dachte ...«

»Mein ältester Sohn. Er war in der ›Zośka‹*. Sie haben mir meinen Jungen umgebracht.«

»Im Aufstand?«

* *Zośka:* Sturmbataillon der polnischen Untergrundarmee (AK) im Zweiten Weltkrieg, das am Warschauer Aufstand teilnahm. A.d.Ü.

»Meine Frau hatte ihn überredet, sich zu stellen. Er wollte die Aufnahmeprüfung für die TH machen. Sie kamen in der Nacht und brachten ihn in die Rakowiecka. Ich weiß nicht einmal, wo sein Grab ist ...«

Und plötzlich fiel mir jenes Gespräch wieder ein. Ich hatte ihn damals falsch verstanden. Ich hatte gedacht, er wollte seinen Haß pflegen, und dabei wollte er mir von seinem Sohn erzählen. Statt dessen hatte ich ihm von meiner Tochter erzählt.

Er machte eine Schublade auf und holte eine Taschenuhr heraus. Ein Deckel aus Platin, darunter ein zweiter mit eingravierter Widmung: »Dem geliebten Sohn Jerzy – Vater.« Er legte mir die Uhr in die Hand.

»Ich wollte dir immer etwas geben, was mir wertvoll ist.«

»Behalte sie für einen deiner Söhne ...«

Er schüttelte den Kopf.

»Jerzyk sollte sie bekommen. Jetzt will ich, daß du sie hast.«

Diese Uhr ... ich trage sie immer in meiner Handtasche.

Die Pension wird von einer ehemaligen Journalistin geführt, einer patenten Frau, deren Beziehungen immerhin so gut sind, daß sie die Erlaubnis bekommen hat, dieses Haus zu führen. Ein unglaublicher Snob ist sie auch. Als ich das erste Mal zu meinem Tisch ging, sagte sie mit süßer Miene:

»Das ist Frau Anna Bołtuć, unsere bekannte Schauspielerin.«

Alle schauten mich an. Sie setzte die Vorstellung fort. Sie nannte Titel und Namen, die jeweilige Person nickte mit dem Kopf. Das erinnerte ein wenig an ein Puppentheater, in dem ich meine gar nicht so kleine Rolle spielte, weil ich doch all diesen Personen ebenfalls zunicken mußte. Da war also Herr Rechtsanwalt X, Frau Antoniowa Gräfin P, Graf P, der Herr Justitiar im Seefahrtsministerium, Rechtsanwalt Z und so weiter.

Antek und ich setzten uns auf unsere Plätze.

»Soll ich dich füttern?« fragte ich.

Antek schaute mich so vorwurfsvoll an, daß mir abrupt klarwurde, wie taktlos das war. Ich gab ihm den Löffel. Er aß mit dem Mund dicht am Teller und gab acht, daß er nichts verschüttete. Er wollte einen guten Eindruck machen, doch nur ich konnte seine Anstrengung richtig würdigen. Die anderen am Tisch waren mit weltläufigen Gesprächen beschäftigt.

»Erinnerst du dich, Antek, an den kleinen Karol ... den Neffen von Krysia ...«

Als er seinen Namen hörte, schaute Antek auf, aber auch das wurde nicht bemerkt. Damit er keine Komplexe bekäme, sagte ich deshalb:

»Ah, da haben wir zwei Herren am Tisch, die Antoni heißen, mein Enkel heißt nämlich auch so.«

Wieder schauten mich alle an.

»Enkel?« fragten sie wie im Chor.

Heute gibt es Tomatensuppe mit Klößen, so daß Anteks Hemd bedroht ist. Und ich im übrigen auch. Die Wäsche muß ich am Brunnen waschen und das Wasser mit einem Eimer hochholen. Und weil mein Enkel die Empfindlichkeit in Person ist, wenn es um Waschpulver geht, muß ich gleich ein paar von diesen Eimern holen, um alles gründlich zu spülen. Diese Tomatensuppe gefällt mir immer weniger, und noch weniger gefallen mir die Klöße.

»Soll ich dich nicht füttern?« flüstere ich.

Er lehnt mit großem Ernst ab, und schon landet der Inhalt des ersten Löffels auf seinem Hemdchen.

»Siehst du«, zische ich befriedigt.

Fügsam händigt er mir den Löffel aus. Er fühlt sich gedemütigt. Schon denke ich nicht mehr an mich, sondern an das Kind, das doch schon ein richtiger kleiner Mensch ist. Gestern hat er eine schwierige Erfahrung gemacht. Wir waren über den Hof zum Gartentor spaziert, von wo es näher zum Hohlweg ist. Als wir an der offenen Stalltür vorbeikamen, fand gerade eine Exekution statt. Vor unseren Augen schnitt die Hausfrau einem Huhn auf dem Hackblock den Kopf ab. Der kleine Kopf flog auf die Sägespäne, und in der Hand der Frau baumelte flatternd der Rumpf. Der Hals blutete mächtig. Ich schaute zu Antek. Auf seinem Gesicht malte sich Verwunderung. Ich nahm ihn auf den Arm. Er legte seinen Kopf an meine Schulter. Ich trug ihn, ohne den Versuch zu machen, etwas zu erklären, denn wie soll man den Tod erklären. Wir waren in der Mitte des Hohlwegs, als ich sein unsicheres Stimmchen sagen hörte:

»Ich will runter.«

Er ging voraus. Er schaute sich dabei nicht nach mir um, aber an der Art, wie er sich hielt, konnte ich sehen, daß er noch nicht darüber hinweggekommen war. Er wollte allein sein, um das alles in Gedanken zu verarbeiten. Ich störte ihn nicht.

»Doktor Rudziński ist tot«, hatte die Frauenstimme gesagt.

Schon als ich den Hörer auflegte, war ich mit Sicherheit jemand anderes. Ich empfand dasselbe Erstaunen, das ich heute in den Augen des Kindes gesehen hatte. Ich war in die Küche gegangen, wo im Schrank eine angefangene Flasche Wodka stand. Nie hatte ich ohne ihn getrunken. Jetzt goß ich mir ein Glas zur Hälfte voll und trank es in einem Zug aus. Rückwärts bewegte ich mich zum Tisch, hockte mich auf seine Kante und nahm den zweiten Schluck direkt aus der Flasche. So blieb ich sitzen, bis die Flasche leer war. Ich war betrunken und stieß gegen die Möbel. Schließlich kauerte ich mich in die Ecke, mein Kopf sank mir herunter, und ich schlief ein. Gegen Morgen wachte ich auf. Ich hatte Mühe hochzukommen, in den Beinen verspürte ich ein Kribbeln. Ich ging ins Badezimmer und wusch mir das Gesicht mit kaltem Wasser ab; dann warf ich mich, ohne Licht zu machen, auf die Couch. Um die Mittagszeit des nächsten Tages wachte ich auf. So war ich vor dem ersten Schmerz nach Jerzys Tod in den Schlaf geflohen. Ich setzte mich mit schwerem Kopf auf und dachte, das sei der dümmste Witz, den das Leben je mit mir gemacht hatte. Daß Jerzy gestorben war, das war nämlich nicht tragisch, das war dumm. Man konnte mich in einen Zug setzen und Tausende von Kilometern nach Osten fahren, man konnte mich danach fast zu Tode erfrieren lassen, aber man durfte mich nicht in eine Situation bringen, in der ich plötzlich ohne ihn leben mußte. Das war absurd. Denn wenn die Bande zwischen zwei Menschen so sind, wie sie es zwischen uns waren, dann darf es keine individuellen Lösungen geben. Das gehört sich einfach nicht. Mir wurde bewußt, bis zu welchem Grad mein Leben Jerzy untergeordnet war. Ich wartete auf ihn, immer wartete ich, denn er dirigierte mich, und zwar nicht erst seit dem Tag unseres Wiedersehens, sondern seit jenem regnerischen Tag Anfang August. Während der letzten Jahre hatte ich keinen Schritt ohne seine Zustimmung gemacht. Einmal hatte ich angerufen, daß aus unserem Treffen nichts würde, weil ich krank sei.

»Was ist es?« fragte er sachlich.

»Ich hab etwas mit den Bronchien. Man hat mir Antibiotika verschrieben.«

»Hast du sie schon genommen?«

»Noch nicht.«

»Dann nimm sie nicht, bevor ich dich nicht abgehorcht habe.«

Es war mir nicht besonders recht, daß er mich in so einer Verfassung sehen würde, mit roter Nase und fettigen Haaren, dagegen war es mir sehr recht, daß ich ihn gleich sehen würde. Im übrigen hatte ich da sowieso nichts zu sagen. Ich hüpfte aus dem Bett und wusch mir über der Wanne meine Fransen über der Stirn, den ganzen Kopf zu waschen traute ich mich nicht. Jerzy erschien und horchte mich ab.

»Da ist nichts«, sagte er. »Iß das Giftzeug nicht. Nimm Kalzium und Aspirin.«

Und das tat ich dann auch. Ich hütete für einige Tage das Bett, er erledigte die Einkäufe für mich. Er brachte sogar selbstgemachten Himbeersaft, und ich wußte, aus wessen Keller er stammte.

Ich weiß nicht, ob ich mich mit seinem Tod abgefunden habe. Das Gefühl des Verlusts verläßt mich nicht. Als hätte man mir ein Stück Fleisch herausgerissen. Der Abschied von Jerzy war von Anfang an ein rein physisches Problem, denn mich nach ihm zu sehnen, hatte ich bei Gott perfekt gelernt. In meiner Schule war das die allerschwerste Lektion gewesen. Ewa kam nach Hause zurück, doch unsere Beziehung ließ sich nicht mehr ins Lot bringen. Ich traf mich mit Männern, die ich zufällig kennenlernte, und kam häufig erst gegen Morgen heim. Mein Problem bestand damals darin, so heimzukommen, daß sie es nicht merkte. Auch hatte ich den Grundsatz, niemanden mitzubringen. Nur Witek wurde zur Ausnahme. Mit seinem Erscheinen hörten meine besoffenen Romanzen auf. Ich weiß nicht, was ich suchte. In jener Zeit war Sex für mich wie ein Sprung in heißes Wasser, aus dem ich gleich wieder herauswollte. Es war einfach nicht normal. Jerzy war die große Ausnahme gewesen. Vielleicht kam es mir deshalb wie Liebe vor, weil es mit Witek wieder normal war. Denn ob ich ihn wirklich liebte? Es war eher so, daß er mich liebte. Für mich war es bequem. Seine Anwesenheit brachte mir so eine Art Amnesie, die Vergangenheit verblaßte und hörte auf, sich mir in den Weg zu stellen.

»Kommen Sie bitte in die Gegenwart zurück«, hatte der Psychologe wiederholt gesagt.

Fünfundzwanzig Grad im Schatten. Klarer Himmel, Sonne. Ich bin mit Antek im Obstgarten hinter dem Haus. Wir liegen im hohen Gras wie in einem Mikrodschungel. Die verwilderten Bäume sind unsere einzige Gesellschaft, denn die Bewohner der Holzkate sind aufs Feld gegangen. Das paßt mir sehr, ich habe das Oberteil meines Badeanzugs ausgezogen. Auch Antek hat nur eine weiße Mütze auf. In regelmäßigen Abständen hebe ich den Kopf und schaue nach, ob sie noch über dem Gras zu sehen ist.

Die alten Apfelbäume wehren sich fast heroisch gegen das Verdorren. Da sprießt zwischen den schwarz gewordenen, knotigen Ästen ein Strauß rötlich-weißer Blüten, woanders ragt aus einem blühenden Wipfel wie eine verdorrte Hand mit gespreizten Fingern ein Zweig hervor, wieder woanders steht nur die eine Hälfte des Apfelbaums in Blüte, und ein Baum hat es geschafft, zwei Blüten an einem seiner knorrigen Zweige hervorzubringen. Ein seltsamer Garten, wie eine Illustration vom Kampf zwischen Leben und Tod. Eigentlich ist der Kampf hier schon entschieden, und doch ist die Schönheit dieses Sterbens fast atemberaubend.

Antek ist auf die Decke gekommen. Mit seinem Händchen berührt er meine warme Brust.

»Oma, was ist das?«

»Meine Brust«, antworte ich, ohne die Augen zu öffnen.

»Nein, das ist ein Bäuchlein!« Er berührt die andere Brust. »Und hier ist ein Bäuchlein«, er legt seine Hand an meinen Nabel, »und hier ist noch ein zweites Bäuchlein.« Bis drei zu zählen übersteigt seine Möglichkeiten. Er sieht, daß ich lache, etwas verlegen fügt er deshalb hinzu: »Und ich hab nur eins, weil ich noch klein bin.«

Ich packe ihn am Arm und wälze mich mit ihm im Gras. Er quiekt vor Vergnügen:

»Mama! Du zerdrückst mich, Mama!«

Bin ich denn nicht wirklich seine Mutter? An meinem Körper lernt er die Merkmale einer Frau kennen. Bei seiner eigenen Mutter würde er sie nicht finden, deren zierliche Gestalt hat längst alle weiblichen Züge verloren. Meine Stimmung schlägt um, die nagende Sorge um Ewa kommt zurück. Sie hat das Krankenhaus schon verlassen, wann wird sie wieder anfangen, sich zu vergiften? In diesem Heft, das ich aus der Schublade genommen habe, waren ein paar Seiten beschrieben. Ich weiß nicht, was es ist. Prosaversuche? Ein Notizbuch mit erdachten Geschichten? Das Mädchen, über das sie schreibt, trägt den Namen Anka, dabei ist klar, daß sie sich meint.

»Sie trat an den Spiegel. Das Gesicht im Spiegel zersprang. Das kommt wohl von diesem Herumsitzen im Dunkeln, dachte sie und preßte ihre Schläfen zusammen. Langsam kehrte alles wieder an seinen Platz zurück: Die Augen fielen tief in ihre Höhlen, wo die dunkelblaue Umrandung sie erbarmungslos hervorhob. Irgendwer hatte einmal gesagt, daß Anka Augen wie ein hungerndes Kind in

Äthiopien habe. Wer war das? Die Frage quälte sie nur für einen Moment. Eine Antwort zu finden erschien ihr unnötig anstrengend. Nochmals schaute sie in den Spiegel. Ja, leider war alles so wie zuvor, nur die Nase schien sich noch mehr aufgestülpt zu haben. Angewidert wandte sie den Kopf ab. Sie trat ans Fenster. Tausend Lichter redeten ihr ein, Licht zu machen. Sie wollte es tun, doch zog sie rasch ihre Hand zurück. Sie mochte kein Licht, nichts ließ sich vor seinen kalten Augen verbergen. Die Dunkelheit war anders, beruhigend. In der Dunkelheit konnte sie jemand Besseres sein. Sie zündete eine Kerze an und schloß die Augen. Die Ruhe, die sie allmählich überkam, wurde von einem plötzlichen Klopfen unterbrochen. Anka erstarrte. Sie wußte, daß jemand vor der Tür war. Er würde jeden Ton in ihrer kleinen, fünfundzwanzig Quadratmeter großen Wohnung hören. Sie hatte Angst wegen ihres Atems, wegen des Schlagens ihres Herzens. Sie brauchte ihre ganze Energie, um sich langsam und ohne ein Geräusch zu verursachen zu einer Kugel zusammenzurollen. In der Embryonalstellung fühlte sie sich immer sicherer. Dieser Jemand vor der Tür wartete offenbar, daß sie ihre Anwesenheit verraten würde. Er stand da schon ein paar Minuten und klopfte immer aufdringlicher. Er weiß, daß ich da bin, dachte sie. Jemand faßte die Türklinke. Anka hatte Mühe zu schlucken. Wie lange kann er dort stehen, zehn, fünfzehn Minuten. Ihr kam es wie eine Ewigkeit vor. Sie hörte das Rascheln eines unter die Tür geschobenen Zettels und Schritte auf der Treppe. Erleichtert atmete sie auf, doch war sie nicht sicher, ob das nicht eine Falle war, und für ein paar Sekunden blieb sie noch zusammengerollt liegen. Zuletzt schlief sie ein.

Sie erwachte um zwei Uhr in der Nacht, im Haus war es still geworden. Von jenseits der Wand waren keine Geräu-

sche zu hören, kein Schlurfen von Hausschuhen, keine Gespräche. Langsam stand sie auf und ging sich die Schminke abwaschen. Sie machte das sehr vorsichtig, als hätte sie Angst, ihr Gesicht zu verunstalten, wenn sie zu stark rieb. Aus dem Hahn kam nur kaltes Wasser. Verärgert ging sie zurück ins Zimmer und legte sich angekleidet aufs Bett. Ich vegetiere, ja, ich vegetiere, Mama hat recht. Ihre Gedanken wurden immer unerfreulicher. Sie versuchte, an etwas anderes zu denken. Sommer, Sonne, Palmen, ein Sonnenbad ... Der Schlaf kam nicht. Die Gedanken ließen sich nicht täuschen. Diese wohlbekannte Unruhe stellte sich wieder ein ... Ich warte auf mich, ich habe Angst ...«

»Ich warte auf mich. Ich habe Angst.« An dieser Stelle brach der Text ab. Ich überlegte, daß vielleicht alles, was der Psychologe mir über meine Tochter zu sagen versucht hatte, in gewisser Weise wahr sei. Aber die von ihm aufgezeigte Lösung war unannehmbar. Ich kann ihr keinen Lebenslauf zurückgeben, weil auch er unannehmbar ist. Wenn ich ihr schon etwas erzählen muß, dann in einer geänderten Version. Damit ist er nicht einverstanden. Er sagt: »Entweder die Wahrheit oder Schweigen.« Also schweige ich.

In der Nacht hat es einen Sturm gegeben. Es blitzte und donnerte. Ich schaute aus dem Fenster in den alle Augenblicke von bläulichem Licht erleuchteten Obstgarten, der bedrohlich, fast gespenstisch wirkte. Aber das änderte nichts an meiner Sympathie für diese Bäume, die längst verloren waren. Wie nett von den Wirtsleuten, daß sie ihnen erlaubten, in Frieden zu sterben, und nicht mit Säge und Axt auf sie losgingen.

Der Sturm hat sich plötzlich gelegt, aber ich kann nicht

schlafen. Antek atmet ruhig, dicht an meine Seite geschmiegt. Er ist ganz naß, ich sollte ihn in sein Bett tragen, aber auch ich brauche seine Nähe. Heute im Obstgarten machte ich eine Entdeckung. Ich entdeckte bei ihm das Mienenspiel meiner Mutter wieder. Wenn er zum Beispiel über etwas nachdenkt, zieht er auf ganz charakteristische Art eine Braue hoch. Das ist unverwechselbar. Gleich war mir klar, was das bedeutete: die Generationenkette. Selbst wenn man Ewa als heruntergefallene Masche behandelte. Aber warum ... Weil sie uns so gar nicht ähnlich war ... Dabei, wem ist sie denn nicht ähnlich, doch ihrer Mutter und ihrem Sohn ... Ich muß aufpassen, nicht so zu denken. Diese zwei fremden Augen ... Das plötzliche Bedauern, daß ich mich so weit von meinen Wurzeln entfernt habe. Gerade so, als lägen meine Anfänge in dem fremden, kalten Land. Dort habe ich meine geistigen Mütter zurückgelassen. Jerzy konnte das nicht begreifen. Er konnte mein Verhältnis mit Wera nicht verstehen. Für ihn war sie nur ein bösartiges Monster, das das Leben vieler Menschen auf dem Gewissen hatte. Aber er tat ihr unrecht. Sie hat nie als erste angegriffen. Natürlich, sie hat ihre Stellung auf Kosten anderer verteidigt, aber was ist das Lager denn, wenn nicht ein Kampf ums Überleben. Wenn sie jemandem helfen konnte, ohne sich, oder später auch mich, dadurch zu gefährden, dann tat sie das. Nur daß außer mir niemand davon wußte. Kranke, die dank einer List auf der Station bleiben konnten, hatten keine Ahnung, daß sie das nur Weras gutem Willen verdankten. Sie kannte doch alle Tricks in- und auswendig. Es wäre übertrieben, Wera für eine Person ohne Fehl und Tadel zu halten, aber nachdem ich sie besser kennengelernt hatte, verstand ich, daß ihr Haß auf die Menschen nur die Antwort auf deren Haß ihr gegenüber war. Und ihr Haß war nicht grundlos. Sie hatte schon lange, bevor sie ins Lager gekommen war, gelernt zu hassen. Das war ein Fall, wo sich das Schlechte in einem Menschen zu seinem Guten wandelte. Dank ihres blinden Hasses erfreute sich Wera des Vertrauens ihrer Vorgesetzten. Ich weiß, daß ich, wenn sie ein Wort gesagt hätte, dieses Lager nie verlassen oder aber so lange in ihm gesessen hätte, wie sie es gewollt hätte. Und doch fanden höhere Gefühle ihren Weg in diese finstere Seele. Sie unternahm nichts, weil sie mich mehr liebte als sich selbst. Und ich brauchte eine solche Liebe. Ich kannte sie weder aus meiner Kindheit, noch hatte ich sie in den Augen eines Mannes gefunden, erst in Weras Augen hatte ich sie entdeckt. Das bewahrte mich vor der Lagereinsamkeit. Ich war damals doch erst fünfzehn Jahre alt! In meiner Liebe zu Jerzy fühlte ich mich immer einsam. Ich wußte genau, wer regelmäßig zu ihm in die Kammer neben dem Dienstzimmer kam, wo nur für ein Bett Platz war. Aber mehr brauchte er nicht. Ich kannte ein paar seiner Lagerliebchen vom Sehen. Am meisten litt ich unter Irina, einer hübschen schwarzhaarigen Lehrerin aus Leningrad. Weras Anwesenheit gab mir ein Gefühl der Sicherheit. Ich bin von ihr nicht gezwungen worden, ich kam selbst zu ihr. Vielleicht aus Neugier, ich weiß es nicht. Unsere Wege mußten sich trennen, und sie war sich dessen bewußt. Vielleicht erschien deshalb in ihren Augen, wann immer sie mich ansah, etwas Tragisches. Jerzy verstand viele Dinge nicht. Ich weiß, daß mein Verhältnis mit Wera ihm sehr weh tat. Ich merkte das an seinen Ausbrüchen von Haß, sobald ihr Name nur zufällig fiel.

Das Anstreichen seiner Wohnung damals ... als wir schon die Möbel zur Seite gerückt hatten, als wir sie mit Papier abgedeckt und auch den Boden ausgelegt hatten, da fühlte ich mich weniger fremd. Jerzy gab mir ein Paar alter

Hosen und ein Flanellhemd von sich. Er stand auf der Leiter und strich die Decke, und ich schrubbte die Wände ab. Wir fingen mit dem Salon im Erdgeschoß an. Vom Kaminsims verschwand die Fotografie seiner Frau mit den Söhnen. Einer von ihnen war darauf ein kleiner Junge, aber ich wußte, daß er jetzt vierzehn Jahre alt sein mußte. Ihr strahlendes Lächeln mochte schon ein wenig gealtert sein. Ich wollte die Anwesenheit seiner Familie aus meinem Bewußtsein löschen. Aber das war unmöglich. Vielleicht bestand deshalb zwischen uns die ganze Zeit eine Spannung, die nur wich, wenn wir Wodka tranken. Farbbeschmiert setzten wir uns in der Küche an den Tisch. Jerzy holte dann ein Stück Wurst aus dem Kühlschrank und stellte ein Glas Gurken auf den Tisch, die seine Frau eingelegt hatte. Sie war eine exzellente Hausfrau, im Keller waren alle Regale mit Mariniertem, mit Kompotten und Marmelade vollgestellt. Wir aßen diese herrlichen Gurken und spülten mit Wodka nach. Unsere Stimmung hob sich dann immer.

»So treten die letzten romantischen Helden ab«, stellte Jerzy melancholisch fest.

»Wir haben Kinder«, erwiderte ich.

»Zugegeben, du hast eine Tochter!«

Ich schaute wie gelähmt. Einen Moment lang rangen unsere Blicke miteinander. Dann standen wir beide auf.

»Aber ich hab meinen Sohn nicht mehr, Anna«, schloß er mit solchem Schmerz, daß ich unvermittelt auf die Knie sank. Er kam zu mir auf den Boden. Wir liebten uns mit einer geradezu ausweglosen Verbissenheit. Jede der abrupten Bewegungen Jerzys empfand ich als sehr schmerzhaft, und trotzdem löste ich den Druck meiner Beine nicht. Ich umfing ihn so stark, daß wohl zum ersten Mal kein bißchen Luft zwischen uns war. Wir füllten alles vollkommen aus.

So erreichte ich den Höhepunkt körperlicher Liebe auf dem Fußboden in der Küche des Hauses, das der von mir geliebte Mann mit einer anderen Frau teilte. Ich war verwundert. Jerzy hielt meinen Kopf und winselte wie ein kleiner Hund. Nachher hatte ich Angst, die Augen zu öffnen, damit er nicht das sehen würde, was ich sogar vor mir selbst verbergen wollte. Aber war das überhaupt möglich? Unsere Augen trafen sich. Wir schauten einander auf eine neue Art an, uns beiden war bewußt, daß wir so etwas kaum würden wiederholen können. Es war, als wären wir in eine Haut gekleidet, atmeten mit einer Lunge und hätten nur ein Herz.

»Ich möchte zwischen deinen Schenkeln sterben, Anna«, scherzte Jerzy, denn er war solchen Gefühlen noch weniger gewachsen als ich.

Jeden Morgen nach dem Frühstück gehen wir hinter die Scheune, wo auf einer leicht abfallenden Wiese ein Kalb weidet. Es steht dort wie ein Spielzeug inmitten der hohen Gräser und des Löwenzahns. Antek macht sich Gedanken, weil das Kalb angebunden ist. Ich erkläre ihm, daß es noch klein und dumm ist und weglaufen könnte.

»Aber du bindest mich nicht an«, sagt er und runzelt die Stirn.

»Und das ist mein Fehler«, lache ich.

Ich habe noch einen größeren begangen, indem ich ihn glauben ließ, daß auf der Erde die Tiere gleichberechtigt neben den Menschen existieren würden. Ich habe Angst um ihn, er ist ein so empfindsames Kind. Ein paarmal schon hatte ich Gelegenheit, mich davon zu überzeugen. Wir kehrten auf einem Umweg vom Wald zurück, und auf einer kleinen Anhöhe stießen wir auf eine Dorfkapelle. Ein aus Holz geschnitzter Christus blickte mit tragischem Gesicht gen Himmel. Eine Dornenkrone bohrte sich in seine Schläfen. Ich bewunderte die Arbeit des unbekannten Künstlers, als ich plötzlich Antek schreien hörte. Lange konnte er sich nicht beruhigen, schließlich deutete er mit seiner Hand auf die Kapelle und stammelte:

»Der Mann ...«

Noch am Abend kam er wieder darauf zurück.

»Der Mann war krank«, sagte er.

Wie soll ich ihm erklären, was ich selbst nicht so ganz verstehe. Soll man ihm jetzt schon die bittere Wahrheit von der schlecht eingerichteten Welt offenbaren oder es ihn auf eigene Faust entdecken lassen? Ich kann so wenig für meinen Enkel tun. Er ist auf sich selbst gestellt und wird es bleiben. Und ich kann nur eines tun: vor Angst sterben.

Zu den anderen mit uns befreundeten Wesen in der Gegend gehört ein Schwein, das wie gemalt aussieht, das heißt, aussehen würde, wenn es nicht so dreckig wäre. Wir werfen ihm Brotrinden hin, und es frißt sie unter lautem Grunzen. Antek meint, das sei sein Dankeschön.

Nach dem Sturm ist es kühler geworden, wir tragen Jakken. In den Wald zu gehen hat jetzt keinen Sinn, es ist naß. Also machen wir unsere Runde auf dem Weg, an dem die Pappeln stehen. Weiter weg gibt es junges Getreide. Fast kann man zusehen, wie es wächst. Als wir hier ankamen, war es erst halb so hoch. Antek läuft mit einem Stecken, der ihm als Pferd dient. Er selbst bockt und galoppiert im übrigen auch wie ein Pferd.

»Oje, ein lebhaftes Kind«, sagt die Wirtsfrau und wiegt den Kopf, »in der Stadt ist es schwer mit so einem.«

Sie hat recht. Es ist schwer. Nur dieses Reservoir an Liebe kann meine Geduld erklären und meine körperliche Ausdauer. Mit ihr steht es schon bedeutend schlechter, und zwar ganz unabhängig von Antek. Ich habe keine grauen Haare und Falten, aber irgendwo jenseits meines jugendlichen Gesichts steckt eine große Mattigkeit. Acht Jahre unmenschlicher Bedingungen machen sich bemerkbar, abends tun mir die Gelenke weh, und manchmal läßt sich das durch nichts lindern. Dann weine ich vor Schmerz und bin froh, daß mich niemand sieht.

Ich rufe Antek, er soll kommen, wir müssen zum Abendessen gehen. Die Wirtsfrau kam, um zu sagen, sie habe die Kuh gemolken. Von weitem sehe ich jemanden kommen. Ich schirme meine Augen mit der Hand ab und denke im selben Moment, daß das ziemlich theatralisch wirkt. Und als hätte ich es gewußt, taucht in meinem Gesichtsfeld die dritte Person des Dramas auf.

»Schau, deine Mama«, sage ich zu Antek, der mit seinem Stecken in der Hand stehengeblieben ist.

Ewa kommt näher.

»Sagst du Mama nicht hallo?« frage ich.

Zuerst versteckt er sich hinter mir, doch dann schießt er wie eine Kugel auf sie zu. Sie umarmen einander heftig. Sie sehen aus wie zusammengewachsen. Der Kopf des Kindes paßt sich ideal in die Vertiefung ihres Schlüsselbeins, seine Beine umschlingen eng ihre Schenkel. Und plötzlich schließe ich mich dieser Figur an. Ich halte die beiden umarmt, drücke sie an mich, als wollte ich sie in mich hineinpressen und sie der Welt in einer besseren oder zumindest weniger komplizierten Version wiedergeben.

»Ich weiß, daß Sie und Ihre Tochter ein kleines Kind haben«, hatte Jerzys Frau am Telefon gesagt, als verstünde sie unsere familiären Beziehungen vollkommen, »ich kann mich um das Kind kümmern, falls Sie gerne bei Ihrer Tochter sein möchten.«

Ewa war nur einen Tag mit uns zusammen. Mittags kam die Sonne heraus, also gingen wir zum Fluß. Ewa zog sich sogar aus und legte sich auf eine Decke. Ich schaute sie an, schaute das an, was sie aus sich gemacht hatte.

»Was schaust du so?« fragte sie mißtrauisch. »Hab ich etwa zugenommen?«

»Im Gegenteil«, antwortete ich leise.

»Aber ich hab das Gefühl, als wäre ich im Gesicht etwas voller geworden.«

»Hör auf! Reicht es dir denn nicht?«

»Mir reicht es schon lange«, erwiderte sie.

Ich wollte ihr eine scharfe Antwort geben, doch mein Blick fiel auf ihre Hand, auf der von der Infusion eine Narbe geblieben war.

»Ich hoffe nur, daß du keine Tabletten nimmst«, sagte ich leise.

»Nein«, gab sie mürrisch zurück.

Sie lügt, ging es mir durch den Kopf. Ich sitze hier, in diesen primitiven Verhältnissen mit ihrem Kind, damit sie Ruhe hat und zu sich kommen kann. Doch sie geht bereits von sich fort zum unbekannten Ausgang ihrer Geschichte, die unweigerlich zu unserer Geschichte werden wird: zu meiner und zu der von Antek.

Als Ewa wieder weg war, konnte ich nicht schlafen. Was für eine Wohltat ihr Aufenthalt im Krankenhaus war, wurde mir erst jetzt so richtig bewußt. Dort war sie in Sicherheit. Jetzt hatte sie freie Hand und konnte ihre Pilgerfahrt durch die Apotheken der Stadt von neuem beginnen. Schrecklich, diese Eile von ihr, diese Angst, sie käme zu spät zum Bus ... Sie ist gekommen, um mir wieder die Leiter der Angst hinzustellen, auf der ich immer höher und höher emporsteigen werde. Schon am nächsten Tag zeigte sich, wie dünn meine Nerven waren.

Als wir an der abschüssigen Wiese vorbeikamen, war das Kalb nicht mehr da.

»Wo mag es nur stecken?« zerbrach Antek sich den Kopf.

Ich konnte mir das schenken, ich sah die aufgespannte Haut des Kalbs auf dem Zaun. Hastig redete ich auf Antek ein, damit er sie nicht bemerkte. Nachher, als er schon schlief, fing ich an, im Zimmer auf und ab zu gehen. Ich hatte mich ganz offensichtlich nicht mehr unter Kontrolle. Etwas war mit meinem Gesicht los. Ich glaube, ich weinte sogar ein bißchen. Es war ein Wimmern, nicht zu laut, damit das Kind nicht aufwachte. Und es lag darin alles: Vorwurf und Trauer darüber, daß Ewa, daß die Einsamkeit immer schwerer zu ertragen waren, daß ich für mich selbst immer schwieriger wurde, und zuletzt, daß das Kälbchen ... Mein bitteres Klagen wurde von Klopfen unterbrochen. Ich hörte die Stimme der Wirtsfrau:

»Wollen Sie Kalbfleisch? Ich mach's Ihnen billig.«

Ich konnte nicht schlafen. Immer wieder stellte ich mir die Frage: Mußte es wirklich so kommen? Gab es keine andere Lösung? Damals auf dem Warschauer Bahnhof hatten wir doch eine Chance gehabt. Ich selbst hatte sie uns gegeben. Aber man hatte uns in die Rakowiecka-Straße gebracht. Nach einem kurzen Verhör wurde in unserem Fall eine »vorläufige« Entscheidung getroffen. Ewa klammerte sich krampfhaft an mich, verängstigt von allem, was um sie her vorging, vor allem aber, weil sie die Sprache nicht verstand. Als man versuchte, sie von mir loszureißen, machte sie eine Szene.

»Eto moja mama!« schrie sie immer wieder. »Ja nie chaču! Pustite menja! Ja nie chaču!«*

* Russ.: Das ist meine Mama! Ich will nicht! Laßt mich los! Ich will nicht!

Es war weniger ihr Geschrei, als daß sie Russisch redete, was Verwirrung hervorrief. Die Männer hielten inne und hörten auf, Ewas Hände von meinem Ärmel loszumachen. Auch sie wurde still, doch sie sah aus wie ein Ringkämpfer, der seine Kräfte für einen neuen Angriff sammelte beziehungsweise zur Abwehr eines neuen Angriffs. Sie sah jämmerlich aus. Sie hatte die alten Fetzen von der Reise am Leib, und im Gesicht bildeten ihre Tränen ein schmutziges Rinnsal. Da gelang mir zum ersten Mal eine freundliche Geste: Ich drückte sie an mich. Die Zeugen dieser Szene hatten keine Ahnung, woran sie da teilnahmen.

»Schafft sie fort«, sagte der »Zivile« hinter dem Schreibtisch. Er war wütend, seine Kiefer mahlten heftig.

Diesmal nahm das Wachpersonal sie wirklich mit. Einige Zeit noch hörte ich Ewas Schreie auf dem Flur.

»Du hast deiner Tochter kein Polnisch beigebracht, was bist du nur für eine Mutter«, sagte der hinter dem Schreibtisch.

»Ich hatte gar keine Chance«, antwortete ich bestimmt.

»Hier wirst du auch keine haben, vorläufig jedenfalls nicht.«

Er wußte, was er sagte. Im Gefängnis in der Rakowiecka-Straße saß ich fast ein Jahr. Nur einmal wurde ich zum Verhör gerufen. Es war kurz. Niemand schlug mich, niemand beleidigte mich. Der Protokollführer tippte meine Antworten in die Maschine, und ich kehrte in meine Zelle zurück. Die Frauen, mit denen ich die Zelle teilte, wechselten häufig, und daran merkte ich, daß ich in einer Durchgangszelle saß. Das bedeutete aber, daß in meiner Sache noch keine konkrete Entscheidung gefallen war. Ich konnte mir das Schlimmste ausmalen, um so mehr, als der erste Morgen schon sehr vielsagend gewesen war. Genaugenommen war es nicht Morgen, sondern die graue Stunde vor Tagesanbruch. Als man uns hergebracht hatte, waren wir in einer eigenartigen engen Kammer eingesperrt worden, in der es hoch oben ein mit einer Blende abgeschirmtes Fenster gab. Auf der Erde lag ein Strohsack, aber das Stroh war alt und stank so, daß ich nicht schlafen konnte. Ewa rollte sich zu einer Kugel zusammen, sie war hungrig und müde. Niemand brachte uns etwas. Da war ich dann auf einen in der Ecke stehenden Kübel geklettert und hatte durch das kleine Fenster gespäht. Vielleicht hatte mich auch »etwas« geheißen hinauszuschauen. Ich sah einen Gefängnishof, auf dem ein niedriger dreieckiger Bunker stand. Er war grau, unscheinbar und ließ an nichts Schlimmes denken. Er konnte zum Beispiel als Abstellraum für Fahrräder dienen oder etwas in der Art. Ich sah noch zwei Männer, die über den Hof genau auf den Bunker zugingen. Ich dachte also, das sei vielleicht eine Zwischenstation auf dem Weg in die Freiheit, denn einer der Männer war offensichtlich ein Gefangener, er ging voraus und hatte seine Sachen bei sich. Für einen Augenblick sah ich das Gesicht des Mannes, er war mit Sicherheit sehr jung, obwohl die Art, wie er sich bewegte, dem zu widersprechen schien. Beim Gehen zog er schlurfend die Beine nach, wie jemand, der alt oder sehr krank war. Der zweite trat ihm fast auf die Fersen. Als sie nahe beim Bunker waren, zog der Aufseher mit einer kurzen Bewegung seine Pistole und schoß dem jungen Mann in den Hinterkopf. Der vollführte eine Bewegung, als wollte er hochspringen. Der Aufseher schaffte ihn in den Bunker und schloß die Tür. Wie ein Dieb schaute er sich um und ging zu dem Gebäude zurück, aus dem beide Männer vor kurzem gekommen waren. Später habe ich gedacht, was es für ein Glück war, daß ich Jerzy nichts davon erzählt habe. Ich hatte auch von anderen, genauso meuchelmörderischen Methoden gehört. Angeblich gab es in diesem Bunker, in dieser Abstellkammer für Fahrräder, eine Öffnung. Der Gefangene wurde hineingeführt, dann verlas man ihm das Urteil, anschließend wurde der Lauf eines Revolvers genau in diese Öffnung gesteckt. Der da drinnen hatte keine Chance, da war nichts, wo er sich hätte verstecken können. Er mußte sich dort wie eine Ratte in der Falle vorkommen, also war es vielleicht besser, überrumpelt zu werden und so zu sterben, wie ich es gesehen hatte.

»Was dort geschieht, ist die Ausrottung des polnischen Volkes«, hatte Jerzy gesagt, »man liquidiert die Besten, die Jugend ...«

Man kann die Spuren meiner Füße neben den Spuren der Volkshelden finden, dachte ich, doch das war nur ein Zufall, reiner Zufall. Die ganze Zeit war ich mir dessen irgendwie bewußt, und ich brachte die Szene im Gefängnishof eigentlich nicht mit mir, mit meinem Schicksal in Verbindung. In meinen Worten betete ich für diesen Jungen, der gerade umgekommen war, und redete mir dabei ein, daß ihn die Geschichte dafür belohnen würde. Heute kann ich gar nicht glauben, daß ich damals so gedacht habe. Und doch waren wir damals alle von der Geschichte angesteckt, bei lebendigem Leibe waren wir in sie eingegangen ... Außer diesem einen Mißton vergiftete nichts meinen Aufenthalt in dem Mokotower Gefängnis. In gewisser Weise war ich sogar zufrieden, hier zu sein. Ich brauchte mir um meine Zukunft und die meiner Tochter keine Gedanken zu machen. Ich mußte weder eine Wohnung noch eine Arbeit suchen. Wie ich schon hatte erfahren müssen, hätten mich gerade dabei einige Schwierigkeiten erwartet. Denn erstens war ich nirgends gemeldet, und dann waren auch meine Papiere nicht in Ordnung, das heißt, ich besaß keinen Ausweis, den die polnischen Behörden anerkannt hätten. Also konnte von einer Arbeit keine Rede sein und noch viel weniger von einem Platz zum Wohnen. Ein Leben auf dem Bahnhof war nun nicht gerade das, wovon ich träumte, also war mein Aufenthalt hier letztlich gar keine schlechte Lösung. Um so mehr, als sich niemand besonders für mich interessierte. Die Zeit wurde mir nicht lang, in meiner Zelle tauchten bunte Gestalten der Warschauer Welt auf. Am freundlichsten waren immer die Prostituierten, sie erzählten, was sich in der Freiheit tat, spendierten Zigaretten, die sie immer irgendwo vor der Durchsuchung hatten verbergen können. Einmal war sogar eine fanatische Parteifunktionärin zu Gast. Nach Stalins Tod hatte sie sich zum Zeichen der Trauer mit Benzin übergossen und verbrennen wollen, doch hatte man ihr nicht mehr erlaubt, die Streichhölzer hervorzuholen. Ihre Haare rochen sogar noch ein bißchen, obwohl man sie vor der Einlieferung gezwungen hatte, sich zu baden. Gerne hätte ich ein bißchen mit ihr geredet, doch war sie recht einsilbig und schaute einen scheel an. Wie alle gläubigen Kommunisten. Dieser glühende Glaube veränderte ihre Gesichter auf charakteristische Weise, es malte sich auf ihnen ein Ausdruck dumpfen Trotzes, als wären sie zu allem bereit. Und auch Mißtrauen. Diesen Charakterzug würde ich nicht unterschätzen, war er doch häufig der Grund für mörderische Intrigen unter den Genossen. Wenn es etwas gibt, das ich ihnen übelnehme, dann den Stil, in dem diese Intrigen abliefen. Da ging es zu wie in einer Lehmgrube. Im Schutz der Nacht wurde der Genosse dort ertränkt. Natürlich darf man das nicht wörtlich nehmen. Aber das waren so meine Gedanken, wenn ich diese Frau anschaute und später, wenn wieder einmal etwas über die Sache mit den Brüdern Mołojec* herauskam.

Der Sommer ging zu Ende, es begann der goldene Herbst mitten im Frühling. Die Wolken stießen mit ihren Bäuchen fast an die Erde, und wir gingen gleich nach dem Frühstück zurück nach Hause, denn Antek war in eine Pfütze gesprungen und hatte Wasser in seinen Gummistiefeln. Ich holte ein paar Bücher, und wir schauten sie an, zum Lesen war es noch zu früh, Antek langweilte sich schnell. Er hatte es lieber, wenn man ihm die Märchen erzählte. Jetzt suchen wir eine Maus, die sich gewöhnlich auf einer der Seiten versteckt hielt. Wir können sie nicht finden. Und plötzlich lacht Antek aus vollem Hals:

»Da ist sie! Oma, da ist die Maus!«

Gelobt sei sie, weil sie wie eine Maus aussieht, mit einer sympathischen Schnauze, mit Barthaaren und einem langen Schwanz. So können wir sie wenigstens erkennen. Das ist nicht immer so. Oft muß ich Antek erklären, daß der rote Fleck die Schwanzfedern eines Hahns sind, die zwei fahrigen blauen Striche die Krallen und der kleinere gelbe Fleck der Rest des Hahns. Angeblich erfassen Kinder diese Malerei schnell, und sie wirkt sich gut auf ihre Entwicklung aus. Doch Antek und ich sind in diesem Fall Traditionalisten. Also schauen wir ein Kinderbuch an, das Ewa Szelburg-Zarembina geschrieben hat. Da gibt es einen Vers über eine Ameise, eine arbeitsame Frau, über eine Schnecke, die ihr Haus mit sich trägt, und über Renia, für die ihr Papa ein himmelblaues Krüglein gekauft hat. Aber diesen Papa übergehe ich, denn ich habe Angst vor der

* Die Brüder Bolesław und Zygmunt Mołojec ermordeten 1942 den 1. Sekretär der polnischen Arbeiterpartei PPR und wurden anschließend auf Befehl ihrer Genossen selbst liquidiert. A.d.Ü.

Frage, wo er sei. Warum er nicht komme, wo er die anderen doch vom Kindergarten abhole. Und wie dieser Papa wohl aussehe.

»Oh«, sagt Antek, als er gerade einen Blick aus dem Fenster wirft, »sie spielen mit dem Schwein.«

Ich schaue auch aus dem Fenster, und mir sträuben sich die Haare. Mir ist sofort klar, worum es hier geht. Der Hausherr und seine Söhne versuchen, das Tier einzufangen. Und das kann nur eines bedeuten: Sie wollen es schlachten. Fieberhaft überlege ich, was zu tun ist. Wir können nicht aus dem Haus gehen, denn Antek hat nur Sandalen, und das Gras ist naß. Die Gummistiefel trocknen gerade, und die Halbschuhe sind noch nicht trocken vom gestrigen Tag.

»Soll ich dir weiter erzählen?« frage ich.

»Nein, ich schau dem Schwein zu«, antwortet er an die Scheibe gedrückt.

Ich ziehe ihn vom Fenstersims herunter, und als er sich sträubt, gebe ich ihm einen Klaps. Er schaut mich vorwurfsvoll an.

»Aber ich bin doch brav.«

»Aber schau nicht aus dem Fenster.«

»Warum?«

»Weil ... es am Fenster zieht, du erkältest dich«, lüge ich ungeschickt, und er weiß das genau.

»Es zieht nicht, es zieht überhaupt nicht«, antwortet er und hält seine kleine Hand an die Scheibe, »schau doch selbst.«

Ich will nicht schauen, setze mich in eine Ecke und halte mir die Ohren zu. Antek betrachtet mich neugierig.

»Sie haben das Schweinchen schon in sein Haus gebracht«, meldet er.

Das muß er gar nicht. Das Geschrei des Tiers dringt zu

uns hoch, es vibriert und wird immer stärker. Ich nehme das Kind in die Arme und drücke es fest an mich. Einen Moment lang glaube ich, dieses schauerliche Wehgeschrei nicht ertragen zu können, das da vom Hof herauftönt.

»Oma, warum weint es?« fragt Antek, der selbst den Tränen nahe ist.

Ich weine auch schon und bin mir bewußt, daß ich das Kind erschreckt habe. Anteks Augen werden ganz rund. Gleich, gleich, das hört gleich auf, denke ich. Aber es dauert. Und als endlich Stille eintritt, liegt etwas Unnatürliches darin.

Ich gehe durchs Zimmer und packe unsere Sachen zusammen. Unwillkürlich schaue ich aus dem Fenster. Der Sohn des Wirts geht über den Hof, unter seinem Arm trägt er das Schwein. Dessen Hufe ragen steif nach oben. Er legt es beim Brunnen ab, entzündet ein Strohfeuer und fängt an, den Bauch abzusengen. Mein einziger Gedanke ist, Antek nicht ans Fenster zu lassen. Ich rede drauflos, bitte ihn, mir beim Packen zu helfen. Mein Appell kommt bei ihm an. Er mag es, wenn ich ihm »erwachsene« Aufgaben gebe, er ist stolz darauf. Er schaut unter das Bett, ob sich da nicht zufällig eine Socke hinverloren hat. Immer kommen sie uns abhanden, es gibt schon ein Dutzend, die nicht zusammenpassen. Wieder werfe ich einen Blick aus dem Fenster, der Henker und sein Opfer sind nicht mehr am Brunnen. Kurzes Aufatmen. Ich will so schnell wie möglich von hier weg. Anteks Stiefel habe ich mit Zeitungen ausgestopft. Wir gehen nach draußen. Ich halte ihn an der Hand und führe ihn zur Straße, die Abkürzung über den Hof nehmen wir diesmal nicht, wer weiß, was uns da alles begegnen könnte.

In der Pension sind wir lange vor dem Mittagessen. Von dort rufe ich in Warschau an.

»Gut, Pani Anna«, höre ich, »aber ich kann erst am Nachmittag kommen, jetzt hab ich zu tun.«

Ich bin einverstanden, denn ich kann keine Bedingungen stellen. Das ist der einzige Mensch mit einem Auto, an den ich mich ohne größere Skrupel wenden kann. Und er kommt wie versprochen. Bald schon fahren wir los. Antek sitzt teilnahmslos auf meinem Schoß, es ist die Zeit für sein Mittagsschläfchen.

»Schön ist es hier«, sagt der Psychologe.

»Ja.«

Er betrachtet mich aufmerksam.

»Was genau ist denn passiert, Pani Anna?«

»Das, was Sie vorhergesagt haben, ich komm nicht zurecht.«

Und wie war sie zurechtgekommen, nachdem man sie von mir fortgenommen hatte? Plötzlich hatte sie sich unter Fremden befunden, schlimmer noch, unter Kindern, die zu jemandem, der ein bißchen anders ist, sehr ekelhaft sein können. Wie das mit ihrem Polnisch gelaufen ist, habe ich nie erfahren. Als ich sie ein Jahr später wiedersah, beherrschte sie es schon. Das war nicht das Polnisch, an das ich gewöhnt war. Sie sprach es weich wie das Russische. Nach und nach wurde ihre Aussprache der meinen immer ähnlicher, doch das dauerte seine Zeit. Wir fuhren in die Masuren, und dort verbrachte sie viel Zeit mit Dorfkindern, die auch ein wenig anders sprachen. Als wir zwei Jahre später nach Warschau zurückkamen, hatte Ewa einen masurischen Akzent. Ich versuchte nicht, etwas dagegen zu tun, ich wußte, das würde sich schnell geben.

In die Masuren kamen wir durch einen Zufall, im Arbeitsamt war ich auf eine Anzeige gestoßen: *»Gesucht wird* *für sofort ein Kulturerzieher, Wohnung wird gestellt. Bewerbungen an das Haus der Kultur in Pisz.«* Also stiegen wir in den Bus und fuhren in dieses Pisz, das, wie sich zeigte, ein kleines, an einem Fluß gelegenes Städtchen war. Im Haus der Kultur empfing mich ein sehr freundlicher Mensch, noch heute habe ich ihn in guter Erinnerung. Nicht genug damit, daß ihn mein Lebenslauf nicht störte, er sagte auch noch, er habe andere Pläne mit mir. Er suche händeringend eine Lehrerin für eine Schule mit vier Klassen. Nun, es sei einfach ein Drama, die Kinder müßten kilometerweit bis ins nächste Dorf gehen. Wir fuhren mit einem Geländewagen. Der Wald bog sich unter dem Schnee, und schon lange hatte ich kein solches Weiß mehr gesehen. Das Dorf gefiel mir ebenfalls gut, die Fachwerkhäuser mit roten Ziegelsteinen, Steildächern und Läden vor den Fenstern. Natürlich nahm ich das Angebot an, und ich konnte mich über den Mut dieses Menschen nur wundern. Es war der Januar fünfundfünfzig, und ich weiß nicht, ob es so ganz ungefährlich war, einen Klassenfeind in der Schule einzustellen. Zugegeben, es gab sonst niemanden, doch ist es immer leichter, kein Risiko einzugehen.

Eifrig machte ich mich daran, unsere erste Wohnung einzurichten. Sie bestand aus zwei Zimmern, der Rest war Dachboden. Die Zimmer lagen zu beiden Seiten des Flurs, und ich dachte, daß es mir so wenigstens gelingen würde, uns zu trennen. Doch Ewa hatte Angst, allein zu schlafen, und weinend bat sie, bei mir bleiben zu dürfen. Praktisch benützten wir also nur ein Zimmer, das andere wurde nicht geheizt. Ich hatte sogar einen Mitarbeiter, der als Schuldiener angestellt war. Das war Pan Gustaw Duda, eine ungewöhnliche Figur. Ein von frischer Luft und Wodka gerötetes Gesicht, ein aufmerksamer Blick unter schweren

Lidern und buschigen Augenbrauen. Eine mächtige Gestalt in einer wattierten Jacke und in Filzstiefeln. Noch gut erinnere ich mich an das Knirschen des Schnees unter diesen Stiefeln, dann das Abklopfen im Vorraum, wenn Pan Duda das Holz für die Öfen brachte. Zu Anfang flößte mir dieses Knirschen Angst ein, es war wie eine Erinnerung, später verband es sich dann allmählich mit diesem wuchtigen Körper. Als wir uns schon besser kannten, machte Pan Duda auch in unserem Ofen Feuer, und später, als wir uns angefreundet hatten, brachte er Brot, Zucker und Streichhölzer aus dem Laden. Mehr gab es dort nicht zu kaufen. Ewa und ich hätten ganz schön gehungert, wenn da nicht die Eltern der Schüler gewesen wären, die uns schlicht durchfütterten. Die Milch brachte Ewa von den Nachbarn gegenüber.

Vom Unterrichten hatte ich keine Ahnung, obwohl ich ein paar Broschüren und ein Schulprogramm erhalten hatte. Ich beschloß, es darauf ankommen zu lassen, und bei den älteren Schülern improvisierte ich einfach. Der Polnischunterricht weitete sich zu Lasten der Mathematik aus, von der ich nur eine vage Vorstellung hatte. Hauptsache, die Kinder langweilten sich nicht. Sie verehrten mich im übrigen und nannten mich »unser Fräulin« und konnten es gar nicht erwarten, in die Schule zu kommen. Ich bereitete ihnen verschiedene Überraschungen. An warmen Tagen führte ich sie an den See oder in den Wald, wo dann der Unterricht stattfand. Auch Ewa wurde meine Schülerin, die ein Jahr zu früh »eingeschult« wurde. Manchmal, wenn ich an der Tafel stand, fing ich ihren aufmerksamen Blick auf. Es hätte mich schon interessiert, was sie dann über mich dachte. Und woran sie sich damals erinnerte. Die Gesichter von Aksinja und Walja waren verblaßt, aber etwas mußte doch geblieben sein. Zumindest die Erinnerung an meine Gleichgültigkeit. Selbst jetzt noch ging Kälte von mir aus. Wir kamen einander nicht näher. Ich sagte: »Ewa«, sie sagte: »Mama.« Aber das bedeutete in keiner Weise, daß wir zusammen waren. An der Tafel konnte ich locker sein, immer sagte ich etwas Lustiges, und die Kinder hatten ihren Spaß. Aber Ewa lachte nicht mit ihnen. Sie beobachtete mich.

Der Psychologe trug uns die Sachen ins Haus und wollte dann gleich wieder gehen. Ich fragte ihn, ob er einen Tee trinke.

»Vielleicht trinke ich einen«, erwiderte er.

Ich brachte Antek ins Bett, ausnahmsweise ohne das übliche Theater, und wir gingen in die Küche. Wir unterhielten uns mit gedämpfter Stimme.

»Nach dieser Sache mit Ewa fühle ich mich zerschlagen. Wissen Sie ... als ich vom Krankenhaus nach Hause fuhr, dachte ich im Taxi, daß ... es sei vielleicht eine Lösung, wenn sie ...«

»Aber das wäre eine Lösung gewesen, Pani Anna.«

»Eine Mutter darf nicht so denken.«

»Jeder darf denken, was ihm gefällt.«

»Jetzt fangen Sie wieder an. Wir werden uns wohl nie verstehen.«

Aber er war der einzige Mensch, mit dem ich reden wollte. Als ich in der Sprechstunde bei seinem eventuellen Nachfolger gewesen war, hatte ich sofort gewußt, daß daraus nichts würde. Ein paar gleichgültige Augen hatten mich angeschaut.

»Wir verstehen uns sehr gut, nur wollen Sie das nicht zugeben.«

»Ich werde mich nie damit einverstanden erklären, ihr

die Wahrheit zu sagen. Es könnte unabsehbare Folgen haben.«

»Oder unverhoffte. Was haben wir zu verlieren? Es kann nicht schlechter werden, als es ist.«

»Und doch gibt sie nicht auf. Sie hat sich entschlossen, die Semesterprüfung zu machen, obwohl sie das Recht auf eine Beurlaubung hat.«

»Sie ist stark, sie ist stärker, als Sie denken.«

»Ja, wenn es darum geht, sich selbst zu zerstören.«

»Um sich zu zerstören, muß man sich zuerst einmal haben.«

Mir fiel ein, was sie geschrieben hatte: Ich warte auf mich, ich habe Angst ...

»Wie meinen Sie das?« fragte ich nach einer Weile.

»Sie sagen ihr alles.«

»Das eine auch?«

»Ja, das auch.«

»Manchmal glaub ich, Sie haben etwas von einem Sadisten.«

»Vielleicht.«

»Nicht vielleicht, sondern ganz bestimmt. Sie nützen es aus, daß ich schwach bin und nicht weiß, was ich tun soll.«

»Genau das sag ich Ihnen doch gerade. Und ich hoffe, daß wir unseren Kontrakt erneuern?«

»Wären Sie einverstanden?«

»Ja.«

Wir schauen uns an, ohne zu lächeln.

»Welche Garantien hab ich, daß es meiner Tochter auch hilft, wenn ich mein Leben vor ihr entblöße?«

»Keine.«

Für einen Augenblick sehe ich Jerzys Gesicht. Wir sitzen in der Küche, er schaut mich prüfend an.

»Du weißt gar nicht, daß du eine private Reparaturwerkstatt im Hause hast. Und was für eine. Ich wechsle dir jedes Teil aus.«

»Mit Garantie?«

»Ehrlich gesagt, nein.«

»Aber wenn sie mich hassen wird?«

»Warum?«

»Weil ... weil ein normaler Mensch nicht imstande ist, das alles zu begreifen.«

»So gesehen ist sie nicht normal. Sie wird es akzeptieren und lernen, damit zu leben.«

»Und wenn nicht?«

»Wird sie weiter Ihr Leben wiederholen.«

Spät abends läutete das Telefon, ich nahm den Hörer ab. Einen Moment lang glaubte ich zu halluzinieren. Am anderen Ende sprach jemand russisch. Mehrmals nannte er meinen Namen.

»Da, eto ja«*, stotterte ich schließlich.

Der am anderen Ende war sichtlich erfreut, und ich verstand ihn jetzt gut. Sie möchten mich zu Probeaufnahmen nach Moskau einladen. Ein bekannter Regisseur habe einen Film mit mir gesehen, er sei begeistert. Ich passe zu seiner Rolle.

»Was für eine Rolle?« fragte ich.

* Russ.: Ja, das bin ich.

»Eine polnische Gräfin. Ein aufwendiger Film, ein Teil wird in Polen gedreht, in Danzig ...«

Ich lachte.

»Werden Sie zusagen und kommen?«

»Nein, ich glaube nicht«, antwortete ich ruhig.

»Sie glauben? Ich muß es sicher wissen.«

»Dann nein. In letzter Zeit spiele ich wenig, außerdem hab ich gerade so eine schwierige Situation in der Familie, daß ich nicht aus Warschau weg kann.«

Und das war es dann. Wir verabschiedeten uns höflich. Ich bedauerte meine Entscheidung keinen Augenblick. Einmal die Reise nach Osten reicht mir fürs ganze Leben. Führe ich jetzt dorthin, würde ich vor Angst sterben, und zwar gar nicht aus Angst vor dem, was mich dort erwarten, sondern davor, wen ich dort vorfinden könnte. Ich hätte Angst, es könnte das Mädchen von damals sein. Dabei wäre es nur halb so schlimm, wenn es fünfzehn Jahre alt wäre. Aber was würde ich tun, wenn es dort um acht Jahre älter auf mich warten würde. Zum zweiten Mal eine solche Last auf mich nehmen ...

Ich war mit Ewa auf dem Moskauer Bahnhof umhergeirrt und hatte nicht so recht gewußt, wo unser Zug stehen sollte.

»Nach Polen? Weiß ich nicht«, hatten die Menschen geantwortet, wenn ich sie ansprach.

Die Zeit wurde knapp. Ich war schon völlig verzweifelt. Schließlich ging ich zu einem bewaffneten Individuum, um das ich bisher einen weiten Bogen gemacht hatte. Ich zeigte diesem Menschen meine Fahrkarte. Er studierte sie eingehend und sagte dann:

»Folgen Sie mir.«

Er führte uns auf den Bahnsteig, salutierte und wünschte uns eine gute Reise.

Der Moskauer Bahnhof ... er war so hell erleuchtet, zu hell. Die Menschen sahen in dem Licht grau und bedrückt aus. Und niemand drehte sich nach uns um. Erst in Warschau erregten wir Aufsehen.

Ich machte das Licht aus und legte mich vorsichtig zu Antek auf die Couch. Er schnarchte leicht durch die Nase, und ich dachte nur noch daran, daß wir endlich etwas wegen seiner Rachenmandeln unternehmen müßten. Er schlief mit offenem Mund, und sogar sein Sprechen wurde langsam undeutlich ... Ewa hatte die gleichen Probleme gehabt, sie hatten aufgehört, als wir die Masuren verließen. Dazu war es durch einen Zufall gekommen. Im Spätsommer hatte ich im Laden einen weißhaarigen Mann mit stark östlichem Akzent getroffen, danach lernten wir uns näher kennen. Es stellte sich heraus, daß er ein Schriftsteller war und jedes Jahr ins Nachbardorf zum Angeln kam. Wir machten lange Spaziergänge, er fragte mich aus, wie ich hierher gekommen sei. Meine Geschichte bewegte ihn sehr. Er sagte, ich müsse mich darum bemühen, die frühere Wohnung meiner Tante zurückzubekommen, und er werde versuchen, mir dabei zu helfen. Vermutlich nahm ich das, was er sagte, nicht einmal ganz ernst, denn um so eine Sache durchzuziehen, brauchte man wer weiß was für Verbindungen. Doch ich hatte ihn unterschätzt. Ein halbes Jahr nach seiner Abreise kam ein Brief, ich solle sofort nach Warschau kommen. Ich besuchte meinen Bekannten in der Redaktion, in der er Chefredakteur war.

»Na, dann setzen Sie sich bitte«, sagte er und schaute mich freundlich an. »Und was wollen Sie jetzt machen? Bis jetzt haben Sie nur die Wohnung.«

Es war nicht die Wohnung meiner Tante, sondern eine

andere, in einem Wohnblock. Aber was machte das schon, grenzte es nicht schon fast an ein Wunder? In diese Wohnung kam bald darauf ein Regisseur mit einem Päckchen meiner Tante aus London.

Das Telefon nehme ich schon fast im Halbschlaf ab.

»Hier X. Sie wollen nicht nach Moskau fahren?«

»Nein, ich will nicht.«

»Warum?«

»Weil ... ich mich nicht mehr als Schauspielerin fühle.«

Ich höre, wie er lacht.

»Das ist ausgezeichnet, denn ich fühl mich schon seit langem nicht mehr als Regisseur. Zwei solche Menschen können mit Sicherheit etwas Interessantes machen. Wir kommen, um Sie uns anzuschauen, einverstanden?«

Die Nacht nach dem Gespräch mit X war eigenartig. Was soll das nur werden, dachte ich. Zum zweiten Mal lädt mich ein berühmter Regisseur zu Probeaufnahmen ein. Diesmal aus dem Osten. Will mich dieser Osten zum zweiten Mal an sein Herz drücken? Und ich? Werde ich den Mut haben, dorthin zu fahren? So oft hatte ich mir doch gesagt: nie wieder. Das war wie ein tägliches Gebet, und jetzt soll ich mich dort freiwillig wieder zur Stelle melden ... Es sei denn, sie verzichteten auf mich. Aber nach allem, was mir der Regisseur gesagt hat: ... daß mein Gesicht ... daß er lange nach einem Drehbuch gesucht habe ... Schließlich will er den Film für mich machen ... Falls ich ablehnen würde, wäre das zumindest unklug. Aber das sieht doch ganz nach einer Falle aus ... Ich glaube nicht, daß sie es fertigbrächten, mich direkt vom Bahnhof in die Ljubjanka zu schaffen ... die Zeiten haben sich geändert, aber ich ... was wird mit mir ... was wird diese Reise für mich bedeuten ... bis heute hat sich mein Leben nach dem Schock von damals nicht stabilisiert, bis heute stehe ich doch nur mit Mühe auf meinen Beinen oder humple ich sogar ...

»Nie ist es im Leben so, daß es nicht noch schlimmer sein könnte«, hatte Aksinja gesagt.

Ich weiß nicht, warum ich gerade jetzt an ihre Worte denken muß. Es fing langsam an, besser zu werden, zumindest kam es mir so vor. Aber das Wörtchen »besser« ist für Ewas Krankheit reserviert. Nur da kann es schlechter oder besser gehen ... Bei welcher Gelegenheit hatte Aksinja das gesagt? Ich weiß schon, als das Pferd gestürzt war. Das war der letzte Herbst. Wir pflügten den Kartoffelacker. Es stolperte und fiel. Es konnte sich nicht mehr aufrichten. Als wir zu ihm kamen, lag es auf der Seite, seine Augen waren glasig und die Zähne wie zum Lachen gebleckt. Aksinja kniete nieder und legte ihre Arme um seinen Kopf.

»Mein guter Alter«, sagte sie, »hast dich in deinem langen Leben abgerackert, jetzt kannst du ausruhen.«

Diese Szene ist mir in Erinnerung geblieben. Es lag darin alles: das Elend unseres Daseins und das Edle unseres Herzens. Aksinja stieß keine Verwünschungen gegen das Pferd aus, weil es mitten bei der Feldarbeit zusammengebrochen war. Sie sah in ihm den langjährigen Freund, der sie jetzt verließ. Diese Frau erteilte mir ein paar wichtige Lektionen. Ein anderes Bild: Fjodor Aleksejewitsch, der spät abends den Pflug zieht, und Aksinja, die hinter dem Pflug geht. Ich stehe in einer Furche und halte in meiner erhobenen Hand eine brennende Lampe. Es ist dunkel, die Wolken verdecken den Mond. Wie muß das von weitem ausgesehen haben ... Vielleicht eben wie eine Illustration zu Aksinjas Worten. Es gibt kein Pferd mehr, aber einen gesunden Mann, der sich immer irgendwie zu helfen weiß. Und er hat sich geholfen, indem er sich selbst vor den Pflug spannte.

Welchen Rat hätte Aksinja in Ewas Fall gegeben? Ihr waren Lügen zuwider, deshalb hat sie mir damals auf dem Hügel auch ihre Geschichte erzählt. Die wahre. Es war klar, daß ich sie nicht verraten würde, und so jemandem wie mir hätte auch niemand Glauben geschenkt. Aber sie hat es mir nicht deshalb erzählt, weil sie keine Angst haben mußte. Sie konnte einfach kein Leben in Lüge führen. Und ich ... ich lebte über zwanzig Jahre in ihr. Es war nicht einmal Lüge. Ich hatte meiner Tochter ja keine andere Version gegeben, aber Schweigen kann ein Leben manchmal auch verlogen machen. Und ist nicht genau das passiert? Ich weiß doch nicht einmal ... ich weiß bis heute nicht genau, wer ich bin. Und vielleicht ruft mir die Stimme von dort genau das in Erinnerung. Sie ruft mich dazu auf, mich mit der Vergangenheit zu versöhnen ...

Und Ewa? Was ist mir ihr? Auch sie mußte sich doch ein Bild dieser Vergangenheit zurechtgelegt haben, mußte all diese Unbekannten zu etwas zusammenfügen, das sich Schicksal nennen konnte. Zwangsläufig war ich die Quelle, aus der sie schöpfte ... wenn es wirklich so ist, dann bin ich schuldig.

Also kommt jetzt vielleicht die Zeit der Versöhnung, die Zeit der Vergebung. Und das alles, weil vor ein paar Stunden das Telefon geklingelt hat. Nein, etwas in der Art war schon in mir. Möglicherweise hat der Psychologe das bewirkt, indem er mich seit vielen Monaten durch den Fleischwolf dreht. Oder vielleicht ist das einfach der Lauf der Dinge, alles verjährt. Man kann schon ruhiger darüber sprechen. Mit Distanz. Nur ... von welcher Distanz rede ich da ... ich bin wohl verrückt geworden. Diese Distanz wird es nie geben, solange ich lebe oder solange Ewa lebt. Sie ist dieser Knoten, den ich aus dem Lager zur Erinnerung mit auf den Weg bekommen habe.

Zwei Wochen nach meinen russischen Telefonaten kam die Filmequipe nach Warschau gereist. Natürlich war X nicht mitgekommen, alles wurde von seinem Assistenten geregelt, mit dem ich am Telefon gesprochen hatte. Er war diese Stimme aus dem Osten nach all den Jahren gewesen. Andere Schauspielerinnen waren gar nicht zu Probeaufnahmen eingeladen, also waren sie wohl eigens für mich gekommen. Es gab plötzlich einiges Aufsehen um mich. In der neuesten Nummer von »Film« erschien ein Gespräch mit dem Regisseur, der mich entdeckt hatte. Er sagte unter anderem: *»Als ich sie sah, war mir sofort klar, daß sie eine geborene Schauspielerin ist.«* Das war gelogen, nichts dergleichen war ihm aufgefallen. Er hatte mir das Päckchen ausgehändigt und wollte verschwinden. Erst später, beim Tee, begann er, mich genauer zu betrachten. Und da malte er mir dann diese Gräfinnen aus. Weiter sagte er: *»Es hat mich ihr Gesicht beeindruckt, selten trifft man ein so schönes Gesicht. Jedes Detail ist von der Natur so vollkommen durchdacht. Das Kolorit, die Linien, die Gestalt der Augen und der Nase. Ein Gesicht, das mich begeistert hat. Aber es war nicht das, woran ich damals dachte. Mir war klar, daß ich eine geheimnisvolle Frau vor mir hatte ...«* Wenn er mich so sehen könnte, wie ich an der Haltestelle stehe, verfroren, in löchrigen Schuhen. *»... die im Kino zu vollem Glanz erstrahlen kann. Ich beschloß, sie dazu zu überre-*

den.« Nichts hatte er beschlossen, in seinem Film sollte ich nichts weiter als eine Art Möbelstück sein. In derselben Nummer erschien auch ein Interview mit mir. Nichtssagende Fragen und nichtssagende Antworten. Und solche Fragen:

»Sie haben einmal ein interessantes Angebot aus Paris erhalten, warum ist es damals nicht zu einer Zusammenarbeit mit dem Regisseur Y gekommen?«

»Es ging um eine Rolle in einem Film, der ausschließlich am Strand spielt, aber ich habe mir in Sibirien die Füße erfroren, und man hat mir den großen Zeh amputiert.«

Die Frage blieb, doch die Antwort lautete nun so:

»Es ging um eine Rolle in einem Film, der ausschließlich am Strand spielt, und ich habe einen Defekt am Fuß.«

In diesem ganzen Trubel war an ein Treffen mit dem Psychologen überhaupt nicht zu denken. Dauernd mußte es verschoben werden. Ewa hatte ihre letzten Prüfungen, und ich hatte Besuche von ungeladenen Gästen. Als hätte man sich plötzlich wieder an mich erinnert, war mein Gesicht auf den Titelseiten zu Gast, und diesmal sogar im Fernsehen. Aber so ist es eben in diesem Beruf: Entweder schweigt das Telefon, oder es läutet unaufhörlich.

Um Antek kümmerten sich im Wechsel Studentinnen, die wie Ewa ihre Semesterprüfungen hatten. Schließlich fuhren wir zu dritt ans Meer.

Unsere Wirtsfrau kam uns entgegen, dahinter ihr Mann und die restliche Familie.

»Wir haben Sie im Fernsehen gesehen und konnten uns gar nicht sattsehen.«

Obwohl Ewa und ich seit Jahren hierherkamen, bereits lange vor Anteks Geburt, hatte die Familie bisher keine Ahnung gehabt, daß ich Schauspielerin war. Sie wollte uns ein besseres Zimmer geben, aber wir bestanden auf dem alten unter dem Dach, an das wir schon gewöhnt waren.

Antek war zum ersten Mal dabei, doch er war eine viel kleinere Sensation als mein Gesicht im Fernsehen. Wir stellten unsere Sachen ab und gingen ans Meer. Antek hatte keine besonderen Erwartungen, es war ein gewöhnlicher Weg, dann ein niedriges Wäldchen, und plötzlich bot sich seinen Augen dieses unfaßbar große Wasser dar.

Er blieb stehen, auf seinem Gesicht malten sich widerstreitende Gefühle von Faszination und Angst. Er wußte nicht, ob ihm das Meer gefiel oder ob es ihm eher Angst machte. Ich war neugierig, was er sagen würde.

»Ich mag das Meer«, hörte ich ihn sagen.

Also hatte er seine Furcht doch tapfer überwunden. Alles hier war dazu geeignet, daß man es entweder mochte oder aber nicht mochte. Das galt auch für die Menschen, Tiere und Gegenstände. Kürzlich haben wir im Fernsehen einen Film über Tiere angeschaut. Auf dem Bildschirm erschien ein Nilpferd. Es öffnete seinen Rachen und gähnte imposant.

»Ich mag es nicht«, hatte Antek gesagt.

»Warum nicht?«

»Weil es einen so riesigen Mund hat und mich frißt.«

Dieses »frißt« klingt bei Antek wie »fißt«, weil er Schwierigkeiten mit der Aussprache des »r« hat beziehungsweise es überhaupt nicht ausspricht. Ein anderes lustiges Wort war »Stuhl«, das sich wie »Stuj« anhörte. Lange war seine Aussprache nicht korrekt, und er konnte nicht verstehen, was wir daran so lustig fanden. Die Frau im Kindergarten sagte einmal, Antek habe ein schwaches Gedächtnis, weil er den Text eines Liedes nicht behalten konnte. Statt »Der Schwamm war ihm zu naß. Da ging er auf die Gaß« singe er: »Der Schwamm war ihm zu Gaß. Da ging er auf die naß.« Ich ließ mich auf keine Diskussionen ein. Ich sagte ihr nicht, daß er ein überdurchschnittlich intelligentes Kind sei und daß darin das ganze Unglück liege ...

»Er ist ganz wie wir, Mama«, höre ich Ewa sagen, »er liebt das Meer auch.«

Wir machten einen langen Spaziergang. Die Sonne ging schon unter und warf goldene Reflexe auf das Wasser, und ich schaute auf unsere länger werdenden Schatten auf dem Sand. Antek ging zwischen uns, wir hielten ihn an den Händen, und dieser eindimensionale Schatten war wie ein von Kinderhand gefertigter Scherenschnitt: Papa, Mama und in der Mitte das Kind, nur daß es hier in Wahrheit komplizierter war.

Ewas Gesicht wirkte glücklich, wie befreit. Aber in der Nacht ging sie ein paarmal aus dem Zimmer, und zwar für lange, was bedeutete, daß sie heimlich Tabletten nahm.

Das eigene »Ich«, was bedeutet es wirklich? Ich glaube, gewöhnlich fürchte ich mich davor. Ich versuche, ihm aus dem Weg zu gehen, es in Ruhe zu lassen. Solange es nicht in meinen Gedanken auftaucht, kann ich relativ ruhig leben. Seit ein paar Jahren habe ich keine der üblichen Schwierigkeiten mit ihm gehabt, weil Ewas Krankheit es erfolgreich aus meinem Bewußtsein verdrängt hatte. Aber wenn es sich mir dann zeigt, beginnt das Drama. Ich verurteile es für alles, was sich in seinem Umfeld ereignet hat, denn es steht für ein verpfuschtes Leben. Könnte sich denn noch etwas ereignen, etwas, das mich für all die schlimmen Jahre entschädigen würde? Nichts bringt eine schlechte

Vergangenheit wieder ins Lot. Es geht nicht darum, daß ich mich in dieser oder jener Lage befunden habe, sondern darum, daß ich mich selbst so und nicht anders behandelt habe. Weder meine Kindheit noch meine Jugend haben mich gelehrt, in Würde zu leben. Und dagegen vor allem richtet sich mein Groll, und deshalb mag ich mich selbst so gar nicht. Die Ausdrücke, die zu meiner Identität gehören, rufen in mir gemeinhin den Wunsch wach, zurückzuweichen, zu fliehen. Anna Bołtuć, das ist jemand, den ich mit Widerwillen behandle. Wie soll man da von einem glücklichen Ende reden ...

Ich warte auf eine Antwort aus Moskau, aber ich messe ihr nicht zuviel Bedeutung bei. Sie kann nichts wirklich mehr ändern. Höchstens wird es durch sie ein klein wenig besser oder schlechter. Es wird keine Revolution geben, weil es keine geben kann. Wichtiger bin ich in einer anderen Rolle, die ich seit ein paar Jahren zu erlernen versuche. Irgendwo mache ich immer einen Fehler, bleibe hängen und komme dann ohne Hilfestellung nicht weiter. Meine neue Rolle ist die, Großmutter zu sein. Ich sollte mit dem Psychologen darüber reden. Und zwar ernsthaft. Ich habe den Eindruck, daß ich nicht nur dieser Rolle nicht gerecht werde, sondern gleich zwei Personen enttäuscht habe: mich selbst und das Kind. Das Kind braucht gar nicht so viel Liebe und so viel Hingabe. Das Kind weiß nicht, was es damit anfangen soll. Instinktiv spürt es die Anomalität, die Krankheit. Und ich bete den nächsten Rosenkranz, den Rosenkranz der Angst. Etwas wird passieren, davon bin ich fast überzeugt, etwas wird geschehen, und eines Tages wird Antek nicht mehr bei mir sein ... Und das ist diese Katastrophe, auf die ich geradezu warte. Dabei ist das unredlich, vor allem dem Kind gegenüber. Vielleicht sollte ich mich für einige Zeit zurückziehen, denn wohin bringt mich das eigentlich? Wohin hat es mich bereits gebracht ... In letzter Zeit schlafe ich sehr schlecht. Vielleicht, weil wir zu viele in dem kleinen Zimmer sind. Ich höre Anteks Atem, Ewas flachen Atem, und für einen Moment ist das eine Beruhigung. Sie sind noch da ... Irgendwie habe ich immer Angst um sie, als wäre ich selbst unsterblich. Dabei ist es doch viel wahrscheinlicher, daß sie sich von mir werden trennen müssen. Auch davor habe ich Angst, aber auf eine andere Art. Mehr in praktischer Hinsicht. Daß sie nicht zurechtkommen werden. Ewa müßte ihr Studium abbrechen, und es würde sie ein kümmerliches Leben erwarten. Was denn sonst? Sie würde in irgendeinem Büro landen. Sie kann doch fast nichts. Davor eben habe ich Angst, daß ihr Leben so beschwerlich sein wird. Meine Kinder ... was wird ihnen das Leben bringen, das Leben, das zu verfolgen ich schon nicht mehr imstande sein werde. Ob es nicht wenigstens ein bißchen anders sein könnte als meines, freudvoller? Ich weiß nicht, gewöhnlich sehe ich in meinen Phantasien ihre traurigen Gesichter, Gesichter voller Tränen ... Daran ist ein wenig der Psychologe schuld, denn er war es, der von dieser Matrize gesprochen hat.

Ich stehe auf und ziehe mich leise an. Es ist noch Nacht. Ich gehe ans Meer. Unbewegt, fast schwarz liegt es da. Es gibt weder Mond noch Sterne, und der weiße Sandstrand erstreckt sich vor mir als ein etwas hellerer Streifen. Es weht kalt vom Meer herauf, und mich fröstelt. Ich ziehe die Jacke fester und denke dabei, daß mein nächtlicher Spaziergang kein Zufall ist. In letzter Zeit habe ich angefangen, eine Art Bilanz zu ziehen. Möglicherweise trete ich in einen neuen Abschnitt ein, immerhin habe ich jetzt schon das vierte Jahrzehnt hinter mir. Das muß etwas bedeuten. Ganz bestimmt bedeutet es etwas. Ich bin nicht mehr jung, aber die Jugend steht noch irgendwo knapp hinter mir. Noch sagt sie etwas zu mir. Wenn ich mich sehr anstrengen würde, könnte ich sie hören.

Kann sich noch etwas ereignen? Trotz allem ... echter Ruhm und Geld vielleicht ... Ruhm und Geld. Leere Worte. Sie bedeuten nichts. Aber ein Mann ... ein Mann an meiner Seite. Das ist wohl noch unwahrscheinlicher. Und doch hatte ich schon einmal so gedacht. Nachdem Jerzy fort war, glaubte ich, eine körperliche Bindung mit einem anderen wäre nicht mehr möglich. Selbst eine zufällige Kurzbekanntschaft, »für die Gesundheit«, wie es eine Freundin von mir genannt hatte, hielt ich für ausgeschlossen. Und dann hielt mich ein anderer Mann ein halbes Jahr nach Jerzys Tod in seinen Armen, und ich wollte es.

Ich spielte damals in einem Film. Es war eine ziemlich banale Geschichte. Eine Frau versteckt während der Besatzungszeit einen Zigeuner bei sich. Natürlich gibt es eine Liebesaffäre, dann Kriegsende, er geht fort. Allein die Idee, daß die Frau schön und blond war, sagte fast alles. Im Grunde hätte ich die Rolle nicht annehmen sollen, aber in meiner damaligen Situation wäre das mehr als unvernünftig gewesen. Später dann, schon bei den Dreharbeiten, erfuhr ich, daß mein Partner ein junger und absolut echter Zigeuner sein würde. Im ersten Moment erschien mir dieser Einfall absurd, doch dann fand ich ihn amüsant. Zwei Naturalisten in einem kitschigen Film. Anfangs fühlte sich der Zigeuner durch die Kamera und die vielen Leute gehemmt, später kümmerte es ihn nicht mehr. Er schlüpfte so in seine Rolle, daß ich in den intimen Szenen seine Erregung spüren konnte. Und es störte mich überhaupt nicht. Seine Lippen verbrannten mich fast. Sie waren wie er, wie sein Körper. Ich nahm seinen Schweißgeruch wahr, und das war genauso erregend wie die intime Nähe. In der Nacht konnte ich dann nicht schlafen. Es ist schwer zu sagen, was ich erwartete. Bestimmt nicht seinen Besuch. Nach Ende der Aufnahmen ging er immer ins Lager, das seine Genossen in der Nähe aufgeschlagen hatten. Ich weiß, daß er dort ein Mädchen hatte. Manchmal kam sie zu den Dreharbeiten. Sie war sehr hübsch, mit dunkler Haut und feurigen Augen. Ich schlief in einem Hotelzimmer. Das Bett war mit grauen, dünngewetzten Laken bezogen, die rote Stempel trugen und mich jeden Abend zur Ordnung riefen.

Im Laufe der Zeit wurde das Spiel zwischen uns immer heftiger, denn wir drehten jetzt andere Szenen. Unsere Körper berührten sich nicht mehr, und das steigerte die Sehnsucht noch. Ich spürte diese heißen Augen auf mir, und in meinem Inneren schien alles zu neuem Leben zu erwachen. Während einer Streitszene erreichte die Spannung zwischen uns ihren Höhepunkt. Mit ganzer Kraft schlug ich ihm ins Gesicht, und er schlug so stark zurück, daß ein Arzt gebraucht wurde, weil mein Partner mir den Kiefer ausgerenkt hatte. Die ganze Mannschaft war empört und meinte, der Zigeuner, dieser Wilde, verstehe nicht, was es heiße, einen Schlag zu markieren.

Die Aufnahmen gingen langsam zu Ende. Es blieben noch die Szenen, in denen seine Anwesenheit nicht erforderlich war. Am nächsten Morgen sollte er abfahren. Ich war darüber erleichtert, gleichzeitig aber auch enttäuscht. Seine Jugend zog mich an, dieser Körper mit seiner straffen Haut, unter der die Muskeln und Sehnen spielten, sprach mich an. Das war für mich ganz neu, denn meine Liebe hatte immer dem Alter gegolten. Ich schlief bereits in meinem obskuren Hotelzimmer, als jemand an die Tür klopfte.

»Wer ist da?« fragte ich, obwohl ich eigentlich nicht hätte fragen müssen.

Niemand antwortete, doch ich öffnete die Tür. Etwas zu ungestüm schloß er mich in die Arme. In diesem Moment wollte ich noch einen Rückzieher machen. Doch er ließ es nicht zu. Er zog sich aus und hielt mich dabei mit einer Hand fest, als fürchtete er, ich würde ihm davonlaufen. Dann riß er mir das Hemd vom Leib und hob mich hoch. Er legte mich aufs Bett und kniete neben mir nieder, wie einst Wera. Seine Lippen wanderten auf eine mir bis dahin ganz unbekannte Art über meine Haut, so daß bei allem, was ich empfand, das Gefühl der Verwunderung am größten war, und es ging in ein immer stärker werdendes Bedürfnis über, mich mit diesem Menschen zu vereinen. Zur gleichen Zeit erreichten wir beide das Ufer. Ich empfand ein Glücksgefühl für etwas, das ich nicht einmal zu Ende hatte auskosten können. Alles verflog, wie abgebrochen in der Mitte. Er lag mit seiner Wange auf meinem Bauch. Ich streichelte seine festen, dichten Haare, und auch das war neu. Ich hatte kein Bedürfnis, mit ihm zu sprechen, ich wollte nur, er solle nicht weggehen. Ich wartete noch auf etwas. Und ich bekam es. Immer länger spürte ich ihn in mir, immer kürzer wurden unsere Ruhepausen. Und dann drehte er mich mit einem Ruck auf den Bauch und zwang mich hinzuknien. Mein Orgasmus war nur zur Hälfte der eines Menschen und machte alle früheren bedeutungslos. Mit einem in meiner Kehle gefangenen Wimmern machte ich mich von ihm los und fiel auf das Leintuch zurück. Ich war in Schweiß gebadet, und die Tränen liefen aus meinen Augen. Ich wußte nicht mehr, was mit mir los war, ein Verlangen fesselte mich wie ein starkes Seil an diesen Menschen, und es wurde von Minute zu Minute stärker. Beide suchten wir uns wie zwei Gegner, die den entscheidenden Schlag noch nicht ausgeteilt hatten. Er beherrschte mich völlig. Seine Zunge, abwechselnd sanft und dann wieder bedrohlich wie eine Harpune, vermochte meinem Mund Laute zu entlocken, die wie eine schwache Abwehr klangen. Ich wehrte mich und unterlag. In dieser Nacht verbanden mich mit ihm Gefühle der Bewunderung, der Begeisterung, aber auch des Hasses. Er bereitete mir Schmerzen, die jedoch immer auch einen Hauch von Verzückung hatten. Als es vor dem Fenster dämmerte, war ich unsäglich müde. Im Halbdunkel erkannte ich sein Gesicht, das zu gleicher Zeit etwas Wildes, aber auch Zärtliches hatte. Unsere Augen fanden sich. Er beobachtete mich, mein nacktes, schutzloses Gesicht, und dann bohrte er sich von neuem heftig in mich ein und kam in einem Stöhnen, in einem plötzlichen Erbeben seines ganzen Körpers. Er sank auf mich herab, ich hatte seinen Kopf genau neben dem meinen. So verharrten wir eine Weile, und dann stand er auf und kleidete sich an. Er ging ohne ein Wort des Abschieds. Da erst wurde mir bewußt, daß im Laufe dieser Nacht zwischen uns nicht ein Wort gefallen war.

Wenn ich jetzt daran denke, bringt das keine Saite in mir zum Klingen. Die Erinnerung ist tot, für einen Augenblick hatte ich mich an fremder Jugend berauscht. Meine Erinnerungen an Jerzy leben ... Da gibt es die von mir geliebten Details der von mir geliebten Menschen. Jerzys Hände ... vertraut in allen Einzelheiten, mit der aufgewölbten Nagelhaut. Hände, die ich so viele Male geküßt habe. Sie leben für mich weiter. Manchmal gelingt es, mir ihre Berührung in Erinnerung zu rufen, ihre Wärme, sogar die Rauheit ihrer Haut. Seine Hände sind es, von denen ich mich am wenigsten trennen kann. Es fällt mir leichter, seinen Tod anzunehmen als den Tod seiner Hände ... Und dann die Füße von Antek, die Füße eines kleinen Kindes. Rosafarbene, dreieckige Füße und der flache Spann. Diese Füße, wenn sie sich in plötzlicher Angst vor dem aus der Dusche kommenden Wasser aneinanderschmiegen, wenn sie vor mir in die geheimen Winkel der Bettdecke flüchten. Ihre Form, ihre Hilflosigkeit haben mich immer in Erstaunen versetzt.

Irgendwo weit vorne leuchtete das Licht einer Taschenlampe auf. Dort geht jemand. Jemand, der wie ich in dieser Nacht nicht schlafen kann.

Ein starkes Gefühl ist immer ein Schmerz, vielleicht habe ich deshalb keine Sehnsucht mehr danach. Ich wollte meine Affäre mit Witek Liebe nennen, obwohl ich sehr gut wußte, daß es viel eher eine Affäre mit mir selbst war. Ich wollte mir beweisen, daß ich doch keine so hoffnungslose Monogamistin war. Eine andere Liebe wird es nicht mehr geben, kann es nicht mehr geben. Aber es gibt Themen, bei denen ich nach Belieben leiden kann. In unserer Beziehung war Jerzy mit Sicherheit glücklich. Er konnte sich an mir trotz allem freuen, konnte sich an meinem Körper freuen. Er sehnte sich auf eine gute Art nach mir. Mich fraß die Sehnsucht nach ihm auf, und konnten wir uns einmal nicht treffen, hatte ich Mühe, den Tag zu überstehen.

»Ändere deine Einstellung zum Leben«, hatte mich Jerzy gewarnt, »und zu mir, du wirst es leichter haben.«

»So viele Male hast du mich schon gedemütigt!«

»Hör doch auf, Anna!«

Wir saßen am Tisch in der Küche. Ich schmollte, weil Jerzy nach einem Blick in seinen Kalender gesagt hatte:

»Am Donnerstag hab ich Bereitschaftsdienst. Ruf mich am Freitag früh im Krankenhaus an.«

Bis zu diesem Freitag schien es mir viel zu lang, deshalb machte ich ihm eine Szene, ohne zu ahnen, daß er nur noch zwei Tage seines Lebens vor sich hatte. Wir sahen uns nie wieder.

Unsere Situation verdammte mich zu einer Rolle, mit der ich mich nicht abfinden konnte. Ich empfand mich als seine Lebensgefährtin, doch das Leben hatte das rücksichtslos korrigiert. Selbst von seinem Tod erfuhr ich auf eine für unsere gemeinsam verlebten Jahre unwürdige Art. »Doktor Rudziński ist tot.« Bis heute kenne ich die näheren Umstände seines Todes nicht. Ich stelle mir vor, daß im letzten Moment das Bild seiner Ehefrau mich nicht vollständig überschattete. In den besseren Momenten denke ich, daß auch sie nicht bei ihm war ...

Diesmal blitzte das Licht wesentlich näher auf. Jemand kommt mir entgegen.

Jerzy war für mich der Inbegriff eines starken Mannes. Bei ihm konnte etwas wirklich Schlimmes nicht passieren. Und es ging nicht darum, daß er als Chirurg körperliche Katastrophen verhütete. Er war in der Lage, alles zu verhüten. Kein Auto konnte mich überfahren, kein Ziegel mir auf den Kopf fallen. Denn ich war mit Jerzy zusammen. Erst sein Tod gab alle diese Möglichkeiten frei. Von nun an sollte ich mich immer unsicher fühlen. Das allein müßte eigentlich deutlich machen, was für Gefühle ich für ihn hatte. Ich liebte ihn auf fast abgöttische Weise. Vielleicht lag das an der Art, wie zwischen uns alles angefangen hatte. Jerzy hatte den Alptraum irgendwie rationalisiert. Wenn uns blutige Fleischbrocken gebracht wurden, die einmal Menschen gewesen waren, sagte er fast wie ein Gastgeber:

»Den da auf den Tisch, den in den Keller, der hat es schon hinter sich.«

Ich stand am Operationstisch immer neben ihm und reichte ihm die Instrumente. Wenn ich mich manchmal irrte, warf er mir einen strengen Blick zu:

»Nicht das, gib den Klammerhaken.«

Also reichte ich ihm diesen Klammerhaken und klammerte mich mit meinem ganzen Ich daran fest. Für mich besaß Jerzy eine fast göttliche Unberührbarkeit, obwohl es treffender wäre, von einer Hölle zu sprechen. So viel Blut bekam ich zu sehen. Oft ergoß es sich über ihn, vermischt mit dem Kot, der ihm aus den zerfetzten Därmen ins Gesicht spritzte. Ich wischte es ihm ab.

Es war ganz natürlich, daß wir unverletzt der Stadt entkamen. Er sagte damals:

»Gott mir dir, Anna. Wenn du mal Zeit hast, denk an Onkel Rudziński.«

Er küßte mich auf die Stirn, und ich lief rot an. Nicht so sehr wegen der Berührung seiner Lippen, als vielmehr wegen dieser Worte, die an ein Kind gerichtet waren. Sehr lange wollte er die Frau in mir nicht sehen. Mein Herz war vorzeitig erwachsen geworden, aber er konnte davon nichts wissen. Ihm war nicht bewußt, wie genau ich ihn beobachtet hatte. Irgendwann Ende September hatten wir in den Ruinen gesessen, er und drei Mädchen.

»Hab ich aber einen Frauenverein«, hatte er gescherzt.

Er holte seine Feldflasche mit Selbstgebranntem hervor, an dem es ihm nie mangelte. Jede von uns nahm einen

Schluck, und er trank den Rest. Und gleich bekam er gute Laune. Die Nacht war kühl, also rückten wir alle eng zusammen. Auf der einen Seite hatte er mich, auf der anderen eine Meldegängerin, die eine Nachricht gebracht hatte und nicht mehr zurückkonnte. Sie war hübsch, um einiges älter als ich. An die dritte kann ich mich eigentlich nicht erinnern. Wir erzählten uns irgendwelche Geschichten, dann überkam uns allmählich der Schlaf. Auf einmal spürte ich, daß der Druck von Jerzys Arm sich lockerte. Er zog ihn langsam weg und drehte mir den Rücken zu. Ich spürte, wie sich seine Hand bewegte, und wußte, was diese Bewegung bedeutete: Er knöpfte der anderen die Bluse auf. Sie flüsterte, daß wir doch noch hier seien, worauf er ihr ebenfalls flüsternd antwortete, daß wir schon lange schliefen. Abgeschirmt durch seinen Rücken sah ich nicht, was sie da trieben, doch ich spürte alles. Es waren meine Brüste, die von seinen Händen berührt wurden, und meine zusammengepreßten Schenkel, mit denen seine Finger kämpften.

»Herr Doktor«, protestierte das Mädchen.

»Psst ... willst du sie aufwecken?«

Am Schluß ließ sie alles geschehen. Jerzys Schultern entfernten sich noch mehr von mir. Ich sah einen Schenkel des Mädchens, der seine Hüfte umschloß. Jerzy hob das Mädchen hoch, fast setzte er es sich auf den Schoß. Ich hörte, wie sie immer schneller atmeten. Ich wollte mir die Ohren zuhalten, aber ich fürchtete mich, auch nur die allerkleinste Bewegung zu machen. Ich hatte Angst, sie würden entdecken, daß ich noch wach war. Später schliefen sie längst, und ich harrte noch immer wie versteinert aus. Es dämmerte bereits, als ich mich schließlich bewegte. Ich schob mich näher an diese abgewandten Schultern und schmiegte mich mit dem ganzen Körper daran. Jerzy atmete ruhig und war sich meiner Nähe überhaupt nicht bewußt. Mutig geworden umarmte ich ihn und schob meine Hand unter das Hemd auf seine Brust. Ich spürte die Wärme seiner Haut und war sehr glücklich. Es machte nichts, daß ich gewissermaßen vertreten wurde, als ich meine Unschuld verlor. Nur gut, daß es wenigstens dazu kam, bevor die Welle der Brutalität über mir zusammenschlug. Ich weiß nicht, wie eine Frau über ihren ersten Mann denkt, ich habe das ja nie erlebt, und gleichzeitig war es so, als hätte ich alles gewußt. Vielleicht habe ich nun einmal das Glück, zum Beobachter fremder Liebe auserkoren zu sein. Denn das wiederholte sich später noch. Man kann auch sagen, daß sich der Kreis geschlossen hat, der mit Jerzy begann und endete. Einmal hatte ich ihm in meiner Wut gesagt, er sei ein Erotomane. Er hatte schallend gelacht.

»Und was sagst du über dich selbst? Noch keine Frau hat mich so ausgelaugt.«

»Vielleicht bist du einfach schon alt?«

»Das auch, Anna.«

Ich bin plötzlich ganz traurig. Diese Gespräche, diese Streitereien. Jetzt fehlt mir das. Manchmal habe ich gedacht, er sei ein böser Mensch. Er nutze mich aus, wenn er mich so auf sich warten ließ. Jetzt glaube ich, daß ich wartete und er sich beeilte, zu mir zu kommen. Und das gleicht sich eigentlich aus. Eine Frau, ein Mann und diese Bereiche gegenseitigen Verständnisses und Unverständnisses. Wäre einer von uns beiden beim Aufstand umgekommen oder nicht aus dem GULag zurückgekehrt, dann wäre unser Verhältnis in der Schwebe geblieben. Doch ich würde über Jerzy nicht anders denken, denn dieser Mensch war meine Liebe. Er mußte mich nicht berühren, von Anfang an hatte ich ihn in meinem Blut.

Das Licht der Taschenlampe blendet mich, gleichzeitig höre ich jemanden sagen:

»Stehenbleiben! Wer da?«

»Ein Freund«, antworte ich.

Die Augen gewöhnen sich langsam an das Licht, ich sehe mein Gegenüber. Er ist irgendwie unfertig und hat auch eine verdächtig kindliche Stimme. Ein zweiter ist bei ihm. Sie tragen Parkas, also handelt es sich wohl um eine Grenzpatrouille.

»Was machen Sie hier?« fragt der erste.

»Einen Spaziergang.«

»Jetzt? In der Nacht?«

»De gustibus non disputandum est.«*

»Wie bitte?«

»Nichts, ich sagte, daß ich es liebe, nachts spazierenzugehen.«

»Ihre Papiere, wenn ich bitten darf.«

»Hab ich nicht bei mir.«

»Dann kommen Sie bitte mit uns.«

»Sehe ich aus wie ein Spion?«

»Quatschen Sie nicht herum«, sagt er scharf, »oder ich schieße!«

»Dazu haben Sie immer noch Zeit ...«

Wahrscheinlich habe ich wirklich einen schwierigen Charakter. Ich kann diese Jungs nicht ernst nehmen, dabei liegt ihnen so viel daran. Fast mit vorgehaltener Waffe führen sie mich zur Wache. Und ihr Kommandant wird bestimmt wissen wollen, wo ich mein Schlauchboot versteckt habe. Kein vernünftiger Mensch hätte der Patrouille so ausweichende Antworten gegeben. Aber ich hatte nur bei einem Thema keinen Sinn für Humor: bei den wirklichen

* Lat.: Über Geschmack läßt sich nicht streiten.

und den von mir erdachten Seitensprüngen Jerzys. Ständig glaubte ich, er hätte sich bereits mit einer Frau verabredet, die gerade noch hier gewesen und eben gegangen war. Selbst diese nicht besonders attraktive Förstersfrau war eine Bedrohung. Ich war einmal in die Küche gekommen, da saßen sie nebeneinander auf der Bank. Jerzy hatte sich zu ihr gebeugt und seine Hand auf ihrem Knie gehalten. Das sollte wohl eine freundschaftliche Geste während des Gesprächs sein. Und doch ließ mich dieser Anblick sofort erstarren. Er zog seine Hand weg, und dann erst schaute er mich an. Er hatte es nicht leicht mit mir, ganz bestimmt wußte er nicht, was er tat, als er zwanzig Jahre zuvor das Schicksal herausgefordert hatte.

Wir alle saßen in den Ruinen eines Hauses auf Matratzen oder Strohsäcken. Es ging recht fröhlich zu, angesichts der Lage vielleicht sogar ein bißchen zu fröhlich. Jemand setzte ein Grammophon in Betrieb. Es gab nur eine einzige Platte, und unaufhörlich lief der Refrain: »Nimm mein Herz in deine kleine Hand.« Nach dem soundsovielten Mal dann nahm Jerzy meine Hand, er war bereits betrunken, drückte sie und sagte scherzend:

»Halt es nur schön fest!«

Nachher konnte er sich nicht mehr daran erinnern, aber ich ... ich hielt es während all der Jahre. Auch jetzt will ich es nicht loslassen, obwohl es mir dann leichter wäre zu leben. Nur ... irgend etwas ändert sich bereits ... vielleicht gehe ich bereits unwiderruflich auf Anteks Seite über, oder aber meine Trauerzeit geht zu Ende. Dieser nächtliche Spaziergang zum Beispiel, das ist wie eine Bußandacht.

Wir gehen in das Wachhäuschen, das wie eine Hütte irgendwo im vietnamesischen Dschungel aussieht. Die sich bis unters Dach an den Wänden emporrankenden Pflanzen erinnern an Lianen. Vielleicht ist das Absicht, um es so vor unerwünschten Blicken zu tarnen. Es liegt an der Mündung eines Flüßchens, das sich ins Meer ergießt. Hin und wieder haben wir gesehen, wie Soldaten das Flußbett ausbaggerten, damit die Boote ungehindert aufs große Wasser hinausfahren konnten.

Der Kommandant der Grenzwache ist, wie sich herausstellt, ein noch ziemlich junger Oberleutnant. Erst schaut er mich streng an, dann wird sein Blick sanfter.

»Sie sind Schauspielerin?« fragt er.

»Das stimmt.«

»Frau Anna Bołtuć?« bohrt er weiter.

»Scheint so«, antworte ich lächelnd, doch als ich sehe, daß ihm meine Antwort nicht gefällt, füge ich hinzu: »Ja, das bin ich.«

»Das hätten Sie ihnen sagen sollen.«

»Die haben mich gar nicht zu Wort kommen lassen. Gute Untergebene haben Sie da, gewissenhaft und verantwortungsbewußt.«

Alle drei schauen mich prüfend an, ob ich mich nicht zufällig lustig mache.

»Gehen Sie nachts lieber nicht so spazieren, hier treibt sich allerhand Gesindel herum«, sagt der Kommandant.

»Ich war schon in schlimmeren Lagen ...« Plötzlich halte ich inne, denn es wäre ziemlich absurd, ihnen zu erzählen, in was für welchen.

Der Oberleutnant zieht sein Notizbuch hervor und schiebt es mir hin.

»Bitte ein Autogramm, für meine Tochter.«

Mit einem Gefühl der Belustigung unterschreibe ich. Auch einer der zwei Jungs hält mir sein Notizbuch hin, nur der mit dem Flaum unter der Nase ist irgendwie schlechter Laune.

»Und Sie? Wollen Sie kein Autogramm von mir?«

Er zuckt die Achseln.

»Antworte, wenn die Dame fragt«, rügt ihn der Kommandant.

»Danke, nein«, antwortet er gehorsam, aber auch nicht besonders höflich.

»Na dann, Pani Anna«, wendet sich der Oberleutnant vertraulich an mich, »meine Jungs begleiten Sie nach Hause.«

Ewa brachte Rosen zum Bahnhof mit. Als wir uns verabschiedeten, hatte sie Tränen in den Augen. Antek interessierte sich mehr für die Züge als für mich. Ich verließ die beiden mit dem Gefühl, gleich würde jemand die Senkbühne in Bewegung setzen. Aber ich nahm meinen Platz im Abteil ein. Der Zug fuhr los. Durch das Fenster winkte ich ihnen zu. Ich legte mich auf meinen Liegeplatz und schloß die Augen. Ich versuchte, meine Gedanken zu ordnen, in die sich das gleichmäßige Pochen der Wagenräder mischte. Das Pochen von damals ... ich weiß nicht mehr, was ich damals gefühlt habe. Was war jene Zeit für mich, inwieweit hatte sie mein Leben beeinflußt? Wenn da nicht das Kind gewesen wäre, könnte ich sagen, es war die Zeit, in der ich meine Mitmenschen kennenlernte. Einmal hatte ich Aksinja gefragt, warum Fjodor Aleksejewitsch für Stunden auf dem Dachboden verschwand. Sie hatte nur gelächelt.

»Kleinejungenspiele mit dem Taschenmesser«, hatte sie gesagt.

Mir ließ das keine Ruhe, so daß ich mich einmal heimlich

nach oben schlich. Mir blieb buchstäblich der Mund offen stehen. Der Dachboden war angefüllt mit Holzschnitzereien. Jetzt war mir klar, warum er so oft das Holz im Schuppen durchsah, zur Seite legte und auswählte. Alle Schnitzereien stellten Tiere dar. Ein Fuchs, der einen Hasen jagte, Wölfe, die ein Reh umstellt hatten, zwei Bären, die in mörderischem Kampf ineinander verkeilt waren. Fjodor Aleksejewitsch schnitzte sie alle im Augenblick tödlicher Gefahr. Es gab in seiner Arbeit keine Lebensbejahung, es gab nur die Verneinung und den Tod. Das erklärte auch die kaum verständliche Verbindung mit der viel älteren und kränkelnden Frau. Das sah nach einem Ödipuskomplex aus, nur daß der Ödipuskomplex für sibirische Bauern wohl nicht sehr typisch ist. Während Fjodor Aleksejewitsch unten ein kümmerliches Leben führte, hatte er sich auf dem Dachboden ein Asyl geschaffen. Dort war er Herr über Leben und Tod, unten war er ein zärtlicher und treuer Liebhaber, oben fällte er strenge Urteile. Vielleicht fühlte er sich auf dem Dachboden sogar als etwas Besseres als ein Mensch? Ich weiß nicht, ob die Schnitzereien irgendeinen Wert darstellten. Vielleicht hatte Aksinja recht, wenn sie sagte, es seien Kleinejungenspiele ...

Die Abteiltür öffnet sich, und jemand leuchtet mir mit einer Lampe in die Augen.

»Machen Sie das bitte aus«, sage ich scharf.

»Grenzkontrolle, Ihren Paß bitte.«

Warum hadere ich mit dem Schicksal wegen meiner Vergangenheit? Sollte ich durch mein Leiden zu einem besseren Menschen werden? War ich wirklich zum Opfertier auserkoren? Nur ... von wem? Von mir selbst? Und war ich wirklich so schlecht? Schlecht ... ich habe nur um das Recht auf Liebe gekämpft. So viel Leid fügte mir Irina zu, die Lehrerin aus Leningrad. Sie war ein Jahr nach mir im Lager aufgetaucht. Als ich merkte, daß sie regelmäßig zu Jerzy kam, da wartete ich. Ich wartete, bis das Lager ihr die Schönheit nehmen würde, bis es sie vernichten würde. Ich erinnerte mich gut, was Zojka bei meinem Anblick gesagt hatte:

»Hübsch bist du, ich war auch so. Die Männer waren hingerissen. Na und? Die Haare sind mir nach und nach ausgefallen, und die Reihen meiner Zähne haben sich gelichtet, und jetzt gibt es das strahlende Zojka-Schätzchen nicht mehr, nur noch die stinkige Drecks-Zojka ...«

Sie sagte die Wahrheit, ihren siebzehn Jahren fügte das Lager noch einmal zwanzig hinzu, und zwar in erschrekkend kurzer Zeit. Ich wartete, bis diese schönen Augen in einem grauen Gesicht verschwinden würden, bis die üppigen schwarzen Haare brüchig würden und ausfielen. Ich empfand dabei eine habsüchtige Befriedigung, in der ich mich selbst nicht wiedererkannte. So war ich nie gewesen. Es lag einzig an Jerzy oder, genauer, an meiner Eifersucht ... Irina wußte auch, daß es noch andere gab, und auch sie hatte aus diesem Grund zu leiden. Doch ich war der Meinung, nur ich hätte ein Recht darauf. Die Frauen im GULag, wie sie von ihm redeten, wie sie seinen Namen aussprachen: Jurij Pawlowitsch ... Warum hatte ich mich gerade in Irina verbissen? Vielleicht aufgrund ihrer provozierenden Schönheit, die lange nicht vergehen wollte. Aber schließlich erlebte ich das Ende. Man brachte Irina auf einer Trage, sie war bewußtlos. Blut tropfte auf den Boden.

»Was ist passiert?« fragte Jerzy.

»Sie hat sich mit den Schwellen überhoben«, antwortete eine der Mitgefangenen.

Ich reichte ihm die Instrumente und sah dabei ihre schönen, wie zur Liebe gespreizten Beine, doch das, was jetzt geschah, hatte mit Liebe nichts zu tun. Im Gegenteil. Jerzy beraubte sie des Rechts auf Liebe, des Rechts auf Kinder. Ich beobachtete ihn. Jemand, der ihn weniger gut kannte, hätte bestimmt nichts bemerkt. Seine Augen über dem Mundschutz waren allem Anschein nach dieselben wie bei anderen Operationen, doch ich entdeckte darin die Hilflosigkeit und Wut, die er empfand, als er diesen schönen Körper verstümmelte. Er kannte sie doch am besten. Ich beobachtete sie. Ich war dabei, als sie sich sahen, als Irina, schon nach der Narkose, das Bewußtsein wiedererlangte. Ich hatte ihr die Narkose verabreicht. Ich hatte die Tropfen gezählt, die auf ihre Gesichtsmaske gefallen waren, und es war mir der Gedanke gekommen, mit dem Zählen wieder von vorn anzufangen ... Er trat an ihr Bett, doch sie schloß bei seinem Anblick die Augen.

»Na, Irina«, sagte er fast zärtlich.

Abwehrend schüttelte sie den Kopf; sie war nicht imstande, ihn zu heben, und drehte ihn nur auf dem Kopfkissen erst in die eine, dann in die andere Richtung. Auf diese Weise strich sie das Gemeinsame zwischen ihnen aus und flehte Jerzy an, sie ein für allemal zu vergessen. Er wartete ein Weilchen, dann faßte er sie am Handgelenk, um ihren Puls zu fühlen. Ihr Arm war wie tot. Bevor er wegging, küßte er die Hand mit einer kurzen, schnellen Bewegung. Ich sah, wie die Russin weinte, als er schon fort war. Tränen flossen ihr aus den Augenwinkeln. Aber selbst da empfand ich kein Mitleid. Jahre später fragte ich Jerzy, ob er sie geliebt habe.

»Sie hatte einen wunderbaren Körper«, antwortete er.
»Und hast du sie geliebt?«
»Nein«, entgegnete er knapp.

Auf dem Gang ruft jemand:
»Čaj gorjačij, kofe, sigarety ...«*

Meine zweite Reise nach Osten ... sie hätte etwas in mir auslösen sollen, aber mir kam es vor, als führe ich nur nach Radom oder Kielce. Nichts, keinerlei Gefühle, Leere. Ich existiere ganz im Kraftfeld des Warschauer Lebens und seiner Probleme. Warum also hatte ich im ersten Moment solche Angst gehabt? Welche Rechnungen habe ich mit jenem Mädchen zu begleichen? Was bin ich ihr schuldig? Oder anders: Was ist sie mir schuldig? Vielleicht ist es einfach so, daß ich mich nicht freuen kann. Nie hat es in mir Freude gegeben, und die wenigen Freudensplitter zu erwähnen lohnt nicht. Sie waren wie ein Stück Glas in der Wiese, das ab und an im Licht der Sonne aufleuchtete.
Jerzy hatte mir so oft mein Verlierergesicht vorgeworfen.
»Du bittest geradezu darum, daß man dich verprügelt.«
»Andere braucht es dazu nicht mehr«, entgegne ich.
Er schaut mich an.
»Was willst du damit sagen?«
»Deine Anwesenheit macht das Maß schon voll.«
»Welches Maß?«
»Des Leidens.«

* Russ.: Heißer Tee, Kaffee, Zigaretten.

Er schweigt.

»Ja, Jerzy. Mein Abbild im Spiegel ist dein Werk. Es könnte ganz anders sein.«

»Du warst von Kindheit an schon so. Deine Eltern haben etwas vergessen.«

»Bestimmt dieses Quentchen Hurerei, das zum Leben so hilfreich ist.«

»Du denkst wieder an mich?«

»Du wolltest mich nicht mit dem Sex bekannt machen, weil du der Meinung warst, ich sei zu jung, aber mich mit dem Alkohol bekannt zu machen, da hattest du keine Skrupel.«

»Sei nicht vulgär.«

»Nicht ich, das Leben ist vulgär. Du mochtest nicht allein trinken, deshalb hast du mich zum Wodkatrinken überredet.«

»Ich hab dich zum Wodkatrinken verleitet? Was redest du da, dumme Ziege!«

Wir unterhalten uns im Auto. Die Förstersleute haben uns zur Taufe eingeladen, doch ich kann mich über diese zwei Tage nicht freuen. Ich weiß, daß Jerzy mir zuliebe hinfährt. Er hat sich einverstanden erklärt, Taufpate zu werden, obgleich er solche Familienfeiern nicht ausstehen kann. Wie überhaupt Menschenmengen. Seine Frau wäre nie mit ihm gefahren, sie ging nicht gerne aus dem Haus.

Er rief von einer Telefonzelle aus an.

»Pack deine Siebensachen, ich bin gleich bei dir«, und ohne auf eine Antwort zu warten, hängte er ein. Wahrscheinlich hätte ich mich tatsächlich gefreut, wenn da nicht seine Vertraulichkeit mit der Förstersfrau gewesen wäre. Ich wußte, es war albern, doch ich war eifersüchtig. Ich konnte seine Hand auf ihrem molligen Knie nicht vergessen. Eifersucht diktiert mir jetzt die Worte.

»Du bist bis auf die Knochen verkommen.«

»Du meinst, wegen der Frauen?«

»Ja, wegen der Frauen.«

»Wenigstens hab ich dich nicht betrogen.«

»Das brauchtest du nicht, ich war für dich ein Niemand.«

»Bist du auf die Vergangenheit eifersüchtig?«

Er will mich am Kinn fassen, doch ich weiche ihm aus.

»Anna, aber das ist doch albern.«

»Das weiß ich schon lange, aber ich bin zu schwach, um wegzugehen.«

Eine Weile fahren wir schweigend weiter.

»Es gibt jetzt niemanden«, höre ich ihn sagen.

»Weil nur das Gefühl zählt?« Aus mir spricht diese fürchterliche alte Jungfer. »Ja? Und der Rest ist so unwichtig, daß es nicht lohnt, davon zu sprechen?«

»Ich sagte, da ist niemand«, wiederholt Jerzy mit kalter Stimme, in der Widerwille gegen mich liegt. »Ich halte mich zurück, um dir nicht weh zu tun.«

»Ein schwacher Trost.«

»Es gibt Männer, die nicht treu sein können.«

»Davon kann ich ein Lied singen.«

»Man muß sich entweder damit abfinden oder gehen.«

»Und deine Frau hat sich damit abgefunden.«

Jerzy ist wütend, ich sehe, wie sich seine Kiefer verspannen, sie sind fast quadratisch. Das verändert sein Gesicht auf eine lustige Weise. Doch beiden ist uns nicht nach Lachen zumute. Er hat den Blick starr auf den Weg vor uns geheftet.

»Dort wirst du die Vergebung nicht finden«, sage ich ironisch, aber in meinem Innern spüre ich Angst, er könnte mich für alle diese Worte hassen. Er könnte nach Warschau zurückfahren und mich in Zukunft nicht mehr treffen wollen.

Plötzlich fliege ich mit dem Kopf gegen die Scheibe. Jerzy zerrt mich aus dem Auto und führt mich in den Wald. Er geht sehr schnell, ich stolpere und muß fast rennen. Ein paarmal schlagen mir Zweige schmerzhaft ins Gesicht, weil ich keine Zeit habe, mich zu bücken. Schließlich wirft er mich auf die Erde. Sein Gesicht ist fremd und böse. Für einen Augenblick denke ich, er will mich umbringen. Doch er knöpft seine Hose auf, und dann reißt er mir brutal den Schlüpfer herunter. Er dringt so heftig in mich ein, daß ich vor Schmerz schreie. Alles geht sehr schnell. Er steht auf, ordnet seine Kleider und geht zum Auto zurück. Auch ich richte mich auf, betäubt und vollkommen verwirrt. Ich weiß nicht, was ich davon halten soll. Weiter die Rolle der Märtyrerin spielen und ihn daran erinnern, daß gerade ich nicht mehr vergewaltigt werden kann, oder das Ganze mit Humor nehmen? Nach einigem Nachdenken entscheide ich mich für letzteres. Die ganze Auflehnung hat sich verflüchtigt. Doch für einen kurzen Moment habe ich Jerzys Gesicht gesehen ...

Ich gehe zum Auto. Jerzy sitzt darin, die Beine im Freien, und raucht eine Zigarette. Als ich mich auf meinen Platz setze, habe ich seinen Rücken vor mir.

»Kann ich auch eine Zigarette haben?« frage ich.

Über die Schulter reicht er sie mir, dann wirft er mir das Feuerzeug in den Schoß. Ich gebe es ihm zurück, doch eigentlich schmiege ich mich an seinen Rücken.

»Das ist alles aus Liebe«, sage ich leise.

»Dann liebe mich, bitte schön, etwas weniger!« erwidert er.

»Wenn wir zusammen wären ...«

»Wir sind zusammen, Anna!«

Nach ein paar Kilometern fangen wir an, miteinander zu reden, und am Ende der Fahrt singen wir, das heißt, Jerzy singt, und ich mache die zweite Stimme. Unser Repertoire reicht von »Ulanen, Ulanen, angemalte Kinder« bis »Heut kann ich zu dir nicht kommen«. Lachend meint Jerzy, das seien Kombattantenlieder unseres Zweipersonenverbandes. In einen anderen würde uns niemand aufnehmen.

»Eins in die Fresse«, sagt er, »selbst wenn sie uns wollten, würde ich es nicht erlauben, daß du dich einschreibst. Zu denen gehört die halbe Bande aus der Rakowiecka. Die haben eine fette Entschädigung für den Verlust ihrer Gesundheit in Ausübung des Dienstes erhalten. Einen Menschen zu Tode quälen ist schließlich auch harte Arbeit.«

»Du irrst dich bestimmt ...«

»Ich irre mich nicht, mein Engel. Einen kenne ich namentlich, das sag ich dir, ein schönes Seelchen von einem Menschen. Ich hab seinem Sohn den Blinddarm rausgeschnitten, und dafür hat er mich mit Schokolade beschenkt ...«

»Und hast du ihn gefragt, ob er zur ZBoWiD* gehört?«

»Ich weiß das eine oder andere über sie, sie haben mir meinen Sohn getötet.«

Jerzys Gesicht wird aschfahl. Ich bin wütend auf mich, ich hätte es wissen müssen, daß man sofort das Thema wechseln muß, wenn sich seine Stimme verändert.

Wir fahren direkt zur Kirche. Ich betrachte Jerzy, wie er neben der Taufpatin steht. Sie ist ein ganz junges Mädchen,

* *ZBoWiD:* Związck Bojowników o Wolność i Demokrację. Polnischer Veteranenverband. A.d.Ü.

eine Verwandte des Försters, die in Szczytno die Schneiderschule absolviert. Jerzy steht dicht neben ihr. Zu dicht, wie mir scheint. Ich versuche, diese Gedanken zu verjagen, doch sie kommen wieder. Während des Empfangs bin ich noch weniger entzückt, und als das Tanzen beginnt, verschwindet sogar das künstliche Lächeln aus meinem Gesicht. Ich höre die Leute neben mir irgend etwas reden und bin wütend, weil ich nicht höre, was Jerzy diesem Mädchen sagt. Bestimmt reden sie nicht über Schnittmuster. Man hat sie zusammen am anderen Ende des Tischs plaziert.

Ist es meine Schuld, daß ich in diesem Punkt krankhaft bin? Er, Jerzy, hat mich doch erzogen. Bevor ich ihn kennenlernte, hielt ich alle verheirateten Männer für unantastbar. Er hat mich ausgelacht ... Bestimmt habe ich ein leicht krankhaftes Verhältnis zum Sex, manchmal zucke ich zurück, manchmal gehe ich zu weit ... aber es kann gar nicht anders sein ... Doch Jerzy und Frauen ... das ist eine ganz eigene Geschichte. Jetzt tanzt er mit diesem Mädchen, ich sehe seine Hand auf ihrem Rücken. Mitten in einem Satz meines Nachbarn stehe ich auf und gehe nach draußen. Dort ist es dunkel. Die abendliche Kühle, die vom Wald heraufzieht, legt sich wie eine kalte Kompresse auf mein Gesicht. Ich lasse meinen Kopf auf die Zaunstangen sinken.

Ich höre Schritte, also versuche ich, mich zusammenzunehmen.

»Anna, was ist passiert?« Es ist Jerzys Stimme.

»Nichts, ich hab zuviel getrunken.«

»Aber du hast doch überhaupt nicht getrunken!«

»Aber ich fühl mich nicht gut.«

Er zieht mich von dem Zaun fort und nimmt mich in die Arme.

»Du dummes, kleines Mädchen«, sagt er zärtlich, »glaubst du denn, du könntest mir was vormachen? Komm, gehen wir schlafen.«

Über die Hintertreppe schleichen wir unbemerkt nach oben, Jerzy führt mich an der Hand.

Plötzlich habe ich Sehnsucht nach ihm, nach seiner Stimme. Fast körperlich empfinde ich den Schmerz in meinem Herzen. Und ich kann nicht einmal das Thema wechseln, denn das andere Thema, das kann nur Ewa sein. Als ich vor meiner Abreise bei ihnen war, saß sie wie gewöhnlich im Badezimmer. Wir unterhielten uns durch die Tür.

»Immer finde ich dich dort.«

»Was soll ich tun, wenn ich einen kranken Magen hab!«

Kranker Magen ...

»Ewa, wie soll ich jetzt wegfahren! Wie soll ich euch allein lassen.«

»Ach, Mama, es ist schon besser, wirklich.«

»Was ist besser?«

»Mir geht es besser.«

»Warum sitzt du dann da?«

»Weil du immer so ein Glück hast«, antwortet sie fast lachend.

Aber ich lächle nicht, ich betrachte meinen Enkel. Er liegt bäuchlings auf dem Teppich und schaut sich aufmerksam das Buch an, das ich ihm eben mitgebracht habe. Wenn er die Seiten umblättert, leckt er seinen Finger.

Diesmal fährt mein Zug auf dem Personenbahnhof ein, denn auch der Waggon ist ein anderer, mit eigenem Liegeplatz. Damals fuhren wir dicht gedrängt, direkt auf dem Fußboden liegend. Das spärliche Stroh gab den Blick auf den Boden dieses Metallbehältnisses frei, in das man uns eingeschlossen hatte. Danach wurden wir sofort auf Lastwagen verladen. Es war nur wenig, was ich von Moskau sah. Wir waren in der Nacht durch die Stadt gefahren.

Am Eingang zur Bahnhofshalle begrüßen mich die Büsten von Marx und Lenin. Näher bei Lenin steht der Assistent mit ein bißchen Blattwerk in der Hand. Neben ihm eine Frau, wie sich herausstellt, eine Schauspielerin. Hier schickt man immer eine Delegation, damit der eine auf den andern aufpaßt. Wir gehen durch die Bahnhofshalle, russische Klassik sozusagen, und plötzlich befinde ich mich auf einem weiträumigen Platz. Menschenmengen wälzen sich darüber, und das überrascht mich, denn das Moskau von damals war mir menschenleer vorgekommen. Menschen waren erst wieder in der Ljubjanka aufgetaucht.

Sie führen mich zum Wagen, der Assistent setzt sich hinters Steuer, neben ihm macht sich diese Dame breit, ich sitze hinten. Ich schaue aus dem Fenster. An meinen Augen ziehen Neonleuchten vorbei: »Ruhm dem großen sowjetischen Volke.« Ich lächle im stillen.

Moskau macht einen erdrückenden Eindruck auf mich. Dieser schwere stalinistische Baustil. Grau, schmutzig. Gedrungene Trolleybusse gleiten vorbei. Okudschawas Lied »Der letzte Trolleybus« kommt mir in den Sinn, und ich muß sagen, daß ich ihn mir in einer etwas anderen Szenerie vorgestellt habe: hier eine Kirche, da ein Palais. Doch ich sehe nur Wohnblocks und viele Lastwagen, von denen die Fahrbahn vor allem »bevölkert« ist. Sie fahren und qualmen. Immerhin ein Fortschritt, daß sie nicht nur Gefangene transportieren. Aus einem Lastwagen ragen ein paar Rohre, an deren Enden ein roter Lappen flattert, und das ist der einzige fröhlichere Akzent in dieser düsteren und regnerischen Szenerie.

»Sie sprechen sehr gut Russisch«, lächelt vom Vordersitz die Aktrice. »Wo haben Sie das gelernt?«

»Nun ... ich hab es gelernt.«

Wir fahren am Hotel »Moskwa«, in dem ich wohnen werde, vor. Es liegt in der Nähe des Roten Platzes, also im Herzen der Stadt, vielleicht gelingt es mir nun endlich, ihren Puls zu fühlen. Bisher sind da nur unfrohes Staunen und Widerwillen. Und auch ein sinnloses Vergleichen. Was habe ich mir eigentlich erhofft?

Schon an der Rezeption erwartet mich eine Überraschung. Ich werde von einer polnischen Gruppe erkannt, Geologen, die auf eine weite Exkursion gehen. Sie umringen mich, ich sehe Herzlichkeit in ihren Gesichtern, Lächeln. Ich weiß, daß es nur an mir lag, wenn ich mich in Warschau unerkannt bewegt habe. Ich kann mein Gesicht verbergen, ohne Make-up ist es ganz anders. Jetzt habe ich es ausgestellt, und siehe da, es zeigt die erste Wirkung. Ein hochgewachsener junger Mann in einem Wollpulli, wahrscheinlich sogar der Leiter der Gruppe, meint, ich müsse abends mit ihnen zu russischen Freunden kommen. Wir verabreden uns für neunzehn Uhr in der Halle.

Ich gehe nach oben, auf meiner Etage sitzt eine dicke Frau mit Glupschaugen auf einem Stuhl. Ihr Gesicht hat etwas Froschiges, und sogar wenn sie spricht, klingt es wie das Quaken eines Froschs. Mein Zimmer ist dunkel und hoch. Ich stelle meine Reisetasche ab und schaue mich ratlos um. Der Gedanke, mit fremden Menschen zu anderen fremden Menschen zu gehen, kommt mir absurd vor. Und daß ich hier bin ... Wäre Jerzy noch am Leben, wäre das auf keinen Fall geschehen. Das hätte die Trennung bedeutet. Jerzy war, trotz seiner Intelligenz, für die kollektive

Verantwortung. Allein schon beim Klang der russischen Sprache bekam er eine Allergie. Sein Fanatismus weckte in mir unwillkürlich Widerspruch, ich sah, welche Verwüstung er in diesem Menschen anrichtete. Mir war auch bewußt, daß das, was für mich übrigblieb, nur ein kleiner Rest seiner Persönlichkeit war. Ich mußte mich mit den Momenten zufriedengeben, in denen Jerzy vergaß. Sein Gesicht entspannte sich dann, seine Augen bekamen Glanz, und sein ungewöhnlicher Charme kehrte zurück. Das konnte sich im Bruchteil einer Sekunde ändern. Ich erinnere mich an diesen Krampf, den er bekam, wenn er das Wort »Sowjetärsche« aussprach, nie sprach er anders über die Russen. Und jetzt war ich hierher gefahren ... Aber dieses polnische Schaukelpferd kann sich nun einmal nur den einen oder den andern annähern oder sich von ihnen entfernen. Der Hitler-Stalin-Pakt erklärt hier vieles. Also was? Sollte ich nun Trübsal blasen?

Meine Mutter war in einem deutschen KZ umgekommen, und trotzdem hatte ich so manches Glas Selbstgebrannten mit einer ehemaligen Tänzerin getrunken, die sich ihrer Auftritte vor Hitler rühmte. Was sollte man an den langen Winterabenden auch tun? Ewa schlief oben, während ich, Pan Duda und seine Frau unten saßen, im Schulzimmer beim Ofen, weil es da am wärmsten war. Sie war eine hochgewachsene Frau mit kurzgeschnittenen grauen Haaren und einem Gesicht, das entfernt an ein Pferd erinnerte. Früher einmal hatte sie in Berlin brilliert, aber jetzt war sie dazu verdammt, in einem kleinen masurischen Dorf an der Seite eines viel älteren Mannes zu leben. Man sah, daß sie ihn ziemlich mochte. Sie nannte ihn »mein Gustel«, was sie natürlich nicht daran hinderte, ihn nach Strich und Faden zu betrügen. Vielleicht war ihr diese Gewohnheit aus den Zeiten beim Kabarett geblieben. Desungeachtet hörte ich gerne die Geschichten über ihre atemberaubende Berliner Karriere. Pan Gustaw machte fast nie den Mund auf, aber er schaute sehr zufrieden drein. Schon damals ging er stramm auf die Achtzig zu, er war also noch im vorigen Jahrhundert geboren, und das gab ihm den nötigen Abstand zum Leben. Wenn Pani Dudowa schon leicht beschwipst war, dann zeigte sie ein paar ihrer Kunststücke. Als ich sie stärker bedrängte, stellte sich heraus, daß sie keine Solonummer gehabt, sondern lediglich im Hintergrund mit den Beinen geschlenkert hatte, aber auch so war das reichlich exotisch im Vergleich zu unserer jetzigen Situation. Sie waren ein seltsames Paar, er gut zwanzig Jahre älter, einsilbig und, natürlich, alles andere als wohlhabend. Daher auch die Anstellung in der Schule. Niemand wollte die Arbeit haben, doch er erledigte sie trotz seines vorgerückten Alters recht ordentlich. Seine Frau und er hatten ein Häuschen, allerdings fast ohne Land. Es reichte gerade für einen Gemüsegarten, aus dem ich oft herrliche Tomaten und Gurken bekam. Es war lohnender, als Saison- oder Dauerkraft zum Oberforstamt zu gehen. Da bekam man dann ein Haus und Naturalien, wozu auch ein Stück Land gehörte. Pan Duda war allerdings zu alt. Seine Frau arbeitete im Forstamt, aber nur während der Saison, weil sie sich nicht gerne band. Sie pflanzte dann Bäume, und sie sprach sehr schön davon. Daß all diese kleinen Fichten, Eichen und Tannen ihre nie geborenen Kinder seien. Sie habe sich sehr eine große Familie gewünscht, na und jetzt habe sie eine, größer als jede andere. Wo immer man hinschaue, überall stünden ihre Töchter und Söhne. Deshalb auch könne sie nicht von hier fort, denn sie müsse doch wissen, was es bei denen Neues gebe. Ob niemand ihnen etwas Böses tue und ob sie gut wüchsen. Damit hatte sie mich für sich gewonnen. Ich verzieh ihr sogar ihre Seitensprünge. Auch Pan Gustaw hatte ihr wohl verziehen, vielleicht aber wußte er auch überhaupt nichts davon. Mir gegenüber rechtfertigte sie sich damit, daß diese Herren aus Warschau, diese Jagdausflügler, die doch so intelligent seien, sie an ihr verlorenes Leben von einst erinnerten.

»Einmal lag ein Dozent vor mir auf den Knien«, vertraute sie mir an, »und bettelte wie ein Kind: ›Dudowa, laß wenigstens du mich nicht allein, ich sterbe ohne dich ...‹«

»Und wie stellte er sich das vor?« fragte ich aus Neugier.

»Nun, er wollte, daß ich die Nacht über bei ihm bliebe«, entgegnete sie und war erstaunt, daß ich etwas anderes denken konnte. »Ich würde meinen Gustel nicht für länger allein lassen.«

Sie versuchte mich zu überreden, mich dieser fröhlichen Gesellschaft anzuschließen, doch ich hatte nie Lust dazu. Und als ein Abgesandter dieser Herren an meine Tür klopfte, fertigte ich ihn kurz, aber bestimmt ab. Nicht etwa, weil ich mich für jemand Besseren hielt, aber ich mochte diese Leute aus zwei Gründen nicht. Weil sie Pan Gustaw vor dem ganzen Dorf lächerlich machten und weil sie auf Tiere schossen. Einmal ging ich mit einem dieser Herren vom Laden nach Hause. Als ich ihm eröffnete, was ich über das Morden von Tieren dachte, lächelte er überlegen:

»Frauen sind nicht imstande, das zu verstehen«, sagte er.

»Ich fürchte, die Tiere auch nicht«, fauchte ich zurück.

»Die schon eher.«

Ich blieb stehen und sah ihm ins Gesicht.

»Was fühlen Sie, wenn Sie jemandem mit einem Schuß das Leben nehmen?«

»Zufriedenheit, daß mir ein Blattschuß geglückt ist«, entgegnete er, ohne zu zögern.

In diesem Moment verspürte ich Ekel gegenüber diesem Menschen. Und es war mir gerade recht, ihn mir als einen der Freier dieser alten Frau vorzustellen.

Das Taxi hielt vor einem Wohnblock, der sehr an den erinnerte, in dem meine Tochter lebte. Doch hinter der Wohnungstür begann eine ganz andere Welt. Schon der Flur war von oben bis unten mit Büchern zugestellt. Die Mäntel hängte man in die Ecke, neben die Tür zum Bad. Im Zimmer verbreitete eine Lampe gedämpftes Licht. Es war voller Menschen. Einige saßen direkt auf dem Boden. Bei unserem Erscheinen riefen ein paar erfreute Stimmen:

»Na toll, kommt rein, setzt euch ...«

Und sofort konzentrierte sich die Aufmerksamkeit aller auf einen untersetzten Mann mit kurzgeschnittenen Haaren. Sein Gesicht war von einem Dreitagebart überzogen. Er trug einen schwarzen Rollkragenpulli und Jeans. Mit einer kräftigen, ein wenig heiseren Stimme begann er zu singen, wobei er sich selbst auf der Gitarre begleitete.

Wer hat gesagt, alles ist verbrannt
ihr werdet nichts mehr säen ...
Wer hat gesagt, die Erde sei gestorben
nein, sie hält sich nur verborgen ...

Es war ein wunderschönes Lied, das mit den Worten endete: *»Zertretet nicht die Seelen mit den Stiefeln.«*

Ich spürte, daß mich jemand ansah. Vorsichtig wandte ich den Kopf, und da begegneten mir diese Augen. Zum zweiten Mal in meinem Leben durchschauten mich jemandes Augen bis ins Innerste. Ich war zutiefst aufgewühlt und hatte Angst, in jene Richtung zu schauen, doch ich wußte, daß sie mich verfolgten. Und später, als der Abend langsam in die Nacht überging, spürte ich die Gegenwart dieses Menschen neben mir. Er hatte sich umgesetzt, er war ganz nah. Seine Schultern berührten meine Schultern, sein Ellbogen ruhte auf meiner Hüfte. Ich fürchtete mich, tief zu atmen oder gar mich zu bewegen.

Die Gastgeberin, eine junge Frau mit Brille und einem altmodischen Dutt, verteilte auf einem Tablett Wodka in kleinen Gläsern. Ihr Mann, groß und hager, mit semitischen Zügen, brachte aus der Küche Tee. Ich hielt das heiße Glas in meinen Händen und war verwirrt. Die Anwesenheit dieses Menschen gleich neben mir bedeutete auf einmal soviel. Ich wußte nicht einmal genau, wie er aussah. Ich spürte ihn nur. Ich spürte ihn mit meinem ganzen Ich und konnte nichts dagegen tun. Beim Tee begannen wir, uns zu unterhalten.

»Du sprichst in meiner Sprache?« fragte er, wobei er mich von vornherein per du anredete.

»Ja, ich glaube schon«, erwiderte ich, noch immer ohne ihn anzusehen.

Diese Stimme, das war nicht die Stimme eines fremden Menschen. Unter den Lidern standen mir die Tränen, und das machte mir Angst. Ich fürchtete, sie würden gleich fließen und ich wäre dann nicht imstande, sie diesem Menschen zu erklären. Der kleine Mann hatte aufgehört zu singen. Ein Gespräch war im Gange, dem ich entnahm, daß der Liedersänger, falls er es sich denn nicht anders überlegen würde, drauf und dran war zu heiraten, und zwar eine ausländische Schauspielerin. Sie nannten sie »die Französin«.

»Wolodja, gehst du für immer fort?« fragte jemand.

»Ich bin kein Dissident«, gab er zur Antwort, »ich bin Künstler. Ohne Rußland bin ich ein Nichts, ohne das Volk, für das ich schreibe, existiere ich nicht. Doch ohne Freiheit sterbe ich ...«

Er hatte das einfach so, wie nebenbei gesagt, doch es machte einen großen Eindruck auf mich. Über diesen Wolodja wußte ich nichts. Ich fragte den Mann neben mir nach ihm.

»Wolodja ist ein Poet, der von Zeit zu Zeit seinen Auftritt haben möchte«, antwortete er.

In diesem Augenblick erhob der Liedersänger sein Glas:

»Meine Lieben, wir haben heute polnische Freunde hier, trinken wir auf ihr Wohl.«

Im selben Augenblick höre ich:

»Wie heißt du?«

»Anna.«

»Anna ... komm morgen zu mir. Du mußt kommen.«

Und ich komme. Er wohnt in der Altstadt von Moskau, am Arbat. Das aus einer Wohnung abgetrennte Zimmer kann man eine Junggesellenwohnung nennen, denn es hat einen eigenen Zugang vom Treppenhaus. Dieser Wolodja hatte auch gesungen, daß es in seinem Grab Platz für zwei Särge gebe, anders als in den Moskauer Wohnungen. Auch hier dominieren die Bücher und schaffen jene einzigartige Atmosphäre.

Wir schauen einander an. Mein Blick umfängt sein Gesicht. Immer war es bei mir so, daß sich die Liebe augenblicklich entzündete oder nie. Er heißt Andrej und tritt im Taganka-Theater auf. Mit den Fingern fährt er sich durch die blonde Mähne, das macht uns einander ähnlich, weil auch ich mit einer solchen Bewegung meine Haare aus der Stirn streiche.

Er geht durchs Zimmer und macht Tee. Wir schweigen, dann unterhalten wir uns. Ich fühle mich wohl, bin ruhig und glücklich und bemühe mich, dem nicht weiter auf den Grund zu gehen, warum das so ist, warum das jetzt plötzlich möglich ist. Soll es nur dauern. Schließlich stehe ich auf, um mich zu verabschieden. Er kommt zu mir und zieht mich plötzlich unter seinen Pullover. Er ist viel größer als ich, mein Gesicht ist also irgendwo in der Höhe seines Schlüsselbeins. Die weichen Haare auf seiner Brust legen sich um mich, ich spüre den Geruch von Schweiß und Kölnisch Wasser. Mit seinen starken Armen hält er mich fest an sich gedrückt. Irgendwo ganz nah schlägt sein Herz. Wir stehen dicht beieinander, und er gibt mir einen deutlichen Beweis seines Verlangens, was mich diesmal aber überhaupt nicht stört. Er beugt sich vor, befreit mein Gesicht aus seinem Pulli und küßt mich mit gespitzten Lippen. Ich denke, daß das kein fremder Mund ist.

Hastig ziehen wir uns aus. Neben mir der Körper eines nackten Mannes. Ich sehe die muskulösen, haarigen Beine, die rötliche Behaarung am Unterbauch. Wie von neuem lerne ich, wie ein nackter Mann aussieht. Das alles ist so lange her ... Seine harten Schenkel umfangen mich, und dann dringt er so energisch und impulsiv in mich ein, daß ich nicht genügend Zeit habe, mich zu wundern, daß es wieder passiert. Ich drücke mich an ihn, will ihm so nahe wie möglich sein. Weit spreize ich meine Beine, weil ich dann dieser Entschlossenheit gegenüber noch schutzloser bin, sie in meinem Inneren noch empfindlicher spüre. Ich will ohne Betäubung dabeisein. Und der Orgasmus überfällt mich wie ein Schmerz, doch zugleich ist es die Befreiung meines Körpers. Es gibt ihn wieder. Er lebt! Die Dankbarkeit, die ich für diesen Mann empfinde, kommt jener unwiederbringlich verlorenen gleich. Jerzy steht nicht mehr zwischen uns, er scheint uns einander näherzubringen. Zum ersten Mal ist er nicht der Richter ... Und diese Nacht ist seltsam, angefüllt mit Leidenschaft. Denn das, was zwischen uns geschieht, kann man nur so nennen. Könnte ich auch für ihn sprechen, ich würde nicht zögern, es Liebe zu nennen. Seine Hände wissen alles so genau, wissen es sogar besser, am allerbesten. Ein paar Bewegungen genügen, ein paar Berührungen, und wieder bin ich offen und erwartungsvoll. Mein Körper verlangt nach etwas, braucht etwas und findet in allem Erfüllung. Als der Tag anbricht, wissen wir viel voneinander, rein körperlich. Etwas anderes will ich im Moment auch nicht, denn es könnte sich als zuviel erweisen. Ich lege meine Hand auf seine Lippen. Diese Liebe soll vorläufig stumm bleiben. Die Leere, der ich entkommen bin, ist um nichts kleiner als jene, die ich nach meiner Begegnung mit Jerzy empfunden hatte ...

Andrej langt nach einer Zigarette, eine zweite zündet er für mich an und steckt sie mir in den Mund. Ich schaue auf sein junges Gesicht. Ist es möglich, daß dieser Mensch bei mir ist? Daß wir zueinander gehören?

»Läßt du mich endlich etwas sagen?« fragt er.

»Sprich.«

»Ich liebe dich. Vom ersten Augenblick an. Ich weiß nicht, warum es so ist, aber es ist die Wahrheit.«

Er stützt sich auf seinen Ellbogen, wie ein Kurzsichtiger betrachtet er mein Gesicht von ganz nahe.

»Ich hab noch nie eine schönere Frau gesehen«, sagt er voller Ernst.

»Ich bin vierzig Jahre alt.«

»Du bist ein junges, hübsches Mädchen, Anuschka!«

Der Klang dieses Namens macht mich schaudern. Andrej wickelt mich fester in die Decke.

»Frierst du?«

Ich glaube, erst jetzt verstehe ich, was Zärtlichkeit heißt. Ich empfange sie wie eine Kommunion. Es ist die Kommunion einer Ungläubigen. So also kann es zwischen zwei Menschen sein. Jerzy und ich hatten immer so viele Worte gebraucht, um etwas in uns zu übertönen, und hier reicht eine Geste, ein Lächeln ... Ich weiß, daß ich das schon bald wieder verlieren werde, aber um so wertvoller ist es.

Ich. Ich und Hotelzimmer ... Einmal, in einem anderen Hotel, habe ich die Liebe erlebt. Jetzt kann ich hier nur allein sein. Andrej würde man nicht hereinlassen. Kein Fremder hat Zutritt. Darauf achten die gestrengen Wächterinnen auf den Etagen. Damals war ich mit Jerzy zusammen. Aber war das damals trotz allem nicht ganz im Stil einer Hotelzimmeraffäre? Was immer ich mir einreden wollte, das ist die Wahrheit. Was bedeutet es schon, daß ich mir vor Schmerz auf den Finger biß. Weder Jerzy noch ich konnte daran etwas ändern. Beide versuchten wir es, doch in unseren Augen verbarg sich die Traurigkeit von Menschen, die verspielt hatten. Nicht Jerzy hatte mich gedemütigt, die Situation hatte mich gedemütigt. Ich war noch so jung, als ich ihn zum ersten Mal sah. Und was hatte ich davon? So viele Jahre habe ich in Einsamkeit gelebt, und jetzt ist es bereits zu spät. Andrej hat bestimmt Familie. Vielleicht gehört diese Junggesellenwohnung einem Freund. Er schien sich darin nicht besonders sicher zu bewegen, aber vielleicht war es mir auch nur so vorgekommen. Jetzt will ich nicht daran denken. Ich werde mich an ihm freuen, solange es geht. Ein Geschenk zum Abschied von der Jugend, noch einmal ist es mir vergönnt, die Nähe eines Mannes zu spüren. Was bedeutet sie? Ist es ein Geruch? Eine Berührung? Oder etwas Ungreifbares zwischen zwei Menschen? Irgendwelche Einzelteile, Bruchstücke bekommen ihre wahre Gestalt. Und ich muß nichts mehr suchen, mich nach nichts mehr sehnen. Die plötzliche Gewißheit, daß man den Schlüssel in Händen hält, der im nächsten Augenblick die Tür öffnet ...

Das Telefon klingelt. Das ist bestimmt das Gespräch mit Warschau, das ich angemeldet habe.

»Mama?« höre ich Ewas kindliche Stimme.

»Ich bin's, mein Töchterchen. Wie geht es bei euch? Wie kommt ihr zurecht?«

»Gut. Sogar besser, als ich dachte. So eine nette Studentin paßt auf Antek auf, sie heißt Krysia. Er findet sie ganz toll. Und bei dir? Dreht ihr schon?«

»Noch nicht. Weißt du, das Nähen der Kostüme, die Anproben. Das dauert.«

»Und was machst du so?«

»Ich hab Sehnsucht nach euch.«

Ewa lacht.

»Hast du keine interessantere Beschäftigung gefunden?«

Für einen Moment habe ich Lust, ihr von Andrej zu erzählen.

»Dann gebe ich dir Antek«, sagt sie.

»Hallo, Oma«, höre ich. Dieses Wort trifft mich wie ein Schlag, ich bin es schon nicht mehr gewöhnt. »Weißt du, Mama kauft mir einen Federkasten, wenn ich in die Schule komme!«

»Zeigst du ihn mir dann?«

»Wirst du dann noch leben?« fragt er verwundert.

»Bestimmt werde ich noch leben«, antworte ich leichthin, »ich bringe dich noch auf die Universität!«

»Au, das ist gut«, sagt er mit seinem freudigen Stimmchen, »dann zeig ich ihn dir.«

Er weiß noch nicht genau, was seine Worte bedeuten. Ich selbst habe ihm erklärt, daß alles auf der Welt älter wird und vergeht, weil man nicht ewig leben kann. Aber jetzt macht es mich traurig, daß er so etwas gesagt hat. Ein Kind ist ehrlich, es hat die Falschheit noch nicht gelernt, mit der das Leben der Erwachsenen gespickt ist. Woher also die Traurigkeit oder gar Bitterkeit? Vielleicht fühle ich mich auf einmal überflüssig. Sie bitten mich nicht, nach Hause zu kommen. Sie schaffen es allein. Wäre da nicht die Sache mit Andrej, würde ich das sicher schmerzlicher empfinden.

»Na, dann auf Wiederhören bis nächste Woche«, sage ich zu Ewa, die den Hörer genommen hat.

»Was ist los, Mama?« fragt sie. »Weil er das gesagt hat? Aber er ist doch noch klein und dumm ...«

Ewa ... die immer alles weiß.

Die Geologen haben mich zu ihrem Abschiedsabend eingeladen. In der Frühe fahren sie zu ihren Forschungen ab, irgendwo jenseits des Urals. Ich sitze mit ihnen im Hotelzimmer. Wir trinken Wodka. Sie erzählen sogar ganz interessante Sachen.

»Ja, schon«, sage ich einmal, »aber ihr fahrt auf den Spuren der russischen Kibitkas.«

»Das ist noch nicht das Schlimmste«, antwortet einer, »da gibt es frischere Spuren ...«

Ich lächle.

»Da gibt es nichts zu lachen«, meint er fast beleidigt, »mir hat jemand gesagt, daß noch nach dem Zweiten Weltkrieg aus Polen Transporte dorthin gegangen sind.«

»Du hast Amerika nicht entdeckt«, mischt sich der Große mit dem Rollkragenpulli ein.

Diese jungen, bärtigen Männer kommen mir plötzlich wie Kinder vor. Ich empfinde Nachsicht, aber auch eine gewisse Zärtlichkeit für sie.

»Langweilen wir die Frau nicht!«

Als ich schon auf mein Zimmer gehen will, springt der Leiter der Gruppe auf. Er besteht darauf, mich bis an meine Tür zu bringen. Wir gehen die Treppe hoch. Auf meiner Etage stoßen wir auf ein Hindernis. Dieselbe Etagenfrau, die am ersten Tag da war, steht von ihrem Stuhl auf und versperrt den Eingang zum Flur.

»Tuda nel'zja«*, sagt sie und schaut meinen Begleiter drohend an.

Der Geologe spricht nicht gut Russisch, er versucht es auf englisch, dann beginnt er zu gestikulieren.

»Madame«, fängt er an und legt die Hand aufs Herz, »nix Dame, ich schwul!«

»Nel'zja!« antwortet sie und stellt sich breitbeinig wie ein Ringer auf.

»Ich finde den Weg schon allein, Jurek«, lenke ich ein.

»Ich hab gesagt bis vor die Tür, also bis vor die Tür, und wenn ich sie totschlagen muß.« Mit honigsüßer Stimme wendet er sich an sie: »Madame, eto moja sestra, eto moja rodina!«**

»Familja«, souffliere ich.

Aber das macht keinen Eindruck auf sie.

»Nel'zja«, antwortet sie ungerührt.

Da nimmt er das Weibsstück auf den Arm und mar-

* Russ.: Hier dürfen Sie nicht durch.

** Russ.: Das ist meine Schwester, das ist meine Heimat (anders als im Russischen bedeutet *rodzina* im Polnischen »Familie«). A.d.Ü.

schiert mit ihr den Flur hinunter. Er schaut sich nach mir um.

»Na komm schon, warum kommst du nicht!«

Ich komme, traue aber meinen Augen nicht. Auch die Frau weiß wohl nicht, wie ihr geschieht, denn sie versucht nicht einmal zu protestieren. Der Geologe stellt sie vor meiner Tür ab. Er ist ganz schön außer Atem.

»Nun«, sagt er und küßt mich auf die Stirn, »marsch ins Bett.«

Er gibt mir noch einen Klaps auf den Hintern und geht. Ich schaue nach der Etagenfrau, auf deren Gesicht sich grenzenlose Verwunderung malt.

»Nel'zja«, sagt sie leise und trollt sich in Richtung ihres Stuhls.

In meinem Zimmer läutet das Telefon.

»Anuschka? Wo treibst du dich rum?«

»Ich war mit Freunden zusammen«, antworte ich, und mir wird plötzlich bewußt, was das bedeutet.

Siehe da, ich bin unter Leuten gewesen. So krampfhaft habe ich mich an Jerzy gehalten und dann an Ewa und Antek, weil sie nicht bei mir waren. Freundschaft gibt es genauso selten wie Liebe, und Bekannte hatte ich fast keine. Niemand kam mich besuchen, niemand lud mich zu sich ein. Vielleicht hatte ich es nicht gewollt ... wahrscheinlich sogar bestimmt nicht. Menschen langweilten mich. Erfüllt von meinem Leiden langweilte ich mich nie. So viel Energie hatte ich für den Kampf mit meiner Vergangenheit aufgewendet, daß das, was übrigblieb, nur ein kläglicher Rest war. Mit diesem Rest hatte ich gelernt zu leben. Wenn mich jemand anrief, dann nur in einer konkreten Sache. Nie einfach so, um zu hören, wie es mir ging. Das galt für Frauen genauso wie für Männer. Wenn dann schon einmal jemand auftauchte, war das immer eine Beziehung, die schnell wieder vorbei war. Noch lange erinnerte ich mich an die Ärztin aus dem Krankenhaus, in dem Ewa ihre Operation hatte. Sie war in meinem Alter und hatte ein häßliches Gesicht. Kleine, zu eng stehende Augen schauten einen geradezu gehässig an. Ganz so, als wollten sie sagen: »Hübsch bist du, aber das wird dir auch nicht helfen. Ich werde alles tun, damit du leidest.« Ich hatte eine plötzliche Furcht verspürt, doch es dann gleich wieder vergessen. Ich mußte mich von Ewa verabschieden. Sie stand in einem zu langen Krankenhemdchen da und hatte Tränen in den Augen.

»Ewa, das ist doch eine ganz gewöhnliche Untersuchung.«

Und nachher setzte man sie in einen Rollstuhl, nackt und nur mit einem Leintuch zugedeckt. Sie hatte Angst. Später erzählte sie mir, sie habe ein Gefühl der Kälte gehabt. Meine Angst ist immer heiß.

Zwischen Diagnose und Operation lag eine Woche. Beide mußten wir diese Zeit irgendwie durchstehen. Ich wehrte mich dagegen, daß man Ewa darüber unterrichtete, was sie erwartete. Die Ärztin dagegen meinte, sie würden sich bemühen, die Kinder nicht zu belügen. Scharf gab ich zurück, daß ich die Verantwortung dafür übernähme. Als Antwort preßte die Ärztin die Lippen zusammen. Ich verspürte einen Haß gegen sie, doch gleichzeitig wollte ich sie irgendwie um Verzeihung bitten. Sie dazu zwingen, mir zu sagen, daß es sich hier nicht um das Allerschlimmste handeln könne. Es war eine Zeit, in der ich alle und jeden um Verzeihung bitten, darum betteln wollte. Jede Stimme war wichtig, selbst die der Pflegeschwester, selbst die der Hilfsschwester. Erst recht die der Ärztin. Doch sie schwieg. Um Ewas und meinen Wert in ihren Augen zu steigern, sagte ich, daß Ewa Blut von einem bekannten Schauspieler bekomme. Er hatte es für sie gespendet, denn mit mir war damals nicht viel anzufangen, und so waren die Vorschriften. Sie lächelte hochmütig.

»Ihre Tochter bekommt das Blut eines Soldaten, weil das andere nicht die richtige Blutgruppe hat.« In ihrer Stimme war Verachtung zu spüren.

Sie hatte mich vollkommen in der Hand. Jetzt kann ich das nicht mehr verstehen. Worum ging es ihr? War das die Rache einer häßlichen Frau, oder verbarg sich dahinter etwas Lesbisches? Nachher kam mir der Gedanke, daß sie es vielleicht war, die die Röntgenbilder vertauscht hatte ... Die Wahrheit werde ich nie erfahren. Seit ich aus der Sowjetunion zurück bin, sind mir Freundschaften mit Frauen nie geglückt, selbst solche oberflächlichen nicht, wo man sich mit jemandem trifft, nur um über sich zu reden. Jeder Mensch braucht doch einen Zuhörer, deshalb ist die Psychoanalyse in Amerika so beliebt, weil dort die zwischenmenschlichen Beziehungen so nüchtern sind. Pani Dudowa brauchte es, wenn sie mir von ihrer Berliner Karriere erzählte. Vermutlich war sie genauso einsam gewesen wie ich, denn genauso wie ich hob sie sich von den anderen durch ihr Aussehen ab, mit dem einen Unterschied, daß sie wie eine Karikatur aussah. Jerzy hatte einmal gesagt, meine hochmütige Art verunsichere die Menschen. Ich war mir dessen nicht bewußt, viel eher glaubte ich, verschlossen und schüchtern zu sein. Ganz offensichtlich sah das von außen anders aus. Männer verhielten sich mir gegenüber im übrigen freundlich, vielleicht mit Ausnahme der Herren aus dem Rakowiecka-Gefängnis, aber da hatte ich nicht hochmütig ausgesehen. Ganz im Gegenteil, ich war schmutzig gewesen, meine normalerweise blonden Haare waren grau, und so war auch mein Gesicht. Ich hatte mir damals sozusagen eine Tarnfarbe zugelegt.

Und jetzt hatte sich plötzlich alles geändert. Ich war von Menschen umgeben. Die Beziehungen in unserer Equipe waren sehr herzlich. Ich dachte, weil ich von außen gekommen war, würde ich beobachtet. Doch nichts dergleichen. Mein Erscheinen im Studio wurde mit Beifallsklatschen aufgenommen. Jeder wollte mich begrüßen, mich berühren, mich ansehen. Ganz so, als wäre ein berühmter Star erschienen. Alle versicherten, wie sehr sie sich freuten, daß wir zusammen arbeiten würden. Vom Regisseur ganz zu schweigen. Er lud mich zum Mittagessen ein. Er war ernst, konzentriert. Eine Zeitlang beobachtete er mich, fast ohne ein Wort zu sagen, was mich ziemlich verlegen machte. Dann fing er mit leiser, ernster Stimme an zu reden. Auch das war neu für mich. Bisher hatte mich kein Regisseur wie einen denkenden Menschen behandelt. Ich hatte immer das Drehbuch bekommen, war vor die Kamera getreten, und dann wurde die nächste Einstellung abgedreht. Es war sogar besser, nicht zu denken. Hier sollte ich nun eine Rolle nicht nur wiedergeben, sondern sie auch gestalten. Das wurde von mir geradezu erwartet. Ich wurde zum Fernsehen eingeladen. Auch die Journalistin, die das Interview mit mir führte, war ungewöhnlich sympathisch. Die ganze Zeit lächelte sie mich freundlich an. Als dann die Frage fiel, wo ich so gut Russisch gelernt hätte, lächelte ich nicht wie sonst, sondern antwortete nur, daß mein Vater ein hervorragender Kenner der russischen Literatur gewesen sei. Er habe in dieser Sprache gesprochen und geschrieben. Letztlich war das die Wahrheit, und sie fragten nicht, wie es ihm gehe.

Am Abend dieses Tages war ich in »Onkel Wanja« im Taganka-Theater. Den Onkel spielte Andrej, wodurch mich das Ganze emotional noch stärker berührte. Ich sah diesen Menschen an, der so voll Wärme und Liebe war. Nur einmal waren wir zusammen gewesen, meine Vermutung, was den Besitzer der Junggesellenwohnung anging, verstärkte sich also. Beide wurden wir in den Strudel der Arbeit gerissen. Wir telefonierten miteinander. Er erzählte, was er machte, wo er war, dann erzählte ich ihm.

»Schlaf gut, Geliebte«, sagte er zum Abschied, und folgsam ging ich mit seiner Stimme zu Bett.

Er beschützte mich. Nur einmal wachte ich von Unruhe gepackt in der Nacht auf. Ich meldete ein Gespräch nach Warschau an.

»Ja, Pani Anna«, hörte ich die Stimme des Psychologen.

»Ich rufe aus Moskau an.«

»Das hoffe ich.«

»Könnten Sie zu meinen Kindern fahren?«

»Morgen früh.«

»Jetzt!«

»Nein, morgen früh, Pani Anna«, sagte er und hängte ein.

Ich weinte vor Hilflosigkeit und Angst. In der Frühe mußte ich ins Studio fahren. Vom Hotel rief man dort an, daß ich einen Anruf aus Warschau gehabt hätte. Mit meinen Kindern sei alles in Ordnung.

Die zwei Monate sind wie im Flug vergangen. Fast will ich es nicht glauben, daß ich hier über sechzig Tage war. Und daß es schon zu Ende ist. Morgen fahre ich nach Warschau zurück. Ende November kommt die Equipe nach Polen, in Danzig werden wir die Schlußszenen drehen. Dort nämlich besteigt die unglückliche Gräfin ein Schiff, das sie für immer nach Amerika entführt. Ihr Freund, ein russischer Revolutionär, wurde erkannt und auf der Straße erschossen. Wie gewöhnlich, ein tragisches Ende, wie könnte es auch anders sein. Wenn ich die Hauptrolle spiele, muß das schlecht enden.

Abends gehe ich ins Taganka-Theater, um »Hamlet« zu sehen. Dieser Dichter wird ihn spielen, der »von Zeit zu Zeit seinen Auftritt haben möchte«, wie Andrej gesagt hat. Ich weiß schon, daß er Wladimir Wysocki heißt. So ganz kann ich ihn mir in dieser Rolle nicht vorstellen, doch genau das ist vielleicht interessant.

Während der zwei Monate hatte ich vergessen, wie sie zusammen aussahen. Da war Ewa und da war Antek gewesen, aber jetzt ging ich auf ein noch nicht erwachsenes Mädchen zu, das einen kleinen Jungen an der Hand hielt. Antek war gewachsen, aus dem Kragen ragte ein ganz mageres Hälschen. Er wollte mich nicht gleich begrüßen. Wie es seine Art war, versteckte er sich hinter Ewa. So versteckte er sich immer, entweder hinter mir oder hinter ihr, je nachdem, wer von uns beiden nach einer Pause wieder in sein Leben trat. Wenn es länger als eine Woche war, dann hielt es Antek für angebracht, ein bißchen herumzukaspern, oder vielleicht schämte er sich tatsächlich. Auf dem Weg zum Taxi schob er sich näher heran, und kurz darauf spürte ich sein Händchen in meiner Hand. Und im Taxi war es dann schon so, als hätten wir uns nie getrennt. Er schaute mir in die Augen:

»Ach, Oma, Oma«, sagte er vorwurfsvoll.

Ich wußte, was er meinte. Daß ich ihn allein gelassen hatte.

Ich fing an, meinen Koffer auszupacken, und holte der Reihe nach die Geschenke für Ewa und für Antek hervor. Als er das mechanische Spielzeug sah, freute sich Antek ganz närrisch, Ewa war reservierter, vielleicht weil die Kleider nicht aus dem Westen stammten.

»Könnte ich Antek bei dir lassen?« fragte sie.

»Jetzt?«

»Ja.«

»Ich dachte, wir würden uns ein bißchen unterhalten.«

»Das hat Zeit, freu dich zuerst an deinem Enkel«, sagte sie.

Ich schaute sie an. Ihre Augen waren dunkel und undurchdringlich. Ich wußte nicht, was ihre Worte bedeuten sollten. Es war diesmal kein Vorwurf, das spürte ich.

»Wenn du gehen mußt, dann geh«, sagte ich.

Es war etwas geschehen, was meinen psychischen Kontakt mit Ewa seit meiner Rückkehr blockierte. Als ob jemand eine Trennwand zwischen uns gestellt hätte. Ich brachte das nicht mit Andrej in Verbindung. Natürlich meldeten sich in mir auch Gewissensbisse. Wie hätte es anders sein können? Wenn ich mich so zwischen den dreien teilte, hatte ich das Gefühl, einer bekomme zu wenig. Ich fürchtete, es wäre wie gewöhnlich sie, Ewa. Aber da ließ sich nichts mehr machen. Ich hatte mich verändert. Ich war offener geworden, hatte gelernt, laut zu lachen. Und es war ein Lachen aus vollem Halse. Damals, nach der Aufführung des »Hamlet«, als ich mich mitten unter diesen wundervollen Menschen befunden hatte. Auch die Vorstellung war im übrigen wunderbar gewesen. Mit Sicherheit ganz anders als alle, die ich bisher gesehen hatte. Das war Wysockis Hamlet gewesen. Alles in dieser Vorstellung hatte einfach gepaßt, sogar das Bühnenbild. Es war ein großer, schmutzig-grauer Vorhang, der sich in verschiedene Richtungen bewegte, ganz so, als wäre er lebendig. Hamlet hüllte sich darin ein oder wurde von jemandem ausspioniert, der dahinter stand. Der Vorhang diente Hamlet dazu, Ophelia einzuwickeln, oder er wurde von ihm in begehrlicher Umarmung gehalten. Dieser unscheinbare Mensch verwandelte sich vor aller Augen in einen Riesen, so groß war die Kraft seines Spiels. Als ich hinter die Kulissen ging, saß er in der Pose des Stańczyk* im Sessel. Sein Oberkörper war nackt und schweißgebadet, sein Gesicht elend und wie ausgezehrt. Voll Angst dachte ich, dieser Mensch brennt aus wie eine Kerze. Mit letzter Kraft nur schießt seine Lebensflamme hoch. Danach, als wir in der Wohnung eines seiner Freunde waren und er seine Lieder sang, vergaß ich das wieder. Neben mir saß Andrej, wie damals am ersten Abend hatte er seinen Arm um meine Schulter gelegt. Jemand scherzte sogar:

»Wir haben eine glückliche Hand. Wolodja hat sich eine Französin ergattert, Andrej eine Polin ...«

»Und was sollen wir da sagen?« beklagte sich eines der Mädchen.

Zusammen verließen wir die Feier. Unsere letzte Nacht in derselben kleinen Wohnung war angefüllt mit Liebe. Neben mir hatte ich diesen wunderbaren jungen Körper und konnte es nicht fassen, wie so etwas möglich war. Ich ... ich hatte doch niemals Glück.

»Andrej ... hast du Familie?« fragte ich gegen Morgen.

»Ich bin allein, Anuschka«, entgegnete er.

Und diese Antwort war für mich am schlimmsten, denn diesmal war ich doch nicht allein. Selbst wenn er es sich gewünscht hätte, würde ich nicht bei ihm bleiben können. Früher oder später würde uns die Grenze trennen.

»Und du?« fragte er.

* *Stańczyk:* Hofnarr König Sigismunds I., polnische Symbolfigur für Gedankenfreiheit, politische Klugheit und patriotisches Verantwortungsgefühl. A.d.Ü.

»Ich ... nein.«

»Ein Mann?«

»Kinder.«

»Dann hab ich sie auch«, entgegnete er, »deine Kinder nämlich.«

Ich schüttelte den Kopf, doch er ließ diese Geste nicht gelten. Er zwang mich zu einer Beichte. Ich erzählte ihm alles, selbst das von Wera, was ich einst vor meiner Tante verheimlicht hatte.

»Also werde ich Anna zu dir sagen«, und das war sein einziger Kommentar.

Und dann sagte er noch, er werde die Rolle des Bruders des Revolutionärs übernehmen, die er zuvor abgelehnt hatte. Er werde nach Polen kommen. Ich fing an zu weinen, und er streichelte meine Haare. Er war stärker als ich, er war sich seiner so sicher, daß ich plötzlich wieder Hoffnung bekam. Während ich schlief, lag seine Hand auf meinem Kopf.

Am Morgen brachte er mich an den Flughafen. Als ich ihn mit verweinten Augen ansah, sagte er:

»Wir trennen uns nur für kurz, Anna ...«

Seit ich mich zu diesem Gespräch entschlossen habe, ist mir meine Wohnung, die mir bereits ans Herz gewachsen war, wieder fremd. Sie ist wie eine Falle. Anteks Anwesenheit in diesen Wänden hatte den Gegenständen, dem Widerhall der Geräusche einen Sinn gegeben. Aus diesen Elementen besteht Privatleben. Ich mußte jemanden durch diese vier Wände schleifen, um sie als die meinen anzunehmen. Die alte Wohnung war mit Ewa, war mit Jerzy verbunden, hier gab es niemandes Spuren, nur meine. Erst Anteks Hausschuhe unter der Garderobe, seine Zahnbürste neben meiner hatten diesen Raum zu meinem werden lassen.

Und jetzt muß ich mich gerade hier etwas stellen, das zwanzig Jahre lang meinem Leben im Wege gestanden hatte. Ewa schaut mich an, und es kommt mir vor, als verberge sich Angst in ihren Augen.

»Du weißt, daß ich im Aufstand war«, fange ich an, »das hab ich dir erzählt ... dann ... wurde ich in die Sowjetunion verbracht ... dort war ich acht Jahre ... das heißt, wir beide.«

»Ich war auch da?«

»Ja ... das heißt, du bist dort zur Welt gekommen.«

»Und mein Vater?«

»Der ... mußte dort bleiben.«

»Warum? War er ein Russe?«

Nur einen Moment lang schweige ich.

»Ich weiß nicht, wer es war.«

»Aber wieso, Mama? Wieso?«

In ihren Augen steht Schmerz.

»Weil die Zeiten so waren«, fast schreie ich. »In Rußland hat es die Revolution gegeben, und wir haben unseren Krieg verloren.«

»Deshalb mußte ich geboren werden?«

»Ja.«

Beide schweigen wir. Ich warte auf ihre Fragen und bin bereit, auf jede zu antworten. Und sie weiß es. Ihre Augen sind noch dunkler geworden, wie immer, wenn etwas für sie zu schwer ist. Das Schweigen dauert an. Und plötzlich wird mir bewußt, daß Ewa zurückschrickt. Sie schrickt zurück, wodurch sie zu meiner stillen Komplizin wird. Das Unausgesprochene wird von nun an im gegenseitigen Einverständnis zwischen uns bestehenbleiben.

Nicht ohne Zufriedenheit werfe ich dem Psychologen einen Blick zu. Er war es doch, der die ganze Zeit darauf bestanden hatte, daß sie die Wahrheit so nötig brauche wie die Luft. Und was wird er jetzt machen? Sie will diese Wahrheit nicht, schrickt sogar vor ihr zurück.

»Wollen Sie nicht noch mehr wissen?« Er ist sichtlich irritiert.

Der Klang seiner Stimme schreckt Ewa auf.

»Was wollt ihr denn von mir?« fragt sie hilflos.

»Sie wollten etwas, Pani Ewa.«

»Mama hat mir nicht erlaubt zu fragen«, verteidigt sie sich fast rührend.

Ein Satz, der einmal ein Argument gegen mich war, soll ihr jetzt dazu dienen, sich zu verteidigen. Wie ein Schild hält sie ihn einer Wahrheit entgegen, die ihr Angst macht.

»Sie bekommen jede Antwort«, sagt der Psychologe.

»Worauf?«

»Das liegt an Ihnen.«

Ewa schweigt.

Wenn ich jetzt daran denke, sehe ich die Szene anders. Ewa machte diesen Rückzieher nicht aus Feigheit, für sie hatte es keine Bedeutung mehr. Die Wahrheit war zu spät gekommen. Deshalb hatte sie sich so seltsam benommen. Seit meiner Rückkehr hatte sie ständig irgendwelche Ausflüchte gemacht, etwas vor mir zu verbergen gesucht. Ich war beunruhigt. Ich mußte das klären, bevor ich nach Danzig fuhr. Und ich klärte es. Ich wußte, daß sie ein Tagebuch schrieb, und wußte auch, wo sie es aufbewahrte. Als sie einmal nicht da war, ging ich in ihre Wohnung. Was ich da erfuhr, hielt ich anfangs für Phantasiegespinste. Aber eine Visitenkarte, die ich auch in der Schublade fand, belehrte mich schnell eines Besseren. Ich rief unter der dort angegebenen Nummer an. Der Mann willigte sofort ein, mich zu treffen, und als ich überlegte, wie wir uns erkennen würden, sagte er:

»Ich erkenne Sie.«

Er kam an meinen Tisch, und ich erstarrte, denn das war kein junger Mann. Er mußte in meinem Alter sein oder sogar älter. Der Psychologe hatte also recht gehabt, mehr sogar, als ich gedacht hatte. Ich und Ewa, wir waren zueinander verurteilt ...

»Wie stellen Sie sich eine Verbindung mit meiner Tochter vor?« fragte ich.

Er lächelte. Dieses Lächeln kannte ich gut. Vielleicht sind sie sich auch alle irgendwie gleich, diese Männer, die ein Doppelleben führen.

»Geht es Ihnen darum, ob ich ihr auch nicht weh tun will?«

»Ja, ich denke, ja.«

»Ich liebe sie, aber ich liebe auch meinen Sohn. Er ist erst zehn Jahre alt, im Augenblick kommt es also überhaupt nicht in Frage, daß ich ihn verlasse. Vielleicht wenn er älter ist.«

»Dann wird er Sie noch viel mehr brauchen.«

»Dann werde ich mein Leben zwischen beiden teilen.«

»Schön, aber Sie vergessen, daß da noch jemand Drittes ist. Ewas Sohn.«

»Na und Sie, nicht zu vergessen.«

Wir schauen einander an.

»Ich verlange, daß Sie mit meiner Tochter Schluß machen!«

Ewa konnte mir dieses Gespräch nicht verzeihen, er hatte ihr doch davon erzählt.

»Wir sagen uns alles!« schrie sie. »Was bildest du dir ein? Daß er mir etwas verheimlichen wird?«

»Ich sehe schon, daß ihr zueinander paßt«, erwiderte ich scharf, »nur bist du nicht allein, du hast ein Kind.«

Ich hatte auch ein Kind gehabt, und trotzdem hatte ich für meine komplizierte Liebe nicht um Erlaubnis gefragt. Und Ewa war nicht zu Jerzy gegangen und hatte verlangt, er solle sich von mir trennen. Sie hatte nicht einmal protestieren können, als ich sie zu den Ordensschwestern gab.

»Ich weiß, daß ich ein Kind hab«, höre ich sie sagen, »und ich gebe es nicht in ein Internat weg. Es wird immer bei mir sein.«

Also hatten wir beide dasselbe gedacht. Trotzdem sage ich:

»Du mußt dich von diesem Menschen trennen. Für dein zweites Kind mache ich dir nicht mehr die Kinderfrau!«

Ihre Augen sind jetzt wie schwarze Striche in einem sehr bleichen Gesicht.

»Ich hasse dich!«

Ich drehe mich um und gehe. Hinter mir höre ich Antek rufen:

»Geh nicht!«

Ich fahre direkt zum Flughafen.

Die erste Person, auf die ich im Zoppoter Grand Hotel treffe, ist Andrej. Er sieht mich nicht, er schlendert durch die Halle. Er, denke ich, er ist der optimistische Akzent in meinem Leben. Was eine Unterbrechung oder eine Veränderung bedeuten kann ... Diese Veränderung kündigt sich seit einiger Zeit an, das spüre ich in meinen Knochen, doch ob es eine Änderung zum Besseren wird ... Die Jahreszeiten meines Lebens waren von Traurigkeit geprägt. Jerzy hatte einmal scherzhaft gesagt: »Ach, du meine Herbstfrau, du bist so schön und auch so melancholisch wie der Herbst.« Herbstfrau ... so etwas könnte sich Antek ausgedacht haben, doch damals, als dieses Gespräch stattfand, war er noch nicht auf der Welt. Als hätte sich Jerzy darauf bezogen, daß ich Großmutter bin, als hätte er den Konkurrenten begrüßt. Meine Liebe zu Antek mußte bereits früher geplant gewesen sein, davon bin ich überzeugt, auch wenn ich auf Ewas anschwellenden Bauch wütend reagiert hatte. Vielleicht ist diese Liebe einfach eine Strafe. Eine Strafe dafür, daß ich sie so gar nicht gewollt, daß ich mich gegen sie aufgelehnt hatte. Andrej nahm es mit Humor. Er sagte, ich sei die jüngste Großmutter der Welt und er folglich der jüngste Großvater, wir könnten unseren Lebensunterhalt notfalls damit verdienen, daß wir in einem Zirkus aufträten. Ich lachte. »Wann werde ich meinen Enkel sehen?« hatte er gefragt. In seinem spaßenden Ton lag etwas Entschlossenes, Andrej war bereit, alles zu akzeptieren, was mit mir und meinem Leben zusammenhing. Er war schnell, vielleicht zu schnell. Und ich fing an, mich deshalb ganz vorsichtig zurückzuziehen. Unbewußt sammelte ich Gegenargumente. Er war jünger, er war nicht von hier, und im Grunde hatte er keine Ahnung, mit wem er da eine Bindung eingehen wollte. Ich war ja wirklich kein einfacher Mensch. Meine neurasthenische Art hatte Jerzy häufig zur Verzweiflung gebracht, dabei haben wir, Jerzy und ich, doch eine gemeinsame Geschichte. Daß ich Andrej von mir erzählt habe, das war eben nur eine kurze Erzählung. Natürlich mußte das etwas bedeuten, außer Jerzy war sonst niemand eingeweiht. Aber Jerzy hatte ja daran teil. Andrej würde das nie ganz verstehen, er müßte wenigstens einen einzigen Tag aus meiner Vergangenheit sehen können. Und auch das wäre zuwenig, er müßte so einen Tag mit mir durchleben. Aber vielleicht ist gerade das die Chance: für den anderen ein unbeschriebenes Blatt zu sein, von vorn anzufangen. Aber ob ich mir so etwas leisten kann, ob ich uns noch eine solche Chance geben kann? Vielleicht war meine Reise nach Moskau diese Chance, immerhin hatten wir uns dort getroffen. Vielleicht hatte ich ihn gebraucht, um den verlorenen Faden wiederzufinden. Der Psychologe würde dem bestimmt wärmstens zustimmen. Sein Gesichtsausdruck unlängst war wie die Unterschrift unter ein Begnadigungsschreiben.

Andrej hat mich gesehen, er kommt auf mich zu. Einen Moment später bin ich neben ihm, und alles, worüber ich eben nachgedacht habe, verliert seine Bedeutung. Ich erlebe mich durch ihn.

»Du bist meine einzige Rettung, Anna«, sagt er in mein Haar.

Ich spüre die Wärme seines Atems in meinem Nacken.

Vor sechzehn Jahren fuhren Ewa und ich dieselbe Strecke in einem alten, überfüllten Bus. Jetzt fahre ich mit einem für den Film gemieteten Taxi. Wir haben drei Tage Drehpause, und so zeige ich Andrej die alten Plätze in den Masuren. Das sind nicht die Masuren von Jerzy und mir, das sind die Masuren von Ewa und mir.

Wieder einmal fahre ich also dorthin, in diese »Zwischenzeit« meines Lebens. Noch war Jerzy für mich damals verloren, und für mich selbst existierte ich noch nicht ganz. Nur gut, daß es mich gerade hierher verschlagen hatte, wo ich viel Zeit hatte und mich nach Belieben eingehenden Betrachtungen unterziehen konnte. Ich hatte mich selbst sehr deutlich gesehen. Wie unter einem Mikroskop hatte ich meine Unzulänglichkeit betrachtet. Denn dort in den

Masuren war ich sowohl als Frau wie auch als Mutter unzulänglich gewesen. Ich wollte das ändern, doch gefühlsmäßig entwickelte sich zwischen mir und Ewa nichts. Physisch ging es ohne Konflikte ab.

»Geh Milch holen«, sagte ich, und sie nahm gehorsam die Kanne und ging.

Gleich darauf sah ich sie den Weg entlanglaufen. »Ein Mädchen mit einer Kanne«, dachte etwas in mir, aber dieses Etwas dachte nicht »meine Tochter«. Erst in Warschau begann sich das zu ändern. Ich gewöhnte mich an das Gefühl, daß jemand in meiner Nähe war. Wir begannen, uns auch das Leben zu teilen, nicht nur die Wohnung. Und dann fand ich Jerzy wieder. Dieses Zusammentreffen machte mich zur Frau. Aber das ging nicht ohne einen Preis ab. Den bezahlte Ewa.

Als wir über Kopfsteinpflaster in das Dorf fahren, schlägt mein Herz schneller. Für einen Moment sehe ich mich und Ewa im Geländewagen, daneben den Direktor vom Haus der Kultur aus Pisz. Wir trugen die alten Lumpen am Leib, in denen wir aus der Sowjetunion gekommen waren.

Die erste Person, die uns über den Weg läuft, frage ich nach Pan Duda.

»Der ... der ist gestorben, so fünf Jahre wird's sein.«

»Und sie?«

»Sie wohnt da, wo sie gewohnt hat.«

Vor ihrem roten Häuschen steht ein Mercedes mit westdeutscher Nummer. Es wäre denkbar, daß ein alter Verehrer aus längst vergangenen Berliner Zeiten sie hier wiedergefunden hat. Doch die Wahrheit ist anders. Pani Dudowa hat sich in eine Heimatmalerin verwandelt. Angeblich war sogar einmal das Fernsehen bei ihr. Am liebsten malt sie brünftige Hirsche und Schwäne mit einander zugeneigten Köpfen. Sie zeigt uns die Bilder, als ihr Kunde schon abgefahren ist, ihr ein paar hundert Mark Honorar dagelassen und einen Wisent mit zum Angriff gesenktem Schädel mitgenommen hat. Die blutunterlaufenen Augen des Tieres schleudern Blitze, die ebenfalls abgebildet sind. Etwas Bedrohliches liegt darin. Das konnte ich anhand der Postkarte beurteilen, von der dieser Wisent auf die Leinwand übertragen worden war. Auf der Postkarte graste er einfach auf einer Wiese.

Pani Dudowa ist sehr gerührt. Sofort serviert sie uns Tee und noch etwas Stärkeres. Sie bietet uns ein Zimmer zum Wohnen an. Ich schicke den Taxifahrer weg, der uns nach Ablauf der drei Tage wieder holen wird, die Andrej und ich für uns haben.

Sie hat sich im Grunde nicht verändert, nur ihr Aufzug ist anders. Sie geht jetzt in enganliegenden schwarzen Trainingshosen und einer grünen Weste. Die Haare hat sie sich rot gefärbt. Alles in allem gibt das ein recht eigenartiges Bild, aber es ist mit Sicherheit dieselbe Person. Trotz ihrer bald siebzig Jahre sieht sie rüstig aus. So wie ich hat auch sie ihr Geburtsdatum verfälscht, vielleicht sogar noch mehr, denn Andrej gibt ihr nicht mehr als fünfzig Jahre. Er ist nach oben schlafen gegangen, denn er versteht nicht, worüber wir reden. Er kann ja kein Polnisch. Pani Dudowa und ich sitzen in der Küche und trinken Likör. Er ist stark, süß, und mir dreht sich schon der Kopf. Pani Dudowa vertraut mir an, daß sie einen Freund hat, einen Wandermaler, der in ihr die Liebe zur Palette erweckt hat. Im Gegensatz zu ihr malt er nur Menschen. Meistens Porträts nach Fotografien. Er verdient damit nicht schlecht, doch sie hat ihn geschlagen, denn sie bekommt Honorare in westlicher Valuta. Einmal hatte ein Tourist aus Düsseldorf bei ihr hereingeschaut und ein Bild gekauft. So hatte es angefangen. Seit drei Jahren ist sie mit diesem Lolo zusammen, doch der hat

Frau und vier Kinder. Die Frau war sogar einmal dagewesen. Ihre ganze Kinderschar hatte sie angeschleppt, sogar das Jüngste, noch an der Brust. Sie hatte Pani Dudowa mit den schlimmsten Namen belegt, aber hatte sie denn jemandem etwas getan? Sperrte sie den Mann etwa ein? Wenn er mit ihr zusammen sein wollte, dann würde sie sich nicht vor ihm verstecken. Sie lasse ihm doch seine Ruhe. Und glücklich sei sie, wirklich glücklich. Gustaw sei immer alt gewesen, also habe sie ihn bei ihrem Temperament betrügen müssen, doch jetzt brauche sie niemanden mehr.

Wenn ich meine Liebe preisen könnte wie sie ...

»Da oben der, ist das Ihr Ehemann?« fragt sie.

»Nein.«

»Ein schöner Mann«, bemerkt Pani Dudowa, »was für ein schöner Mann.«

Ich gehe die Treppen hoch, ich muß mich am Geländer festhalten, denn mir dreht sich der Kopf. Ich bin glücklich. Weil er dort ist. Und weil ich zu ihm gehe. Ich lege mich neben ihn, er sucht mich im Schlaf.

»Bist du's?« fragt er im Halbschlaf.

»Ich bin's«, antworte ich.

Nur, wer bin ich? Dem Psychologen habe ich gesagt, mein Leben sei wie ein Monster, das irgendwo neben mir herläuft.

»Aber es ist Ihr Monster«, hat er geantwortet.

Wir gehen über den See zur anderen Seite, zum Wald. Eine dicke Schneeschicht bedeckt das Eis. Unsere Beine sinken tief ein. Wir sind schon ein gutes Stück vom Ufer weg, als es plötzlich einen Knall gibt. Wie ein Schuß. Andrej packt mich an der Hand.

»Das Eis bricht!«

Wir laufen zurück und spüren, wie es unter uns nachgibt. Der Schnee wird feucht. Dann geht alles blitzschnell. Ich falle hin und lasse Andrejs Hand los. Wir entfernen uns voneinander. Der Raum zwischen uns füllt sich mit schwarzem, gurgelndem Wasser. Langsam tauche ich darin ein, bald schon reicht es mir bis zur Hüfte. Andrej versucht, zu mir zu gelangen. Er legt sich aufs Eis, in der Hand hat er seinen Pelz und müht sich, ihn mir zuzuwerfen. Schließlich gelingt es, doch ich verliere den Halt unter meinen Füßen. Die Eisscholle versinkt auf den Grund. Ein Strudel zieht mich in die Tiefe. Krampfhaft halte ich mich an dem Pelz fest und sehe, daß ich Andrej hinter mir herziehe. Es ist wie ein Film, lautlos und in Zeitlupe. Unsere Hände, unsere Augen. Ich weiß, wenn er jetzt den Pelz losläßt, dann ertrinke ich, und wenn ich ihn nicht loslasse, landet er schon bald in dieser Spalte, in diesem riesigen Eisloch. Aber mir liegt so viel am Leben ...

Am Ufer tauchen Menschen auf, vermutlich haben sie Angst, aufs Eis hinauszugehen. Aber jemand kommt doch. Pani Dudowa mit ihrem Freund Lolo. Sie helfen Andrej, mich herauszuziehen. Er will mich nicht loslassen, selbst dann nicht, als ich schon in Sicherheit bin. Krampfhaft hält er mich an beiden Händen fest. Wir schauen uns in die Augen.

»Man darf nicht aufs Eis«, sagt Pani Dudowa, »es hat noch keinen richtigen Frost gegeben.«

Ihr Freund nickt mit seinem kahlen oder rasierten Kopf. Trotz der Aufregung entgeht mir nicht, daß er ein bunter Vogel ist. Seine aufgeknöpfte Pelzjacke läßt einen kanariengelben Pullover und eine gepunktete Fliege erkennen.

Ich bin mit Andrej in unserem Dachzimmer. In eine Decke gewickelt sitze ich am Ofen und trinke Wodka mit Pfeffer. Meine Haare sind schon trocken, und ich spüre keine Kälte. Andrej kniet vor mir. Ich strecke die Hand aus und berühre seinen Kopf. Für eine Weile schauen wir uns an, dann schlägt er die Decke einen Spalt weit zurück und küßt mich. Ich bin nackt. Ich stehe auf, mit meinen Schenkeln umschlinge ich seine Hüften. Er gleitet in mich hinein, ich bin offen und weich, gleichzeitig sucht er mit seinen Lippen meinen Mund. Dann füllt mich seine Zunge aus, ich spüre, wie sie drängt und drückt. Mit den Armen umfängt Andrej meinen Po und bringt mich in die richtige Position. Er ist phantastisch geschickt in unserer Liebe, so zielsicher bringt er alle Saiten des Verlangens in mir zum Schwingen. All das, was nicht ich bin, und all das, was nicht er ist, fällt von uns ab. Beide streben wir demselben Punkt entgegen, immer erhitzter, immer ungeduldiger. Meinen Körper durchläuft ein heftiger Strom, der sich in der Mitte bricht und sich zu Ende des Orgasmus in verebbende Süße wandelt. Ein Aufstöhnen Andrejs zeigt bei ihm das Ende an. Mit Zärtlichkeit und auch ein bißchen erheitert denke ich, daß unsere Liebe bis zum letzten Tropfen konsumiert wurde ...

Wir liegen nebeneinander in der Dunkelheit. Andrej raucht eine Zigarette.

»Du hättest meinetwegen ertrinken können«, sage ich leise.

»Also darfst du mich noch nicht verlassen«, antwortet er in scherzhaftem Ton.

Beide Männer fürchten sich davor, ernst zu sein, denke ich, und sofort verbessere ich mich – haben sich gefürchtet ..., und ich kann keine passende Zeitform finden.

Pani Dudowa kommt mit ihrem Freund vors Haus, wir winken aus dem Taxi. Der Chauffeur fährt los. Andrej sitzt neben mir, seinen Arm um meine Schulter gelegt, und als wir auf die Landstraße kommen, beugt er sich plötzlich vor und küßt mich auf den Mund. Ich glaube, ich habe meine dritten Masuren für mich gewonnen. Meine Masuren mit Andrej. Habe ich doch etwas über mich und über diesen Menschen, den ich brauche, erfahren. Es brennt mir auf den Lippen zu sagen: »Ich brauche dich, Andrej.« Zum ersten Mal in meinem Leben bin ich in meiner Liebe eine Egoistin.

Ich spürte keinen Schmerz, eine Kraft drückte mich auf den Gehweg. Ich sah ein Paar Schuhe, die sich von mir entfernten, abgetretene Damenstiefel, und dann umfing mich eine weiche, wiegende Dunkelheit. Ich muß mich ihr voll Vertrauen hingegeben haben, schien es mir doch, als wäre ich ein Embryo und von allen Seiten umschlösse mich das Fruchtwasser der Mutter. Weiter oben schlug regelmäßig ihr Herz. Ich mußte mich sehr wohl gefühlt haben, denn nur widerwillig tauchte ich aus dieser zähflüssigen Dunkelheit auf. Ich wehrte mich und machte kehrt, als wäre es noch zu früh. Kurz aufblitzende Momente des Bewußtseins taten mir weh, sie waren wie scharfes Glas, aber dann verebbte die wiegende Bewegung plötzlich, und ich hörte, was um mich her geschah. Und ich glaube, hätte ich es wirklich gewollt, hätte ich meine Augen öffnen können.

Ich kann mich in der Zeit nicht zurechtfinden. Bestimmt ist es Anfang Januar. Vor kurzem haben die Schwestern auf dem Flur über Silvester geredet. Eine von ihnen fragte:

»Du, und wer liegt hier?«

»Pst ... na, weißt du, die da. Sie wurde heute nacht mit

dem Hubschrauber eingeliefert, aber darüber darf kein Sterbenswörtchen verlauten.«

So also sieht das aus. Bestimmt bin ich in einem Regierungskrankenhaus. Ich wurde nachts eingeliefert, aber damals war es früher Morgen. Was war in der Zwischenzeit mit mir geschehen? Vielleicht hatte man mich in eines der Danziger Krankenhäuser gelegt und dann erst später hierher. Vielleicht hatten sie mein Gesicht zuerst nicht erkannt, es muß blutüberströmt gewesen sein. Als sie es dann abwuschen ... Der Taxifahrer wußte, wen er da fuhr. Er war nach mir ausgestiegen, aber vielleicht bilde ich mir das auch nur ein. Als ich dort hingelaufen war, hatte ich mich nicht umgeschaut. Warum hatte ich ihn anhalten lassen? Wir waren an einer seltsamen Prozession vorbeigekommen ... auf einer ausgehängten Tür wurde ein Toter getragen. Er war jung. Wir mußten an den Rand fahren. Durch die Rückscheibe sah ich das grüne Spalier, dem sich die Prozession näherte.* Ich hatte dem Taxifahrer befohlen zu wenden, worauf er geantwortet hatte, ich würde zu spät zum Flugzeug kommen. Ich hatte meine Anweisung wiederholt. Eine Weile waren wir am Zug entlanggefahren, dann waren die Menschen stehengeblieben. Wir näherten uns der Spitze des Zugs. Der Taxifahrer fuhr an den Bordstein, und ich öffnete plötzlich die Wagentür. Etwas hatte mich nach vorn getrieben ... Warum war ich dort hingerannt?

* Hier und im Folgenden wird auf die Dezember-Ereignisse von 1970 an der Ostseeküste Polens Bezug genommen. Zwischen streikenden Arbeitern und der Staatsmacht war es zum offenen Konflikt gekommen, der in blutigen Unruhen endete, bei denen mindestens vierzehn Menschen ums Leben kamen. A.d.Ü.

Mein Gott, wie mich der Lärm auf dem Flur quält. Ich weiß bereits, daß es die Holzschuhe sind, die die Mädchen hier tragen. Wenn sie nur einen Moment daran denken würden, wie mich das quält, würden sie barfuß gehen.

Wie sehe ich aus? Und wie sah ich aus, als ich auf den Gehweg fiel? Ich spürte keinen Schmerz ... eine Kraft riß mich zu Boden ... ich sah diese sich entfernenden Schuhe und vorher natürlich diesen Jungen. Jetzt kommt es mir vor, als hätte ich ihn von weitem gesehen. Er stand in einem zu großen Militärmantel da und hielt unbeholfen einen Karabiner. Aber ob er es war, der geschossen hat? Er hatte gedacht, ich wollte eine Granate werfen ... diese Bewegung von mir ... dieses Hochreißen des Arms. Dabei wollte ich nur meine Haare ordnen, die mir ins Gesicht gefallen waren. Der Blick dieses Jungen, er fürchtete sich vor mir ... Diese alltägliche Geste von mir, die Handbewegung zu den Haaren, hatte seine nervöse Reaktion ausgelöst. Ich war hingefallen ... Menschen umringten mich ... ich sah ihre über mich gebeugten Gesichter, ganz offensichtlich war ich auf den Rücken gefallen. Dieser Junge konnte nicht älter als achtzehn Jahre gewesen sein, das ist wohl das Alter, in dem man eingezogen wird. Es macht einen wütend, wenn man bedenkt, wozu solche Kinder benützt werden. Vielleicht hat man sich auf ihren blinden Gehorsam verlassen. Interessant, was sie ihnen wohl erzählt haben ... Das Gesicht des Jungen war glatt, ohne Bartwuchs ... nur ... ich konnte ihn eigentlich nicht gesehen haben ... Er war zu weit weg, und ich hatte zu wenig Zeit. Vielleicht habe ich mir dieses Gesicht ausgedacht oder es mit einem anderen verwechselt ... Ich weiß schon, das Gesicht von diesem kleinen Soldaten am Strand ... er war mir ein wenig böse gewesen. Als er mich mit seinem Kollegen begleitete, hatte ich gefragt, ob er ein Mädchen habe. Er hatte nicht geantwortet, nur der andere ... der andere hatte gelacht und angefangen, viel zu reden ... nur erinnere ich mich nicht mehr ... Auf eine Art ist das komisch, die Partei hat auf sich selbst geschossen und dabei mich getroffen ... In den Zeitungen müßte es Überschriften geben wie: »Mißglückter Selbstmord der Partei.« Und folgenden Text: *»Das Geschoß traf eine Schauspielerin, die sich zufällig an der Ostseeküste aufhielt. Man hatte einen Film gedreht. Die Equipe hatte sich aufgelöst. Die vom Publikum heißgeliebte Schauspielerin war auf dem Weg zum Flughafen. Aus ungeklärten Gründen hatte sie den Taxifahrer gebeten anzuhalten, und das, verehrte Leser, war ihr Verderben.«* Und hier dann ein kleiner Journalistenscherz: *»Wozu hat sie auch ihre Nase in die Tür gesteckt ...«*

Ich könnte meine Witze machen, wenn da nicht die Tatsache wäre, daß ich hier liege. Vor einiger Zeit war Visite ... Ich habe Schwierigkeiten mit der Tageszeit, in der Nacht geht es besser, weil es dann beinahe ganz still ist. Also vor kurzem war Visite. Es wurde halblaut, fast im Flüsterton gesprochen. Die Ärzte flüsterten, um mein Unterbewußtsein nicht zu reizen. Sie denken, ich sei ein Stück bewußtlosen Fleischs ... Sie erörterten die Lage der Kugel in meinem Kopf. Anderthalb Zentimeter über dem rechten Ohr. Sie werden sie jetzt nicht entfernen, erst wenn ich das Bewußtsein wiedererlangt habe. Aber vielleicht werde ich mit ihr leben müssen wie einst Hanka Ordonówna ...

Wie sehe ich zwischen all diesen Apparaten aus, die versuchen, für mich zu leben ... Immer haben mich alle mit meiner Mutter verglichen. Vielleicht, weil wir beide hellblond waren, sie hatte zierlichere Züge, dadurch war sie hübscher, und doch war es mein Gesicht, das zu einem Symbol wurde ... Schon damals, vierundvierzig, stellte man mich bei den Barrikaden auf und hieß mich in die

Kamera lächeln. Dieses Bild hat Jerzy später in einer englischen Zeitschrift gesehen. Wahrscheinlich war ich dem Engländer aufgefallen, und er hatte mich geknipst, ohne zu ahnen, daß mein Gesicht zum Symbol der auf den Barrikaden sterbenden Jugend werden würde. Vielleicht wurde deshalb jetzt auf mich geschossen. Ist es ein fataler Zufall oder die Gesetzmäßigkeit der Geschichte, die, wenn sie einmal A gesagt hat ... Sie opfert mich nie ganz, wir kommen uns immer nur ins Gehege ... Vielleicht wird sie dieses Mal die Oberhand gewinnen ... »Sie« sollte ich denken. Denn es ist doch diese von Jerzy so oft besungene Dame ... *die* Zwietracht, *die* Feindschaft, *die* Geschichte ... Warum ist er aus England zurückgekommen? Etwa weil der angelsächsische Pilatus seine Hände in Unschuld wusch? Ich war seinerzeit mit Jerzy im Stab, weil Niedźwiadek leicht verletzt war. Jerzy hatte ihm den Arm verbunden. Und damals sagte der General, daß uns niemand helfen würde und der angelsächsische Pilatus seine Hände in Unschuld wüsche ... Jerzy war zurückgekommen, weil die Engländer ihn beleidigt hatten ... Die Welt wäre nicht untergegangen, wenn wir uns nicht getroffen hätten. Auch so bin ich von ihm weggelaufen, zu Wera. Was rede ich da für einen Unsinn, es ging doch um die Frauen ... um die Frauen, die zu ihm kamen. Ich konnte es nicht ertragen, daß er mich in die Baracke abschob. »Na, dann hast du frei, Anna, schließ ab, nutze die Gelegenheit und ruhe dich aus ...« Und auch er nutzte die Gelegenheit, nur daß er nicht ausruhte, im Gegenteil ...

Wieder diese Holzschuhe ... ich muß etwas unternehmen ... mich irgendwie bemerkbar machen ... gleich öffne ich die Augen und versuche ...

Ich kann meine Augen also nicht aufmachen, zumindest das ist klar. Die Welt schickt mir ihre Laute, doch ich kann ihr nicht antworten. Jedenfalls vorläufig nicht, das hoffe ich wenigstens ... Sollte ich gelähmt sein, werde ich ihr lieber Lebewohl sagen. Oder vielleicht lähmen mich diese emsigen Apparate, nur gut, daß sie nicht für mich denken. Immer haben mich alle mit meiner Mutter verglichen, doch ich ... ich konnte mich nicht mit ihr messen. Sie war die ideale Frau im Haus, die ideale Ehefrau ... ich hatte immer den Verdacht, daß mein Vater es mir übelnahm, daß ich ihr nicht ebenbürtig war. Da gab es diese Sache, nachts ... sie trennte uns, sie war wie ein Abgrund, den wir nicht überwinden konnten. Weil wir nicht an diesen Makel erinnert werden wollten, zogen wir es vor, überhaupt nicht über uns nachzudenken ... Mir war das passiert, was bei ganz kleinen Kindern vorkommt. Meine Mutter machte sich Sorgen, und ich empfand brennende Scham. Daß ich immer aufwachte, geschah aus reiner Nervosität, der erste Gedanke: Nachschauen! Die Eltern weckten mich in der Nacht. Manchmal, wenn Gäste da waren, sagte Mama zu Vater: »Geh zu Nula*.« Sie senkte die Stimme, doch ich hörte es, oder war es mir nur so vorgekommen? Ganz bestimmt aber hörte ich die Schritte auf der Treppe. Vater kam in mein Zimmer und faßte mich am Arm: »Aufstehen!« Das, was Nula passieren konnte, sollte Anna nicht mehr passieren, ich wünschte mir deshalb so sehr, erwachsen zu sein. Wahrscheinlich dachte ich schon damals, ich sei anders als die andern und würde ein schlimmes Schicksal haben. Mein Schicksal ist nicht schlimm ... es ist seltsam ... Einmal hatte ich aus dem Fenster gesehen, Ewa stand mit Antek an der Haltestelle. Sie trug ihn auf dem Arm.

* *Nula:* Koseform von Anna. A.d.Ü.

Niemand hätte behauptet, daß das Mutter und Sohn seien, eher schon Geschwister. Aber dieses Paar stand dort, weil ich einmal versagt hatte. Ich konnte mein eigenes Leben nicht lenken. Und mein Leben ... spaltete sich zwischen mir und Ewa auf ... und wir haben ein Kind. Mein Leben ... nachdem es einmal auf die falschen Gleise gekommen war, mußte es auf ihnen weiterfahren ... bis zur Entgleisung. War das jetzt die Entgleisung? Etwas hat mich nach vorne getrieben ... Warum bin ich dort hingerannt?

Die Türen knallen ... Mein Gott, wie schmerzhaft das in meinem Kopf widerhallt ... mein Gehirn ist überempfindlich.

Dieser Junge ... vermutlich habe ich ihn doch von weitem gesehen. Er stand in einem zu großen Militärmantel da und zielte mit dem Karabiner auf mich. Er dachte, ich wolle eine Granate werfen. Und diese sich verengenden Augen Ewas: »Ich hasse dich.« Ihre letzten Worte zu mir vor meinem Fall, dem Sündenfall ... O Gott, meine größte Niederlage in einem Stück mit ähnlichem Titel ... meine Niederlage als Schauspielerin. Ich hatte es geahnt, doch ich ließ mich trotzdem überreden, weil ... weil ich eitel war ... oder einfach hilflos. Die, von der das Stück handelte, lebt auch schon längst nicht mehr ... Warum »auch«, ich lebe doch ... noch lebe ich ... Die berühmte elektrisierende Blondine, und ich ... vielleicht folge ich ihr nach. Jemand hat geschrieben, ihr Kuß erinnere an einen Kuß Frankensteins, während ich Leidenschaft ohne Leidenschaft spielen würde. Daran ist vielleicht etwas Wahres. Ich sollte eine Person spielen, die eine Verkörperung der Sinnlichkeit war, aber ich ... ich war nie eine sinnliche Frau. Darin unter anderem besteht mein Unglück, denn Jerzy liebte solche Frauen. Er beachtete mich nicht, weil ich ihn nicht erregte ... ja ... später liebte er mich wohl, aber vielleicht verkörperte ich auch nur seine Gewissensbisse. Es geht doch nicht darum, daß man die Liebe irgendwie erlernt, es geht nicht um gute Einfälle, so etwas muß man in sich haben, und das fehlte mir auf jeden Fall ... sie hatte es ... und ihr half es auch nicht, sie verführte diesen Intellektuellen, ihren Dramaturgen, der zu schreiben aufhörte ... Sie hätte mit Jerzy zusammen sein sollen ... er wäre mit ihr bestimmt glücklicher gewesen als mit mir. Ich glaube, ich rede schon Unsinn. Einmal hatte ich durch die Tür der Garderobe einen Kollegen sagen hören: »Und das Große Nichts betrat die Szene ...« Er weiß bis heute nicht, daß ich es gehört habe. Es ging schon überhaupt nicht mehr zwischen uns, ihre sich verengenden Augen ... Und dann noch ein Augenpaar, voll Tränen: »Geh nicht ...« Was wird einmal aus diesem Kind, das da irgendwo zwischen uns herumtappt ... Ich fuhr direkt zum Flughafen. Wenn ich nur die leiseste Ahnung gehabt hätte, wäre ich nicht im Zorn weggegangen. Ich will sie nicht so zurücklassen, sie noch mit so etwas wie einem bösen Abschied belasten. Dieser Kollege von mir hatte gesagt: »Und das Große Nichts betrat die Szene ...« Alles in mir war künstlich, die Worte, die Gesten. Ich sollte diese unselige Sinnlichkeit spielen, dabei wußte ich kaum, was das bedeutete ... Lampenfieber verzehrte mich. Mein einziger Ehrgeiz war, den Text nicht durcheinanderzubringen, der Souffleuse keine Chance zu geben ... Auch sie verachtete mich wie all die andern im heiligen Tempel. Hätte ich auch nur die leiseste Ahnung gehabt, ich hätte mich nach dem, was Ewa gesagt hatte, nicht auf dem Absatz umgedreht und wäre nicht türenschlagend weggegangen ... Vorsicht! Das bin schon wieder ich! Ich, beim Verlassen von Studio 1! Ich fahre direkt zum Flughafen ... Ewa muß bereits Bescheid wissen, was passiert ist. Vielleicht war sie sogar hier, wurde aber nicht vorgelassen. Oder vielleicht hat sie mich durch die Scheibe gesehen, so wie ich damals sie ... Unser Leben ist doch ... ist doch so ineinander verfilzt, ja, verfilzt.

Habe ich geschlafen? Jemand ist bei mir, berührt meinen Arm ...

Wenn das ein Journalist ist, muß ich sagen:

»Von dem Augenblick an, als ich zurückkam, wurde ich zum Maskottchen des Systems, und auf Maskottchen schießt man nicht, es sei denn aus Versehen ... Verstehen Sie nun, was passiert ist? Dieser Arbeiter-und-Bauern-Staat, diese Partei, die für solche wie mich keinen Platz hatte, sie für überflüssig hielt, schießt auf sich selbst und trifft wen? Na, raten Sie mal ... Ja, richtig, trifft die Schauspielerin Anna Bołtuć, und Anna Bołtuć, das bin ich ... Denn sehen Sie, ich bin überall aus Versehen ... Es ist das Drama meines Lebens, daß ich durch einen dummen Zufall viel oder sogar alles verliere ...« Und daß ich hier liege, gehört das in die Spalte »Soll« oder »Haben«? Da müßte ich den Psychoanalytiker fragen ...

Physischen Schmerz kann ich gut aushalten, vor psychischem aber schrecke ich zurück und laufe weg. Er verfolgt mich mit eiserner Konsequenz. Er fühlt sich so wohl in mir, hat es sich so bequem in mir gemacht, sich wohnlich eingerichtet. Was immer ich in mir auch berühre, es ist von Schmerz durchtränkt ... selbst in der Liebe fehlte stets die

Freude. Jeder trägt ein Kreuz mit sich, das meine war die Liebe. Von ihren Nägeln trage ich die Spuren an Händen und Füßen ... Ich kann so reden, weil es schlecht um mich steht. Was immer ich mir vormache, mein Kopf ist wie ein leerer Raum, erfüllt vom Widerhall der Laute ...

Es ist nur natürlich, daß er gekommen ist ... jetzt sind es andere Schritte ... ich erkenne sie, der Professor ... so redet ihn sein Gefolge an. Immer geht er voraus, und dann erst kommen die anderen. Das Rascheln der weißen Mäntel, nicht besonders angenehm, und die Schritte ... Zum Glück sind sie weich, sind es leichte, weiche Schuhe. Es wird im Flüsterton gesprochen. Und wovor fürchtet er sich? Warum stellt er bange Fragen? Er weiß doch alles über mich und über das Stück Metall in meinem Kopf. Er ist selbst Chirurg, ein ausgezeichneter Chirurg. Er steht gleich hier ... und diese Stimme, die ich höre, ist ... die eines alten Mannes. Vorher habe ich das nie bemerkt, er hat sich in all den Jahren so gut wie nicht verändert, nur kahler ist er vielleicht geworden. Aber jetzt seine Stimme ... Mein Gott, er ist doch schon siebzig, dann ist nicht nur seine Stimme, dann ist er selbst schon alt. Es wäre mir lieber, er würde gehen.Wieder berührt er meinen Arm. Jesus, das ist doch nicht möglich ... doch, tatsächlich, er weint. Jerzy Rudziński weint, steht da an meinem Bett und wird von Weinkrämpfen geschüttelt. Wie wenig das jetzt bedeutet. Alles, wofür ich bisher gelebt habe, hat seine Bedeutung verloren, sogar ich selbst komme mir weniger wichtig vor. Sie haben von meiner hervorragenden Interpretation gesprochen, nachdem sie einen Teil des schon gedrehten Materials gesehen hatten. Aber diese unglückliche Gräfin war mir gleichgültig. Ich weinte ihr keine

Träne nach ... Was interessierte mich ihr verletztes Herz, ich hatte gelernt, mit so einem Herzen zu leben. Sie bereitete sich auf diese Reise vor, als wäre ihr Gang aufs Schiff mindestens ein Gang aufs Schafott ... Ich hatte ein paar Sätze geplappert, aber für die anderen klangen sie tiefgründig. Vielleicht weil jeder bekommt, woran ihm am wenigsten liegt. Mir lag wenig daran ... Und jetzt ... ist nur die Stille wichtig. Meine Gedanken sind zerstreut, ständig kommt mir etwas in die Quere, sogar er, sogar dieser Mann, den zu bekommen mir nie gelungen ist. Nie hatte ich ihn für mich, selbst in den intimsten Augenblicken, wenn er schwitzte und stöhnte, trennte mich etwas von ihm. Vielleicht all die Frauen ... Ich war nicht sein Typ. Sein Typ hatte etwas Vulgäres im Gesicht. Weder seine Frau noch ich entsprachen dieser Beschreibung, wir hatten feinere Züge. Wie mußte sich der arme Jerzy mit uns gequält haben ... Vielleicht hielt er deshalb damals seine Hand auf dem Knie der Förstersfrau. Sie war so, wie er es gern hatte, ein bißchen vulgär ... und in den Augen etwas Herausforderndes wie diese Irina. Meine Augen waren immer traurig. Wie paßte das denn zu Sex? Vielleicht trank er deshalb ... Außer dem Trinken war ihm nichts heilig. Ihm konnte er sich stundenlang widmen. Und was für eine eiserne Gesundheit! Kama hatte mich zu ihm geführt, und er hatte gesagt: »Wen habt ihr mir da gebracht?« Sie hatte gelacht und kokett ihr Haar geordnet. Was die Mädchen nur alle an ihm fanden. Auch im GULag redeten alle Mädchen nur von »Jurij Pawlowitsch«! Sie sagten es mit Verzükkung ... von mir sagten sie nur »Anuschka«, Wera hatte mich so genannt ...

Es ist ganz still ... er ist wohl nicht mehr da. Ich habe den Moment verpaßt, als er gegangen ist. Ich erinnere mich nur, daß er geweint hat. Ich habe es deutlich gehört.

Dieser harte Mensch ist endlich zerbrochen. Oder war ich vielleicht gar nicht der Grund? Immerhin ist er schon alt, und da werden die Menschen weich und empfänglich für Emotionen. Aber er war immer eine Ausnahme, also müßte er eigentlich auch im Alter außergewöhnlich sein. Ich hatte mich nie damit abfinden können, daß er trank ...

Ich muß Ordung in alles bringen, den Mülleimer säubern, zu dem mein Leben geworden ist. Ich kann mich nicht so recht dazu aufraffen, doch ich muß es ... Nachdem mich schon eine Hand von diesem Gehweg aufgehoben hat, muß ich auch die entsprechenden Konsequenzen ziehen. Es ist höchste Zeit ... Gerade eben war Jerzy hier ... nur ... er lebt doch nicht mehr ... Aber wer war dann hier? Ein Mann hat geweint. Wen könnten sie zu mir gelassen haben? Und warum dachte ich, es sei Jerzy? Weil ich immer an ihn denke. Ich und er ... Wir haben so viel voneinander gewußt. Er hätte mir nie gesagt, daß ihm meine Art zu gehen gefällt, mit diesem leicht katzenartigen, wiegenden Schritt. Er hätte einfach gewußt, daß ich versuchte, so meine Verkrüppelung zu vertuschen. Wieviel mich das gekostet hat ... Noch in den Masuren hatte ich gehinkt. Aber später, in Warschau, lernte ich, so aufzutreten, daß es fast überhaupt nicht auffiel. Nur wenn ich barfuß ging ... Vielleicht haßte ich mich deshalb nach dem Liebesakt, weil ich auf dem Weg ins Badezimmer immer humpelte. Und sie haben das gesehen ... sie ... all die zufälligen Männer, die nach Jerzy gekommen waren ... auch Witek war so ein Zufall, denn sein Blick verfolgte mich genauso. Ich ging unter die Dusche und fühlte mich gedemütigt ... Ja, gedemütigt. Diese Liebe beschützte mich vor nichts, einfach weil es keine echte Liebe war ...

»Mach mal die Taschenlampe an ...«

»Die sieht aber aus, die erkennt man gar nicht. Die Ergüsse unter den Augen sind nicht schlecht.«

»Die Schwellung ist noch nicht abgeklungen. Erst dann werden sie operieren. Das Interesse ist groß. Wie es ihr geht und so. Ein Telefonanruf nach dem anderen.«

»In den Zeitungen stand nichts.«

»Aber es hat sich herumgesprochen. Sogar dieser Russe war hier. Ich sage dir, was für ein Mann! Na, einfach schön ... so groß und blond ... Ich hab gesehen, wie er geweint hat ...«

Russe ... der Regisseur? Dann ist er nicht weggefahren? Eigenartig, daß sie ihm erlaubt haben, in einer solchen Situation zu bleiben. Es sei denn, sie haben den Ausnahmezustand ausgerufen ... Er sollte fortfahren, vorläufig werde ich nicht mehr in seinem Film spielen. Tut mir leid, daß ich ihn nicht zu Ende gebracht habe. Ich bin schließlich doch nicht auf dieses Schiff gegangen. Ich war schon ganz nahe, im Hafen. Das waren die letzten Aufnahmen ... Ach, wie ich Kostümfilme hasse! Und ständig bekomme ich solche Rollen. Verfluchte Gräfinnen ... Wenigstens muß ich jetzt keine Rolle lernen ... endlich muß ich keine Rollen mehr lernen. Auch so habe ich sie nie ganz beherrscht. Ich, die ewige Amateurin ... Die Flamme, die nicht brennt. Wer hat das über mich geschrieben? Wenn dieser Vollidiot zwischen mich und meinen Enkel zu stehen käme, würde er wie trockenes Stroh verbrennen. Was wissen die schon von meiner Flamme ... zuletzt ist sie so hoch emporgeschossen, daß mein Leben Feuer gefangen hat. Und ich habe auch einen Menschen getroffen, der daran verbrannt ist. Er hat gesagt, er würde ohne Freiheit sterben ... Ich ... ich könnte ohne sie leben, ich fühlte mich im Gefängnis sogar wohl. Weil ... weil ich mich wahrscheinlich immer ein wenig davor gefürchtet habe, auf eigene Verantwortung zu leben. Erst in letzter Zeit habe ich begonnen, mich selbst ein bißchen zu lieben. Weil ... sich mein Bild in anderen Augen gespiegelt hat ... Andrej! Das war doch er! Er war hier! Mein Andrej, meine letzte Liebe ... wie konnte ich das vergessen! Wir hatten uns verabschiedet. Sie mußten unverzüglich abreisen, weil es gefährlich für sie wurde. Hier mag man sie nicht. Und ich sollte in der Frühe mit dem Flugzeug fliegen ... Wir wollten ein neues Leben beginnen. Ich war bereit gewesen, zu ihm zu fahren. Mit ihm zu leben. Wir hatten Pläne ... daß wir zusammen arbeiten würden. Ich hatte mich dort wohl gefühlt. Sein Theater ... diese Stimmung ... etwas Mystisches. Das Wort eines Dichters wird dort unglaublich ernst genommen. Die Vorstellungen im Taganka-Theater waren so etwas wie ein Mysterienspiel. Und ich hatte daran teilgenommen und fühlte mich ... fühlte mich gereinigt. Diese Gesichter ... Diese guten Menschen. Es ist soviel Wärme in ihnen. Meine Aksinja war so gewesen, einfach gut ... Das war mein Gewinn aus der ersten Reise ... Warum nenne ich etwas hartnäckig eine Reise, was eine Verschleppung, eine Entführung war. Ich hege keinen Groll ... gegen sie ... Auch sie leiden. Ich habe gehört, wie ihr Dichter gesagt hat, daß er ohne Freiheit stirbt ...

Andrej und ich ... wir haben uns gefunden, und ich habe eine Liebe gefunden, die keine Eile hat, die nicht davonläuft. Warum also? Warum habe ich nicht aufgepaßt? Auf dem See damals, das war doch eine Warnung, und trotzdem habe ich nicht aufgepaßt, habe ich dem Taxifahrer gesagt, er solle anhalten. Aber das Wichtigste ist, daß Andrej und ich uns gefunden haben. Vielleicht ein bißchen zu spät, weil ich schon ... traurig bin. Er liebt mich, liebt mich um meiner selbst willen. Andere Frauen existieren nicht für ihn. Und ich liebe ihn. Nur ... ob Ewa mir erlaubt, Antek mitzunehmen? Ich muß ihn doch haben. Sie hat jetzt auch ihre Liebe, vielleicht wird sie der meinen nun mehr Verständnis entgegenbringen. Aber ich darf ihn ihr nicht wegnehmen. Sie ist seine Mutter. Sie, nicht ich. Sie müssen zusammenbleiben. Und ich bei Andrej. Ich werde mich also nach ihnen sehnen. Wir werden miteinander telefonieren ...

So schön hat sich alles aufgelöst. Der Psychologe wird zufrieden sein. Ich fahre fort, weit fort ...

»Schlimmer als die Deutschen können sie eigentlich auch nicht sein«, sagte das Mädchen, und alle Köpfe wandten sich ihr zu.

Der Zug stand auf einem Nebengleis, ein gutes Stück außerhalb des Bahnhofs, aber noch in Warschau. Was sie da sagte, war deshalb irgendwie unverständlich.

»Wer?« fragte jemand.

Das Mädchen lächelte ironisch und wandte sich ab.

An diesem Tag waren in der Frühe »zwei verdächtige Zivilisten«, wie eines der Mädchen scherzhaft gesagt hatte, in die Wohnung von Annas Tante in der Krucza-Straße gekommen. Alle hatten sie sich hier auf mehr oder weniger die gleiche Weise eingefunden: Ein Militärfahrzeug hatte sie hergeschafft. Auf dieselbe Weise waren die Männer gekommen, doch hatte man sie in getrennten Waggons untergebracht. Die Tante hatte gefragt, worum es gehe. Die Zivilisten antworteten, Anna müsse mitkommen, weil einige Fragen zu klären seien. Sie war in Lemberg gemeldet, und folglich dachte sie, das sei der Grund. Sie hatte keine

Sachen mitgenommen und war gleich hierher gebracht worden. Sie traf viele Bekannte, alle aus dem Aufstand. Es war eigentlich absurd, aber sie freute sich, daß so viele überlebt hatten. Die Stimmung in ihrem Waggon war gut, die Mädchen witzelten herum und teilten sich den Proviant, den die etwas Vorausschauenderen mitgenommen hatten. Das Wetter war schön, wie meist zu Beginn des Herbstes. Auf dem Bahndamm standen in einer Reihe hohe Pappeln, durch deren sich bereits gelb färbende Blätter die matten Strahlen der Sonne leuchteten. Die Mädchen drängten sich in den weit geöffneten Türen des Güterwagens und streckten ihre Gesichter in die anämische Sonne. Einige der Mädchen schäkerten mit ihren Nachbarn im »Männerwaggon«. Auch dort sah man lauter junge Gesichter. Die Stimmung eines herbstlichen Ausflugs wurde von diesem Mädchen verdorben. Sie als einzige beteiligte sich nicht an dem allgemeinen Geschnatter.

»Wer?« fragte jemand.

Das Mädchen schwieg. Anna erinnerte sich deutlich an ihr Gesicht: leicht zusammengekniffene Augen, in denen kleine Funken zuckten, Funken von Traurigkeit und Ironie. Warum waren sich Anna und das Mädchen damals begegnet? Warum hatte das Schicksal sie getrennt? Dieses Mädchen hätte sie retten, sie aus der Hölle führen oder es überhaupt verhindern können, daß man sie in die Hölle schaffte. Die Hölle ist kalt, auch wenn alle mit ihr Feuer verbinden, rote Feuerseen, in denen die Leiber der Sünder braten ... So sieht die Hölle der Maler und Dichter aus, sie haben sie sich so ausgedacht.

So sah man dort das ewige Feuer fallen.
Davon erglomm der Sand, wie sich der Zunder

am Stahl entzündet, und der Schmerz war doppelt.
Und ohne je zu ruhen, schlugen um sich
die armen Hände, die nach allen Seiten
den neuen Brand von sich zu schütteln suchten.

Welcher Dichter hat das geschrieben ... Dante! Aber was konnte er schon über die Hölle wissen. Das Mädchen aus dem Waggon wußte, wie die Hölle wirklich aussah. Sie wollte Anna an diesem Wissen teilhaben lassen, ihr zu verstehen geben, zu welch riskanter Reise sie aufbrach. Doch Anna war blind und taub, und sie vertraute auf ihre Jugend.

»Anna!« hörte sie jemanden ihren Namen rufen, energisch und ohne Widerspruch zu dulden. »Anna! Steig in das Boot.«

Die Stimme klang vertraut und erinnerte sie an jemanden. Sie schaute zur Seite und sah das Mädchen aus dem Zug. Es war so angezogen wie damals, mit einer grauen Jacke, die wie eine Uniform aussah. Daß sie das auch nicht gleich bemerkt hatte! Das war die Uniform eines Fährmanns!

»Anna!« wiederholte das Mädchen. »Ich warte!«

Sie wollte antworten, daß sie schon komme. Es werde nur ein bißchen dauern, weil sie doch so schwach sei. Sie brauche Zeit, um sich hochzuziehen, die Beine auf den Boden zu stellen. Sie wisse nicht, ob sie gehen könne ... Das Mädchen streckte seine Hand zu ihr aus, und Anna streckte die ihre aus, gleich, gleich würden sie sich berühren, da hörte sie jemanden rufen. Sie konnte die Worte nicht verstehen, weil das Mädchen sie übertönte und wieder ihren Namen rief:

»Anna! Anna! Beeil dich, wir haben wenig Zeit!«

Doch die andere Stimme drang zu ihr, wurde lauter und dröhnte in ihren Ohren:

»Mama!«

Langsam, ganz langsam hob sie die Lider. Genau vor sich hatte sie ein Paar riesiger Augen von schwarzblauer Farbe.

»Spanische Augen«, flüsterte sie.